林语堂

著

张振玉

译

奇 岛

The Unexpected Island

CTS
湖南文艺出版社
HUNAN LITERATURE AND ART PUBLISHING HOUSE

博集天卷
CS-BOOKY

The Unexpected Island
By Lin Yutang
This edition arranged with Curtis Brown Group Ltd.
through Andrew Nurnberg Associates International Limited

著作权合同登记号：图字 18-2016-209

图书在版编目（CIP）数据

奇岛 / 林语堂著；张振玉译 . — 长沙：湖南文艺
出版社，2017.1（2021.10 重印）
　　书名原文 : The Unexpected Island
　　ISBN 978-7-5404-7851-3

　　Ⅰ . ①奇⋯ Ⅱ . ①林⋯②张⋯ Ⅲ . ①长篇小说—中
国—现代Ⅳ . ① I246.5

中国版本图书馆 CIP 数据核字（2016）第 270612 号

上架建议：名家经典 · 长篇小说

QI DAO
奇　岛

作　　　者：林语堂
译　　　者：张振玉
出 版 人：曾赛丰
责任编辑：薛　健　刘诗哲
监　　　制：蔡明菲　邢越超
特约策划：王　维
特约编辑：蔡文婷
版权支持：辛　艳
营销支持：文刀刀　周　茜
装帧设计：利　锐
内文排版：百朗文化
出　　　版：湖南文艺出版社
　　　　　　（长沙市雨花区东二环一段 508 号　邮编：410014）
网　　　址：www.hnwy.net
印　　　刷：长沙鸿发印务实业有限公司
经　　　销：新华书店
开　　　本：880mm×1230mm　1/32
字　　　数：278 千字
印　　　张：12
版　　　次：2017 年 1 月第 1 版
印　　　次：2021 年 10 月第 2 次印刷
书　　　号：ISBN 978-7-5404-7851-3
定　　　价：56.00 元

若有质量问题，请致电质量监督电话：010-59096394
团购电话：010-59320018

目录

第一章

尤瑞黛有种飘浮的感觉，没有任何发热的症状，她觉得像在做梦，而又知道那分明不是梦。

她宁可叫自己相信这一切不过是个梦，那她就不至于那么惨了。手腕上因那天在沙滩上摔跤而来的擦伤，现在已经变硬为一片蓝紫。这些伤痕让她知道，她并非在某个天堂似的地方活过来——比如说，金苹果园地吧。不，她仍在尘世上，在一个两周前她与保罗在例行工作中发现的小岛上。他们还曾经开了香槟庆祝这个发现——在他们单调乏味的地学测量工作中，这可是无上光荣的一笔呢！

她深情地注视手表，那是一个复杂的机件，有四个刻盘和五个指针。这只表是地学测量会所属的民主世界联邦所赠，作为感谢她对安第斯山所做的卓越而宝贵的服务的一项礼物。表的背面刻着："致芭芭拉·梅瑞克小姐，感谢她在民主世界联邦世界粮食健康部门，为地学测量所做的勇敢拓荒工作。公元二〇〇三年，五月二十二日。"（她在这岛上生病复原之后，为了岛民的方便，把自己的名字改为尤瑞黛。因这岛上的居民大部分出自希腊祖系。）日历表是她旅途中得到的最实用的一件礼物。现在表上明确地指示出二〇〇四年，九月十八日，星期六。她再次重复地向自己确定她降落在中太平洋上的一个奇异的岛上。这个岛是她这一时代的人从未听说过的。她清晰地回想起过去几天内所发生的事，他们如何离开智利海岸的圣菲利浦，平稳地飞行，夜间的着陆，是她同事也是未婚夫的保罗之死，以及第二天紧接着来的大葬——再往后就是一片空白了。她一再想这些事情，试图把它们吸取在记忆之中。她不愿将她的处境戏剧化，那与她俄州人的个性不合。她真恨绕着这些想法打转——她是孤单的，是个永远的俘虏，与外面的世界隔绝了，回去的希望渺渺茫茫。唯有周围环境非常的变化，才能使她的回去变为可能。

她在火化保罗遗体的小山丘昏迷过去，一直昏迷了二十四小时之久。在后来经常昏睡的衰弱日子里，一种不真实感经常困扰着她。南太平洋中的泰诺斯——保罗和她的发现。但那也可能变成真的——她可能在那次坠机事件中死亡——这种想法纠缠着她。她现在在岛上所看到的生命，是她重生的世界。没有人能说出死后的生命是什么样子，也许就像她刚离开的世界，只不过更好，有更多愉快的色彩、更多的祥和。对了，"祥和"，就是这个词。只要是个安详宁静的世界就是一个天堂。或者说，好得足够当一个天堂了。民主世界联邦的唯一目标就是要建立一个和平安详的世界，这也是她全心献身工作的理由。她是在做梦呢，或是实实在在还活着？直到她喝了点汤，她头脑才清楚了些。而且，那些狂野的恐惧和幻想也消失了。她感官的接触得到了印证。毫无疑问，她是活生生的。只是她周围的生活太新奇、太意外、太陌生了而已。

天空更蓝，爬满在小屋外墙上的九重葛，颜色更鲜、更浓，简直紫得放肆。这还不算奇怪，黄色的香橼，树皮厚厚的，顶端狭长如半屈的手指，形状怪得吓人，也大得吓人。从她的床上，她可以看见早晨海面上的乳白光晕。几只渔船点缀其间，在海面上显得十分突出。如此安详和宁静，没有任何动静。整个景象，静止得像艺术家在瞬间捕捉的画面，成为永恒的静止。在那一刻，整个海洋像一片乳浆，又像淡蓝色浓稠的溶液，在一片银光中静悄悄的，微风掀不起一丝涟漪。幽暗的船影和它们投射在水面上的强劲线条显得醒目而强烈，就像大师笔下的浓黑和暗褐。再望过去，远处像一列闪耀在阳光下的猫眼石，渐渐变为雾般不可辨的乳白而消失在远方地平线上凝固的云层中。

她出汗了，大半由于空气中的一股微温而不是来自她自身的热度。空气中有着微弱难辨的虫鸣骚动，反反复复得令人昏然欲睡。时而划过鸟短促而尖锐的叫声，或白喉鸟的鸣声。她住在岛上偏北山脊上的一栋房子的底楼，俯瞰着深深的溪谷。那里有条河，把山脊上疏落的房子和斜向大海半英里外的陡坡隔开。底楼的房间在白天比较凉快。两边开着窗，可以望见山泉下泻的迷人景象。悦耳的水声，像远处学童嬉戏的声音，在一阵午后的雷雨过后，声音变得更大。这种短暂的阵雨，只不过维持一时半刻，是岛上天气的固定现象。能将空气中和道路上的尘埃冲洗得干干净净。阵雨后，她自午睡中醒来，带着好玩的兴味，她凝神谛听着不同曲调的音乐。树梢上的树叶轻轻抖落下一串串水珠，滴进下面院子里的池塘里。这些纷扰的声音渐渐静下来以后，通常有两三阵有规则的、有节奏的拍击声。各有各的间歇，可能一种比另一种快些。时而一齐唱和，时而错开。时而拉长声音，时而又互相追逐起来。

她从床上半支起身来，她可以看到阴影中的山楂树叶，沿着河的两岸生长。波文娜，一个本地少女，会进入溪水来个午后游泳。她褐色的四肢，她的长发，她闪亮的眼睛和她带着全然自然的姿态所做的裸露，其中所流露出的单纯，这些都使她入迷。偶尔，也有其他的妇女像森林仙子一般在河的上游出现，同样地身上毫无遮掩。她在智利海岸与秘鲁边境的经验，已使她习惯于不同人群的奇异的举止和方式。她早想到这镇上周围有热带林、巨大的杉木和橄榄树。她早该料到这些的。

不，橄榄树该是个例外。那天是个令人困扰的景象，而且不是唯一的一种。在她因惊吓和疲惫而来的昏睡日子中，她还以为她是在某个古希腊岛上，或在阿加底亚的世外桃源里，或阿提卡平原的某个地方。她曾奋力抗拒这种想法，从她后面的窗子望出去，可看见巨大岩峰下的丘陵上，罗列着橄榄树叶和牧人的白色方形小屋，其间还有吃草的羊群，这些的确给人十分希腊的感觉。她觉得不是这个小岛疯了，就是她自己神志不清了。还有那个不可思议的名字，艾玛－艾玛，她是与她同住的美国女人，据推测好像是个人类学家。一头白发掩藏在巨型笔记本后面。为什么一个美国女人把自己叫成艾玛－艾玛呢？那是希腊文里的 M.M.。这儿所有的东西都带有希腊风味。

还有位叫利斯帕思的医生，从她生病以来，每天早上都来看她。他是个矮矮壮壮的家伙，总带来一束金盏花和一瓶淡橘色的液体给她喝，向这位迁移过来的现代医生抗议也没用。尤瑞黛非常不信任他，谁能信任一个敞着胸口，看来粗野，永远挂着半像白痴的微笑和口操半古语的医生呢？他眼中没有怜悯，也没有一丝关怀病人福祉的迹象。他就带着那瓶自称是药的东西进来，也不问她的病情如何，对她的问题也毫不在意，只是傲慢而粗鲁地叫她："喝下去！"

然后就和艾玛－艾玛谈起正飞临这个小岛的各种麻雀和鹦鸟——利斯帕思医生还是个鸟类学家呢！他可是对鸟类学比对病人还要更认真。"喝了它！"他说。他简直没有一点医生的样子，他甚至很可能连他的职业都不信任，他对病人毫无用处。

尤瑞黛自艾玛－艾玛处得知，在这岛上，病人会自己痊愈的，不管吃不吃药。连利斯帕思都这么说。她开始怀疑那淡橘色液体了——可怕的医生处方、可怕的东西。他说如果她不服他开的药，他就要替她放血了。他说他是不随意替人放血的，尤其是对这么美丽年轻的女士。"这个美国女人，真漂亮——像黛安娜一样，难道不是吗？"他以他支离破碎的英文说。这话听来真舒服。希腊语的音调总是轻柔、安逸和悦耳的，还有在每句话后面加上"不是吗"的优雅习惯。好像某人正在从事，或正要陷入一长串的哲学问题，以探究事物的真相和思想的本质。这神秘的字眼蛊惑着她。任何女人都将乐意走出病房，告诉她朋友说她被医生放血了吧！

利斯帕思医生离开以后，她问艾玛－艾玛说："什么是放血啊？"

"放血就是将你的血脉割开。"

"我的血脉？"

"是呀，你的血脉——血管。"

"哦，我懂了。"尤瑞黛说着，倒抽一口冷气。这个念头不断地往她脑袋里钻——模糊而不确定——医生要放她的血。不，她宁可做个乖孩子，喝下那瓶邋遢药。

尤瑞黛怀疑那橘色汁液是种春药，因为她很清楚地听到他和艾玛－艾玛的谈话。她衷心希望那不是使她爱上那个矮胖、裸胸和卷胡须医生的媚药才好。不管她身在何处，她看到、听到或想起的总是与希腊有关的东西。希腊人似乎取得了"爱"的专利权——从爱情之药到哲学，不一而足，还有媚药！希腊人真有那么多爱情吗？那橘色汁液有种说不出的怪味道，对她颇有效。她觉察到，它能使她平静，使她恢复愉快。通常她喝完后，头脑就清楚多了。

坦白说，她曾昏迷不醒。如果她在这儿发现了野蛮人，甚至食人族，她都不会太吃惊。但为什么她发现的竟是个欧洲人的殖民地呢？快乐，知足，文化程度高，显然没有战争的干扰。她突然想到，如果没有战争的阴影，而过一种快乐、无忧和简单的生活，这也许是现代人可以享有的生活方式和人类社会理想的可能发展，并能脱离现代文明中自我的复杂和冲突。自从一九八〇年她出生以来，所听到的尽是战争和战争的威胁。这个殖民地是从哪里来的呢？谁策划的？这个自称艾玛-艾玛的美国女人在这儿干什么呢？一切的一切都不太对劲，她觉得身体稍微好一点时，这种不真实感就消逝，她又恢复正常了。但到了半夜，这些疑虑又再度袭来。

她曾读到过，在委内瑞拉和哥伦比亚的丛林中的某处德国和奥地利的殖民地，完全被世人所遗忘，第一次世界大战后却被几个飞行员所发现。他们与世隔绝，根本不知道世界大战这回事。当地的女人被问及最需要的是什么时，答案竟是一部新的碎肉机。一九五三年，英国当局在马来亚重新殖民的时候，在丛林中发现一个中国人的殖民地，已经遗世独立了二百余年，他们只约略听祖先们谈起过大海，他们仍读《论语》的手抄本。希特勒投降后，一艘德国潜水艇连船员一起失踪了。十五年后，人们才发现他们已在一个遥远的太平洋小岛上建立了殖民地，与当地土女结婚成家，对外面的世界一无所知，也毫不关心。也许泰诺斯就是这种奇异的殖民地之一吧！在战乱的环境中形成，完全被世人所遗忘。

　　是的，她知道自己没毛病。身心完整无伤，只不过受了最近事件的惊吓和在这岛上所见男女的穿着和风俗，再加上保罗的死，这一切使她一时承受不了而已。这里的生活方式与她以前所熟悉的生活截然不同，难免给她带来古怪、不稳的印象。也可以说，此地的秩序和和平太令人不解。她仍需要一段时间来恢复自己，再找到自己的方向。

　　说不定她在泰诺斯，会有一番新奇和刺激的遭遇呢！

第二章

她还没有完全复原，躺在床上，她试着将过去几天来所发生的事，一件一件地拼凑起来。

"卡美，卡塞，卡太。"她记得自己病重时，躺在床上不断地重复这几个字。葬礼的仪式，音乐，歌舞，身穿白袍、头盖白纱和祖胸露肩的美女——非人世所有的七弦琴声，仿佛来自阴间的迷人乐曲，还有琵琶和小提琴的声音——这些片片段段的影像，模模糊糊飘过她的脑际，像梦境般不真实。怎么会有小提琴呢？是谁带来的？自然不是遇难的水手，也不会是逃避原子弹的难民在匆忙中将它收拾起来的。她学过希腊文，离开大学后就全忘了，也许是藏起来了，现在却有小部分自她潜意识中浮现。在大学念过的希腊文中，这串字特别萦绕在心头——卡美，卡塞，卡太，她喜欢这串字。我静静躺着——你静静躺着——他静静躺着。听起来好慵懒、好迷人。她曾在礼拜天早上，赖在床上直到十一点，反复地念着这几个字，心里有种奢侈的感觉。那时候，她和她的同学老爱说："我瞌睡兮兮的。"她说的意思就是昏昏欲睡。

只不过是四五天前，她还是芭芭拉·梅瑞克。她和保罗同在智利村庄的一个孤立前哨站工作，他们的工作有时须驾机在空中，以四方格的模式测量这一带所有的陆地和海洋。这个工作逐渐变得单调、机械化，后来还显得愚昧。当然，在这地区没有岛屿——有的只是几千万平方公里的海水。有一次，他们飞行到三千英尺的高空，下面的海洋密布着泡沫般的云层，能见度很低。从云缝中，只看见一片片紫蓝的水面。为了安全的理由，保罗坚持这个高度。他们木然地拍了几张照片。在回圣菲利浦的途中，他们发现其中有张照片上，有极暗的阴影露在云层间，可能是林地或水面，四周是海岸线，突出在一圈色泽较浅的阴影中。在浓黑的部分，有些很小的白色直线，分布在三四个不同的点上，那可能是某种石造的房屋。如果那是个小岛，甚至可能是能住的或已有人住的小岛，也是他们日渐烦闷工作中最刺激的一大发现，他们可有些新鲜报告送给世界粮食健康部了。当然，非等到他们完全证实了他们的发现，他们是不会对任何人提起的。

尤瑞黛清晰地记得，那夜他们起飞的时候相当兴奋，如果小岛确实存在，他们将在第二天太阳下山前飞过该岛。第二天，当亚热带的太阳在他们面前缓缓沉下海面时，他们抵达了。起先是一阵兴奋，然后是一阵迷惑和恐惧。上面也许有食人族呢！尤瑞黛记得保罗调整了他的安全带，还将手枪的扳机扣上了。那样子看来蛮好笑的。保罗不是军人，他是个科学家。他低飞了三小时，绕着小岛转了又转。从飞机上看，这个岛像趴着的章鱼，伤了手脚，有着锯齿状的海岸线，部分外缘有更小的岛屿围绕着，西边和南边有珊瑚礁罗列着。小岛本身是一大片的林地和牧草，中间是一座平滑的圆形石峰，相当高，在西沉的夕阳下闪着红紫色的光辉。

毫无疑问，小岛有人住。上面有白色的小屋，一些大点的方形建筑，充满廊柱，是由凝灰岩造成的。他们惊异极了，拿不定主意。小岛不该在这儿的，房子多少说明了某种程度的人类文明，一种未曾听说过的文明。然后，在飞第二圈的时候，他们又发现在海岸外停着几艘渔船。但是，虽有这些迹象，这小岛却一片死寂。城中心掩盖在丛生的植物中，并未引起他们的注意，保罗决定低飞，来把全岛的人吵出来，看他们尖叫着跑向户外。结果似乎连一个活人也没有。

他们决定在礁湖岸边降落。他们骇然发现，竟有成堆的尸体散布在沙滩上。飞机的引擎以缓缓下降之势呼呼转动着，试探性地掠过水面，准备一看见林中有子弹或长矛射出来时，他们就飞走。他们安静地着陆，眼睛望着四周，耳朵保持警觉。一片死寂。他们继续留在机舱中，随时等待任何事情的发生。沉默令人费解。居民一定看见他们了，黑暗的灌木叶后面是否有一双双眼睛向外偷看呢？保罗疲倦了，尤瑞黛的心像村子里的水泵一样，扑扑直跳，显然没人注意到他们。

夜色降临岛上，带来了虚伪的安全感。无论如何，他们很高兴被仁慈的夜所掩护。他们得做些什么，他们也实在太累了。谁知道呢？也许岛上的居民很友善。慢慢地，他们壮起了胆子从机舱中走出来，呼吸着岛上的新鲜空气。他们无法探险，黑夜中也没什么好看的。极目所望之处，一盏灯也没有。单是这一点就非常奇特。两人一起在无人的世界里默不出声。保罗突然爆出一阵大笑，尤瑞黛也笑出来了，整个情况把人逼得要发疯。然后保罗又有意地发出一阵笑声，其实是一连串的咆哮。保罗害怕了，任何人都会害怕的。岛上的居民为何不开一枪什么的呢？这样他们至少知道该做什么——爬回机舱，立刻飞回无边的夜色之中。

但是什么都没有，礁湖水面在温暖、芳香、半明半暗的亚热带的黑夜里闪着金属的灰光。那晚，他们就在飞机下过了一夜。

保罗把枪带来真是一个错误。尤瑞黛只记得，他们第二天早上站在城市的入口处，离喷泉大约几百码①，上头是枝丫交错、树须垂地的红树，保罗咻咻地挥舞着手枪，使他的样子看来可笑。在他们面前，是一群长着胡子的半裸男人围成半圆，其中还有几个女人。保罗很紧张，尤瑞黛站在他旁边，可以听到他粗重而短促的呼吸声。居民的面孔很阴沉，冷冷的，很不高兴。

其中一个人，双手交叉在胸前，狠狠盯着保罗。

"把那玩具放下来！"那人说着很好的英语。

保罗该高兴的，可是他并不。也许他是被外表奇异的居民吓坏了，一些居民穿长袍和凉鞋，有些人穿衬衫和短裤，他还是挥动着他的枪。

"把那玩意儿放下来！"那人又说。

尤瑞黛站得很近，她轻轻地把他手里的枪放下去。保罗松了一口气，他把要命的武器慢慢放回枪套里。

但是，无论有没有枪都不会有多大分别。那人走上前，他们握了手，那人说他叫格鲁丘，是美国人。居民们还算客气，甚至可以说是友善的，一种对不受欢迎的客人的友善。接下来的是一连串问题与回答，保罗向格鲁丘解释他们的身份和正在从事的工作。

这时，一个名叫劳斯的人走上前来。他能说流利的英文，而且还带点学者风味和希腊口音。他们被带到广场上，在一家餐馆接受招待。他们和劳斯与格鲁丘一起吃午饭，劳斯对他们的工作提了许多问题，侍者送来当地产的红酒。一大群男人、女人和小孩挤在广

---

① 英美制长度单位，1 码等于 3 英尺，即 0.9144 米。

场上，显得非常兴奋。他们觉得自己简直像外星来的怪物一样。

保罗和尤瑞黛现在放心了，事实上他们对这块殖民地的发现还显得相当热心，相当快乐。格鲁丘也变得非常友善了，他说他名叫马克斯，是个名喜剧家的儿子。没人知道他是否在戏弄他们，反正真假也无所谓。格鲁丘以前是领航驾驶员，飞机于降落此岛时坠毁，他是唯一的生还者，所以他在这里。他快乐吗？非常快乐。难道他们没看见这个地方有那么多美丽的女孩吗？

格鲁丘，一个肩膀厚实的大块头，爱吹牛，话多，友善又虚荣，喜欢在女士面前出风头。他为她们服务，带她们逛街。不，他们不该想要离开，在上帝的乐园里多待几天又有什么关系？唉！连安拉的乐园里也找不到更美的黑眼女神呢！劳斯吩咐酒店主人琪隆说，楼上有间房间，他们可小睡一小时——他们该休息一会儿的，飞了那么久。午睡之后，他再带他们到内陆湖去。保罗见过公开的裸浴吗？他是指地中海式的公浴。哦，他什么都还没见过。

尤瑞黛想起她第一次到湖滨的情景，那简直是一幅活生生的文艺复兴时期的"仙子戏水图"！她几乎不能相信她的眼睛，如果说岛上年轻的女孩习惯于露上半身，她并不惊奇。可是现在却有六七个少女在深浅不同的水中嬉戏，全都是一丝不挂的。格鲁丘是个游泳好手。

"下来吧！"他在水里大叫。

午间的闷热，使清水格外诱人。保罗脱掉衣服，随他跃入水中，尤瑞黛觉得有趣极了。

过了一会儿，他们就上岸了。有两三个女孩也同时上来了，就在高大的松树下公然地穿起裙子。

"你不觉得该去看看飞机吗？"尤瑞黛问。

"是的，是该去看看。"

第三章

跟着发生的是一件悲剧，却也是情势所迫，避免不了的。一切只发生在几分钟之间。

保罗和尤瑞黛是无论如何也走不出这小岛了。友好的午餐、中午的休息和内陆湖的游泳，全都是事先设计好的，以便让那儿的人有时间检查飞机，执行命令。但保罗却是可以不必死的。

尤瑞黛跟着保罗来到飞机停留的岸边。当他们接近飞机时，听到一阵乱砍、乱劈的声音。有一会儿，他们惊骇地躲在灌木丛后望着。毫无疑问，那些岛民正想把飞机弄坏，一面为了好玩而拆零件，一面破坏其他的部分。亮亮的银色机身在炙热的沙地上闪闪发光。他们已破坏了多少？保罗奋不顾身地想去抢救。

"你在这儿等着。"

保罗冲出丛林，疯狂地向他们大叫，要他们住手。他开了一枪，一个人立刻倒下。另外两个人避开乱枪的扫射，躲到另一边去了。

"回来！保罗，别这样！"

尤瑞黛在后面追他。她只看到另一边有好多条腿缠在一起扭打着。又是一声枪响，一个人应声而倒在沙地上。第三个人奔向靠近的一边，大声狂喊。突然一个巨大的黑色身影由机座跳出来，手上拿着一把斧头，猛扑到另一端。霎时，一只赤脚和保罗的靴子缠在一起，打得天昏地暗。接着是一阵沉默，保罗疲软的身体跌落在另一具伏下的身体旁边。尤瑞黛想跑到保罗身旁，但双膝发软。她绊倒在沙地上，脸孔朝下。她挣扎着想站起来，但一只手肘的力量无法把她撑起来。她看见一只古铜色的赤脚恶意地踢起一阵沙土，盖在保罗身上。沙地热得炙人，好在她的头部是在阴影里。最先倒下去的那个人已坐起来了。

尤瑞黛动也不动地躺着，对所发生的事无动于衷。一股汽油味渗进海上的空气里，她的头脑十分清楚。当她向上一望，她看见汽油正从机翼处流下来，在沙地上汇成一股小河。从远处传来许多男人、女人的嘈杂声，一大堆清清楚楚但却不了解的字句，愈来愈近。保罗的尸体躺在沙地上，一动也不动。血从他的太阳穴涌出，在沙地上聚成一摊血泊，与逐渐流向他的汽油混在一起，染湿了他的裤子，然后是他的夹克。保罗死了，僵硬一如海边的石块。

群众被枪声吸引过来，围拢在一起。尤瑞黛茫茫然地坐起来，她看见一个高大的男人从水中走来，他是到水中冲洗他斧头上的血迹的。居民正帮忙将受伤的人扶起来，并问他们到底发生了什么事。尤瑞黛抬头望着身边一对对充满同情与愤怒的眼睛。

这个时候，一个满头白发的瘦长老妇人走上前来，帮助尤瑞黛站起来。

"不要怕。他们不会对你怎么样的。"她就是艾玛－艾玛。"你是美国人，是吧？我也是。"

"他死了吗？"

"是的，我真遗憾会发生这件事，他不该射杀了我们的一个人。"

"你们这些人到底想干什么？我们没有恶意呀！"

"唉，你不了解，我们不愿任何人离开这儿，我以后会解释给你听的。"

在艾玛－艾玛的小屋中，尤瑞黛昏眩地躺着，无法思想，看来她永远无法离开这里了。就她所知，这个小岛离南太平洋不定期货轮的航线至少也有一千海里①。世界粮食健康部简直没有机会知道他们失踪，并派人寻找他们。圣菲利浦只是个临时的前哨站，只有保罗和她据守着。世界粮食健康部可能连他们在哪里都不知道，因为他们曾沿着安第斯山西麓寻找古印加文化的遗迹。他们或许会以为他们在安第斯山迷失了，而放弃寻找他们。因为他们一直飞来飞去在收集资料，每四个月才交一次报告。至于村民，他们虽然常见到这两个疯狂的观光客在镇上走动，但对他们也没有特殊兴趣。警察局长对自己钓鱼船的兴趣，更胜过观光客呢。不，他不会带来任何信心。也许守了好几个礼拜他们才会突然想起这两个游客没回来，房租也没付。这些疯狂的美国观光客能干出什么好事？也许等分局的报告慢慢拟好送到瓦尔帕莱索的时候，一个月又过去了。然后瓦尔帕莱索分局可能又要求更详细的资料……几个月以后，当世界粮食健康部听说他们的野外工作者失踪的时候，会觉得时间太迟而干脆放弃了。她在岛上被寻获的机会还不到百分之一呢！

她想起第二天的葬礼。她实在不习惯岛民的服装和习俗，整个事情的经过简直像一个梦境。别人告诉她，保罗的遗体将与被他杀死的人一块儿火葬，她强迫她自己起床去参加那个葬礼。

---

① 计量海洋上距离的长度单位，1 海里等于 1852 米。

　　远处传来叮叮当当的声音。全村的人倾巢而出，从小巷和山顶零落的房子中，奔向广场不远的橄榄林中聚拢。妇女们着白色衣服，头上蒙着面纱；男人则穿着长袍，其他有些人则穿着敞开前胸的衬衫，每个人都穿凉鞋。其中还有些土著，肢体晒得黑黑的，几近全裸，全身的肌肤像骏马一样，发出健康的金属般的光泽。其中有几个显然是被派来抬担架中的尸体的。

　　穿白袍的人开始聚拢，排成一长排。妇女们双手放在胸前，头垂得低低的。笛声飘过幽谷，断断续续地奏着试探性的练习曲，陶制的笛子也杂乱地吹出几个尖锐的音符，尤瑞黛木然地跟着他们走。阳光由叶缝中筛下来，使万物都掩映在一池绿光里。亚里士多提玛，头戴高高的青冠，穿着豪华的法衣和凉鞋，在人群中缓缓移动，低声回答旁人的问话。一队横笛与吉他的管弦乐队突然冒出来，站在这个高大的希腊祭师后面，高声谈笑。在担架的前方，站着约有二十个跳舞的女孩，穿着白色镶蓝边的舞衣，黑黑的头发披下来拂动着，不像其他的女人把头发梳成高髻，盘在脑后。其中许多人转过头来盯着尤瑞黛，似乎对她的异国服装——罩衫和贴身的长裤很好奇。她也好奇地打量她们。"这个美国佬。"——她们这样叫她——是个"旧世界"里的人物，她们只在传闻里听说过，或在故事书里看过，却突然像流星一样掉在她们眼前。不过，这些女孩子的风采也足以媲美雅典娜，她们显然接受过美的训练。很文明吧？确实如此，只是方式很奇特、很优雅。她并不常看到年轻人的面孔散发着友善、愉快和开朗的气质。也许真正有教养的人，看来就应该是那副样子吧！

　　当亚里士多提玛领着这一大排男女开始移动，两个男孩手拿铃铛跟在后面，这一大堆杂乱的印象更加强烈了。他们走了有一百码，穿过一条两旁种有高大瘦长棕榈的宽阔小径，继续向乡间走去。乡间有许多斜坡和突出的礁石，缓缓由山区斜向海边。横笛与吉他开始演奏，舞蹈者也开始唱着哀怨的曲子，起伏而反复不停的韵律，听来哀怨但非常悦耳，令人陶醉，具有催眠性，忧郁，且绵无止境，简直像来自阴间的音乐。

他们来到一山丘，火葬堆已准备好了，担架上的尸体被放在上面，男男女女在三十英尺外排成一个圆圈。木柴点燃了，当木柴被烧得噼啪作响，一股蓝色的烟柱自柴堆升向蔚蓝的天空时，少女开始节奏慢但极富韵律的舞蹈，象征肉体与灵魂的合一，以及生命的疯狂与渴望，最后由一主角将面纱抛入火中，象征灵魂的告别。

尤瑞黛简直入迷了，当火焰跃起吞噬了保罗的担架时，她曾把脸蒙起来。然后她的注意力又猛然被现场景象所吸引，几乎忘了身在何处。哪儿来的这种音乐和舞蹈？这些人又是谁？

尤瑞黛在恍惚惊吓中，力持镇定。一位高大、留着长胡子的老人走上前来，宣读祭文，在场的人都跟着念。他的声音从胡须中清晰而稳定地传出来。仪式完毕，男男女女都各自回去。尤瑞黛还留在那儿，坐在一块大石头上，呆望着几个人把火弄灭，把灰烬清理好。一缕缕青烟升入天空，小岛就伸展在蓝空下，岸边是一圈白沙，外面就是碧绿的海水。远处礁湖的那一端，她望了一眼飞机的残骸，仍在阳光中闪闪发亮。

死亡并不丑陋。她望着最后一缕青烟消逝在岛上清爽的空气中，心里这么想。这就是再见了，保罗，再见。而她还活在这世界上。

她昏了过去，劳斯盼咐随行的人把她抬到艾玛－艾玛的小屋。

第四章

"你觉得怎么样？"艾玛－艾玛问道。她那深邃的眸子，尖挺的鼻子——据说代表率直的思想，宽阔而富感性的嘴唇，说明了她有高度智慧和高尚的头脑，以及正常的情绪，聪明的女人总要坚持她们有女性的正常情绪。尤瑞黛可以看出这位老年妇人——谁都看得出来，她七八十岁了，但健康——这个女人很为她担心。尤瑞黛看出艾玛－艾玛偷偷看了她几眼，不过她掩饰得很好。

"我觉得好些了，谢谢。"

"你病得很厉害。"

"是吗？"

"是的，我确信你一两天内就能起床了。"

"你真是天使。"她大大地睁开她的眼睛，看看这女人的肩膀上是否会立刻长出翅膀来。然后又说："为什么利斯帕思医生没来？"

"噢，他中午以前会来，我相信。"加上去的"我相信"正表示她不确定，"也许他要去看别的病人，伯爵夫人最近身体不大舒服，你们飞机被发现的时候，她病发了一次。"

"伯爵夫人？"

"是，柯蒂莉亚·卡士提利欧尼伯爵夫人，是意大利人，跟我们一起来的，也是原始移民之一。她住在城市那头，在南面海角的别墅里。我打赌，他正和她一块儿吃早餐，她不到十一点是不会起来的。"

"我以为这里的居民全都是希腊人。"

"不，也有很多意大利移民。他们对这个地方的欢乐和多姿多彩的气氛颇有贡献。伯爵夫人是我们的创始人，阿山诺波利斯的朋友，她在船开航的最后一分钟跳到岛上，满身的绫罗绸缎和珠宝。然后她又要我们再等两个钟头，等她的忏悔神父唐那提罗。他并不是走上船来的，他简直是像酒桶一样滚上来的，样子非常滑稽。我记得很清楚，虽然那是三十年前的事了。别担心，利斯帕思医生会来看你的。他在城里到处走动，虽然有一点跛足，但精力充沛……啊！波文娜来了。"

波文娜黑俏的身影出现在门廊芦苇屏风外面，棕色的四肢光滑细致，眼睛亮晶晶的。

"母羊来了，你要几碗羊奶呢？"她用泰诺斯土语问道。

波文娜是土生土长的泰诺斯女孩，当她五岁时，被艾玛－艾玛收养。根据艾玛的理论，泰诺斯的土著大概属于印加族，已迁来这岛上好几百年了，个子要比南海的土著高一点。北方，有个泰诺斯村落，住着几百个人，大多数是来替欧洲移民做事的。艾玛－艾玛特别把房子选在这儿，以接近他们，好从阳台上观察村民的活动。

她对泰诺斯人最感兴趣，曾写过一篇又一篇的个案，研究泰诺斯的男孩、女孩和成年男女，以及他们的风俗习惯、宗教仪式、社区生活、亲戚关系、青春期、第一次月经时间……异族通婚对青春期的迟速有什么影响？这是她的工作《艾音尼基族与泰诺斯族之间的种族混合对文化模式的影响》一文中重要主题之一。艾音尼基族是欧洲人取的名字，其中包括希腊人、意大利人、色雷斯人以及弗里吉亚人和其他来自爱琴海地区的人，其中最多的是住在中部高原的德里安牧羊人和葡萄果农。艾音尼基人和泰诺斯人通婚的例子相当多，因此成为艾玛－艾玛最着迷、最丰富的研究题材。事实上，这位女学者，为了自己的研究利益，还鼓励这种异族间的通婚呢！任何施洗宴和婴儿发牙期都少不了她。别人都觉得她太狂热了，但又认为毫无害处。文化的结合，地方神祇的混同！双方彼此互借自己喜欢的女神所形成混淆，大量神话故事的阐明，在生理方面，种族混合对下颚骨和牙齿构造的影响，潮湿气候与牙齿衰落的关系，气候与居所改变对身高和体型的影响，等等。这些形成了辽阔的研究范围，只要其中的一项，就够让十个更狂热的艾玛－艾玛研究终身了。

在波文娜个案中，艾玛－艾玛能记录下第一手资料，例如，她初经的时间是十三岁又七个月零七天的时候。这博学的老妇对这年轻女孩很有感情，就像一个园丁对他亲手栽种的胡瓜一样，尤其是第一棵胡瓜。

要几碗羊奶的问题解决了，艾玛－艾玛不经意地问起她是否见过利斯帕思大夫了，波文娜应该知道的。一个二十岁的女孩，屋里是待不住的，因此她每天早上都从市场带来各种闲话。

波文娜说了一大堆快音节，她浑厚洪亮的声音，并不缺少女性化。她那乌黑的长发和柔软年轻的棕色身体，使她格外俏丽。是的，利斯帕思医生已在琪隆酒店待了一个多钟头了，他现在还在那里。

利斯帕思医生曾来看过尤瑞黛。艾玛－艾玛的猜测是错误的，他并没有和伯爵夫人一起吃早餐。医生有他自己的一套理论，你不能经常定时去看病人，以免养成他们的依赖心理。否则他们会在固定的时间等你去，医生的生活就被破坏了。社区里病人的自由必须不侵犯医生的自由。这个理论之所以能实现成功，是因为岛上唯一的另外一位医生卡德莫斯很早就死了。利斯帕思很喜欢他的工作，以医生职业的需要，他可以跑遍小岛，从日出到日落。打高尔夫球也不过是到乡间停留一天的借口，否则的话，把小球打进洞里有什么用？他从不幻想自己的探访有多重要，但是他像邮差一样受人欢迎。所有人家的大门都为他打开，有些母亲甚至会在路上拦住他，为生病的孩子向他请教问题。他到哪里，安慰就随着散布到哪里。他最喜欢出诊了，毫无疑问，他是这项工作的适当人选。

但是，今天他却是许多人询问的目标，主要是大家都想知道约在一周前来到这岛上、现由他治疗的美国女人的近况。她被迫降在这小岛所引起的兴奋和困惑，尤瑞黛并不知情。自从一九七四年，第三次世界大战爆发的前一年，这岛上就没见过陌生人了。除了格鲁丘，而他早就被这个古怪的异国情调和不寻常的欧洲社会所同化了。

利斯帕思医生知道自己掌握着重大机密。当尤瑞黛被抬到艾玛－艾玛家的时候，哲学家兼智多星劳斯曾告诉过他们，大家对她要十分尊重，十分礼貌。她的未婚夫才被火化，最重要的是，要让她有充分的休息和完全的松弛。在这岛上，劳斯的话就是法律。没有他，这岛上就没有今天的安定；他们自己和子孙的生命都要归功于他。否则他们也许不会从第三、第四次世界的大屠杀中幸存，即使保住了性命，也会生活在废墟中。因此当地人都把他的话当作先知的智慧。

这位卷胡子的医生一走近城中心广场，身边就围满了人，广场中心有一座喷泉，赫尔墨斯的雕像正继续不断地进行自然的功能。他把问话的人推开，一副外交官要搭机去参加国际会议的姿态，他直接走向琪隆的酒店。群众拥在他身后，男人有的穿长袍，有的穿敞胸衬衫；女人在腰间系着一条便裙，上身则一丝不挂。不用说，那位精瘦的琪隆已站在他面前，手中端着一杯松脂酒，还有一碟小菜——橄榄和乳酪，还有看来像马铃薯片之类的东西。

利斯帕思医生并不急着讲话，他颇懂得悬宕的艺术。对这问题感兴趣的人太多了，各国人都有，连广场对面意大利餐厅老板乔凡尼大嗓门的太太裘安娜也跨进这家希腊酒馆的门槛——这实在非比寻常，很多人都知道他们几乎每天都要隔着广场上赫尔墨斯的雕像吵架，声音大得足可盖过喷泉的汨汨声。裘安娜认为她有责任知道岛上发生的任何事情，作为餐馆主人的太太，她应该消息灵通，这样对客人的问题才能对答如流。即使顾客不开口，也要主动地提出一点刺激的消息。裘安娜的舌头足可媲美塞费苏斯河，永远流个不停。若要把她的话记载下来，得不用逗点和句点才能传真。她是所有罗曼史、订婚事件、怀孕、感情不和、遗弃、打老婆等消息的来源。她口若悬河，用字丰富，说故事的技巧就仿佛她曾身临其境一般。要记住这么多复杂又不确定的事件，有时不免记忆失灵，但她能适时用一些猜想、臆测，以及丰富的想象力和彻底的杜撰来弥补。她滔滔不绝的口才，加上她儿子亚伯特的手风琴，和小提琴手迦里不时的光临，使得乔凡尼的餐厅经常高朋满座，热闹非凡，甚至吸引希腊人的光顾，这使得琪隆非常难过。

这回，她用一块意大利脆饼就诱使艾玛－艾玛的女仆波文娜说出那美国人的消息。尤瑞黛睡得很好，喜欢土产的羊油酪，她没有假牙，她抽烟，但不像艾音尼基的女人抽烟斗，而是一种名叫香烟的白纸卷。不错，她穿衬裙。令年轻女人费解的是她从不把她的衬衫脱掉，换句话说她的躯体被小心地掩盖着，波文娜对此非常不解。波文娜对这美国女人有着同情的看法，尤瑞黛大概不超过二十五岁，而她也不相信她有什么好隐藏的。是的，她记得尤瑞黛二十五岁，未婚，没有小孩，这在泰诺斯女孩的眼中是十分可怕的情境……第四次世界大战已经结束了。旧世界有了和平。波文娜真想不透……

裘安娜在一大群男人、女人和小孩的拥簇下，走进了琪隆酒店。没人留意她，她双手叉腰地越走越近。她的神经紧张，脖子往前伸（她身高比一般人矮），竖着耳朵凝神谛听利斯帕思医生低声说的每一个字。

"猩红色的莺鸟还在附近，我今早在郊外看到的，它们那种鲜明的红色——真是迷人极了。它们今年到得比往年早。"那是医生的诡计——故意像预言家在说出预言之前，或戏剧家宣布结局以前，不祥地停顿了好一会儿。

"别管那猩红色的莺鸟了，告诉我们那个美国女人的事吧！"有人这么说。

"是呀！告诉我们吧！"

利斯帕思医生的眼睛扫描着他的听众，他很满意。他慢慢地，以不经意的语气说："你知道吧，她告诉艾玛－艾玛第四次世界大战在几年前就结束了。旧世界的人把那次大战称为十年战争，真是场最没意思的战争，一点也不刺激。第三次大战才像那么一回事，一下这边政变，一下那边暴动，使美国纳税人精疲力竭。他们厌倦了统治这世界，美国第四十一任总统被暗杀了，美国人民受够了他。

记得格鲁丘来的时候十年战争还在进行吗？唉，六年前就结束了。现在他们有个叫什么民主世界联邦的组织，这个美国女人就在这个机构做事。"

"呸！"有人打断了他的话，"才没有用呢！格鲁丘告诉我们说在第三和第四次大战之间也有个这种组织，他们只不过又换了个名称而已，永远起不了作用的。"

"她一直在问她的收音机，艾玛－艾玛不愿告诉她，你们也知道收音机怎么样了。"

收音机是他们砸烂的许多东西之一，就像当年他们捣毁格鲁丘飞机上的残留物品一样。

"她的亲友会不会来找她呢？"有人提出来。

"不知道。劳斯很担心，这几天一直忧心忡忡的样子。他不愿有陌生人闯入这块地方，我们都不愿。他们为什么不放过我们呢？"

一个穿黑衣的粗壮身影从外围出现，那是瑟巴斯丁·唐那提罗神父。远远的，你就可从他摇摇晃晃的样子认出他来，等他一走近，他那特殊的鼻息，就像微风吹过橄榄树林一样，你马上就能觉察到他的存在。他是一小群忠实信徒的牧者，也是每个人的朋友。在这岛上，只有唐那提罗神父是无所不在的人物。他认得每一个人，每个人也都认识他。他甚至也爱希腊人，因为他们虽然是希腊正教徒，但总还是上帝的子民，何况，他们的人数占了一大半。他爱所有的希腊人，只对正教神父亚里士多提玛例外，他称之为"叛教者亚里士多提玛"。身为小孩的朋友，苦难者的救星，寡妇的友伴——唐那提罗神父可整晚陪伴他们——他的宗教是愉快的宗教。隐藏在他黑色外衣的口袋里，随时都为孩子们装满了糖果。他把光明和愉快带到各处，而利斯帕思传播的则是比较实际的快慰。

"我已经把尸体移开了。"他用特有的男中音说。虽然语气略显平淡，大家也都听见了，听众都转过头来。他讲道的圣汤玛士教堂很小。有时候，在讲完道后，一个意大利老妇会走上前来对他说："你的布道给的启示很大，但是下星期请你声音轻点好吗？"这位好脾气的神父会回答说："啊，真抱歉。我不是故意大声喊叫。"

"我把尸体移开，把它们依照更有效、更实际的方式排列。"他继续说，"不知道是不是有效，有些长矛掉下来了，我把它们重新插上去，就插在胸口。我希望有更多的尸体来摆，不管陌生人从哪一面接近，都会注意到。"

这段神秘的谈话并没有吓到他的听众，所谓的"尸体"，不过是涂着羊血的假人，摆在礁湖岸边沙滩上，用来吓退侵入小岛的外人。他们以为，成百的假人以千奇百怪的姿态躺在沙地上，将会吓跑无意中闯入的访客，不管是野蛮的或是文明的。这是个很古老的伎俩，很久都没用过了。直到最近，为了怕民主世界联邦的人来访，才又把这些尸体拖出来的。这是小岛自卫系统的"利牙"，这力量最好别让来犯的敌人知道。其实是一点用也没有。

唐那提罗神父简短的几句话，使大家的兴致消沉不少。这个殖民地成功的最佳实证，就是岛民不希望和所谓旧世界扯上关系的事实。他们在三十年前就把旧世界抛在身后了，如今可能有人从外面的世界来访，这可不是一件好玩的事。同时，由于没有海军入侵，岛上的居民倒很容易以切断逃生的路来对付小规模的入侵者。就像现在他们对付尤瑞黛，和以前对付格鲁丘一样。他们这些人变成受欢迎的客人，或者变成心不甘情不愿的俘虏——这就看闯入者自己的选择了。格鲁丘已经适应得不错，尤瑞黛或许也会这样。

"伯爵夫人怎么样？"利斯帕思一面站起来，一面问这位意大利神父，"我今天下午会到她那里。今天我是由南边绕起，换换口味。变化是生活的香料，你不觉得吗？"

"当然。我昨天到过那里，伯爵夫人说她喜欢她的药再甜一点。她真是个可人儿，也许你可以服务一下……"

神父会心地眨了下眼，拉着利斯帕思的手臂，离开了琪隆的酒店，穿过广场，进入一条蜿蜒的石头窄巷。躲开了众人的耳目，神父才对医生说："其实伯爵夫人一点毛病也没有，只是神经衰弱罢了。当你去看她的时候，千万别提起或暗示岛上的焦虑。我建议你：让她喝点强烈的白兰地，对她有莫大的好处。那种珍品，只有奥兰莎才有，但是，第一点，她住得太远了。对我这样年纪的人，爬到她那儿可真是一趟要命的旅程。第二点，有了你的处方，所要求的才显得更正当，也更像那么回事。我不愿奥兰莎认为伯爵夫人要那些酒，只是为了满足肉体的欲望。你肯吧？好极了。那我们就说定啰，你开张小条子就行了，我会叫人来拿。不公平，不太公平了。别人都没有，她却有满地窖……"

这位好神父提到奥兰莎时，有些不满的语气，这可是不寻常的。因为以前提到过，神父是每个人的朋友。其他时刻，唐那提罗神父曾带着一点酒意，在伯爵夫人面前说奥兰莎是"好一个婊子"。

事实上，奥兰莎从来都不想见这位天主教神父，其中原因，说来就话长了。他若胆敢为了区区一瓶白兰地而去见她的话，他大概会被扔出来呢。至于为什么要那一瓶酒，一来是伯爵夫人神经衰弱，二来则是她常常邀他去下棋。

"我很愿意效劳。"利斯帕思医生说。

"噢，我就知道你会的。"神父说着用手友善地拍拍医生的肩膀。

利斯帕思医生抓了抓头："我在三个月以前，就为伯爵夫人开了这样的处方。但是，我还是会再开。甘美的德里安酒，或者特拉西马丘斯的产品怎么样？"

唐那提罗神父殷勤地大笑："哦，医生，你不是认真的吧！特拉西马丘斯的酒窖即使在罗马或雅典都会受到高度的欣赏。有四五十年的历史，而且全是法国'大克芦①'的产品。那股味道，那种优雅甘美的滑润感，那种芳香！哎！简直像一首诗，真可以治疗一切疾病。我想伯爵夫人一定很高兴替你做些事来报答你的。"

"我今天下午会到那儿。"

"你正要去看那个美国人？"

利斯帕思扬了扬手中的橘色液体，表示承认。汁液很辣，主要是由于里面有种野柿子汁，加上少量味道苦涩的松脂，喝下去当然精神一振。

"那就请你帮个忙，告诉她柯蒂莉亚·卡士提利欧尼伯爵夫人问候她。当她身体情况许可的时候，希望第一个有机会请她吃饭。而且，只要她能接见任何人——这得由你来判断——我希望有幸第一个见到她。我觉得，和她交朋友，成为她灵魂的牧师，是我的责任。她是天主徒吗？唉，你问问看。如果她是，我最高兴；如果不是，我也高兴。如果是后一种情况，她就更需要我了。你知道我的意思，我不愿见到这样一位纯洁、年轻的灵魂，落入叛教者的手中。好吧，再见！"

"再见！"

利斯帕思医生对自己微弱地笑了笑，他往北走向艾玛－艾玛的小屋。唐那提罗神父关心这位新来者的精神福祉是很显然的，可理解的。在全岛的异教浪潮下，他是在打一场输了的战争。只有一小

---

① Grand Cru，特级葡萄园。

批天主教徒还对教会效忠，他们大部分是意大利人。他也曾使一些泰诺斯土著皈依天主教，但希腊社区，在神父亚里士多提玛的默许下，大体上都变成了异端。艾玛－艾玛认为这是因为他们现在生活更接近自然的关系，"异教徒"本来只是指住在乡下的人。当时罗马天主教徒都是城市居民，因此就将"异端"一词加在他们身上。由于歪曲的用法，或者基于主要宗教之间，示尊重和礼貌的不成文传统，犹太教徒或伊斯兰教徒都不算是异端，但信奉希腊或罗马神祇的就被称为异端。艾玛－艾玛认为，岛上迷人的美景，开阔的天空和大海，相当原始的生活，居民的日常生活受到海、风和南方太阳的影响，这一切都对岛民有解放的作用，使他们更接近宗教精神的泉源，而将宗教整个简化了。坐在万里无云的苍穹之下，很难想到罪恶，或者永恒的天罚。他们身上具有的希腊人的血液又回来了，开朗，富于幻想，不以上帝的宇宙为耻。当天堂就在他们周围，落日景色雄伟，谁也不想逃避这尘世间的生命。亚里士多提玛妥协了，他本身是个希腊人。他很坦白地说他是"自由无私"的。他把自己交付给比圣保罗更大的权威——就是这广大的一切。劳斯当初以社会哲学家建立这个殖民地，目标就是要简化万事，宗教就是他希望简化的第一件事。

　　但是，艾玛－艾玛凭女性的直觉和慧眼，也凭一点学者的深思智慧下结论说，劳斯的影响和亚里士多提玛的回归希腊文化只是外来因素。基本上，是南方气候，充分的阳光、空气和空间，轻柔明朗的天空，给万物带来特殊的清澄和色彩，再加上地理上远离旧世界，扬弃了过去的恶魔；这一切孕育并掀起了回归古希腊异端的狂潮。拿一群未受文明腐化的聪明人，把他们放回大自然，结果一定会产生异端的男女神祇。如果自然具有动乱和毁减的因素，就会产生可怕的、恶毒的神和恶魔：如果自然景观是美丽而亲切的，空气柔媚，就会有从海浪中升起的维纳斯；假设神话故事的创造者身心平衡，又有幽默感，就不会将众神祇理想化，而是把他们描写成多情、不忠实、风流，甚至乱伦的角色，希腊人就是如此。希腊人对神祇保持理性，这就是他们了不起的地方。

　　总而言之，瑟巴斯丁·唐那提罗神父正孤军奋斗，打一场英勇的战争，可惜是大势已去。但他并未认输，他一心希望亚里士多提玛不要比他先接近尤瑞黛这个新来的、纯净的、柔顺而迷人的传教对象。

第五章

尤瑞黛很开朗。怎么会不开朗呢？一个女孩愿意冒着生命的危险，为了世界和平而去探测亚马孙河的资源——由于这项服务她得到了那只漂亮的日历表——她怎么会不开朗呢？旅行使人心胸开阔。在她看来，民主世界联邦之下的世界粮食健康部就是世界和平的关键。她的想法与其他同时代的人一样，简单地说，世界和平建立在粮食和人口的平均分配上。人不应该挨饿，否则的话就会发动战争。生活水准的提高就是世界和平的一种保证。那是旧世界里的人都赞同的理论，是一种非常方便的观点，把战争和国际争端的祸源推到自己国家之外，放到一些边远、未开化的地区。有人愿意为其他东西而战，也确实为其他东西打过仗，但世界大战皆起源于几个富裕的国家，这一点却被忽略了。

到了二十世纪九十年代，世界粮食趋向严重的缺乏。部分是因为医药进步，扑灭了肺病、霍乱、痢疾和其他致命的病源。婴儿的死亡率也降低了——大体上是世界粮食健康部的功劳。再者，由于亚洲妈妈们不负责任地生孩子，单单亚洲一个地区的人口，就高达十九亿之多。第三次世界大战使美国人口减掉一千万，但是美国妈妈们继续努力，到了二十世纪最后十年，美国人口已升高到一亿九千五百万。只有法国是个天主教国家，又不注重节育，政府还奖励大家庭，人口却维持在四千万。在这种情况下，巴西吸引了世界粮食健康部的注意，被认为是未来食物来源的最大未开发地。

　　还有许多关于尤瑞黛的事。她生于俄亥俄州辛辛那提市，成长在一个自觉、理智、世故的时代，她极力抗拒当代道德堕落的影响。自从芝加哥和曼哈顿毁于第三次世界大战的战火后（曼哈顿连同新泽西和布鲁克林的一长条土地消失了，不过这在整个地图上来说，并不十分重要），辛辛那提成为中西部的大城。这是聪明、爱嘲讽的一代。大家对纯粹物质进步的自豪，已被世界大战无情地摧毁。整整两世纪以来的物质主义思想，经济学家是社会最高的导师，年轻的一代充满了机械主义的嘲讽和享乐主义的狂放。十年战争期间（一九八九至一九九八年），阿沙狄·维特模仿安布鲁斯·比尔斯的风格，以歪曲和辛辣的幽默而名重一时。自从《纽约时报》被美国第四十一任总统，也是当时世界大独裁者（这种局面的发展因素容后解释）查封之后，美国文坛兴起一种特殊的尖刻作风。随着正常舆论途径的消失，刻薄的嘲弄蔚然成风，在某些年轻人的圈子中形成一项祭礼，可说是萨沙主义和萨特主义的混合，夸张的诡辩加上衰微的主智学说，无论世界发生什么事，他们只肯定生存的意志，及时行乐。

　　现代艺术也一样离谱，已经进步到一块名为《无限的孤寂》的白帆布，上面什么也没有，却在一九九五年被"美国画评协会"评选为第一名，说它有创意，富于幻想。事实上，有个新工具主义画派，早就发现画笔是多余的。揉皱的棉纸球、香蕉头、水枪往往比画笔更具表现效果。新工具主义派的信徒说，此派最大的优点是消除了油彩和水彩的界限，甚至水彩和黑白的界限。

尤瑞黛，曾一时受到这些人的影响，后来终于明智地挣脱开来，加入民主世界联邦工作。联合国早在一九七五年第三次世界大战爆发之初，就无声无息地瓦解了。继起的是民主世界联盟，一个胜利国的联盟，坦白承认武力的重要性，取代了联合国对文字力量的信仰。他们坚信并时常辩称世界和平可以靠武力维持，而美国作为一个领导国，拥有维持它的力量，就有道德上的义务。联合国失败在武力太弱，民主世界联盟又太倚重武力。然后就发生了十年战争，一个根本称不上是战争的战争，只不过是一连串找麻烦的探险罢了。十年战争以后，民主世界联盟又被民主世界联邦所取代，后者更具有民主观念。尤瑞黛愿意给它一个考验的机会。

美国人彻底觉悟了，美国式的和平在民主世界联盟时代是一种痛苦。当然，在第三次世界大战中苏联战败后，美国所做的最愚蠢的一件事，就是以一颗崇高的心来养两亿的苏联人民。起先当然是心理战术，美国不断大声疾呼："我们将养你们，并给每一个苏联男、女、小孩一双全新的鞋子。"在这种攻势下，苏联招架不住，马上就像沙皇统治下的俄国一样溃败了，连秘密警察也没有用。美国当然就信守诺言，山姆叔叔从来不背信，但结果连骆驼背也被压垮了。最低的所得税升高到工人薪资的百分之五十。也就是说，每个人每周要工作二十小时，来供应苏联人的鞋子，否则文明就要灭亡了。由一亿九千五百万美国人养两亿苏联人的欧门计划，是美国总统的一项狡猾的提议。起先为了赢得美国工人的支持，后来则使大家一想到苏联人就恨之入骨；正如美国总统所宣称的，这样可以拯救民主世界，结果也导致了他自己所期待的独裁力量。在经济不景气的压力下，阶级斗争到处蔓延，第四十一任总统又从国会中榨取了专制的权力。《纽约时报》强烈攻击这种趋势，被总统指控为故意妨害国家的和平与安全——因此被查封。

这位总统在白宫一连待了四任，于一九九八年被暗杀。美国人已疲惫不堪，他们要重新开始。世界上应该有个真正民主的世界政府，由爱好和平的国家所组成，共同建立世界法和执法的原则，这一点已非常明显了。没有什么新奇，只是平实可靠的民主规则和代表组织，加上对全体的公正态度，这是任何民主校舍或县间政府都可以找到的精神。但最大的障碍是国家主权。不，没有人会告诉大国该做什么，他们只是为所欲为。国家主权就是这个意思。远在六十年前，一个名叫埃默里·里夫斯的美国人就曾指出这一点。所有浪费时间，敷衍世界政府的似是而非的论点，都有武力做后盾。世人宁可由痛苦中学习，心理惯性是人类史上最大的力量，现在他们已在两次代价极大的战争中取得教训。一位美国参议员于一九九九年起来大声疾呼，呼吁美国人民正视事实，他们自愿花掉八千五百亿美金，使国家负债达到天文数字，二十多个繁华的城市惨遭轰炸，一千万妇孺丧失了生命——却不愿放弃部分的"自主权"。世上没有一个名词曾付出过这么大的代价。

往者已矣，哭泣也无济于事。结果是民主世界联邦的应运而生，幸运地在千年起转点——公元二千年一月一日成立。这只是基本常识。但是，美国觉悟了，其他国家却又是嘲讽、不悦和漠然的。裘迦那（印度诱人迷信牺牲的神）不祥的隆隆声才过去不久，余音仍在耳旁。由于这种美式和平，其他国家对美国的领导权开始怀疑和不信任。美国烧了自己的手指，美国可不愿意再建议供养苏联人了。

为什么大家都昏睡不醒，无动于衷？民主世界联邦就在大家不怎么热心的情况下诞生了。

虽然伦敦全毁了，大英帝国仍在混乱中撑下来，国王查理三世仍在位，受到工会会员的爱戴。这一点马克思看错了，人性是永远不变的。英国侥幸生存下来，它具有神秘的特质，能够不靠逻辑就恰当地掌握状况，这就是英国成功，他国绝望的关键。英国人饱受轰炸蹂躏之余，全国一致咬紧牙关，勒紧裤带，一句话也不说地在短短几年中，就把国家恢复到战前的水准。

法国仍然是欧洲有"文化"的国家，很有文化但非常疲倦。众议院中诸议员，仍然用优美的柯尼利安法文在那儿指手画脚，放言高论，偶尔还互抓颈背。这个动作还产生过一种路易十四的社交惯例，用耸肩来抵挡对方抓颈背的动作。

意大利变成共产党国家了，这一点倒没有人担心，因为苏联已在第三次世界大战中垮台了。共产主义实在是他们自己给自己加上去的豪华标签，他们的主要目标是天然资源和主要工业的国有化。

至于苏联本身，于二十世纪五十年代，自从维辛斯基在斯大林手下当"国家执行者"，谋杀了所有老布尔什维克党员以后，苏联就没有共产党了。苏联的本质变化太大，一九八〇年，苏联中央政治局决定扬弃那古老、陈旧、导致误解的标语——"无产阶级专政"。从此，苏维埃政府决定自称为"衙门阶级专政"，实在恰当。苏联社会演变的结果是中产阶级和资本家都消失了，社会上只有两种阶级存在，一是坐在办公桌后面的人，二是其他的人。一位牛津大学的经济学教授曾说，这种新的阶级划分法实在简明扼要。在"办公桌后"和"办公桌前"两大阶级中，前者显然受到大家的欢迎，因为每一个医生、音乐家、作家、农民、放牛者、兽医和铁匠都渴望能坐在办公桌后面。为了配合这种必然的演变，认可新的阶级组织，苏联的国旗也换了。不再是镰刀和铁锤，而改为在红色的背景上，两边各放一个有二脚、四抽屉的办公桌——作为苏联统治者非凡鉴赏力和理智上诚实的明证。马克思主义者所谓的对改变人性具有决定性因素的"环境"或环境影响力，现在已经是指你面对办公桌的方向了，看你是在桌子前面或后面。那才是决定性的因素，其他什么都不重要。如果你很安全地在桌子后面，你就代表社会主义的进步；你若站在桌子前面，你就很可能有歪曲的思想和性格，喜欢以怠工来宣泄情绪，常常受卑下的欲望的冲击，想做帝国主义的代理人。苏联官方《真理报》解释说，环境对人心的影响，完全是一种心理学的问题。

这一切尤瑞黛全知道，她和艾玛－艾玛谈了不少。但其中有很奇怪的一点，由于艾玛－艾玛太专注于她人类学的笔记而没听到。这件事发生在斯大林政权的最后十年中，根据斯大林派生物学的要旨，环境的影响胜过遗传的理论，中央政治委员会就指示各地的农商，美国人改良小麦和苹果品种的理论是中产阶级式的，不够科学。土壤、肥料和阳光——环境——才是决定性因素。去他的小麦种子！任何专家提出报告，推荐良好种子的重要性，就会被指控有反动的倾向，甚至被控冒犯神明，因为他违反了正统的生物学，这一套当然行不通。小麦的收成，一次又一次地失败了。斯大林死后，在马林科夫统治时期前几年，农商才勇敢地提出真实的报告，分析农业生产失败的原因。斯大林式的生物学当然就暂时搁置了。

大体而言，一切都是悲哀的故事。战败国为失败而哭泣，战胜国却在胜利的重担下呻吟。好一幅可观的景象！

第六章

利斯帕思医生给了那瓶药水，传达了伯爵夫人的口信，就站起身来告辞。

"我要上去看奥兰莎。天气渐渐热了，不是吗？"医生掏出一条颜色鲜明，大得足以当领巾的手帕擦额上的汗水。

"别在这个时候去！"艾玛－艾玛反对地说，"够你爬的。""是啊，不过从另一方面来说，山顶比较凉快。我是不是可以告诉伯爵夫人，尤瑞黛接受她的邀请了？我会在下午茶的时候到她那儿。"

艾玛－艾玛把问题翻译出来，也可以说补充了医生的英文以使尤瑞黛听得懂。

"可是我什么时候才能出去呢？"尤瑞黛问道。

"哎，尤瑞黛，该你自己决定，不是我。你是病人，你想去，你就去，明天，或者下礼拜都可以，那就表示你病好了。你不想去，你就睡到明天、后天和大后天，那表示你还没好。我又怎么知道呢？"

好一个医生！

"我对你说……"利斯帕思继续说，医生的英文学自《圣经》。伯爵夫人曾对他说过，《圣经》是最好的英文范本。"我对你说，你要小心唐那提罗神父。他会来到你身边，使你觉得有罪又害怕。小心点，尤瑞黛，别让意大利人来打扰你的心灵，他是个碍事的绊脚石。我说这些话安慰你，别怕他。"

"我懂你的意思。"尤瑞黛结结巴巴地说。

"接受那对你说话的人，但不要怕，唐那提罗神父并不坏，心地慈悲，很仁慈。我忘了——你的教会是？"

尤瑞黛已经五年没上教堂了。她稍停了一会儿说："新教教会。"

"啊！新教教会！好教会！我是希腊正教，我现在还是，没有分别，所有教会都是好的。"亚里士多提玛说，没有坏教会。但是亚里士多提玛神父不喜欢唐那提罗神父，那个意大利人。意大利人施洗，亚里士多提玛不施洗。耶稣没受洗，凡信我的人都得救。受洗，不受洗，没有分别。受洗不必要，圣保罗也没有受洗，亚里士多提玛神父说的。圣保罗感谢上帝，他只给两个哥林多人施洗。只施洗了两个人，然后就停止了。他不希望人们误解。《哥林多前书》圣保罗没有意见，亚里士多提玛也没有意见。圣保罗说不重要，亚里士多提玛也说不重要。所有教会都好，没有不好的教会。

"关于伯爵夫人——她英语说得好吗？"

"是的。伯爵夫人非常聪明，非常博学。她赞助艺术、文学，她赞助一切事情，她还赞助优妮丝。"

"啊！医生！别这么邪门！"

"大家都这么说，有耳朵的人都听得见。午安，艾玛－艾玛；午安，尤瑞黛。为了伯爵夫人的一帖药，我一定得去看奥兰莎。"

利斯帕思医生走了。

"你喜欢他吗？"艾玛－艾玛问。

"是的，我喜欢他。他讲的话好像很有道理。"

"噢！那你什么时候去看伯爵夫人吧！"

"他真是我所见到过的最好玩的医生。我睡觉，或者我要去，随我高兴。病人自己是最佳裁决者，这主意倒不坏。我想再多休息两天。大家真好。"

"是的，他们真好。劳斯告诉他们绝对不要打扰你。"

"谁是劳斯？"

"他是艾音尼基族的领导者——筹划这岛上一切的哲学家。他有一把又长又白的胡子，一头漂亮的白发从额前往后拢——这人你见过，就是在葬礼中念祈祷文的那个人——穿白袍的，记得吗？"

尤瑞黛说记得。她自艾玛－艾玛的口中，认得了每一个人。希腊正教和意大利天主教神父不太合得来的事，她早就觉察到了。瑟巴斯丁·唐那提罗神父一点也不是坏人，相反的，就像利斯帕思医生所说的，他满心仁慈。但他想劝每个人都信教。她知道一等到利斯帕思医生允许的时候，他就会来拜访她。医生会尽量拖延他来的时间。唐那提罗神父是伯爵夫人的忏悔神父。传说"伯爵夫人"是出资建立此岛的希腊大亨阿山诺波利斯的情妇，她受过良好教育，是岛上有知识的妇女之一。她出身于古老的西奥尼斯家族，曾在巴黎、佛罗伦萨和洛桑等地接受教育，是艺术和艺术家的保护人。她每年一度在别墅中所开的舞会，煞有介事得真让艾音尼基农夫们咂舌。

"这真是块研究人类学的沃土，非常富饶。"艾玛－艾玛说，"人类的心理实在令人迷惑，以前的人类学家只将人分成短头、长头两

种族类，和林奈对植物学的分类法一样。我们早已超越那阶段，转
而研究人类的习俗、组织和信仰，更进一步探讨影响人格的社会力
量的相互作用。开始研究人的心智、禁忌、压抑、动机，等等。不
要以为野蛮人才有禁忌；现代人的禁忌才多呢，所以人类学才那么
有趣。举例来说吧，伯爵夫人和优妮丝的关系就非常令人迷惑。你
去伯爵夫人那儿，就会见到优妮丝了。"

"奥兰莎呢？她又是谁？我真爱这名字的发音。"

"是啊！希腊人都有迷人的名字。她起初是阿山诺波利斯的情
妇——现代英语中叫情妇，东方人叫妾，在十八世纪的法国叫交际
花，在古希腊叫名妓。我们人类学比较开明，我们不注重名词，而
喜欢追溯事情的本身，也就是所有民族共有的遗传。是对男人一夫
多妻本性的让步，也为男人崇拜完美女人的欲望提供了社会的、情
绪的和美学的解释。你不是拘谨的人吧？我希望。"

"不！"尤瑞黛大声说。

"我并不是指粗俗的卖淫，而是指名妓类型的，你知道，像教苏
格拉底雄辩术的阿斯帕西娅之流，或者像动人的芙里尼或狄奥多拉。
我禁不住要想，狄奥多拉曾是个多么迷人的交际花，也许也有非常
的才智，才能使苏格拉底不时地和她交往。一副女性美、优雅、智
慧的魅力的瞬间映象，也是女性理想的实现。一个成熟、开放，有
时候很聪明的女人，正处于她的巅峰时期。男人追求那种完美女性
的形象，现代人有时候在电影明星中寻找这种形象。当然，那一切
都是暂时的幻象，只是男人将脑海中的映象投射在某个女人身上而
已。但只要这种幻象存在，就能令人满足，其中实在没有多大区别。
现代男人崇拜电影、图片或照片中的人，而古代男人则在活生生的
人身上崇拜那种形象。"

"奥兰莎呢？"

"她是位公主，是白俄贵族。她父亲是安德列耶夫·索马瓦未屈王子，也是阿山诺波利斯的朋友。当我们刚来的时候，他对社区的贡献很大。是个银样镴枪头，不过很有用。我是指别人对他的看法，他看来颇有王者之风，高大、魁梧——当他将彩绶勋章全身披挂的时候，真使人一见难忘。最初，我们需要这么一个正式的骗人玩意儿，尤其要震慑泰诺斯人的时候更少不了他。奥兰莎，倒宁愿别人只知道她的名字，这点正好说明了她的聪明。她并不在乎头衔，她转移了阿山诺波利斯对伯爵夫人的感情。你知道，男人嘛，虽然阿山诺波利斯至死都是伯爵夫人最亲密的朋友。他于六七年以前去世，是个非凡的人，把所有的财产都留给了奥兰莎。她就住在山顶上，一栋宽敞有凉台的石头房子，非常雅致，虽然不很大。她的儿子史蒂芬是个白痴，和她的女儿克洛伊都住在一起。从某方面来讲，这对阿山诺波利斯也是个悲剧——我指他的白痴儿子。事实上他们最后在希腊神父主持下结婚了。唐那提罗在那时候真找了不少麻烦，煽动了整个意大利天主教社区来反对阿山诺波利斯的不道德。阿山诺波利斯听从奥兰莎的劝告，采取外交手腕，请唐那提罗神父主持罗马式的天主教婚礼。但是这位善良的意大利神父不为所动，他宣布阿山诺波利斯已经结过婚了，而他的太太据推测可能还活着，又没有教皇的特赦，他不能也不愿为他们主持婚礼，而且，当时的情况当然无法与教皇联络得上。他既拒绝为他们主持婚礼，又尽力阻挠亚里士多提玛来主持婚礼。婚礼前两个礼拜，他在讲坛上高声猛讲婚约的神圣、私通和第七戒，还滔滔不绝地引述黛利拉和巴比伦妇人的故事。亚里士多提玛发现他必须在他的讲坛上加以还击，他也同样了解《旧约》的故事。亚伯拉罕有两个太太，雅各也是，而约伯曾娶了自己的姐妹利亚和蕾切尔——所罗门王有三千嫔妃——所有这些都可信手拈来支持他的论点，上帝，以他无穷的智慧，确曾对爱他的人大发慈悲，为他所拣选的子民改变戒律。亚里士多提玛最敬爱的圣保罗就说过，结婚总比被欲火烧死的好……整个社会对这两位敌对神父的道理都十分激赏。大家的意见分歧，有些人认为，阿山诺波利斯作为一个领导人，应当率先建立一个敬畏上帝的典范；其他的人就比较抱着同情的态度。那是真的，他的合法妻子仍活在人世，但是任何男人若在生活上与妻子分隔那么远，都该有自由再娶他所爱的女人，他们终于结婚了。但从此以后，奥兰莎永远不原谅这位意大利神父。我倒很佩服唐那提罗神父的坚守原则。"

"但你说她是个公主，怎么又会是个妓妾呢？"

"我说她是阿山诺波利斯的情妇。在此之前，她曾在我们男性心灵抚慰学院受训。那是个很特别的机构，劳斯想出来的。打老婆的人到了那儿，毛病就好了。那不是个现代欧洲人所想象的那种职业。那里面的女孩，是从岛上最美丽的和最有才能的人中挑出来的，她们被送到那儿学习诗歌、音乐和舞蹈，她们婚后成为更好的妻子。这个机构的主旨是在女孩婚前，教导她们一些男人的黑暗面和对付男人的方法，它是岛上的最高学府。你该承认，最适合女人研究的题材就是男人……"

就在这时候，波文娜进来说泰瑞莎修女来了。泰瑞莎修女真是青春、纯洁和甜美的化身。不像一般世俗的妇女，她穿的是一袭白袍，头戴面纱。念珠和长流苏的腰带，使她看来像慈悲女神一样；她双手合十地招呼她们，那姿态也像慈悲女神。

艾玛－艾玛请她坐下。

"利斯帕思医生特别允许我来拜访你。"她用差强人意的英语甜蜜地说。她问尤瑞黛近况如何，并且轻微提到她对所发生的事情十分同情。她希望她在这儿舒服而愉快，她相信这是上帝的旨意。

尤瑞黛觉得惊讶，岛上竟有修女。对方告诉她说，一共只有六个修女，包括院长姆姆在内，四个希腊人，两个意大利人。在修道院里，她们的国籍无关紧要。她们一面读书，一面垦殖花园。

"你病好后，一定要来看我们。如果你喜欢的话，可以待几天，享受修道院里的和平安静。"

"你快乐吧？"尤瑞黛问道，半信半疑地。

"非常快乐。"修女的微笑是真诚的，露出一口洁白平整的牙齿。

"尤瑞黛，"艾玛－艾玛说道，"你来到这里真是幸运，你不知道你运气有多好。在这儿我们并没有拥有一切，从另一方面说，我们又拥有很多。"

尤瑞黛一直很惊奇。她表示在她被困的岛上的生活，确实比她所想象、所期望的要好。至少，这儿并没有食人族。他们是欧洲人，是很奇怪的一种，不像任何她所认识的人，但总归是欧洲人，有很高的文化水准，艺术、雕刻、音乐和歌曲再放异彩。她甚至感谢那些乡间小菜、羊奶、乳酪和美味的肉类，以及这么舒服的小屋。在世界科学进展中也许落后了好几个世纪，但却比较舒适。漫步在泰诺斯的街道上，和走在十六世纪某些奇怪有趣的小镇上没有什么不同，风景太美了；气候也宜人，除了中午较热以外，气候是很舒服、很怡人。有违她的本意，她竟然爱上这里的平易、安详和肃穆的气氛，她已经觉得自己内心起了变化了。

"我想，我很幸运，"她不太确信地说，"只要我能相信这一切都是真的。我想，我只是还不太习惯。"

泰瑞莎修女起身告辞。她再三邀请，并且说她将很乐意带尤瑞黛到处逛逛，或为她做任何事。

"你真好。"

尤瑞黛真高兴有那么一位温柔年轻的女子做朋友。

"你若想出来就能出来吗？"

"是的，当有事要办的时候。这星期我们很忙。有六个太太在那边。利斯帕思医生说，这两三天之内还有两位太太要来。太多女人聚在一起不太好。"

尤瑞黛送她到走廊，目送这位年轻修女消失在拐角处。

"她真美丽，"尤瑞黛转身向艾玛－艾玛说，"她说那些太太们和她们在一起是什么意思？"

艾玛－艾玛微笑着说："我知道你会很惊讶，修道院是个公共机构，由纳税人出钱支持。事实上，大部分公共设施都带有宗教性质。太太们到修道院待十天或两星期，可让她们好好休息一下，换换口味。如果地方没被住满，她们还可以住得更久，也许住三四个星期。"

"那她们的丈夫怎么办呢？还有三餐和孩子们呢？"

"他们只好自己想办法，劳斯坚持如此。太太们有权每年离家半个月或一个月，完全离开丈夫和孩子，这样对她们有好处。当然，对丈夫也好。等太太们回来后，他们就更能体会太太的优点。我认为，这是个很有道理的构想。"

"劳斯一定是个了不起的人。"

"你以后就知道了。"

第七章

尤瑞黛已经觉得康复了，心里的波纹也已经平复。

她的感官意识开始发挥作用，她离开的旧世界和她偶然发现的这个小岛开始发生关联。显而易见，她在中太平洋地区发现了一个欧洲殖民地，由于缜密的计划和目标，这个殖民地逃过了两次世界大战，情形也许就像她读到过的德国潜水艇船员建立的殖民地一样。她发现的这块殖民地，显然是一个新社会哲学家之流的人的构想。根据她的观察，此人所采取的路线恰恰与她所熟知、所相信的人世标准相反。强迫妻子每年离开丈夫和孩子一段时间！还有什么"男性心灵抚慰学院"——显然相对地也治疗了男人心灵的毛病！好新奇、好怡人的设想！还有她没见过的博物馆、文协馆——劳斯这家伙到底想干什么呢？回归古希腊的生活方式？古今文明的再检讨？

"告诉我劳斯的事情，你们这些人是怎么来的？这一切到底是什么———个乌托邦吗？"

艾玛－艾玛由眼镜后面抬起双眼，嘴角露出满足的微笑，仿佛回想到很久很久以前的某件快乐、奇怪、不寻常而又冒险的事情。

"不，"她说，"别用那个字眼，别在劳斯面前用这个词。乌托邦有空幻的意味，像是某个梦想家，梦想改变人生，照自己意愿改革生活的虚幻计划。如果你把这个艾音尼基人的殖民地说成乌托邦，劳斯会生气的。所有社会学家的实验都失败了，有些计划甚至根本无法付诸实现。看看柏拉图笔下的妻子与子女的社会，人种改良和哲学家国王。他只是为了自己的愉快，而写下了理想的国家该如何如何，我认为他并不真想见到他的理想国真正存在。正如你也知道的，他在西西里岛的戴奥尼斯王那儿运气并不好，因此他回到雅典教书。劳斯是个十分实际的人，他说，所有的乌托邦都因对人性的假定太多而失败。要一个人写一本书，说我不喜欢人性中的这一点——好吧，我要改变它，这是太容易了，一个没有阶级的社会中，国家凋零了！我们从实例中看到，他的门徒发现建立历史上最专制国家是必要的——为了使在位的人继续保有权力。一个没有阶级区分的社会，大家情同手足，一起致力于公共的福利！父母子女的亲情被更高形式的忠诚所取代！人民为国家而努力工作，不是为个人利益！不管什么时代，人若捉弄自然，自然也会还以颜色，而且加倍索回代价。不，劳斯颇为自己的保守而自豪。假如这世上还有一样被他了解且尊敬的东西，那就是人性。他从不试图改变它，只因为他了解人性是无从改变的。一个哲学家的首要责任，他说，就是要毅然面对人性，做最好的利用。他有中国人的血统，他不想改变这一点。还有些人你没见到，否则你不会将此岛称为理想社会，还差得远呢！唐那提罗神父、利斯帕思和其他的人。我跟你说过伯爵夫人、奥兰莎和亚里士多提玛。我们一点都没改变，是不是？你让波文娜告诉你关于乔凡尼的太太裘安娜的事情，听了你真会以为你又回到那不勒斯了。生活就是这样才多姿多彩,才迷人。"

"我确实认为这儿多姿多彩。"

"你还没见到安德列耶夫·索马瓦未屈王子呢。他真是罗曼蒂克的人物,比小说还要传奇,若不是我认识他本人,我真会以为他是从小说里走出来的人物。不,生活仍然不变;人性也依然在我们身上,一点没变,十分丰富。"

"那又何必建一个殖民地呢?我还以为有什么新的意义呢!"

"正好相反。这殖民地意味着一些年代久远、古老的东西。人类的社会一下倒退了好几世纪,你知道,在社会进步中,我们流失了某些东西。由于工业化,人类改变了很多,这就是劳斯感到有兴趣的一点。人性不再完整了,有些东西失落了。人类原始而丰盈的人性被禁锢、压榨、脱水,在角落里皱缩成一团。劳斯就是要找回我们所失去的,更多一点生命,更多一些想象,更多一些诗歌、阳光、固有的自由和个性,这些就是劳斯想找回来的东西。这个社会是否使你有非常希腊的印象呢?"

"非常希腊化。"

"哪些呢?举个例子。"

"嗯,譬如说裸体,我感到震惊。"

"没有理由吃惊啊!现代人假装欣赏石画或油画上的裸体,却对活生生的人体感到羞耻,没道理嘛。做个好基督徒,不然就做个好希腊人。基督教文化与希腊文化的混合,给现代文明带来了灾难,使人神经紧张。这是我们继承下来的无法解决的冲突,像化解不开的感情,这对道德而言是不健康的。你觉得乏味吗?"

"一点也不,请继续说下去。"

"以一个人类学家——人类的研究者——的立场而言,我对人类的心理习惯、心灵反应和宣泄，深深地感兴趣。这个赤裸——你认为那很色情吗？"

"我不习惯那样。"

"那是不同哲学的象征，从某一方面看来，那是一种生活方式。我们对人体应该有更多的尊重，这是十分异端的想法，我承认。我在萨摩亚群岛、塔希提岛、帕果岛上见到过许多人和事。传教士注入土著脑中的第一个概念，就是人体的不洁。裸体对他们来说不是色情。说到色情，在美国不是仍有以'只限成人'为号召的电影吗？我小时候，曾对一切事情加以想象。而我以为'成人'一字和'私通'有关，自语源学而言，确是如此。私通是成人做的事情，事实上，所有这类影片都应该标以'限儿童观赏，成人不许入内'的字样。当儿童了解成人所谓私通的意思，对他们才有害。你真该让劳斯跟你谈谈人类心理问题。"

"你正要谈劳斯和他怎么开始筹划这块殖民地。"

"我只能告诉你我们是怎么开始筹备的。我是深被劳斯的话所吸引，因而签名参加的人之一。我们是在雅典的一家酒店里偶然碰到的，至于殖民地的构想和他的目标，你应该去问他自己。他是个迷人的谈话能手，他有办法和你分享他的想法，一步一步诱导你到一个只有他自己才知道的结论上去。他简直是充满了各种概念与构想的魔鬼，能洞穿事物的本质，充满了强烈的异教徒气息。他探究一切，不认为世上有任何理所当然的事，常把古老的真理化为新的反论。他引述《旧约》传道书说，天底下没有新鲜事，什么话古人都说过了。他是个相当大胆的人，他和阿山诺波利斯都是非凡的人物，只有这种人才设想得出这么大胆的计划。

"那是在一九七四年，第三次世界大战爆发前一年。"艾玛－艾玛开始追述这块殖民地的起源。当时她正旅居希腊，想研究古希腊殖民地爱奥尼亚牧羊人的民族心理，以及有多少古代的神话被保存下来，又有多少被根绝或移植到基督教文化中。她研究得越来越深入，终于了解到地中海盆地附近的男女神祇、宗教仪式和神话主题在文学中往往互相借用。她待了两年，在那儿遇见了劳斯，当时他已年近四十，正当盛年，但已经是一个曾有过非凡事业的退休外交官了。他有张杰出的脸，浓黑的双眉，宽阔的颧骨，炯炯的双眼和不寻常的长耳朵。他并不英俊，但使人一见难忘。他是个沉默的、超然的人性观察家，当他谈到一个题目时就滔滔不绝，充满雄辩和慑服人的力量，音调温和而镇定，正符合哲学家的样子。如果他的想法大胆，他的音调就平静而充满冥思，间杂着活泼俏皮的智慧。艾玛－艾玛那时早已经听说过他，他的自发退出外交圈和十年的退休生涯，建立起了奇妙、有创见和任性天才的名气。当时艾玛－艾玛已是位著作等身的教授，只跟他谈了不到十分钟，就对他的想法着迷了，当然其中也加上她自己独创性和独立性的思考。

劳斯三十二岁以希腊驻联合国代表身份退休，隐居起来，一面内省沉思，一面阅读在一般图书馆中难得见到的古代珍籍。他的外祖父是中国人，在西西里岛的塞拉鸠斯从商，他的父亲是希腊人。他的外祖父实际上是个文盲，像其他无孔不入的中国商人一样，穿过西伯利亚，渗入世界上每一个缝隙和角落——德累斯顿、柏林、巴黎、西西里、阿尔及尔、巴尔干、刚果——完全没有领事馆的庇荫。当拿破仑被放逐在圣赫勒拿岛的时候，有些商人也在岛上。他极年幼时就死了父亲，母亲则改嫁给一位克里特岛上的农夫。年幼的他就在此地长大，当地的古废墟和邻人告诉他的米诺塔（人身牛头怪物）故事，大大激发了他的想象力，这一点和他只接受了部分西欧文化有很大的关系。从牧羊者中赤足长大，灌输了他坚忍独立的精神，获得自足与自信，在他内心充满了田园、溪流的大自然之美，一种获自单纯的力量，使劳斯的心灵远离当时社会流行的矫揉造作。

他长大也不识字。他说实际上他浪费了整个童年，但却很高兴这样。十五岁的时候，他突然感受到强烈的求知欲。他获得村中神父的帮助，教自己念书。十七岁时，他跳上一艘渔船到了雅典。他的进步神速，且不论他所讨厌的数学方面的能力不足，他还是很快就进了雅典大学，在大学里，他培养出好问的习惯，但是和同学却不太来往。同时，他研读英文、德文和法文，他对外祖父的好奇，也引导他学习中文。此外，又学土耳其文。他从来不玩游戏，也没玩过枪。当他进入当地一家小报做事的时候，他仍然贪婪地继续看书。到了二十三岁，他居然能说动雅典的出版家出版他第一部作品《婆罗门教对毕达哥拉斯之影响》，其中，引申了许多概念，尤其是灵魂轮回说，或是灵魂转世说。这本书吸引了当时学者的注意，但却没替他带来大家的赞美或财富，接着他又有一本书问世，《众神的喜剧》——一本讽刺当代政治人物的书，他的声望从此建立。二十七岁，他被任命为希腊驻开罗使馆的代理公使，然后荣升为正式公使，成为有史以来最年轻的公使而声名大著。不过，他对古物却更有兴趣，他对法老的历史和伊西斯、奥西里斯及密特拉诸神的祭典仪式的兴趣，超过他对当代政治的兴趣。三十一岁时被任命为希腊派驻联合国代表，说出了一句举世闻名的开幕词："在这里拥有世界的希望。"

他早该知道，联合国只是个世界意见的讨论会场，所有的含义也只是如此。他自己是完美的演说家，听别人演讲时却一路睡到底。

他确知波兰代表要说的，苏联代表已经说过了，波兰佬却要花一个半小时再说一遍。每一位代表都想表现一点学者风范和爱好和平及正义和国际性人类友谊的理想，他十分厌烦。他看不起外交官的演说，觉得和鸡尾酒会里的香肠、马提尼酒差不多；对干练的谋略、低声密谈的讨论、互相支持的交易与缺乏力量的决议，并没有多少敬意。联合国声言要阻止战争，结果只漂亮地解决了几场小纷争和边境冲突事件，比如在小国中，打伤了几个公路警察啦，等等。这些带给各国代表们一份满足和成就感，使他们握更多的手。许多健康和卫生、控制白奴运输方面的活动，给大家带来事情正在做、进步业已完成的幻觉。至于说阻止大型战争，联合国一点都无能为力。它的目标并不在此，也不干联合国的事。劳斯认为，联合国能够阻止毒品交易、流行病和饥荒——它能阻止任何事，甚至连排水沟都挡不住战争。它并不是世界性的政府，没有制定世界法的机构，也没有执法的手段。它只不过提供了一个绝佳机会，让各强国代表们聚集一堂，畅谈他们不同的观点。有些国家必须遵从多数的意愿，大国则不然。这就是阶级，一种十分受用的感觉。你不必捐弃一点权利或尊严，世界仍照样进展。劳斯发现，联合国的价值只是一种道德力量，但是单靠道德力量是不够的。它欺骗了许多人，却骗不过慧眼独具的劳斯。

他饱受幻灭之苦，辞职隐居起来。技术上说他辞职是不错的，他确实提交辞呈。但也有传言说他是被希腊政府召回，或者暗示他辞职，他才请辞的。那是他在纽约的一个对内俱乐部发表演说之后的事，当时有许多社会名流和外交官的太太都在场。他的演说是无懈可击的，他的思想引人深思——一向如此——他对人类的进步，做了一番哲学性的检讨。他否认人类的进步。他说，在谈到进步以前，最好要先找出自己的方向。演说到此，一切很好。然后他犯了一项社交上的错误，有损外交官和雅典政府代表的身份。他说："人类一直向前走，却漫无目标和方向。文明染上一种叫作'射精不止'的新毛病。"这句粗鲁的双关语，被认为是低级趣味；年轻的外交官太太听了哧哧偷笑，年长一点的则皱紧眉头。于是劳斯被召回去了。

在开罗的时候，他和一位他深爱的希腊女郎结婚，她却在婚后不及一年时去世了。他没有再婚。他追随希腊先哲毕达哥拉斯，成为一名隐士。他什么都试过，包括斋戒和素食。然后他到东方旅行，由于未能进入中国，他就在日本京都附近的一座寺庙里研习了两年，深深被佛教禅宗思想所迷。给他印象最深刻的地方，就是巴厘岛。那地方的人依传统而生活，只是西化的印尼政府，受了西方基督教"人体不洁说"的影响，强迫天真的少女、少妇遮起了她们的胸部。其他创造性、艺术性的天分仍然存在，并且非常活跃。巴厘对他的思想影响颇深。

经过十年的流浪和蛰居，一个殖民地的构想，慢慢成形、成熟。他并非十分反对物质进步，他只是反对过度的进展——会杀害人类本身。他仔细研究过自工业革命两世纪以来的历史，他确定人类失去的和得到的一样多。失去的究竟是什么呢？他发现，对这个问题，很少学者深入研究过。有一件事他能确定的是：物质研究越来越进步，人类受到的注意就越来越少。人类个性改变了，他的信仰也改变了，人类与大自然的关系也改变了，人类自我在社会上扮演的角色也不同了。自精神角度而言，人类越来越贫乏。他渐渐失去自我。机械的进步应该暂停一下，已经有的已经不错，也很足够。他要花点时间想想别人没有想过的问题。与人类生活行为有关的哲学到底怎么了？他发现，哲学留下来的东西只是哲学的历史而已。哲学家是否该将十八世纪人类遗留下的问题重新拾起呢？他需要时间思索，重新追溯失去的价值，找机会看看人类若有幸换一个环境，该是什么样子。他需要一个远离现世的殖民地。

　　有一天，他走进阿山诺波利斯的办公室，把他的构想告诉他。在他看来，阿山诺波利斯是个合适的人。除他而外，没有别人能负担得起这样的探险，从日益受到战争威胁的摩登世界优雅地撤离。那时候，阿山诺波利斯才四十五岁，仅比他年长几岁而已，穿着讲究，文雅、机敏、乐观、实事求是、有决断，喜欢做不寻常的事，身心都很活跃。只有极有胆识的人才能接受劳斯的创见，才能抛弃一切，到一个遥远而不为人知的世界，开创一种新生活，甚至是一种新的文明。

　　阿山诺波利斯正是这种人。他早在十五六岁的时候，就身无分文地只身到了南美洲。他说他要在三十岁以前成为百万富翁，而他在二十八岁以前就做到了。他成为一个大船队的主人——其实是好几个船队——许多艘货轮来往于世界七大洋，他已得到他所想要的。一个亿万富翁，希腊古物和史特拉笛瓦提琴的收藏家，拥有不少大厦和游艇，四十多岁时，他已经实现了他一生的野心。他甚至买下了一个国际知名的赌场，并且资助一个芭蕾舞团。他打算在四十五岁的时候退休，好好享受一番。这就是劳斯所找的人。

　　"你愿意放弃一切你所拥有的，忘掉你的船队、别墅和一切，而藏身在世界一角落——比如说南太平洋某地——重新开始另一种生活吗？"劳斯说。

　　"真是个好主意！"阿山诺波利斯早就听说过劳斯的盛名，仰慕他，并且已见过几次面，"战争就要来了，任何有眼光的人都看得出来。你是个哲学家，但我却是个讲求实际的人。我想，等战争爆发后，我再靠船运赚个几亿应该不是件难事，但另一方面，我也可能随时在放射线下化作尘土。这是个很实在的选择。我喜欢这个构想，再多活几年，在遥远安详的地方度过我的余年。也许有个隐秘乐园呢。事实上，我一直想退休——非常想——而做些其他的事，一些别人从没做过的事。"他说着发出雄浑、粗犷的笑声，"如果你有什么异想天开的妙想，就告诉我。否则，我是不会有兴趣的。如果没有人对逼近眼前的战争想出什么点子来，就让我们俩想吧！"

他们就计划一个新殖民地，不是暂时的避难所，而是永久的安居地，在那里他们可以开创新生活。劳斯完成了全部设想。使科学进展暂时延缓，阿山诺波利斯也同意。那一定得是个年轻、新鲜、有生气的社会，像古希腊一样。阿山诺波利斯非常热心。是的，他刚好知道这么一个远离货轮航线的小岛，没有什么商业价值，制伏土人应该没什么问题。有几百个人加入他们，最好是结过婚有小孩的，而且最好是希腊人。他们将要携带些工具、马达、原料、工匠，几个科学家和医生一起同去。他们也要有小麦的种子、玉米、甘蔗、烟草——他相信烟草可以在那里生长。噢，对了，还有酒。那边亚热带有的气候与希腊相差无几，他相信他们可以种植葡萄，当然还有牛、羊。

社会上默默流传着一个消息，商业巨子阿山诺波利斯正在征召一群男女，要到远方去定居。他们花了六个月的时间，努力做各种远征的准备。问题复杂得吓人，也多得吓人；像准备诺亚方舟一样，但很刺激。他们两人都受到柏拉图式狂热精神的启发，简直把自己想成被高度冒险精神引诱的海盗。"世外桃源号"起航。许多牧羊人、农人和渔夫都签约加入了行列。没有年轻的叛徒，没有长发的艺术家和红衬衫。劳斯坚决认为，若没有好厨子和音乐家，生活也就不值得过了。劳斯很用心寻找厨子，以维持岛上优良的烹调传统。

这可不是一个随随便便的项目，美酒、歌唱、美食和美女，构成了舒适生活十分之九的条件。劳斯追求艺术，艺术在他心目中占了极大的分量。他试着把生活简化到最基本的条件，但他没办法脱离美食、一张好床或提琴的音乐。劳斯是个复杂的人。

阿山诺波利斯远至维罗纳去找一个提琴制造家。当他在拿波里的公司把这个消息传出去的时候，应征者蜂拥而来。阿山诺波利斯一向喜欢意大利人，喜欢他们的欢乐和好客。劳斯喜欢意大利人则有他私人的理由，他们不喜欢战争，热爱家庭。但是他们必须拒绝二十个来自墨西拿的理发师，他们哪可能有那么多头发要剪？他们一共挑选了五十个意大利人，甚至有人谣传他们是要去寻宝。劳斯自己忙着挑选一万二千册书带去，他说动了雅典大学科学院院长阿提模斯博士和他们一起走。因此除了斑鸠、羊和橄榄外，船上还装了成箱的书、科学仪器和四架钢琴。

在最后一刻，阿山诺波利斯因想到日后现代药品之不可得而害怕起来。他与现代经济组织——使他富有的组织——不和，但他对现代医药却无条件地崇拜着。他们不可能携带够他们一辈子用的药品。在这一方面，随行的卡德莫斯医生曾向他提出保证。缓泻剂、奎宁、盘尼西林和一些止痛剂就够他们用了。

卡德莫斯医生是一流的医生。他早就准备答应和阿山诺波利斯一起来了，阿山诺波利斯知道他作为一个研究学者的名气更甚于职业医生的知名度。

"你指那些药丸吗？"当阿山诺波利斯问卡德莫斯的时候，他反问说，"你是个聪明人。我必须向你坦白，那些药丸只是医药界对病人的让步，他们非吃点药才会觉得快乐。他们总要求医生，'医生，想想办法吧！'除了塞给他们一些药丸，我们又能做什么呢？一个医生的最大能耐只是把病人的身体置于最容易复原的状态，药丸通常只能减轻病症；正确的食物、休息和健康的生活方式——这才是治病的良方。我们对病人说的第一句话就是，上床躺下休息——对吧？我们永远不会叫病人乱跑乱跳。躺下去，我们说，躺下去。"

"但是药品一定也有用吧？"

"你真使我吃惊，阿山诺波利斯，大约有百分之八十的病是自己好的，不是医生的功劳。"

"你说百分之八十？"

"是的，百分之八十。你喜欢数字，所以我告诉你数字。另外百分之十五是药品之助，专门的药品。另外百分之五是治不好的，不管有没有药都一样。在大部分病例中，药品只是帮助身体抵抗疾病。只要有机会，身体一定会抵抗的。绝症当然治不好。反正病人过了一段时间就会慢慢复原，没有明显的原因，也不用药。这是一切奇迹治病的科学基础，佛教或基督教都一样。功劳则归于祈祷或药丸——这是看病人的愿望了。此外，现代生活中，有一半疾病是得自拥挤的城市生活和现代事业生活的紧张。这样一来，现代人百分之五十的疾病都可以自动绝迹。世界上没有一种东西比得上阳光、新鲜空气和健康、悠闲的生活方式，这些我们都可在岛上充分获得。健康的生活方式比世上所有的药物更能保障生命，你想，高加索的农夫为什么经常活到一百岁？不必了，只要充分的阳光和蓖麻油就足以应付岛上最严重的疾病了。"

阿山诺波利斯松了口气。

就在这个时候，世界各报登出了希腊商业巨子——阿山诺波利斯乘"世外桃源号"远赴南太平洋探险的消息，目的地没有透露。次年初世界大战爆发，大家已将他和那一群同行的男女遗忘。

第八章

　　"阿山诺波利斯的太太不肯陪她丈夫一起来，"艾玛－艾玛说，"她认为他简直疯了。不能怪她，像她那个年龄的女人，有了一切安全感，习惯了别墅、仆人、安适的生活，当然不肯放弃一切，到一个荒岛上过原始的日子。还有，柯蒂莉亚·卡士提利欧尼伯爵夫人也要来，她比她年轻多了，具有她丈夫非常欣赏的才智，不仅分享了他对马特尔及希腊古物的爱好，而且满腔热情。伯爵夫人是虔诚的天主教徒，就是这样，唐那提罗神父才参加的。阿山诺波利斯一向不喜欢神父，他是个不可知论者。不过，伯爵夫人说，她的忏悔神父一定要同行，否则她就不走，他只好让步。他想，女人大概需要宗教吧。不过伯爵夫人坦白告诉他，生命中有一些真理，只有女人敏锐的心灵才能感受，他虽拥有一切男性的智慧，却天生感受不到。他就是没有触角，没有触角来感受。阿山诺波利斯听她说这些话，便更喜欢她。因为她说的话都很令人费解，正因为令人费解，使她显得难以捉摸，非常神秘，因此就更迷人了。"

"第三次大战前一年的八月十五日，我们从皮拉斯港出发，"艾玛－艾玛说下去，"这时候，船上大部分人都以为我们要到某一个岛上去寻宝，我们一路上，一个名叫特拉西马丘斯的旅客使这谣言更形象活跃。劳斯对这个谣言泼冷水，并且告诉大家，金子要靠大家额上的汗珠、大家辛勤的工作，在羊群、作物和果园中寻找。他向他们提出辛勤工作，低税率，好天气和和平的保证这已经够公平了。我们五六个人在那儿，都是阿山诺波利斯的密友——包括劳斯、科学家阿提模斯博士、卡德莫斯医生、伯爵夫人、阿山诺波利斯一位特殊的朋友安德列耶夫·索马瓦未屈王子，还有他的小女儿奥兰莎。他们认为我懂一点南太平洋的语言、法律和风俗，也许可以派上用场。我们绕过直布罗陀海峡，穿过巴拿马运河——一年后毁于第三次世界大战——向特立尼达开去，沿着南美的海岸前进。

"航程一直很顺利、很愉快，没有阴雨。我们是在特立尼达停船补充用水和食物，只有一个人中途下船。一位年轻的工匠听说我们要到不知名的小岛永远不再回来，他吓坏了；跑到岸上一去不返。船上的生活很惬意，和普通出游没有两样，有牌局、甲板运动、鸡尾酒会、好酒，晚上还有音乐。迦里是阿山诺波利斯亲自选的最佳提琴手。有时候，我们假想自己正在太平洋旅行，永远找不到小岛，或者阿山诺波利斯会改变主意，我们一年以后就回来。下甲板也妙趣横生，农夫和渔人拿出他们的提琴，有人弹吉他，男男女女在月光甲板上跳舞，音乐和笑声夹着牛羊的鸣叫——真像一个快乐的大家庭。除了到处有山羊味，事事都如意。我们很幸运，那时正是八月底，不过大海日间是一片白浪，晚上却是晶莹的靛青色，随着船身的前进而发出磷光。

"我们到了秘鲁沿岸，才发现船上有一个希腊正教的神父，是以牧羊人的身份偷偷跟来的，那就是亚里士多提玛。阿山诺波利斯反教会的态度早已远近闻名。有些神父登记要参加这次远征，照顾移民心灵上的福祉，他一概拒绝了。而且，一个神父也够了。不过，希腊农夫都是正教教徒；当他们一想到自己的孩子没有人施洗，就大感震惊。当时亚里士多提玛是一个年轻教长，被派驻在奥林帕斯山附近，农夫们秘密商量要他以牧羊人的身份登记。他是一个正规的正教神父，当时他的想法还没有受劳斯的影响。

"我们在秘鲁海岸遭到了暴风雨。船身在暴雨和波涛中颠簸了两天。每当船尾被抛上天际，整条船就抖动、割裂，发出不祥的声音。简直像一只风信鸡，在黑暗的海中被魔鬼踢来踢去。暴风雨平息后，船身极有韵律地在余波中慢慢摇晃。不少没出过海的农夫都病倒了。第三天，有一位老牧羊人不幸逝世。他们去报告卡德莫斯医生。太阳出来了，船只那狂怒的颠簸也停止了。大家去请唐那提罗神父，他手拿祈祷书下去，准备替死者祈福，才让大家举行海葬。亚里士多提玛却站在那儿，头戴黑帽，身穿整套教士袍，也拿着羊皮的祈祷书。他们四目交投。意大利神父把偷渡的高个子神父从头到脚打量了一遍，惊奇得愣住了。伯爵夫人告诉他，他是唯一获准上船的神父，是这群小羊唯一的牧者，哪里跑来这个不速之客，这个披着羊皮的野狼？亚里士多提玛个子很高，不戴帽子也有六英尺二寸。唐那提罗神父讨厌高个子，因为他要仰头才能和他们说话。他喜欢俯视农妇和小孩，拍拍他们的肩膀——这个姿势比较适合神父的身份。不过，他们握了握手。唐那提罗神父天生坦率、温和、友善，具有开朗的笑容；假若他当时牙齿比平常露得多一点，在那种情况下，也很正常嘛！

"'咦，尸体呢？'他挺了挺身子说。

"'在那边，'高个子神父答道，'实在很难为情，不过他家人希望我为他执行最后仪式。我名叫亚里士多提玛，是奥林帕斯山区的教长。'

"唐那提罗神父暗自高兴，这位陌生、秘密的教士声音很小，甚至有点自贬身价的意味。他知道自己有一副男中音好嗓子，在米兰大教堂中能发挥高贵的特质，深入圆顶的每一寸隙缝中，使石头震动，发出清晰、脱俗的回响，以追随上帝的荣光。

"阿山诺波利斯来到了现场，奥林帕斯村民都要求他让他们自己的神父来执行教仪，说这是死者的愿望，这一段纠纷终于平息下来。其实亚里士多提玛神父在死者断气前，早已行过涂油礼。阿山诺波利斯和蔼地答应了，因为这种事应该尊重遗族的意见。后来阿山诺波利斯把亚里士多提玛带到甲板上，问他一些话。阿山诺波利斯对这些事情，比彼拉多（把耶稣钉在十字架上的罗马总督）对犹太人的吵架更不关心，他根本不在乎。而且，他发现自己很喜欢高个子神父，他喜欢个儿高的人——所以他才喜欢安德列耶夫王子——亚里士多提玛常常到甲板来陪我们，和俄国王子也交上了朋友。俄国王子、亚里士多提玛、阿山诺波利斯和劳斯看起来真像埃尔·格列柯笔下的圣徒，伯爵夫人尽量欢迎亚里士多提玛神父，同时又为唐那提罗神父打气。她是个虔诚的天主教徒，人又聪明，当然看得出来亚里士多提玛和唐那提罗崇拜同一个上帝。"

两三个棕色裸体身影突然出现在花园里，打断了这次航程的叙述，他们声音尖细焦躁，要找波文娜。

艾玛－艾玛和尤瑞黛冲到走廊上。

波文娜出去了，大概在广场附近，艾玛－艾玛叫他们到那边去找。自从来这里以后，尤瑞黛第一次看见她快乐的面孔罩上一副愁容。

"怎么回事？"她问艾玛－艾玛。

"她父亲喝醉酒伤了人，把人家牙齿都打掉了。"

"真是糟糕。"

"我真恨这种事，不过这是泰诺斯人的风俗。如果我有办法，我真想阻止他们，那是半宗教性的风俗，很难扑灭。"波文娜来了，头默默垂着。她们目送她直挺的褐色身子跟着泰诺斯土著走出大门，她回头对她们笑了一笑。

"我为这个女孩子心痛，她要去接受一切，勇敢的女孩。"

"接受什么？和她有什么相干？"

艾玛－艾玛以逆来顺受的口气，慢吞吞地说："那是他们的风俗。"她说，"她要去替她父亲赎罪。"

"我不懂。"

"你当然不懂，她老爸犯错，她要去接受鞭打。不过她会乖乖地承受。我真想去阻止，不过她仍是她父亲的孩子，不得不遵从他们族里的风俗。"

"你到底说些什么？"

艾玛－艾玛情绪相当激动："我等一下再告诉你。我要去烧一点热水，准备一帖敷药。我想她黄昏就可以回来，她不会谈它——只是接受它，把它当成做女儿的义务。希望他们别打太重，那女孩像野草一样倔强。"

艾玛－艾玛忐忑不安，她搜遍房子，找一些干净的破布和硼酸粉。尤瑞黛从来没有见过她这么激动，波文娜以前也挨过打，她总是笑着回来，背上有淤血的伤痕，可是坚持说不严重。不过，艾玛－艾玛很久才平静下来。

她们在走廊上坐了好几个钟头，俯视一英里外北海岸的泰诺斯村庄，还有岸外碧蓝的海水及海上点缀的几艘渔船。泰诺斯人自建的绝壁土屋由远方望去，真像锯齿形的养兔场，密密麻麻的一大片，间杂着几处青葱。看起来真安详，有如一首牧歌。

"如果风往这边吹，我们也许听得见她的叫声。"

"不，那孩子不会叫的。泰诺斯人挨鞭子，从不叫。他们的个性中含有神奇的力量。"

"他们为什么不打那犯错的人呢？"

最后，艾玛－艾玛恢复了客观的学者态度说："泰诺斯人和所有原始民族一样，具有一种稍为野蛮，却颇合理、严厉的正义感。如果有人怒殴邻居，他的一个儿子就要被人打屁股。泰诺斯法律中，这叫作'罪恶的转移'，由别人代为受罚而消除了罪恶。这是原始的正义感，根本上源于人身祭祀或动物祭祀。罪恶必须付出代价，但犯罪者本身不想接受惩罚，于是就想出别人替死的办法，用羊啦，或更早的时候用人当祭品。这样，在神的眼里一切就摆平了。你一定听说过，把美丽的少女丢到海里，以拯救全村的瘟疫或旱灾。"

"我可不想当那个少女。"

"可是她别无选择。甚至在文明的生活中，父亲犯罪儿子受罚也被认为是正当的。当然，父亲权威很大的时候，不难叫他们相信儿子该替老父受罚。不过，劳斯定了一条艾音尼基式的法律，和这个方法相反，由社会心理学看来很健全。这个办法很有效。艾音尼基人的小孩犯错，他的父母要受罚。如果一个小孩偷东西，我们就把他的父母关起来——他的父亲，或母亲，或两个人——关三天。通常情形不至于此，但是理论是这样。如果孩子做坏事是谁的错？这是个家庭荣誉问题，很符合孔夫子的理论，而且确实有效。假如孩子偷东西或犯别的罪，父母会觉得丢脸，责任在父母的肩上，是他们疏于职守。这一点，我相信，正是本岛实际上没有少年犯的原因。我们让父母自己处罚孩子，只要他们觉得适合。及时阻止他们，免得使他们变成积习难改的犯法者。"

"听起来蛮有道理。可是泰诺斯人又怎么样呢？"

"他们有完全相反的正义感，做法相反。一个女人若犯了通奸罪，大家就用石头打她的女儿。你觉得没道理，他们却认为有。当然，他们不至于把这可怜的女儿打死，但是一定要有人赎罪，否则瘟疫就会降临。这是很熟悉的替身牺牲和赎罪的老观念。安德列耶夫王子有一次救了一个四岁的小孩，使他免于被石头打死。他祖父偷了邻居的羊，杀来吃了。我们看见村人围着那个赤裸的小孩，他很惶惑、很害怕，连一个四岁的孩子都感觉得到，全世界都与他为敌，他叫着跑着。有人开始扔石头，打到他的头。安德列耶夫走出来，怒火满面。他一言不发地扬起鞭子，抽打手上拿着石头的人，然后抽第二个、第三个、第四个。其他的人看他走近，马上把手上的石头丢了。王子看来真够瞧的，六英尺四寸高，火红色的前额和赤褐色的头发在阳光下闪闪生辉，全身挂满勋章——他不戴勋章绝不出门。他们知道他就是王子。他追问是谁丢出第一块石头，一个十六或十八岁的男孩拔脚就跑。他被抓了回来，王子用鞭子猛抽他，抽得他尖声求饶。那小孩躲在灌木后面观望，王子好不容易才哄得他停止啼哭，把他带回去交给他母亲，叫他们别让这种事再发生。"

"这完全合理，"艾玛－艾玛接着说，"如果一个人的罪可以由他的儿子来偿还，那么由孙子赎罪也是合理的延伸，甚至可以延到第三、第四代。那是他们的宗教，神明不喜欢看到罪恶没有受到惩罚。他们的理论是，由于祖父带有罪恶的种子，因此小孩一生下来，身上也带有罪恶，很玄妙。如果小孩能免去生的烦恼，那真是大慈大悲的行为。你不信这些，对不对？当然这个理论会伤到孩子，是个可怕的教条，居然在孩子连左右手都分不清的时候，就指控他有罪。可是泰诺斯人的教士相信这些，并且非常武断。孩子生来有罪，换句话说，如果这个家庭富裕，有能力杀只羊来代替，小孩的罪就被替死的羊'接收'了。把罪放进去，然后拿出来，教士可忙坏了。这些在我们看来或许复杂，但对他们野蛮的心智而言却是十分合逻辑的。以动物祭祀来代替人身，已是人类文明的一大进步了；后来又有火烧祭品来代替杀生，这已是后期的事了。天帝起先是个喝人血的神明，他们像食人族一样，一等到野蛮人学会了烧烤的技术，他们的神祇也同样爱上了烤肉。"

"真可怕，吓死人。"

"就是这样，人类学才有意思。把自己置身于野蛮人的立场，再追随他们的想法看看。他们并不恨那个小孩或那头祭祀的羊，也不恨他们正鞭打着的波文娜。他们只是另有一套荒唐的逻辑。没有人能动摇他们罪恶必须付出代价的想法，由罪人或别人付出都一样，只要有人替犯罪者赎罪就行了。"

使尤瑞黛更困惑的是艾玛－艾玛引述的另一个故事。这个故事听起来很有趣，正足以表现泰诺斯人想象的特性和可怕的正义感。当她告诉劳斯和阿山诺波利斯这个故事的时候，他们也不太了解。故事是说，古代有位国王住在宏伟的宫殿里，周围是皇家公园。（艾玛－艾玛猜想，那大概是古印加国王，住在安第斯山顶；她的理论主张岛上的土著是由那儿来的，而不是从中太平洋的小岛上移居来的。）国王禁止他的臣民采皇家的水果，也不准踏入这块皇室保留地。有一天，邻村的一些小孩采草莓，无知地走进了皇家公园，被皇家侍卫逮捕到了。国王盛怒之下，将全村的人放逐到边远的小岛。村民非常不高兴，因为那里的土壤干燥，作物很难生长。他们责怪他们的孩子，使他们陷入困境。同时对残忍的国王心存不满，怨声载道。国王有一子，有一天打猎时经过这个新村落。村民认出了他，扑向他，用棍子把他打死。而后来的结局真是使人惊异，听说了自己儿子的死亡，国王很高兴地原谅了他们，因为他的正义感得到了满足。他派使者对他们说："国王陛下已原谅了你们，因为你们杀死了他唯一的儿子。他死了。你们的罪也被赦了。你们全都可以回来了。"虽然这种推论对艾玛－艾玛和尤瑞黛而言，稍嫌夸大，但它却很适切地说明了泰诺斯人赎罪的想法。

艾玛－艾玛解释这个故事说，国王也答应原谅他们未来犯的罪——抢劫或偷盗，甚至私通——因为他们的罪已被代为偿还了。这样当地的法律很轻易地就荡然无存了，因为每一次一有小偷被抓到，他只需要提醒国王王子的死就可获得释放。他们天真原始的信念是很难动摇的，因为这样他们就可以免除沉重、讨厌的道德悔悟的重担。从说故事人的艺术观念看来，国王起先不可理喻的严苛，后来却宽容到极点，这种个性的转变似乎并没有烦扰到泰诺斯人简单的头脑。他们看来，一切都合逻辑，很连贯，完全相称又令人满意。

艾玛－艾玛发现这个王子被杀的故事，非常高兴。因为这个故事印证了泰诺斯人源自印加的理论。在秘鲁旅行时，她曾听过一个类似的印加故事，情节稍有出入而已。王子被村民推下悬崖，而不是被棍子打死。其中一项重要的细节吸引了她的注意。在秘鲁人的故事里，国王的名字是鸦胡诺，在泰诺斯的传中说则叫作迦庸塔，显然是更早的字。如果她能搜集到"g"音变为"y"音，"j"音变为"h"音的例证，其间的关系就更可以确定不疑了。有一件事非常明显——"g"音是早期的发音，研究语音学的人都知道。如果她能够确定印加语言中艰难的喉音"破"为颚音的过程，就能帮助她测定泰诺斯人过去移居的时间，她将因此而快乐非常。一般说来，移民不会参与母国语音的转变，所以他们移居的日期一定比"g"音化为"y"音的年代要早。

第九章

太阳下山的傍晚时分，他们可以看见波文娜黑黑的身影，由一个年轻人搀扶着，一拐一拐地走上斜坡，时而被山脚下的甘蔗田遮住了。底下的山谷躺在阴影里，蓝色大海仍在傍晚的夕阳下闪闪发光。她们由门廊望过去，看见年轻工人扶着波文娜走上岩石小道，那条路蜿蜒地伸向城中心，离屋子五十码左右。艾玛－艾玛站起来向她挥手，波文娜也挥挥手，面露微笑。

"那个年轻人是谁？"尤瑞黛问道。

"提华哥，她的男朋友。"

穿过广场时，波文娜吸引了许多人的注意。大家围着她问了许多话，并检查她背上的鞭痕，裘安娜已经告诉他们事情的经过，一些无所事事的人就在附近游荡，等着她回来。

"严重吗？"当他们走进前门时，艾玛－艾玛问她。

"我已经休息好一会儿了。"女孩回答说，一面不自觉地把背转过来给她看。黑黑的脸孔露出了微笑，甚至显得自豪，因为她已经完成了任务。她背上有几条暗红色的交叉鞭痕，一直延伸到腰下，消失在短短的红裙里，伤势严重的地方覆着绿叶。她跛得很厉害；每走一步都会引起剧烈的疼痛，但是她尽量忍受。提华哥扶着她的手臂，喃喃地发出听不懂的柔声细语，女孩微笑着。

"进来吧！你得躺在床上，我来料理伤处。"

她被护送到西边的房间，一张原始的竹床占了半间房。提华哥和尤瑞黛进进出出，帮着拿水和绷带。女孩美好的身子侧躺着，光滑、健壮，有如黑色的豹子。尤瑞黛和那个年轻人站在门廊的窗外望着，艾玛－艾玛则替她清洗伤口，敷上药膏。刚才爬上岩石小路时，有些伤口又流出血，把裙子都染红了，这女孩居然还能走路，真是奇迹。不过她叽叽喳喳讲个没完。波文娜这个"个案"，艾玛－艾玛无法以人类学家的客观态度处之。她眼看着这个泰诺斯族的女孩，由小孩长成明媚、自主、动人的二十岁少女。艾玛少不了她银铃般的笑声和她偶尔的任性。

"哦，天啊，他们对你怎么了？"她一面剥下绿叶，一面说。

"如果他们不打我，就会打我弟弟。他太小了。等他到了十六岁，我就要他取代我的位置了。我已经在家留了话，如果我父亲再打架惹事，要他们来找我。"

"你父亲有没有看见你挨打？"

"他看了。打完了之后，我把背给他看，叫他以后要检点些。我想他很惭愧。"

尤瑞黛听了这女孩的话以后，觉得有件事很奇怪——怪的是这种惩罚居然对犯罪者产生作用。除非他是彻头彻尾无药可救，他不会喜欢见他的子女为了他的缘故而遭受鞭打，他下次要喝酒、打人的时候，就会三思而行了。不过，尤瑞黛认为劳斯的办法比较好，如果孩子因行窃而被抓，他的父亲就会被关上三天，让每个家庭照顾成长中的小孩，美国该使用这个办法，就不会有少年犯了。多年来，少年犯罪的问题曾耗去了她不少心神，始终不能接受任何解决方法——尤其是把少年犯关在国家感化院里，与年长的恶棍、流氓为伍。相反的，泰诺斯人似乎把惩罚儿女教育父母的办法反过来了。野人的智慧……旅行确能增长见闻。

提华哥把女孩留给艾玛－艾玛照顾，自己回村子去了。他说他第二天再来看她。

第二天早上，尤瑞黛醒来后躺在床上。她觉得自己十分强壮、十分健康。她来泰诺斯已经有一礼拜了，她真该起来，好好参观这个小岛。她想去晨游，以前在圣菲利浦常和保罗一起去游。他们往往通宵工作，喝个四五杯咖啡，游一会儿水，然后才上床睡觉。到这儿才一个礼拜，而她已经把一切都撇在身后了。波文娜，走路还是一拐一拐的，已经在厨房里忙了。艾玛－艾玛喜欢躺在床上，阅读或写她的稿子，通常到十点才起床。时间在这小岛上不算一回事。

她想着所有她听说过的人——劳斯、伯爵夫人、奥兰莎和王子。命运使她投身在一个奇怪的人群中——她的工作突然中断了。统计、记录、报告和地学测量旅行——一切都安全地抛在身后，再也唤不回。她会在这奇怪的社会上待上很长、很长的一段日子，这里人们的行事方式，像是一个理想国，眼看着要粉碎她过去所有的信念。她可以在心中画出这小岛在地图上的位置，像是浩瀚的太平洋中的一颗珠宝，孤立、自足，一个充满文化乐事和愉快的生活方式的地方——那里有二万册书籍（他们发觉原来的一万二千本不够使用，后来又由"世外桃源号"运来一些加以补充），大概在文协馆里——远离人类智慧应付不了的过大的文明所带来的烦恼和难题。粮量问题、人口压力、好战国家的忌妒和竞争——所有这些都仿佛离开她好几世纪了。这时一切复杂难题都显得不必要了，人类在未经思考和计划的进化过程中，跌入了一个自我困境。没有人想过或预言过，工业进展对人的影响究竟如何。她现在开始看到一点端倪了。

总之，她认为就算地学测量的人一年左右不来找她，也不算坏事，她可以学一点新东西。

尤瑞黛静静躺在床上。没有早上的报纸，没有办公时间的限制，没有电话。她从哪儿听来的一个名词，"辉煌的独处"？艾玛－艾玛告诉她，她来这儿真是幸运。此地的宁静气氛几乎是拜占庭式的。她听到厨房的动静，思虑转到那位泰诺斯少女身上——想到她的勇敢，她的责任感，她对那位青年的爱情，她脑子的单纯。她曾两度看到她中午独自下水，在岩石间、小溪里游泳，除了围一条毛巾，身上是一丝不挂。她一直以为上釉的浴缸是文明必需品呢。她突然想起一句谚语，生命中最好的东西往往分文不取。

尤瑞黛一面躺着，一面感觉自己快掌握住人生的根本，以异乎寻常的眼光看到人类社会心理的问题。如果她被迫留在小岛上，至少不会再有悬而未决的苦闷。她在这儿，保罗已经死了，脑子不必做决定了。

她爬起来，披上艾玛－艾玛给她的上衣。

"湖泊在哪里呀？"她走进艾玛－艾玛的房间说。

艾玛－艾玛摘下了眼镜。

"早安，尤瑞黛。告诉我，你第一次月经来是什么时候？"这太过分了。尤瑞黛满脸通红，很不自在。真是拜占庭式的宁静！她真不该和人类学家住在一起。

艾玛－艾玛看出她的反应："希望你别介意。我正要为你做些笔

记……""我也是你研究的个案吗？还是金赛博士的报告？"尤瑞黛
具有主教会会员的敏感，她觉得这问题几近粗俗。

"告诉我嘛——你不会介意的——我不是为警察局做档案——一
切都为了科学。"

"我不知道。你记得你自己第一次来是什么时候？"

"很不幸，我忘记了。不过我保证这个资料对科学很有用。我备
有岛上一百三十五位少女的记录——希腊人、意大利人、泰诺斯土
著，还有混血儿。"

她指指书架上的一堆档案夹："很重要。"

"请问是干什么用的？"

"我想确立男人和女人的性周期。劳斯也很感兴趣。"

"这个就让你忙了这些年？"

"我忙得很快乐，当然不止这些，我想研究一切影响男女性格、
风俗、信仰、偏见的力量，包括内在和外在方面。"

"你说劳斯有兴趣？"

"是的。他有一个惊人的理论，他曾读到过公元二世纪一位中国
作家的作品。这位中国作家……"

波文娜来敲门，手上端着托盘，茶和早餐都放在盘里。艾玛－
艾玛对她微微笑了一下："伤口怎么样了？痛不痛？你是个好女孩。
东西放在那儿就好了。"

少女走出门的时候，艾玛－艾玛目送着她。"真是好孩子。"她
说，"我才不会替我爸爸挨打哩，老天爷。（艾玛－艾玛有时候会赌
咒）我正在说，这位中国作家列出神秘的性周期，女人是七，男人
是八。似乎讲得通。真有点神秘。女孩的青春期开始于七的两倍，
也就是十四岁。男孩开始于八的两倍，也就是十六岁。女人的更年

期四十九岁开始，男人则开始于六十四岁。这个基本的周期似乎很正确。当然具有重要的社会含意。男人成熟较慢，周期也较长。譬如十七岁的叛徒，或者智慧齿之类的问题。有一个神秘的'X'支配着人体的发条……把那杯茶递给我好吗？谢谢。"

艾玛－艾玛啜了几口茶。托盘上有希腊点心。"劳斯说，女孩子整个青春期是七年，男孩是八年。少女到了二十一岁完全成熟，男人要到二十四岁，这是他们该结婚生子的时候了。你认为呢？"

"我不知道，听来蛮有趣的，湖泊在哪里？"

"什么湖？"

"我来那天，看到女孩子洗澡的那个湖。我很想大清早去游一下。"

"这主意不错，你现在复原了。波文娜会带你去——不，我陪你去。你真该好好看看这个小岛，你还没有真正参观过哩！"

第十章

　　她们走上灰岩板铺成的路，爬上斜坡，坡上有一排排稀疏的屋舍，隐在北边山脊热带林后面，和三十英尺下面的小溪平行，两旁列有散乱的石头和苍郁的灌木，左下方就是天鹅绒般宁静的晨间大海。四顾无人。深棕、带铁锈色的石板看起来干干净净，因为上午常有雷雨，像个清道夫似的，把落叶和碎石冲下坡底。

　　往上走几百码，她们转入一条泥土小径。绕过水松林，来到一片空地，遍地的松针，散在稀疏、峻拔的松树树荫里。眼前就是澄蓝的湖水，离海面三百英尺左右。林木渐浓，七八十英尺的树梢顶传来小鸟的轻唱。尤瑞黛心头一惊，认出那不祥的一天，保罗泳罢上岸，一头一脸都是水，两三个女孩子在树下穿衣服，正是这个地点。过去这周简直像一场梦。

　　"跳下去，快点上来，早上水很冷。"艾玛－艾玛说。

　　"你不下来游吗？"

　　"不，我这个年纪不行。"

尤瑞黛很快游到湖泊的半程，敏捷而优雅地划回来，泡泡水对她有益。她觉得皮肤刺痛，赶快擦干，一面发抖，一面用毛巾猛揉身子。她觉得很舒服。

"走吧。"艾玛－艾玛说，"我带你到树林那边的悬崖去。你可以眺望全岛。"

她们踏过发红的沙地，走上一条小路，放眼尽是密密的叶林，扑鼻满是树脂的芬芳。稍微爬一段，她们已站在一个岩架上。俯视整个城市，全城静静躺在无云的蓝天底下。城市和大海隔着一条绿绿的林带，再远一点就是一片蓝纱似的礁湖，几个黑点说明了珊瑚洲的所在。起伏的乡村慵懒地横在一片片玉米田、台地和向海的岩脊上。田野到处散布着一块块灰蓝的色彩，那就是橄榄林。海岸线弯弯曲曲，调皮地伸向南端突出的大海角。一点也不像她从天空看下来的样子，不是她心目中住满食人族和野兽的章鱼形小岛。岛上温暖，有人情味，充满优美的弧线和柔和的色彩，温暖、迷人而安详。

高地上的牧羊人已经出来了。艾玛－艾玛告诉她，这里叫德里安高地，牧羊人和葡萄果农大部分来自德洛斯岛。阿山诺波利斯的别墅名叫"官邸"，就在和她们现在所站的地方差不多高度的南面山岬上，奥兰莎和她父亲就住在那儿。通往门口的小径两旁有密密的丝柏和白色的回廊，屋后是一座奇怪的石头建筑物，前面敞开，是阿山诺波利斯养黑山羊的地方。他最喜欢发毛密布的山羊，那不只是一种嗜好，他简直着了魔。艾玛－艾玛说，整栋房子都充满羊膻味。但是阿山诺波利斯少不了那股味道。真值得心理学家研究一番，艾玛－艾玛说，据说他特别喜欢头发多的女人。黑眼的奥兰莎可能就是一个例子……

向东望去，她们所站的高地缓缓下斜，葡萄园一望无际，然后又往上升，升到壮丽、崎岖的山顶，艾音尼基族惯用祖国的地名来称呼这儿的地方，就把这座山称为艾达山。艾达山丝毫没有阴柔的气息，只有宽广的侧翼和斜坡上肥沃的平原，以大幅弯曲和折叠之势，降到溪谷里，使它成为母性的象征，一块奇怪的花岗岩裂痕累累，似乎是完整的一大块，在山上形成一座圆顶，外形很像机梭，又像待放的牡丹苞尖，滑溜溜的圆形花瓣缓缓向上斜。线条柔美谐和，毫无可怕或阴森的感觉。全区最特别的山边明亮的异彩，杂着许多泛白的颜色——巉崖那特殊的蓝褐，葡萄园的暗绿和明紫，还有一块块红色立在碧绿光鲜的草地上。这一切要归功于清朗的空气，连远处坡地上的白羊也看得一清二楚。斜坡和高原中间有一弯清流，由上面的水坝流下来，在阳光下闪烁，活活泼泼地穿过四五个如画的小瀑布，流到大海去。此间的风景具有好玩、嬉闹的气氛。

"山顶那边是什么？"尤瑞黛问。

"山那边很陡，笔直降到海湾里。但是南面有好几英里的原始林地，有些土人就住在那儿。我们不住那边，因为水有一点咸。不过那边有很好的牧草，可以养牛、羊。"

她们前方靠城市的一面，有一座小教堂有红色的十字架，尖顶藏在绿叶里，离广场不远。艾玛－艾玛又指了指博物馆和文协馆的屋顶给她看，就在城市上方的半坡顶。

"那是什么？"尤瑞黛指着左边一个露天的半圆形空地说。

"那是圆形剧场。希腊人对喜剧实在很擅长。他们每年要庆祝一次大节日，艾音尼基节。男性心灵抚慰学院的女生要演出一个名剧，还有诗歌朗诵和体育竞赛。整个殖民地要疯狂三天，喝酒、欢宴、跳舞。我们下去吧？我带路，我们由城里回去。"

"图书馆在哪里？我们能不能去看看？"

"你有的是时间，在文协馆里面。"

她们向南走一条狭路，一道窄窄的石阶笔直通到下面，两旁泛着粉红的石墙，尤瑞黛发现她的高跟鞋简直下不了山。下坡真受罪，她又不能脱下来。有一次她绊了一跤，几乎跌倒，幸亏扶到了墙壁。

到了平地，她们穿出一处橄榄林，由后门进入圆形剧场，对面的舞台是用大块石板筑成，完全露天。尤瑞黛趁机脱下鞋子抚摸脚踝。

"痛吗？"

"有一点。"

"你不该穿高跟鞋。"

"我没有别的鞋子。"

她望了一下空空的看台："全都是你们建的？"

"是的。当然还有土人的协助。"

"告诉我，你们起初来的时候怎么样？是不是和他们打了一仗？"

艾玛－艾玛对这一段插曲特别得意："不，亲爱的，不。"她语气有一点沾沾自喜，"劳斯不希望流血。我们需要他们，需要他们的劳力和友谊。你以为怎么？我们说他们野蛮，自以为文明。在南太平洋、澳洲、新西兰、非洲，我到处看到白人带枪去。我们才是侵略、好战之徒。土人通常都很老实，像孩子一般单纯。有些部落好战，但很少是侵略性的。他们并不比我们好战。"

"你们怎么办呢？"

"谋略。用谋略胜过他们，克服他们。只用几只羊、一些小提琴和一头漆成白色的母牛。那是一个很特别的诡计。直到最后一刻，我们还不敢确定有没有效果，我们不得不冒险。靠涂漆的母牛和索马瓦未屈王子。"

尤瑞黛每次听到那个名字，便咯咯笑起来。

“你笑什么？”

“没什么。”

“阿山诺波利斯要武装上岸，劳斯和我劝他不要。我们要在此建立家园，劳斯、安德列耶夫王子和我终于把他说服。我们开航前就订了一个计划，我相信行得通，我很了解土著。头脑简单的土著很容易安抚，根据我和塔希提人、萨摩亚人相处的经验，他们都是爱好和平的民族。

“我们计划夜间抵达。到达的第一夜，我们亮起探照灯在岛上的空中映出怪异、好玩的图案。我们还找到土人的几间房子，让光线集中一段时间。我们看见黑黑的身影在白光中跑进跑出。然后我们开走了，没有上岸。第二天晚上我们又来了，重施故技，还放了几个火箭，然后又在天亮前开走。第三夜我们准备登陆。我们猜想，土人已经够迷惑、够敬畏了。我们要做一些惊人的举动。我们进入礁湖，隐约看见小岛被围在雾峰里。你知道，亚热带之夜从来不会全黑的。等一切就绪，我们就放射漂亮的烟火，一连串蓝、绿、紫色的火箭、弹雨、流星，烟火的噼啪声震撼全岛。那时候是九点左右，探照灯又亮了，数百个男男女女和小孩都来到岸边，我们继续表演给他们看。他们看厌，音乐就开始了。先是号角、鼓声，接着是横笛和小提琴柔美的旋律。你绝对想不出音乐对野人的影响。安德列耶夫王子全副盛装，帽上有一颗金星，我们这几个获选最先上岸的人都穿着白衣服。我有一个预感，有了王子、白牛和音乐，他们很可能把我们当作神明。果然不错。

“我们爬上小船，大概只有二十九个人。我头上也有星星，手拿金杖。我是女神。我就骑在那头涂了颜色的母牛身上。乐队跟在我们后面，正当我们要上岸的时候，船上射出一道白光，足足在空中停了五分钟，把黑夜都化成白昼。土人完全迷住了。

"这完全是一场狂妄的闹剧，时间恰到好处，表演也精彩绝伦，效果是很讽刺的。我，骑在一头白牛上，一手拿金杖，另一只手拿着一袋珠子。我们向前进，安德列耶夫王子在我右边，领着一只羊，提琴手在我后面。我们是超人，超自然的神祇。土人们俯伏在地，有几个则跑进黑暗中，但是大部分的人都像是中了魔似的。我不知道效果最大的是什么。"

"不过一定是那只羊吧。"艾玛－艾玛大笑，似乎仍然欣赏那次玩笑，"那只小羊向前跑几步又向后奔回来。我禁不住笑起来。他们从来没有见过这种动物，如果他们来自印加，他们就一定听过他们的祖先谈过安第斯山的骆马。不管怎么样，他们的首领向我走来。我试着说了几个字。他好像听不懂。忽然，他跪下来，就像向女神下跪一样。我轻笑着以金色权杖碰他的头，作势叫他站起来。我亲切地从母牛身上下来，拿出一串珠子给酋长，这对我来讲并非难事。我太了解土人了，我把珠子套在他脖子上，并尽可能甜蜜地说：'喏，那边。'然后我走上前去，挑出年轻妇女，给她们一些好看的小玩意儿。这就够了，果然生效了。他们很迷惑，但很友善。安德列耶夫王子也分发他的小玩意儿，戒指、手镯。我相信里面一定有一位皇后。那并不难找出来。一个黑黑的中年妇人正对酋长大叫，一面指手画脚。我保留了一串最大的项链给她，上面镶了亮晶晶的宝石，中心还有个镀金的圆圈。

"自从那个时候，我们知道我们眼前不会有危险了，船长泰勒马丘斯早已命人把探照灯准备好了，万一遇到突袭，就把光线对准他们的脸部直照，使他们看不见。不过，没有必要那么做了。我们向后面打信号叫更多的人上岸，这时候乐队开始奏乐，我们快乐地跳着舞、笑着。我们真的笑了，在航行了七十五天之后我们终于登陆了。那时候是十月底。'你想他们是不是很感动？'安德列耶夫低声问我。'现在安全了。'我说，'土人们从来没像今晚这样娱乐过。你去吧！用你的魁梧身材和金色的星星迷住他们，表示你的友善。碰碰他们的头，使魔咒继续维持下去，并且让他们服从你。像神一样讲话。'他照做了。过了一会儿，他发出声王者之风的大叫，并做手势叫他们回家。他们就像小孩似的跑了。

"当晚，我们就在岸边露宿，有人守夜继续看守，以防发生事情。

"第二天早上，我们闯入村子里，吩咐大家要对土人友善，绝对不要冒犯他们。为了让他们怕我们，我们就来了一场射泥鸽子的射靶表演。阿山诺波利斯和我们之中的一些人是好射手，他们一场令人印象深刻的表演，使他们永远都忘不了。

"然后，有件事发生了，阿提模斯博士告诉我们，下次满月的时候刚巧会是月全食。月食来得真是时候，劳斯颇费了一番周折，安排我们的领袖和泰诺斯土王在月食那天会面，讨论我们安居的问题。我们已经送给他们慷慨的礼物，土王也表现得很友善，答应给我们建立城市的地方。可是安德列耶夫更进一步要求艾达山边的坡地，准我们放牧。我们晓得土王会反抗。安德列耶夫王子非常生气，中止了讨论说：'走吧！今晚九点半的时候，我要叫月亮暗下来。'这一点，借着许多手势，仔细地解释给泰诺斯土王听了。我们小心安排了一项表演，确定土人都会来看。阿提模斯博士手里拿着表。月食前五分钟，鼓声大作。在戏剧性的九点三十五分，安德列耶夫王子挥动他金色的权杖，命令月儿暗淡下去。从这次以后，我们和泰诺斯人相处就再也没有麻烦了。"

"船呢？他们把它毁掉了吗？"尤瑞黛问道。

"没有。泰勒马丘斯回去了。阿山诺波利斯把船给了船长。在两个月的航程中，我们已经了解到我们遗漏的东西。但是，不管我们计划多么周密，我们还是需要更多的金属工具、补给品、纸张、衣服和药品。船长奉命保密，没有一个水手确切知道我们在哪儿。阿山诺波利斯有一种恐惧、一种非常不舒服的感觉，担心烟草的收成会失败，酒和烟草的供应会断绝。这真是件滑稽的事。当你记录人类文明的进步时，你突然了解烟草、酒和竖琴是人类几件永恒的发现，真正为人类获得舒适、智慧和快乐的生活。你可以像我们一样没有铁路、汽车、收音机，仍然过得很舒服，但若少了烟、酒和竖琴，生活的情调就丧失了，人类就会因此更贫乏。你会以为阿山诺波利斯认为他带来的六十箱酒足够了，但是他觉得很不舒服，他要确定小岛能造酒，而且味道甘醇，所以他才带那些德洛斯的造酒专家来。不过，他叫船长不要泄露小岛的秘密。要他一年后照我们开的单子，再带些补给品来。阿山诺波利斯答应他每跑一趟，就送他一艘油轮。泰勒马丘斯第二年来了，第三年也来，连续来了三年。葡萄种成了，我们已拥有一切器具和物品，阿山诺波利斯叫他不必来了，泰勒马丘斯很高兴，他现在已拥有三艘油轮。过了好多年，他为友谊又来一次，来看看我们过得怎么样。他真的信守诺言，没有告诉任何人这回事。那也是八九年前的事了。"

尤瑞黛眼睛一亮："他永远不再来了？那是不是永远地告别了呢？"

"也许是吧？谁知道呢？也许他会纯粹为了好奇再来一次，或许自己也退休而来这里。也说不定他已经死了。"

"他上次来的时候多老了？"

"五六十岁吧！你在想什么？"

"我不知道。"

第十一章

她们走出圆形剧场，踏过体育场外的枫林小巷，来到通向广场的闹街。尤瑞黛的出现已引起注意，葬礼以后，村民一直没有再见到她。她的白罩衫和紧身黑长裤，她那梳得很时髦的金发，使她在众人之间非常醒目。这位就是干着傻差事、在他们身边迫降的美国小姐，他们都想表示友好。小孩子手放在唇边，脸上挂着留恋的笑容，围绕着她。少女带着梦样的好奇心凝视她，有些女孩眼睛是蓝色的。窄窄的街道横在树荫里，清凉宜人。有些人戴着披肩，少女用披肩的方式很特别——有些人围在头上，有些人披在右肩或左肩，也有人绑在脖子上，或者搭在裸露的双肩上，两端任它垂在背上——姿态千变万化。围巾不是一件衣物，而是女性卖弄风情时变化无穷的工具。这些少女研究尤瑞黛的发型、鞋子和唇膏的颜色，研究得好仔细、好亲切，简直像科学家审视第三纪的鱼类标本。给女人一根针、一件小玩意儿、一条缎带、一条红毛巾，她就会以女性可爱的色感和妥帖的观念，试出种种搭配法，不管她是纽约的名媛或塔斯马尼亚的老祖母，都没有两样。她们记得以前看过，奥兰莎的金拖鞋，还有伯爵夫人镶着绒蝴蝶的平底鞋，现在觉得尤瑞黛这双肉色、摩登、踝部有交叉黑带的鞋子比她们的更漂亮。很多人不惜用一双眼睛去换这样一只鞋呢。这么尊贵、这么美妙的设计！世界上再没有什么比一双鞋子更珍奇、更能满足女性的虚荣，而这些少女大部分赤着脚。

她们进入广场。房子密密麻麻，有些是三层楼，外面涂着灰泥，有些是两层楼，窗边排着盆栽的花朵。尤瑞黛停下瞻仰喷泉中赫尔墨斯的雕像，是用青铜铸的，上面生了斑斑驳驳的绿铜锈。水柱流到长满青苔的石基上，他下半身都湿透了。这是一流的艺术品，赫尔墨斯面带顽童的幽默，头稍斜向一边，仰望万里无云的晴空。

尤瑞黛发觉，有一个穿开领白罩衫、素花黑裙的丰满少妇站在附近，和艾玛－艾玛叽叽喳喳谈着话，她就是裴安娜，也就是乔凡尼餐厅的女主人。裴安娜向尤瑞黛投来坦诚、文雅、友善的目光，她说如果艾玛－艾玛和尤瑞黛能在哪天让他们招待一顿那不勒斯式的晚餐，她会感到十分荣幸。那将是至高无上的愉快。她丈夫是那不勒斯最好的厨师。

"乔凡尼，出来见见我们的贵宾。"裴安娜向餐厅的方向大喊。

一条油腻的围裙由黑蒙蒙的房子里露出来，接着走出一个秃顶、灰发稀疏的粗短身材，一张显然生来是圆圆的面孔，如今已深陷到高耸的颧骨下，还蓄有两撇浓密、僵硬、上卷的斯大林式胡子，那真是大丈夫气概的胡子。乔凡尼笑，这是他脸上最重要的特征，是他男性气概的指标。每当裴安娜叫他出来见客，或者像连珠炮似的说了一大堆，而他无话可答的时候，他就捻捻胡须。那是一种刻意、优雅的姿势。他是乔凡尼·法兰西斯哥·沙威里尼，那不勒斯最好的厨师。换句话说，就是味觉艺术家，正如画家是色彩艺术家一样。男人在顾客面前要有尊严，不能让人说他怕老婆，不幸的是裘安娜不但嗓门大，对事情又有决定性的意见，对自己充满信心，尤其对于她叫他在某个特别时候要做的事情非常武断。他是个艺术家，艺术家是很有远见的，做事喜欢三思而行，考虑事情的正反两面。不过，他捻了半天胡子之后，总是认为裘安娜有理，就遵命行事了。村里都谣传他怕太太，他想，主要原因大概是裘安娜吨位超过他。他愈来愈瘦，愈轻，愈骨感；裘安娜却愈来愈重，愈胖，愈软。他身上的油都烧干了，灯芯还燃烧不息，也就是那一股艺术的自觉和神技，使他能把普普通通的茄子化成国王桌上的美味。阿山诺波利斯曾亲自来尝他做的开胃菜，是自己采的黑橄榄，续随子嫩蕾和茄片，加上鳀鱼、香菇、红甜椒炒成的。僵死的公式有什么用，大师的手法才重要。他的面包也是自己烘的。他的烤蛤蜊，他那道加香菇、大蒜、薄荷，再用橄榄油煎的鲈鱼，他的鸡肉料理和凉拌小虾都是世间少有的美味。奥妙可能在于他的调味，比例很正确。这样一顿晚餐，再配上一杯那不勒斯的咖啡，能使任何意大利流浪客乖乖地在岛上认命。

　　他看到新来的美国小姐站在喷泉边，马上知道太太为什么叫他。这一回他太太又做对了。有一个永远对的太太，也真令人懊恼，她脑筋永远比他快一步。并不是他没有看出要领，只不过是他的男性智慧在世俗方面差了点。那就是美国小姐，一个来自另一个世界的人，如果他们能使她成为常客，可真是增加餐馆生意的好机会。像一次免费而友善的介绍餐啦……这类开支，从她吸引来的顾客身上就可以捞回本。他们的地方更受欢迎，有新奇感。怎么不呢？她对皮耶特罗·迦里就是用这个法子。迦里来的时候，她特别注意，东西特别好，收费又低廉，使迦里忍不住拿出提琴，为大家免费表演一曲。对面酒店的希腊老板琪隆正好睡着了。乔凡尼不得不承认，他的生意兴隆，大部分要归功于裘安娜的眼光和策划。裘安娜不是奇迹，却是上帝对他的一大恩赐。

"欢迎。"乔凡尼把手伸向尤瑞黛说，"我们希望你和我们共进晚餐，随便哪一天都行，你和艾玛－艾玛来，随便哪一天。我是那不勒斯的乔凡尼·法兰西斯哥·沙威里尼，叫我乔凡尼就行了。意大利式的招待，我要让你尝最特别的一餐——一个梦——哇！"他拉拉耳垂，动作很可爱，然后咂嘴表示对美食的欣赏，"乔凡尼特别为你下厨。你来吗？"

"你真叫人抵抗不了诱惑。"尤瑞黛说。

"到过那不勒斯？哦，那你该知道。这地方不错。但是那不勒斯和我们的烤蛤蜊啊，真是美食帝国的首都！维苏威火山所有的灰烬也盖不住古代烹饪艺术的骄傲传统。哈！哈！欢迎，三声欢迎！乔凡尼亲自为你下厨。我叫皮耶特罗带小提琴来，我们等于又回到了那不勒斯。棒极了！"

他们握握手，含笑分开。

"好啦！"艾玛－艾玛对她的伙伴说，"你看，每个人都欢迎你，那是提欧多塔和她的孩子。我想我们不该偏心。"

琪隆的太太提欧多塔已经和两个小孩站在门口，静静看着刚才五分钟的经过。她是一个文静的女人，年龄四十左右，外表比实际年龄大一点。她有张粗壮的农妇面孔，头带黑围巾，下巴方方的，但是看起来很和善。艾玛－艾玛和尤瑞黛走向他们。"进来喝一杯嘛。"女人带着斯巴达式的简洁口吻说。

艾玛－艾玛代表发言，尤瑞黛则微笑不语。"谢谢你。我们得走了。"

"我希望你的朋友完全康复了。"

女人把手放在胸前，微笑着。她们走过去，真好，每个人都这么友善。

回到家，她们看见伯爵夫人的一张便条放在艾玛－艾玛桌上，邀她们去吃晚餐。

"你很受欢迎。"艾玛－艾玛说。

尤瑞黛研究那张便条，是用英文写的，笔画很粗，字体很大，一行只有三四个字，字迹飞扬豁达，表示写字的人性情很开朗，日期是二○○四年，晚秋二十四日，星期六。署名柯蒂利亚·卡士提利欧尼伯爵夫人。

波文娜进来说，便条是利斯帕思医生带来的。她们已看过了。

"提华哥来了。"她面带幸福、骄傲的笑容说，"他是来看我的。"

"很好。"

"如果你们要回信，他可以替你们带给伯爵夫人。我想你们会去吧？"

"我待会再告诉你。"艾玛－艾玛说。

少女高高兴兴回房去了。

"哪一天？"

"星期六。"尤瑞黛说，"她请了我们两个。"

"你当然要去，大家都急着要见你，要在社交场合正式结识你。"

"还有谁要去？上面没说。"

"哦，还是那一群。唐那提罗神父是少不了的。还有英国人里格——阿席白地·里格，他母亲是英国人。他取了母亲的姓，提醒自己是英国人。一个很不错、很敏感的青年。我不知道王子和女儿奥兰莎如何，但是我确定劳斯会去。"

"是那位哲学家？"

"当然是，别怕他。他是一个最温和、有人情味、愉快的健谈的人，成熟又诙谐。实际上是很轻松的伙伴，很善于观察人性，恐怕太宽容了一点。他可以和你谈任何题目，从青蛙到哲学，从诗词到小牛肉卷，无所不谈。完全不是禁欲主义者或严守纪律的人，在他身上没有教条气息。他只有一种恐惧，只恨一件东西，就是教条。只有死水才会发臭，活水不然，他说教条就是心灵的死水。这表示脑子已关起来，拒绝思考。这位仁兄的思想有点神秘，非常实际、温驯，流动性又大。柔弱胜刚强，他说的。我不知道他哪里来的这些想法。有一次，我们有人问他怎么能活到这么老——他现在一定七十了。他说，柔和啊，亲爱的朋友，柔和就是力量。他张嘴叫我们看他的牙齿还在不在，早就掉光了。他又问，舌头还在不在？我们说还在。他就说，所以呀，亲爱的朋友，舌头比牙齿耐久，是因为它屈服、滚动、扭曲以逃避障碍，它不咬东西。明白了吧？我们都说明白了……我想你还是写一张接受邀请的条子吧！"

尤瑞黛拿起一支笔，准备写一篇措辞客气的回信。她看看自己的手表。九月二十四日，星期五，有点不对劲。她抬头看伯爵夫人的便条。

"日期上这个'晚秋'是什么意思？"她问，"而且今天应该是星期天嘛。"

"不，不可能。九月二十四日永远是星期六。在六月和其他季节的最后一个月，星期天永远是四号、十一号、十八号、二十五号。"

"这是哪一种历法？"

"我们不需要日历，每年的星期天都是同样的日子。真妙，省了不少精力。这是世界历,不过犹太人、基督教和天主教徒把它弄糟了,这是一百多年前意大利天文学家设计的。可以省去制造商、商人、统计学家不少的困扰和无助的愤怒,格雷果里历是过去的遗物。如果我们根本不必看日历,口袋里也不必带一本,不是棒极了吗?嗯!在艾音尼基族这儿就不必看。”

“那你们怎么算?”

“每一季都有十三周,也就是九十一天。因此四季的头一天,也就是春、夏、秋、冬的一号都是星期天。很干脆的分法,一年一年永不改变。每一季头两个月是三十天,最后一个月是三十一天:○,○,一;○,○,一;○,○,一;○,○,一。简单透了。只是我们称为早春、仲春、晚春而不叫作一月、二月、三月……春天开始于一年最短的白昼,白天一天天加长,直到夏天最后一天,也是白天最长的一天,然后白天开始慢慢变短,直到除夕来临。除夕和冬至是同一天——十二月二十三日。新年是十二月二十四日,圣诞节是十二月二十五日。新年和圣诞节合并成一个大假期。”

尤瑞黛数学不太好:“为什么教会弄乱了?”

“你忘啦!”艾玛－艾玛说,“四季各九十一天,总共只有三百六十四天,比一年少一个日子。如果每年只有三百六十四天,就刚好是五十二周,星期天每年都不变。若把新年当作额外的一天,一种世界假期,不包括在星期周期里,一年就刚刚好了。但是教会不肯用,犹太人不肯用,异教人也不肯。异教人当然就是指基督徒。反对最激烈的当然是耶稣七日再生论者和其他基督教基本主义派。根据他们的说法,我们的星期天是不对的。我们的星期六却是历史性、神定的星期天。这真的重要吗?那些人把《圣经》整个囫囵吞下去了,相信这样就使上帝荣耀了。照他们的说法,地球还被当作只有五六千年的历史。他们的信心可嘉，地质学观念却太差了。事实上，如果我们要求历史性的正确，耶稣根本不是公元一年出生的。耶稣很可能出生在公元前四年。为什么？因为犹太希律王死于公元前四年。这真有关系吗？"

"所以九月就变成晚秋了？"

"是的。在南半球，实际上是晚春。但是劳斯认为我们不妨与北半球取得一致。"

尤瑞黛写好了回条，请提华哥交给伯爵夫人，然后突然叫了起来："噢！老天，我该穿什么衣服去呢？"

第十二章

　　"哦，亲爱的，我们不要在新客人面前显得太轻浮，但是也不能太拘谨。你穿那件黑衣服很好看，不过你也该尊重一下你的胸部。"伯爵夫人夹着一根女用烟筒，她这些话是对她朋友优妮丝说的。

　　优妮丝很不会打扮，也不在乎这些。她穿着一件黑上衣，花边直达颈部，看起来真像是十六世纪的佛罗伦萨人。伯爵夫人坚信，胸部是女人的一大荣耀。优妮丝很瘦，所以觉得高领上衣很适合她，而且她对古典气息还具有颇贵族化的眼光哩。她认为，女人纯属灵魂，机智、智慧和魅力的交织才重要。她讨厌摩登的东西。为了言行一致，她把头发梳成一个可以说是不太成功的高髻。当然啦！她对于自己稍微长出须毛的面孔，一点办法也没有。她最杰出的天赋就是思想灵活又深刻；她不想利用自己青春的魔力，她觉得自己穿得越古典协调，就愈能配合她言谈的灵气；她具有把自己的缺点化作长处的智慧；她知道自己有缺陷待克服，譬如她的声音就比别的女人低八度，但是她知道自己很成功，男人都喜欢她的谈吐，喜欢和她做伴。她通常都能在晚宴中相当得意。事实上，她根本就不需要身材。她的皮肤是晒得恰到好处的褐色，理论和实际上她都拥护日光浴，理论上，她喜欢躺在平台上，接受阳光的微妙照射，感觉自己在"自然之母"的怀抱里。她相信整个宇宙都是精灵，而不是实体，完全由各种放射线所组成。我们的思想、情绪，都是由自我和灵魂中散发出来的精灵。她具有如酒神般的非理性倾向，认为力量、放射、蒸发，构成了整个宇宙。因此，我们的情绪和知识一样重要；我们的智慧放射线太稀薄了。

相反的，伯爵夫人却是老地中海人，在苏伦多附近出世，具有开朗的性格，笑起来咯咯响。她的意大利话说得很流畅，听起来清脆悦耳。上帝创造意大利语言的时候，心情一定很愉快，让人想起阳光下小溪和春水的奔流。那些溪水里只有圆溜溜的鹅卵石，没有嶙峋的岩石，不像德语的咳音，飞溅如瀑布。她说她学德语的时候，必须双脚并拢立正才讲得出来。她用了两倍的气力，因为德语不容易含混，既没有随便颤动的子音，也没有闷声的母音。相反的，她觉得躺在床上说法文很容易；最好的法语也是在床上说的。意大利语则是她最好的工具，她在长沙发上能把意文说得最好，轻松、自在，但在众人面前只算过得去。有点像法文字突然坐起来，产生了形体。至于英语，她只要用一条围巾塞在颈下，仿效改良的牛津腔就可以了。当然，喉咙意外发炎也可以发生效果……为什么没人写一篇博士论文，谈谈气候和语言的关系，英国大雾和他们保护声带的关系？

她口中的烟筒长十二寸，细瘦优雅，前端有个小碗，是伯爵夫人贵族嗜好的标志，也是她轻视传统的标志；也可以说是泰诺斯人对希腊移民的影响——社会学上有趣的现象。文化的交换和相互作用是丰富的研究领域。譬如美国音乐就明显地带有黑人精神的特质，具有特殊的急转、跳动、轻快、热烈的旋律……基督教文明曾影响了泰诺斯人，怎见得泰诺斯人就不会影响艾音尼基族呢？阿拉伯和中国等东方妇女都可以抽烟筒，这是习俗的问题。女子为什么不能在街上抽烟？她们只是不抽而已。优妮丝可以和你大谈人类行为和人类风俗的不合理，对了，甚至大谈情欲这个迷人的主题。至于女人抽烟的问题，劳斯曾有计划地鼓励，因为他认为抽烟可以打开想象的领域，也是女性精神安慰的一大泉源。劳斯常开玩笑说，他心灵平静要归功于他的烟斗。不过伯爵夫人的宁静则归功于一种维苏威山麓出品的名酒"基督之泪"，岛上的葡萄果农已经生产成功了。这种酒和她的天主教信仰也十分相称，使她更能虔信精神方面的东西，喝多了还可以产生信念，也就是信仰非实体的力量。

　　"基督之泪"现在就放在餐桌上，在银器和亮晶晶的玻璃间非常醒目。伯爵夫人一面检查盘子，一面在心里安排座位。她坐在一端，劳斯坐另一端。她右手边当然是王子，这不仅是社交礼节的问题，不能独断的。她知道座位若不按身份排列，安德列耶夫王子就会不高兴。王子很快活，很有趣，一肚子苏联内部阴谋的逸事和令人发指的谋杀故事。但是他不够老练，当众接近她的时候，他真是多情得令人讨厌……是的，尤瑞黛坐在另一端，在劳斯右边，优妮丝坐她对面。为了对灵性的东西表示尊敬，她要把神父排在她自己左边，在王子对面，因为王子是尘间俗事的代表。艾玛－艾玛、菲利蒙和阿席白地·里格都坐在中间。她请迦里晚饭后带着他的史特拉笛瓦名琴来，那是阿山诺波利斯临死前送给他的礼物。阿山诺波利斯死前还听迦里为他拉舒伯特的《圣母颂》，手摸着他心爱的山羊而断气的。奥兰莎的女儿克洛伊是男性心灵抚慰学院的学生，也应邀来朗诵诗歌。

餐厅的法式窗户可以俯瞰大海。正前方是石坛，很宽敞，可以容纳四五十个人，围着一列回栏。石坛下面，海岸线被沙地上一片金松切断，框出了一幅大海和礁湖岛的画面——这时候，热带的夕阳把天空烧得火红火红。提玛波的身影黝黑而英挺，正在浇石侧蔓棚和树篱旁的玫瑰。伯爵夫人想象力很丰富；她把提玛波称为她的"摩尔人"，因为她觉得房子四周若少了一个壮壮的摩尔人，生活就难以忍受，不浪漫了。有人传说，高高的提玛波肉体太英俊，太有男性美，不可能只是个园丁，其实伯爵夫人是无辜的。不错，伯爵夫人是很宽容，对家人很民主；她要提玛波走路和说话都像高贵的摩尔人。他高高的黑影和远处的金松、棕榈、海岸风光形成一幅迷人的图画。伯爵夫人天性乐观。她有优妮丝智慧上的陪伴，又有唐那提罗神父给她带来精神上的安慰，使她神经紧张的时候获得力量，又置身在海边的华厦、花园里，还有摩尔人增添风景的魅力，她非常快乐。

唐那提罗神父和伯爵夫人正在用意大利语聊天。

"伯爵夫人，我真希望你帮我忙，使新来的美国小姐对我有好印象。你甚至可以劝她和你一起上教堂。让她感受一下天主教教堂才有的舒适、安全、包容一切的宁静。谁知道呢？也许上帝存心送这位美国小姐来接受拯救，让她单独被弃在岛上，使她找到新生活、新和平和灵魂的新力量。否则她来我们这里该怎么解释呢——一个奇迹吗？"

"我会的，亲爱的。"伯爵夫人说。她习惯叫每一个人"亲爱的"，这是她以前结交艺术家和戏剧界的人所养成的习惯。

"王子殿下倒没有恶意。虽然他常常要宝，偶尔还有点粗俗，他却支持上帝和宇宙的秩序。如果没有你和王子，全岛都会变成异教徒的天下。"他转向优妮丝，"你却没什么帮助，你和你引以为傲的知识。"

"也许吧！"又高又瘦的优妮丝穿着黑上衣，梳着半高髻，正走到法国窗口边，"难道你没看见，这地方慢慢变成异教世界了。连我的毛孔中都渗出那股气息。你看，神父，如果你能把那个健美的摩尔人变成基督徒，你就有面子了。"

"自负真是你的绊脚石。你的灵魂里没有谦逊。谦逊的人有福了，因为他们会承继世界。你要像小孩子……"

"我在那儿读过这些，"优妮丝说，"当然啦，谦逊的人会承继世界，可是他们得到继承权的时候，他们就不再谦逊啦！"

神父的肚子不自觉地动了几下。事实上，唐那提罗神父是一个很宽容的人，而且也欣赏好笑话。"很有意思，但是我仍然要说，你的智慧火花使你看不见真理。这句话无损于《圣经》的教诲，等他们不再谦逊，他们又会失去继承权。事实还是……"

六英尺四寸的安德列耶夫·索马瓦未屈王子出现了，未经通报就径自绕台阶走到石坛，身子挺直得像棵橡树。伯爵夫人坐在藤椅上，优雅地挥挥手。王子若不是有骑士风范，就简直什么也不是。他的问候总带着令人惊喜的态度。

"啊，我亲爱的伯爵夫人！"他高举双臂大叫道，仿佛由于偶然才看到金发的伯爵夫人似的。他对站起来的神父优雅且带着皇家尊严地一鞠躬，然后直接走向伯爵夫人吻她的纤手。

"你好吗？亲爱的。"

"好，好！"他的眼睛扫视蓝天下美丽的海岸，"真壮观，迷人，不是吗？"他开始以拥抱的姿势摆动双臂拍打魁伟的身躯，以消耗过剩的体力，"美国人来了没有？还没有吗？"

"还没有，她会来的。奥兰莎怎么不来？我真失望。"

"她要我替她表示深切的歉意。下次再来看你。"

唐那提罗神父深深舒了一口气，又很快掩饰住了："不舒服？"

"嗯。"

伯爵夫人像往常一样咯咯笑起来："她怕我的忏悔神父。"她一面说，一面笑着看神父一眼。后者正自得其乐地玩他的大拇指，想表示出和蔼的态度。伯爵夫人真是个地道的贵族，能高贵地原谅她情人的爱侣。还有，时间也隔很久了。当阿山诺波利斯决定要娶奥兰莎，她就和奥兰莎相处得不错。她们一直是朋友。伯爵夫人没有办法长年恨一个人，天性如此。唐那提罗神父眼看这两个女人完全真诚的友谊，有一次曾说，她比他更有基督徒的精神。事实上是，伯爵夫人对人性太了解了，她了解阿山诺波利斯对那位黑发俄国美人的痴情。她是个艺术鉴赏家，对艺术和风雅人物都有一份热情，连她都崇拜奥兰莎的美，奥兰莎是耀眼的美人，具有那么柔美的眼睫！大家都说伯爵夫人具有很迷人的个性，还有幽默感。确实不错。

"我去和那个黑眼的爱神竞争？不。"她愉快地笑着说。

此外，她比那位莫斯科佳丽至少大了十岁。真有深刻的自知之明！因此奥兰莎也忍不住喜欢她。只有在宗教方面，尤其谈到唐那提罗神父，两个人意见相歧。奥兰莎在士麦那和雅典长大，取了希腊名字，是百分之百的异教徒。比希腊人更有希腊味道。

王子在石坛边漫步，呼吸着松脂和海风的芳香。蓄着长须的下巴略向外倾，双眼主宰着所看到的一切。他不得不这样，他是个彻头彻尾的贵族，身上每一寸地方和举止风采都流露出贵族的本色。见了他，你就不会说人生而平等的话了；而且，他也不承认这点。

如果有人敢当他的面说人类生而平等的话，他就会说："那你为什么没有六英尺四的身高呢？"在岛上，他特意挑了一双有罗马式绑腿的凉鞋，来配他那件飘逸的紫色长袍。不幸的是，一种在地中海区很平常的深紫色贝类，在附近海中却找不到。不过他们用乌贼墨汁，大量制造了一种很好的颜料，使屋子的墙壁带着圆熟柔美的色调，和蓝绿色的橄榄树非常相配。安德列耶夫王子将颜料和新鲜的红葡萄汁混在一起，终于调出了长袍要用的紫色——不很完美，但也够好了，他堂堂的相貌正好弥补了皇家色彩的不足。

那晚回家后，艾玛 - 艾玛想起来：当晚餐快结束时，王子在伯爵夫人的亲近下，脸上焕发着皇家高贵的光彩。对了，他一杯接一杯地喝着"基督之泪"，眼光一直没离开过她。伯爵夫人那天晚上可真乐呢。

第十三章

晚餐好极了：酒甘美，烤蛤蜊像梦境般美妙，还有鲈鱼，在橄榄油里炸透，塞入碎火腿、香菇，用百里香和红椒调味，简直像天堂的快乐来到眼前。

劳斯是最后到的，穿着平常的白长袍，熨得并不好。尤瑞黛最主要的就是要会见这个人，她敏锐地打量他。她看见他突出醒目的额头、巨大的耳朵，但是他的两眼含着温柔的光芒。劳斯很随和。尤瑞黛坐在他的右边，起先以为他不愿多话。不过她是那么兴奋，甚至他暂时的沉默也意味着他心智的深沉。她以为他默默地观测一切，了解一切。她很快就发觉，事情并非如此。原来他正忍受着喉颈肿胀之苦。喝了几杯他偏爱的意大利红酒"基安蒂"，他喉咙就好了。他又变成了原来的劳斯，女主人松了口气。

他几乎以一种老朋友的口气对这位美国贵宾说："尤瑞黛亲亲，你得喝点酒。"

尤瑞黛亲亲！

"我真的不会喝。"可是她却握着杯子，让他把红色的液体往里倒。

"味道……喝起来如何？"

"不错。"她喘着气说。

"这才是好女孩。"

尤瑞黛并没有生气。他的语气并不殷勤，只是很熟的样子，好像在对他的侄女讲话，只是她现在已长大了。

"你会喜欢的。"

现在他用慎重、充满哲学味道的低沉嗓音说话了："酒会使你与这宇宙——和这个小岛——和谐地融为一体。我很抱歉所发生的事情，但是我们有我们自己处理事情的方法。我听说你不太舒服，叫人不要打扰你。"

"你真好。艾玛-艾玛告诉我，我来到这儿很幸运。"

"是的，我是这么说的。"坐在斜对面的艾玛-艾玛说。

"你不必表示赞同的，你知道。"

尤瑞黛觉得该说句赞美的话。她不愿说她赞成又不愿说她不赞成："我是很开明的，这里的一切都那么新鲜、新奇，我还没有时间全部消化吸收呢！这是什么呢？永恒的假期吗？或者是你所筑划的乌托邦呢？"乌托邦这个词，她忘了艾玛-艾玛的提示脱口而出。年轻的里格坐在菲利蒙旁边，显得很不安，他和雕刻家的谈话突然中断。尤瑞黛发现她是大家注意力的焦点。桌子的那一端传来王子洪亮的声音："是个新耶路撒冷，男人是男人，女人是女人，王子是王子，平民是平民的新圣城。唯一退步的一点是我们没有国王。劳斯！你怎么不让我做国王呢？我告诉过你好多次了，难道我看起来不像吗？"

每个人都笑了起来，劳斯也绽开了微笑："我不愿见到你被杀。你该记得历史。凯撒谋杀了庞贝，布鲁图斯杀了凯撒，安东尼杀了布鲁图斯然后自杀。"

"死亡又算什么？"王子的声音轻易地传到桌子这一端来，"让我做安东尼，我就让柯蒂莉亚·卡士提利欧尼伯爵夫人做我的埃及艳后克莉欧佩特拉。"

"真不害臊！"伯爵夫人说。

优妮丝插嘴对伯爵夫人说："那你就有权用拖鞋打他了，像克莉欧佩特拉一样。"

"坦白说，我不在乎。"王子说，"死是什么呢？重要的是发生在死亡以前的事。"伯爵夫人微微脸红。这就是她不喜欢王子的一点，在他堂皇的外表下藏着粗俗，喜欢荒唐。

劳斯很容忍。他知道王子是要宝专家，就随他去了。"你见到了吧？"他转身对尤瑞黛说，"这就是受大家喜爱的王子，却脑袋像小鸡。他想当国王，那就是发生在乌托邦里的事。人性，我亲爱的尤瑞黛，人性永远不会离开我们。你可以计划任何事情，衡量任何事情，以科学推测任何事，除了人性。就拿阿山诺波利斯来说吧，若说谁有权成为这儿的国王，就非他莫属。可是看看他的儿子史蒂芬吧，他是个半白痴。如果我们让他继承王位那将会发生什么事？事实上，十八世纪的欧洲宫廷多是这种白痴。这等于叫大学里的数学教授改为世袭的一样，那是你们杰斐逊总统说的。"

"真的？"

"不，尤瑞黛亲亲，没有国王，也没有想打击人性的半白痴空想家设计的乌托邦理想国。我们是很保守的，我们并不排斥进步——只想在进步的溪流中停下来，找出我们的方向，就像在奔流而过的急流

中找块石头站稳脚跟。就叫它是避难所吧——如果你高兴。一个避难
所，一个你能休息、思考、和平生活的地方。你会承认，在二十世纪
急速的进展中，思考是不可能的。人动得太快了。巨大的改变、物质
的发现影响了我们的生活，航空缩短了交通，消除了国际界限！这些
改变发生得太快了，人只好被拖着走……啊，烤蛤蜊来了！"

劳斯的声音有兴味十足的品味成分，尤瑞黛观察出他有肉欲主
义者的气质。

"别瞧不起这些蛤蜊哟！"他又说。

"会使你和宇宙谐和。"优妮丝插嘴说。

"你不真以为这样吧？"阿席白地·里格说。

"真的。"优妮丝加重语气说。

谈话渐渐转到一些不重要的话题上。一个泰诺斯妇人用篮子送
上蛤蜊，并问众人要不要上第二次。尤瑞黛为场面的滑稽而吃惊，
每个人都静静地吃着蛤蜊，而仅在一分钟前大家却都是那么一副知
识分子的模样。实际上，她觉得罪恶。他们来的前一天，她从收音
机听到密尔沃基勇士队在全国棒球大赛中领先了三局，她心爱的投
手安吉洛·里斯在第九局让两人上垒造成满垒，结果被调下场。评
论员说那是因为他感冒了一礼拜之故。他好了吗？也许他现在又为
了勇士队的荣耀在投球了，而她却在这里大吃烤蛤蜊！她真的很想
念棒球赛，否则她倒真愿意承认生活实在太美好了，比她有权在中
太平洋所能期望的还要好！

"你们没有收音机吗？"她问。

优妮丝抬头望着，劳斯以外交口吻说："收音机有什么用？我们
离旧世界这么远。"这位老哲学家的眼中闪过一道光，他很快地接着
说，"我们把你的收音机毁掉了。"

"你们为什么这么做呢？"

"我们也像你一样，不喜欢发生在保罗身上的事。我想你知道我们讨厌入侵者，他可能把殖民地的消息泄露出去。然后我们就会有观光客和爱管闲事的外交人员，毫无疑问我们会是头条新闻。但是我们宁愿没人理睬。事实上，我一直也很担心你。你认为你们的人，我是指你组织里的人会来找你吗？"

"他们根本不知道我在哪里，我相信。"

"那我很高兴。"劳斯陷入沉默。

提琴手迦里和克洛伊也加入他们，在星光下的石坛上喝咖啡。克洛伊带来了她母亲奥兰莎的便条，一张给尤瑞黛，一张给劳斯。她邀请尤瑞黛到她那里住；如果她喜欢那儿的话，她爱住多久就可住多久。她又请求劳斯劝这位年轻的美国小姐去。她有的是房间，并且很高兴有她做伴。她想，艾玛－艾玛虽是美国人，可是是个喜欢孤独工作努力的学者。她并不愿抢艾玛－艾玛的客人，但也承认她想要尤瑞黛做伴的自私。写得真动人！尤瑞黛要自己决定。奥兰莎想到这点真好。

"我听我女儿谈到过，"王子说，"事实上她要我亲自转达她的邀请。我女儿了解我，她知道我会忘记，她不放心将字条交给我。你一定得来，尤瑞黛，我们那儿南边有很好的风景。"

"你认为怎么样呢？"劳斯问尤瑞黛，"那是个令人愉快的地方。我们要你尽可能地快乐，我们觉得既留你在这儿，那就是我们的责任。"

"我该说什么呢？"尤瑞黛说，这儿的人如此好客使她很高兴。

"你自己决定吧！"艾玛－艾玛说，"你知道我很欢迎你和我住在一块儿，你喜欢住多久就多久。你一点都不会打搅我。"

第十四章

　　克洛伊，一个十七岁的小女孩，随着迦里美妙的小提琴跳舞，一种祭祀埃及女神伊西斯的舞蹈。她还是"男性心灵抚慰学院"的新生，她的好友贝伦妮丝也来了，她现在是三年级，快要结婚了。学院里的训练是非常有价值的——因此很多人申请。她们全都喜欢研究男人。男人也寻求这样的女孩做妻子，她们成熟、世故。当男人疲倦、沮丧、泄气，偶尔喝醉酒或常发脾气的时候，她们知道如何"对付"他们。学院里教授男性心理疾病的治疗方法；男人愿像小孩一样，被宠、被崇拜、被哄骗，把他们幼稚的心态诱导出来，如果他们愿意哭，就让他们大哭，而且要让他们受到尊敬。这些女孩了解他们，全都了解他们，因为她们学到"所有的男人都一样"。她们必须耐心倾听他们对太太的抱怨，采取丈夫的立场。有时候她们像天主教的神父一样，对男人和女人的弱点非常生气；但是也像神父一样，必须克制自己，不能发脾气。多么惊人啊！一个村庄少女微笑地端来一杯甜茶，就能消除男人内心深处的悲伤，给他们带来笑容；一女孩用手在发怒丈夫的肩头轻抚，就可使他重新回到世间的生活，他全身轻松了，本来深信全世界都和他作对的，这时脸上不幸的愁容消失了，他眉上的愁云和困惑也被她的轻吻和耳畔的低语化解得无影无踪，男人又恢复了平静。

一个女孩接受这样娱人、哄人、迷人的艺术训练是有道理的，等到她毕业的时候，就变成善解人意的女人。准备踏入神圣的婚姻生活的单身汉追求这种才艺型的女孩子也有他的理由。女孩也知道这一点，因此好多人申请入学。

学校的座右铭是："女人最恰当的学问就是研究男人。"就实际的观点而言，学校为做妻子的立下了幸福婚姻的健全基础。当然，劳斯经常在毕业典礼上指出这一点，对男人的研究是永无止境的，毕业的人只是学到了准则而已。这门学问是永无休止的寻求。男人是上帝的宇宙中不被知晓的、无可捉摸的、永远改变的、不可臆测的、可无穷变动的元素。人的可能性，尤其是男性，在未来永恒的岁月中，是永远研究不完的。尤其是欺骗的艺术，在某些时刻运用一些正当的、仁慈的"善意的谎言"和一些手腕及沉默，哄哄你所爱的人去做你要他做的事，这像其他的艺术一样，得耐心培养才成。他引述歌德的话说，生命苦短，艺术绵长。你们已学会在婚姻的海洋中航行的艺术和一些现场的实习。现在勇往直前吧，穿过险恶的海峡，不要害怕，对自己要有信心，把下巴抬起来，双手放在颠簸的船舵上，眺望未来远大的前程……

在美酒和提琴手的演奏间，大家在石坛上漫无目标地聊着天。索马瓦未屈王子永远不肯坐下来，他在院子里无止地踱来踱去，他的光头在繁星点点的夜空里露出黑色剪影，音乐悠扬地漂浮在礁湖的水面上。克洛伊是如此完美的舞蹈家；虽然是新加入不久，但她具有天生的优雅和摇摆的律动感。这岛上大部分的女孩子都如此。那是一种全面氛围,每一个动作都文雅,每种姿态都是模特儿的喜悦。岛上女孩挺直的身材,无疑与她们把水罐放在头顶走路的习惯有关。因此,她们学得了臀部调整、平衡的动作,微妙得像海豹一样。当然,她们不用胸罩,也不用其他任何种类的布围在肩上或胸前,使她们的身体能完全自由摆动。总而言之,不论有没有经过训练,艾音尼基的少女都是天生的舞蹈者。有时候,克洛伊在星光下旋转跳跃,仿佛真的受到启示般。而皮耶特罗·迦里的小提琴也有最完美的共鸣,时而琴音高扬,时而低沉迷人。

有人要求朗诵诗歌。克洛伊刚刚学会爱神维纳斯的祈祷,是卢克莱修伟大诗作的开头部分。译成希腊文,也和原拉丁文一样音节铿锵有声。当她朗读的时候,她的声音带有少女特有的清脆和纯净:

“阿伊尼斯诸儿之母,人类和众神的喜悦,赋予生命的维纳斯啊,你在流转的星空下,使载舟的海洋和载满作物的大地充满生命;感谢你,万物的生命得以孕育,并仰望太阳。你,女神啊!你驾着风,乘着天上的云款款而来,为了你,大地这奇妙的巧匠才放出芬芳的花朵;为了你,海洋绽开微笑,也闪烁着阳光,不再愤怒。当春天展颜,舒放的西风狂吹,云霄的鸟儿首先向你传达。女神,当你翩然来临,万物的心灵都为你悸动。驯服的野兽狂喜地越过肥沃的草原,河水也潺潺奔流;万物深深陶醉在你的魅力里,大家热情地追随你到天涯海角。是的,你经过海洋,越过高山和奔流的河水,穿过小岛群聚的叶丛和青葱的平原,把渴切的爱情注入天下万物的心灵里,使大家以燃烧的情爱，绵延、更新自己的种族……"

唐那提罗神父坐直了身子，他被少女铿锵的音调和流畅的诗句迷住了。现在他脸上掠过一抹愁云，他想，一个年轻的女孩适合读这种诗文吗？他神职训练里的某些东西阻挡了他全心全意地欣赏这首诗。怎么呢？整段充满异教气息和异教徒对肉体的热爱，谁能相信这样的朗诵对女孩心灵的纯净和性格的提升有益呢？在念到第一部分的时候，他简直屏住了呼吸，等这一段的主旨显现出来以后，他就憋不住了。鼻息又呼呼作响，呼吸困难。此外，自从他听说尤瑞黛可能搬去与奥兰莎同住时，他就很不开心了，他知道他在那儿是不受欢迎的。这个新来的、柔顺的传教对象，会不会从他手中溜掉，落入山顶上阿山诺波利斯山庄那个魔鬼窝去呢？

这时候，谈话的话题转到诗人克服死亡畏惧的喜悦以及对感官快乐的克制。卢克莱修是个阳刚诗人，他没有浓腻的多愁善感的气息。

"卢克莱修非常复杂。"劳斯说，"像他的老师伊壁鸠鲁一样，也很容易被人误解，他头脑清楚而强劲有力，他是值得你反复玩味的。我喜欢他说的这一段，'正如小孩在黑暗中发抖、恐惧一切，我们有时也害怕光明的东西，那些东西并不见得比小孩在黑暗中所畏惧的幻想的一切更吓人。这种恐惧，这种心灵的种子，一定不是光明的白昼所播下的，而是由事物的外在观察和内在法则所造成的。'谁又知道'事物的外在观察和内在法则'含有使人终身受用的哲学呢？克洛伊，你读到第二部没有？还没有。那么菲利蒙，你读那一段吧——你懂我的意思，就是哲学高峰那一段，其中包含了全部的人生哲学。就身体的本性来说，只有少数的东西是必要的。你可以用英文读给我们的美国朋友听。优妮丝，我记得你有本心爱的英文译本。"

优妮丝站起来，找到了那本英译本交给菲利蒙。

尤瑞黛仔细地听着，也许是劳斯有意要她听的吧。

"当风狂吹着海上的浪花，在陆上旁观别人伟大的搏斗，是很甜美的经验；并非别人的灾难是一种享受，而是由于你能幸免于这样的不幸而感到甜美。观看平原上两军列队搏杀，而你没有参与其中的危险，也是一种美好的经验。但是世间最大的快乐，莫过于住在平静的高地，用智慧的教训筑起一座坚固的城堡。在那里，你可俯视他人，看他们到处徘徊，在寻找人生方向的途中迷失了，在为了配合智慧或出身阶级的奋斗中，日夜挣扎，以超群的努力攀上权力高峰，以占有世界啊！可怜的人心，盲目的心灵！你短短的生命消耗在何等的黑暗，何等的惊惧中！想想，你竟然看不出，自然哭泣，只为了求痛苦远离身体，自忧虑和恐惧中撤离，她的心灵才能享受快乐的感觉。因此，我们了解，就身体本性而言，只有几件东西是必要的，甚至像消除痛苦的东西也在内。大厅中若无少年金色的影像，右手执熊熊的火把，使光辉照亮晚间的盛宴，如果房屋并不闪着金光银光，刻着花饰和镀金的天花板上也不回响着琵琶的弦音，虽然这些东西能不时为我们提供多方面的奢侈享受，但自然本身并不觉得有所损失。为了这一切，人们成群友爱地躺在柔软的草地上，溪水边，大树下，不必花费就可使我们的身体焕然一新，尤其当天气对我们微笑，季节在草地上撒满了花朵……"

菲利蒙停下来:"我永远也念不好。我没有这方面的天分。"事实上,他念得一点也不差。尤瑞黛觉得,一点希腊音听起来更迷人。他是用真感情念的。大烛台的幽光由法国窗口射出来,照在他凌乱的发上,照着他英俊、古典的轮廓和他明亮的双眼,一个敏感的雕刻家的双眼。所有雕刻家的眼睛都有一种特质,他们似乎能更专心地看东西,而一眼就捕捉住了事物的形象和本质。他轻咳了一声,退回到座位上。

克洛伊,长袍外罩着一条披肩,对他投来诚挚的欣喜和赞许的眼光。当他朗诵的时候,她抬头望着他。虽然对那些叽里呱啦的声音她只懂得一点点。

"多迷人呀!"伯爵夫人坐在藤椅上说,耳环在石坛的微光中发亮。

"我喜欢用希腊文或拉丁文念,"优妮丝说,"你不觉得翻译总会丧失一些韵味吗?声音对散文和诗都一样。声音是形体,是外表的衣饰,翻译带给它意义,如果成功的话,还带给它灵魂。形体,是外表感官的魅力,和内容一样重要。我相信声音有种特质,使音、意交互作用,若硬生生分开,难免失掉它外在的美感。你认为怎么样呢,劳斯?"

"我认为所有的文学作品都该大声朗诵。文学是魅人的闲谈,耳朵要能听见才能充分享受。感官和声音的组合,对听者的脑子和心灵都有作用。可是,我不赞同你的观点,每种语言都具有音乐性。我承认希腊文更为悦耳;它是众神的语言,充满了爱琴海的光芒。但是每一种都含有音乐性,尤其由甜蜜的少女口中说出来。我认为,是说话人的表达方式,使语言产生魅力。语言是活生生的东西,由女人的声音,由少女甜蜜的樱唇发出来,更令人喜悦。写下来的语言，充其量也不过是口头语言的代替品。所以我很高兴，学院已恢复了朗诵的艺术。克洛伊的确读得很好。"

最后这句话使少女高兴万分。菲利蒙转过脸来，投给她一抹微笑。

"蛤蜊有灵魂。"清脆响亮的音节由石坛外的幽暗角落飘出来，使尤瑞黛吓了一跳。错不了，一听就知道是安德列耶夫王子的声音。

"它们没有。"唐那提罗的男中音插进来，更清楚地落在尤瑞黛耳中。阿席白地·里格年轻的白面孔也在他们身边出现，对他们的讨论显得很有兴趣，大家都沉默下来。

"《圣经》里从来没有说蛤蜊没有灵魂。"王子反驳说，"我尊重你所有的神学知识——不过还请容我说句话——蛤蜊是有灵魂的。它们也许整天把壳闭起来祈祷，为海水祈福呢。为什么不呢？它们也是上帝创造的。"

"但是教堂里的上帝教导我们说动物没有灵魂，只有人类才有。一切海上陆上的生物都是为了人的享受而创的，我简直不能想象天堂里充满了蛤蜊的灵魂。那些无数的爬行动物在天堂里干什么呢？上帝只赋予人类智慧，使他认识创造者并崇拜他……"

"王子喝醉了。"伯爵夫人说。

"他们在争论谁有灵魂谁没有灵魂，却对灵魂一词没有一致的解说。"优妮丝说，"灵魂只是一种功能，一种意识放射的标志。"

安德列耶夫王子伟岸的身影突然从黑暗中站起来："我仍然要说蛤蜊有灵魂。"他抗议地说。对大伙儿来说，他有点唐突地离开了神父和里格，消失在石坛下面。伯爵夫人很了解这位莫斯科王子，他的祖父是亚历山大大帝三世的儿子亚历山大罗维奇，他身上具有浓烈的神秘气质。他有种奇怪的习惯，喜欢在夜间漫步在小岛的暗处，穿过森林，和自己的良知格斗，把良知当成折磨人的黑色猛兽。总之，他与星辰相当接近，有些牧羊人有一天发现他在黎明的微光中爬上艾达山的另一边。如果他说他曾在艾达山顶与天使晤谈也不会令人惊讶，这种夜游的习惯似乎对他有种特定的宗教影响，他究竟在挣扎些什么并不清楚。但是他回来时总会变成一个忏悔、谦卑的人。"我是微不足道的人，我是个罪人。"他曾经对他受惊的女儿说。

伯爵夫人嗅到了雾的气息。

"天有点凉了，你们不觉得吗？"她对她的宾客们说，"我们最好进去吧。"

意大利神父加入了他们。她以女主人无比的交际手腕，领神父走向尤瑞黛。他们进入明亮的客厅，里面有两支大烛台。在壁炉架上有一个精致的小雕像，布满了随岁月而来的绿色铜锈，还有几块乳白色的古埃及玻璃，大概有两千年之久了。他们是阿山诺波利斯的礼物。挂在墙上的是伯爵家人的画像，是她丈夫的叔叔和叔公。一个是阿尔卑斯山的爬山专家，鸠士比·安德鲁·迈克·卡士提利欧尼伯爵，和爱德华七世同一时代；另一个是维多里奥·斐迪南·卡士提利欧尼，一个终身致力于恢复古教堂，为农民服务的圣人；还有一张她自己家人的画像，她父母亲——西奥尼斯夫妇。在她决定跟阿山诺波利斯来的时候，就设想周到地把这些画像一起带来了，还有一个非常贵重的金十字架，框在一个三面镶嵌的盒子里，有烫金的绿色衬底。可是，毫无疑问的，其中最珍贵的要算是爱神的希腊雕像了，只有十八英寸高，据说是在克里特岛发现的。这座大理石雕像的绝对完美似乎震慑了整个屋子里的人。转动的目光不自觉地被它完美的协调和活生生的美吸引——看它是一种欢愉，它是天上神灵的幻象。使人想起古希腊，想起普拉克西特列斯、利西波斯和菲狄亚斯等时代，当时人类的心灵自由而平静，随着海陆的战争，人类学习到了宁静安详的艺术。

伯爵夫人是出自内心的虔诚天主徒。这些异教的象征并未影响她宗教的热诚，也不发生冲突。她崇拜这些雕像，这些精神的东西是地中海乐观心灵的恒久记录。在其中她觉得很自在。在她思想深处，她没有基督教的禁欲主义，也不摒弃肉体美。她未曾经历任何冲突。在她家里，在令人想起古文明荣耀的客厅里，艺术和宗教在她生存的欢乐中融洽地并存着。她生性明朗，不会为神学问题所困扰，且不论她偶然的神经紧张——她对岛上大量的老鼠和蝙蝠怕得出奇——通常她性格算是平衡的。对她而言，古老的东西都好，希腊文化、基督教文明和她的家庭都是古老而深具意义的。

第十五章

"你会接受奥兰莎的邀请吗?"唐那提罗神父坐在尤瑞黛身边问道。

"也许会,我要考虑一下,你们大家都好客气。"

"只是基督的待客之道。我相信,是天意引导你踏上这个小岛。你不觉得奇怪吗——简直难以解释——美国有一亿九千万人,你却被上帝选中来到这儿?"

"被选中?你太恭维我了。"

"我希望你在岛上过得愉快。我还希望你常来看看卡士提利欧尼伯爵夫人。她来自一个很古老、很虔诚的家族。我相信,你会发现她是个诚恳、好相处的朋友。"

"我相信我会的。"尤瑞黛答道,她没抓住他谈话的主旨。

"我不是说安德列耶夫王子的坏话,他是基督教会的有力支柱。不过,我觉得他不是那种你该太接近的人物。我并不是要左右你的看法,而是……"

这时菲利蒙进来了，和克洛伊手牵着手。他们都在笑，少女的眼睛也含着笑意。年轻的里格和优妮丝、伯爵夫人和劳斯坐在另一个角落里。

"你们笑什么？"艾玛－艾玛问道。

"哦，只是闲聊。"菲利蒙答道。

"还要咖啡吗？"服务周到的女主人问。

"不了，谢谢。"

"那么来吧，克洛伊，坐在尤瑞黛旁边。"

菲利蒙年轻、无忧无虑的脸上留着两撇整齐的胡髭，他带少女走向尤瑞黛，意大利神父的话正好被打断了。克洛伊坐在沙发中间，菲利蒙站在尤瑞黛前。

"你一定要来看看博物馆，我在那边工作，你知道。"

"听说你是雕刻家。"

"想要做。"菲利蒙的语气诚挚而自然，轻快又活泼，"目前正在雕刻一条建筑用的饰带。"

"你真该看看他在文协馆广场所雕刻的阿山诺波利斯雕像，就在博物馆隔壁。"神父加了一句。

"如果你肯赏光，我很高兴陪你去。只希望你不要太挑剔，用太高的标准来批判我们。伟人是我们永远赶不上的，我们之前的水准太高了，使我们觉得自己好卑微、好渺小。看看那尊爱神像！现在没有人雕得出来。我们没有对形体和精神的那种感觉，因为我们没有古人那种眼光，这要发自内心才行。"

"你工作一定很快乐。"

"是的，能有机会轻轻松松地工作。没有人规定我做什么，或者什么时候要完成一尊雕像。劳斯说，只要我高兴，我可以雕个五年或十年。这种心情妙极了。我非常感激。但是，当然这是产生伟大艺术品的唯一方法。如果我雕出的东西能有那尊爱神像一半的魔力，能有那种心灵和感官的美，我真愿意花十年的光阴。"

"你不必赚钱谋生吗？"

"我是靠国家资助，用公家的钱。"

"好极了。"

"那么，我有荣幸请你去吧？也许是明天，或者后天，随便你要哪天都行。如果你搬去奥兰莎那儿，只要叫克洛伊告诉我一声就行了。"

"我会很乐意的。事实上我觉得好困惑，甚至非常感动，太平洋中居然有一座博物馆和一座文协馆。你们在这儿想干什么？"

"你会知道，"菲利蒙快活地说，"实现人类梦想吧，也许。找机会过一种舒服、简单的日子。听说这是旧世界中最困难的事。我是这里生的，简单的生活，保持自我的机会——这大概就是劳斯的打算吧！你去问他。"

菲利蒙转到另一个圈子去了，他们那边谈得正起劲，优妮丝那又低又快的声音隐约可闻。

"你们在讨论什么？"

"你先告诉我们你听到的闲话。"伯爵夫人把长烟筒拿下来说。

"什么闲话？克洛伊告诉我，欧克瑟斯又打太太了，她到修道院去，这次还把小孩也带去了。"

"我是听贝伦妮丝说的。"克洛伊说。

"她是不是想要离开他？"劳斯用关切的语气说，"这些打老婆的人！他们什么时候才长大？"

"贝伦妮丝告诉我，他出现在学院里，喝得酩酊大醉。学院的人都不喜欢他。贝伦妮丝说，她不得不照顾他。毕竟夫妇吵架的时候，双方的话都可以听听，我们女孩子比较容易对男人的立场采取宽大同情的态度，女人也和男人一样常常犯错。对欧克瑟斯的例子，我们只好容忍他、迁就他。贝伦妮丝大大训了他一顿。说他若再不改过，学院就不欢迎他了。"

"导火线是什么？"

"够令人生气的，他和家里的泰诺斯女仆欧娜有染。他不顾廉耻地继续下去，欧娜也不在乎。她有什么好担心的？她还当着克吕墨涅的面夸耀这件事，非常自豪。女孩子感到自己对男人有魅力，自然很高兴。他太太苦劝他，他就动手打她，她说欧娜不走，她决不回家。可怜的傻瓜！我想他永远改不好。贝伦妮丝大骂了一顿，他默默地接受了。他需要一个踩到头上的太太，克吕墨涅对他太好、太温柔了。"

劳斯笑了："你们看，克洛伊已经学到不少人生的经验和对付男人的办法。克洛伊，告诉贝伦妮丝叫他去教堂。唐那提罗神父，你最好把他心中的魔鬼吓出来。告诉他，他体内有恶魔。告诉他，他会被诅咒，被永恒的地狱之火焚烧。吓吓他，他心理上还是小孩子。我想你不必用什么特殊的天罚，永恒的烈火，咬人的虫，满地的蜈蚣、蝎子，活炸他的油锅——任何一样都行，尽量说得可怕一点。他是胖子，就说他的肥肉会烧得四处飞溅，把他吓乖，鞭笞他的灵魂。他需要的就是这种宗教，不是别的。"

"我很想为欧克瑟斯雕一座头像，"菲利蒙说，"秃头，一小簇头发，宽大的肩膀，一张猫头鹰和驴相混合的脸——也许加上驴子的身体——古希腊人就会雕这种像。一定很迷人，可以提醒大家人类灵魂进化的阶段。"

劳斯说："如果你精神上的鞭打无效，我就叫王子鞭打他的身体。王子殿下呢？"

"哦，他在雾里散步呢。"伯爵夫人懒洋洋地说。

神父开腔了："你们大家对这个可怜的家伙太严了一点，世上没有一个人会卑下到心里没有一点善根的。上帝慈悲为怀，使每个人都有灵魂。"

"那个半人半猩猩的也有灵魂？"菲利蒙插嘴说。

"是的，就连你说的半人半猩猩也有。他像我你一样，也是上帝的子民。"

"你真宽宏大量，神父。"伯爵夫人宽容地说。

"而且很高贵。"优妮丝说。

话题转到这方面，使神父又惊又喜。大家——也可以说是多数人，如劳斯、优妮丝、菲利蒙，只有伯爵夫人例外——都有点反教会的倾向，心灵和思想是异教徒。神父并没有喝醉，不过，在喝了几杯"基督之泪"后，精神很放松。这时他的面孔泛着快乐、满足的光彩。

"虽然他是个脆弱的弟兄，行为甚至可以算是卑劣了，我仍然要说他是上帝的子民。我们必须承认，大家心中都有罪恶的成分。即使在泰诺斯岛上，魔鬼还是和我们在一起。"

"罪恶的问题仍在我们心中。"劳斯插嘴说。

"好吧，说人类的罪恶心仍与我们同在。你计划，劳斯——不是吗？——岛上会充满秩序、美、理性与和平，一个完美的古典社会。是不是这样？"

劳斯的黑眼睛闪了一下，表示抗议："我没有那样的计划。我不想逃避什么，更不想逃避人性。我们只是一群可怜的凡人，在我们所能了解的范围内，力求过一种简单、快乐、有创造的生活。我知道会有困难，你把两女一男或两男一女放在小岛上，人性的问题马上就发生了，更不要说有那么多男男女女的社会啦！你见过‘旧世界’那些崭新漂亮的医院——有纪律，有条理，干干净净。你以为那种地方是人类理性和秩序的极致。我告诉你，那是骗人的，里面实际上汹涌着爱、恨、忌妒和野心。放一个漂亮的护士小姐进去，看看有什么结果。再看朴素的科学吧，客观，有冷静的分析性，不带情感——你不知道科学进展中高度的职业竞争的忌妒。事实上，你能在人类社会中计划一切——生产、分配、粮食、人口——但是你不能计划人性。你承认自己不大喜欢亚里士多提玛神父吧，也许？"

"这不是私人的问题，我是反对他的原则，他和异教妥协的态度。这是相当严重的原则冲突，牵涉教会。我晚上曾经扪心自问，我承认自己有点讨厌他那种满足的笑声，他对岛上万物的自得态度。"

"你不喜欢他。"

"我没有不喜欢他，我个人没有。"

艾玛－艾玛默默坐着，注视着这一段谈话和流露的情感，很有意思地发现原来神父也具有凡人的心性。

第十六章

　　"你刚刚谈到伊西斯女神的祭礼，"优妮丝对艾玛－艾玛说，"我们乐意听你说下去。"

　　克洛伊直起身子，菲利蒙想要开口，她用手按了他一下。

　　"我正在说，天神宙斯和任何一个爱上太太的俏护士的现代银行家没有两样。我谈到，希腊的伊娥和埃及的伊西斯混在一起了——埃及、西西里、希腊和罗马的神祇全都混淆不清。伊娥是天后赫拉的女祭司。可怜的女孩子，被天神宙斯化为母牛，以躲避天后的醋劲，独自哀鸣着，到处流浪，直到天后认出她的身份，就派出牛蝇去折磨她——最后她到了埃及，祈求天神恢复她的人形，成为受人敬爱的皇后。伊西斯也以母牛为代表，她丈夫奥西里斯则化为公牛。其实，伊西斯是塞浦路斯爱神、雅典智慧女神、西西里丰收女神和克里特月亮女神的混合体。希腊神几乎无所不在，赫尔墨斯是伊西斯的儿子，赫拉克勒斯是她的战士，一队半人半牛的神祇曾经征服了埃塞俄比亚。可能希腊人受到伊西斯和奥西里斯祭典仪式的影响，因此用希腊人的名词来述说埃及的故事。罗马军人征服了希腊，但是希腊男女神祇却侵入罗马，尤其各省的罗马军中波斯的太阳教也很流行，有些成分流入基督教文明中。圣保罗可能读过埃及奥西里斯祈祷文。'只要奥西里斯神活着，他就会活；只要奥西里斯神不死，他就不会死。'你们记得，奥西里斯也是伊西斯异母的兄弟，他被堤丰杀死。伊西斯的祷文令人想起圣约翰：'荣耀我吧，正如我荣耀你子阿瑞斯之名。'一切都很戏剧化，也很混淆不清。伊西斯的儿子扮演着英雄的角色。然后是阳器的崇拜，这是由于伊西斯的发明，当她丈夫支离破碎的身体被丢入腓尼基海中，她为纪念他失踪的部位，所以才发明了这套祭礼——结果传回希腊，变成雅典的习俗。在罗马，普里阿波斯变成果园之神。手执镰刀修剪果树，毫无色情的成分——自然转移成繁殖力的象征。我相信这一切都很纯洁。"

"有什么关系呢？"劳斯说，"神祇是信徒自己创造出来的，造成大家能够了解的形象。大家要求解释生殖力的由来——人或果树都可以，这种自然力就被拟人化了。为什么尼罗河每年泛滥一次？当然是因为伊西斯珠泪涟涟，哀悼奥西里斯的死亡。你们希望哪一种说法——埃塞俄比亚和喀土穆的融雪，还是伊西斯的泪珠？哪一个比较美？"

唐那提罗神父觉得很不自在。

"亲爱的劳斯，我真佩服你浪漫的想象力。"

"另外一方面，我相信现代的宗教有一点灰色，因为和诗歌分了家。宗教的精神凋谢了，在神学的桎梏下失去了水分。我希望你到晴朗的花园里面，以诗歌、幻想和古希腊人生动的想象力来崇拜上帝。"

"不，我不同意你的说法。你休想要我说，'你差一点使我变成异教徒。'毕竟神话是神话，是通俗心灵的幻象。伊西斯的泪水哩，真是的！"

"人生少不了幻象，幻象使人生变得可以忍受。把世界剥夺了幻象，我们就失去生存的目标。佛教徒相信，你若把美女看成一堆易腐的血肉，里面只是狰狞的骨架，外面罩着一层皮囊，给人美丽的错觉，你就可以克服色欲了。那又何苦呢？事实上，世界没有幻象就不可能存在。男人心目中的女人，往往比女人自知的还要好，那就是幻象。但是，那也给人生带来浪漫的气氛和骑士精神。假如美是瞬间的一种幻象，看起来不是很好吗？其实整个人生都是错觉。问题是要怎么办？摒弃它吗？不，人生少不了错觉。我很愿意追随柏拉图，把一切都化成概念——具有物质存在短暂的特性的意象。称为理想也许更清楚——理想存在我们心中，永不能完全切合实际。举例来说，树的概念既不是一棵核桃树、一棵榆树、一棵枫树、一棵橡树，也不是我们知道的任何实体的属类，只是树的概念。柏拉图认为：树的概念天生存在——一如永恒的意象——比枫树或松树等形体要早就有了。不幸，这种纯概念很难建立。树的观念不知不觉和仙人掌、甘蔗、竹子、草，甚至木耳混在一起。但是我们都在制造神话、幻影、理想。民主也是一种神话。大家相信任何东西，就马上造出一个神来，互相配合。真正的基督教也是一个神话。但是，若因为民主或基督教的理想不存在，照柏拉图的理想看来，甚至永远不会存在，就放弃这些理想，那可就非常蠢了。我们每天的生活都需要这些神话和幻影，没有了幻影，就没有爱，没有艺术，也没有了宗教。"

"你意思是说，我们必须骗自己。"伯爵夫人说。

"我是说，我们不能生活在冷冰冰、赤裸裸的现实里。'旧世界'

的哲学错在过分强调客观。我们必须为人披上自制的美服。我们若有更富弹性的想象力、更活跃的幻想，和自然有更亲密的接触，若有早期希腊人特具的朝气和诗意的幻想，我们就可以美化生命了。这并非不重要；这是方法的问题，看我们怎么样面对一个现象世界，把最终现实的问题抛在一边。"

"你是在谈神话嘛！"

"神话是一种语言，象征的语言，既富诗意又富幻想，可以解释宇宙的力量，用令人愉快的故事来记录人类瞥见某种真理的瞬间印象。现代人已失去想象和虚构的天才。他喜欢活在冷冰冰、赤裸裸的现实里，宁可剥去一切色彩和感情。他不会称一个犯法的少年是没教养的臭小子，而说他是少年犯，或青春第二期中适应不良、行为乖戾的人物。在'旧世界'的社会科学工作者眼中，'没教养的臭小子'并不存在。哲学是对过好日子的艺术的一种探求……"

尤瑞黛不觉吓了一跳。

劳斯皱皱眉头："你觉得很惊讶？"他说。

"不。哦，我从来没听人这么说。"

劳斯停了一会儿，又说："哦，这是我的错。我说'过好日子'并不是过得很奢华。在英文里确实有那种意味，不过我不晓得要怎么说。过好日子——过得很单纯、很美，自在而充满力量，我相信上帝的本意是要我们如此。"

"抱歉打断了你的话，我不是故意的。"

"我希望人家打断——分享彼此的观念，这才叫谈话。我说到哪里？我说哲学应该探讨过好生活的艺术，你同意过好生活是哲学的目的和目标吧？"

"我想是的。"尤瑞黛说，"哲学不是你所想的样子——我是指我在大学所读的哲学，主要是研究知识的理论，知识的可能性，也可以说，知识和现实的关系。"

"你不觉得那些都很枯燥，很多余吗？"

"也许吧。"

"哲学就是这样迷失的，你们永远研究不出那个问题，也不会有任何成果。所以我说嘛，哲学研究的门径、方法，甚至目标，都大错特错。我只是说，哲学既是研究——勇敢的研究——生活的艺术，就该先斟酌人类的某些错觉。"

"当然包括爱情了。"优妮丝说。

"最好由爱情着手，我所认识的男人和女人，没有一个不承认，一提到爱情，心跳就会加速。连那些冷冰冰、灰沉沉的半科学哲学家也不例外。连怀疑一切的笛卡尔也必须由心理事实着手，承认他确实用过脑筋。他从不怀疑自己正在思考。为什么？研究现象和知识衍生的本质，全都是小丑姿态。我们知道自己会思考、感觉及行动。我们可以安安全全地以此为出发点，把知识那一章搁起来。男人坠入情网，相信他的意中人一切完美，一切优秀，这当然是创造一种幻影。事实上，这位青春玉女和大多数女孩没什么两样，这并不重要，反正他的感情或幻想是不容否认的。这又牵涉柏拉图的观念了，男人在心中创造理想女性的形象，具有某一种色泽的头发，某一种音色，特殊的微笑和眼神，等他看到一个女孩子多多少少符合他心中的理想，他就把这个女孩投射到他自己的理想上，合而为一。女人遇到和她潜意识理想相符的男性，情况也是一样的。不是吗？"

"对。"菲利蒙说。

"我们必须进一步承认，破坏那种错觉，使少男少女看不见完美的影像，实在很可悲。世界将会变得非常贫乏，对不对？”

“似乎有点道理。”

“接下来谈谈艺术，艺术也是把主观的想法投射在物体上。艺术美化了现实，同时也违背了现实。艺术的功能是使作品比生命更真实，抓住其中看不见的本质。坦白说，这就是伪造生命。就是在现实世界往前冲的时候，把握了瞬间瞥到的真理——旋律、比例、色彩，一切都是主观的。它把艺术家看到的物体——譬如街上看到的一张脸、一个画面——蒸馏出精华来。我不是指二十世纪中叶的漫画家。艺术不是鬼脸，也不是知性的分析。那时的艺术家没有办法感受，就乱砍现实，像坏孩子乱弹钢琴一样。他们画一幅人像，就把它拆成片片。譬如毕加索的杰作《镜前少女》吧，从内部看她，看她的胸部和子宫——批评家说是内在视法；或者从少女的左、右、前、后同时看她。当然啦，他们把少女拆成一片片。我告诉你们吧，这些艺术家都疯了，为自己感受不到外在的情景而疯狂。他们真是气得要命。除非他们看见世界被他们拆开，拆成一大堆三角、方块、表面和线条，完全乱成一团，他们是不会满意的。我不是说他们弄得不好。他们成功地把世界拆成碎片，就像小孩子拿起一只手表，拆成一大堆齿轮、小齿轮和发条。你们不觉得，小孩子眼看自己的成果，心中具有审美的满足，具有分析的快乐吗？那个小孩已找到了内在的视野。但是，这算不算是艺术？有些人是企图逃避——他们都想逃避些什么，却不想接近任何东西。有人宁可崇拜一个非洲的头颅，它有力，它强壮，它单纯，富于幻想的勇气。事实上，非洲野人只知道这些，他们没有更好、更利的工具雕更好的作品。不，那一代的艺术家一心求简，方法力求自然，处心积虑想现出天真的样子。何必这样麻烦呢？现代艺术家无法像古典派看出什么，感觉到什么。他们不单纯，他们是虚伪的。你走出一个展览会，感觉被逗笑起来，就说：'很好玩，不是吗？'正如你走进一个奇货店，看到了一些造作的鸡尾酒杯或者打火机，心里也有那种感觉。希腊艺术可不只是好玩而已，它打到心坎里去。希腊人从来不逃避什么，也不乱砍什么；他们勇敢地面对自然，寻出自己心中的感受，加以美化。他们感觉得到，也看得见，因为他们的视觉很健全。心里不平静，就产生不出伟大的艺术。不幸我和七十年前的人格格不入。人改变了，因为他和自然的关系已经改变。这是整个问题的关键。"

"什么整个问题？"尤瑞黛问道，她觉得自己正要找出劳斯建殖民地的概念了。

"人和自然分了家，他想要把自然吞下去，拆开来，分析成元素——而不想与它和平相处。总是人对自然，而不是人与自然。普罗米修斯对命运不屈服，他认为他才是宇宙的主宰，自然不是。每当人聪明过度，想背叛自然，自然就还以颜色，毁灭他，使他不是瞎了眼，就是跛了足。"

"你的想法好像华兹华斯。"

"差不多。现代文明的整个问题就是要使人健全，寻回自我。我现在也投射出一个概念，我假设世上有健全的人，一个必须实现身心需要，必须开展精神资源，必须表达力量的人。现代社会太复杂了，使他无法做到这一点。他在机械的巨轮中是一个无限小的轮牙，在巨大的社会和政治组织中迷失了，被贴上标签，搁在分类架中。"

"我可不可以插个嘴？"尤瑞黛问道，她整个晚上都想要提一个她最关心的问题，心急如焚。

"当然可以。"

"你为什么建立这个殖民地？逃避眼前的战争吗？"

"也对。我希望自己能有时间思考，我知道，一旦变成放射尘埃，我就不能思考了。我只能毒化印度的谷物或海中的鱼类，我的放射性会继续存在，说不定会给蚱蜢的腿或蟋蟀的肩膀打打气，那种我可不满意。"

"但是你有基本的概念——你在这里希望做、希望看到什么？"

"这个问题很容易问，很难回答。人类文明已达到不可能单纯生活的阶段，太多问题撞到你意识中。我并不是说工业进步不好，只是它一直增长下去，没有人计划，也没有人测量出它的后果，人类生活变得非常复杂。你说，很好哇，这是进步的自然结果。你陷身在里面，你参加进去。我却正好不一样，我探究基本的问题，抱着孤立的态度。我问道，现在已有的现象是不是最好的？我计算它对人的真正得失。收获的多，还是失去的多？似乎没有人研究过这个基本的问题。你瞎忙着现代工业文明所带来的问题，越陷越深。你不会看森林来找树木，你抓住每一个问题本身。每个人都在谈高水准的生活，每个人都付出很高的生活代价。所以你拉高薪水，增加购买力来配合高物价；然后又拉高价格，来补足增加的高薪水；然后再拉高税金和薪水，以弥补物价的上涨；生活费呈螺旋形无限上升。生活费高只有一个意义，就是储蓄价值降低，你失去安全感，经济压力增大。所以你一直工作、工作。所以你付安全税来保障老年的安全，又因为安全税算在生产成本内，生活费更高了。你在计划经济中老去。你的一切都规定得好好的——你的精力、你的工作时间、你的老年保障、你的病假、你的住院津贴、你夏天度假的天数，一切都定好了。每个人都依赖别人。百分之九十的人成为公立、私立、政府机关的雇员，赚取养家活口的费用。你被卡在陷阱中，你知道自己若省下一万元，十年、二十年后购买力会降低一半。你不能靠一万元或十万元退休，因为购买力会降成五千块或五万，你的储蓄被骗走了。被谁？没有人知道，是被那永在呈螺旋形上升的物价。妙极了！永恒的轮子继续转动。你付钱给警察局，搜捕赌徒，然后付钱给警察局要他们不搜捕赌徒，然后又付钱给警察局表演搜捕赌徒的姿态。他妈的，太复杂了——请原谅我说粗话，然后你交税维持塔斯马尼亚或美索不达米亚的和平为什么？因为塔斯马尼亚发生的事情也会密切影响到你。不，人类生活的结构太复杂了。

"你问我要什么？我希望少一点结构，不要再多下去。你们的社会结构学家，你们爱妄想的社会学家，你们的计划经济学家，他们想限定你们的时间、你们的劳力、你们的假期，在我看来都是共产主义者。首先，在我希望的一个社会里，人能恢复他所失去的个性和独立性，过一种更单纯的生活。为什么呢？我希望完全简化人类的生活，找出人在尘世上需要些什么，使人能和自然和谐相处。套中国哲学家庄子的话说，就是使人过和平的一生，完成他的本性。'大块载我以形，劳我以生，佚我以老，息我以死。'享受宇宙的和谐，这一周期的美，使人性在其中得到完成。其次，社会中的人能够发挥他的优点，能自由自在地顺他自己的长处来发展。"

"你相信人天生有优点，听你这么说，我很高兴。我很讨厌二十世纪九十年代我成长期中所见到的嘲笑态度，抱歉我插嘴。宗教呢？"伯爵夫人说，"你当然不会说，宗教也是幻影吧？"

"不是。但是宗教家没有了幻影，就行不通了。"

"为什么？"伯爵夫人问道。

"你总要使神明具体化吧，对不对？你创造上帝或众神形象的时候，当然就创造了幻影。圣像就是幻影，不是吗？"

"你是指偶像。"

"别骗自己了。没有一个大教是没有偶像的。真正的宗教精神，欣赏上帝的伟大与神秘，天堂和谐，人世的奥妙，这是科学家和哲学家的事。摩西一下西奈山，就发现以色列人在崇拜金牛。宇宙性的上帝，独一无二，抽象，孤独，这是一般心灵无法想象的。你必须分解神祇，使他们拟人化。你还是需要一个活生生、有实体的天堂和地狱。当然啦，这些都是幻影，用神话方式来表达精神的真理。根据梵语的记载，如来佛是个不可知论者。释迦牟尼王子是一个知识分子，一个上层阶级的精神哲学家。但是你看看佛教的寺庙，充满这个神，那个神，各级的佛、菩萨和调停的圣徒。一个上帝还不够，你需要两个、三个，三位一体，然后是满天的神祇。然后你还要找所谓的小神，我是指各地的圣徒。每一个地方、每一个个人都需要一个保护神，特别指定给他，照顾他自己的福利，在你肩上耳语，告诉你到哪儿骑车找失落的手表。实在很舒服，有这样的随员指导你们的每一步伐。如果这不叫多神教，又叫什么？分化上帝的过程还要继续着，没有办法。譬如圣母吧！不可能有一个劳德斯圣母，又有一个法提马圣母。当然，她们都是同一个人，但是一般人心里不愿意这样想。劳德斯圣母是和某一地区有关的特殊人物，比其他地方的圣母更灵验。你知道，上帝的分化也在行。毫无疑问，早期希腊的基督徒喜欢上帝有一个家庭。在他们的想象中，约瑟夫和玛丽亚就像奥林帕斯山上的神祇一样。有一个中国基督徒，太平天国的领袖洪秀全，他想要在地上建立上帝的王国，甚至发明了一个‘天国弟媳妇’，他自己是上帝的次子，耶稣当然就变成了他的‘哥哥’了。除了几个上帝的化身外，你们还需要一个天使长，一个天堂主人，还有天堂、炼狱和地狱。住在沙漠的阿拉伯人，认为世间最好的是汩汩的清溪、一望无际的绿地、凉泉、硕大的葡萄、美酒和一群黑眼的女神，所以他们的天堂就安排了这些东西。基督教的天堂含有珍珠门，墙上镶着钻石、红宝石、玛瑙和紫水晶——咦，这是开当铺者的梦想嘛。很多人终身进不了蒂芙尼珠宝公司，就希望来生能够进去。希腊的奥林帕斯山充满淫荡的男神和女神，还有神祇的清溪和甘露，离地面相当近，有仙女、半人半羊神、山精和海神。这些事情说不上真，也说不上假。这是人类想象的结果，用来把基本上非物质的生命具象化。人类的信仰少不了这些幻影，形象啦，圣像啦，当然都能增进人的信仰。"

"我希望，你不是为偶像崇拜辩论。"伯爵夫人说。

"我是。无神论的共产主义者又如何呢？他们高举斯大林的巨像游行街头，又把他的像挂在所有公共的礼堂内。不要说他们没有偶像，纸做的、木头做的、石头做的——又有什么关系呢？不，任何人类社会都少不了偶像。我们不是照人来塑造神祇，就是把人当神来拜，大众必须有东西可拜。最糟的就是没有东西可以崇拜——也许只好呆呆瞪着你踏脚的蒸汽冷却器。这就是现代经济人所走的方向，所以他才这样悲哀，没有恨，这样科学化，这样忧心忡忡的。任何偶像崇拜都胜过这个样子。"

这一段发人深省的谈话被伯爵夫人左边一个人发出的规则鼾声打断了。声音很有韵律，介于不洁的打呼和稍微文雅的鼻音之间，一定是气管受阻所造成的。唐那提罗神父很快乐，快乐带来昏昏欲睡的状态。第一段话他听见了，尤其喜欢听爱情幻影那一段。等话题转到艺术方面，他心里觉得很安详。劳斯的话一直维持平稳的调子。哦，天哪，唐那提罗对自己说，我一定是蛤蜊吃多了。这时候一个规则、可辨的声音开始发出来。他模模糊糊听到劳斯转向宗教，一个很熟悉的题目。他深知劳斯的异教思想。他故意把脑子关起来，他可以听，也可以不听剩余的部分。这时候，他的呼吸受到阻碍，哽住了，只好发出一连串鼻音和唇部动作来调整气管，整个人都陷入瞌睡状态——呼吸又哽住了。

"哦，天哪！"他坐直了身子说，"这椅子太舒服了，对肉体太纵容了，我一定错过了你们愉快的谈话。"

他拿出烟斗，自己咯咯笑了起来。

第十七章

　　伯爵夫人斜倚在长沙发上，现在正是最好的时候。和劳斯、菲利蒙、优妮丝、艾玛－艾玛在一起时最快乐了——他们哲学意味的闲聊，可以提升她的脑子和心灵。他们给她的客厅带来知性气氛，配得上西奥尼斯家族。这是她的沙龙，她觉得即使蕾卡蜜尔夫人都会引以为荣呢。她的父亲，马奇士·朱里安诺·伯是个建筑师兼古典学者，别人都怀疑他是无神论者；她的母亲是个虔诚的天主教徒，出身于古老的西班牙世家沙维拉，是三姐妹中最小的，美丽非凡，她的父亲在西班牙旅行时疯狂地爱上了她。侯爵尽情满足娇妻的兴致，夏天在泰诺避暑，冬天在圣摩里兹滑雪。女儿柯蒂莉亚在巴黎维桑求学，大部分的假期却在意大利南部度过——他们在卡布里和苏伦多都有别墅。自从她哥哥安东尼死于阿尔卑斯山的意外以后——他是一个蛮勇大胆的滑雪冠军——她母亲就越来越对宗教虔诚了。她父亲对儿子的全心投入运动很感失望，把全部的爱都集中在年轻的女儿身上。无神论者的父亲和虔诚的母亲之间的冲突，倒给领悟力强的女儿带来不少启示。侯爵，虽然本身并非信徒，对妻子的宗教却很宽容；他喜欢她进教堂，甚至在复活节和圣诞节的时候陪她一块儿去。柯蒂莉亚由于早期对母亲的亲近和少女青春期的健康本能，也变得富于宗教气息。她的父亲仁慈地参加了她的坚振礼，不过他在餐桌上时常说乡间神父的坏话来吓唬她母亲。村子是在孤僻的地区，通常只有十二个不到的男女参加圣餐仪式。他指控神父——也许是不公平的指责——说神父献祭的酒比圣餐礼所用的要多两倍，根据教会仪式，酒必须由神父亲自喝干。神父一饮而尽的声音在小教堂里清晰可闻。小女儿看见她父亲沉默的嘻笑，那就是他表达他心灵和智慧独立于教会之上的方法。

不过，当她长大以后，她投入了教会的怀抱。她嫁给教会有力的支持者，瓦伦蒂诺·约塞·卡士提利欧尼伯爵，没有一件事比这桩婚姻更使她母亲快乐了。但是，伯爵却是个对她漠不关心的丈夫，他喜欢犯第七戒，尤其喜欢玩弄乡村少女。她震惊地发现他的良心居然一点也没有罪恶感，已经让教会来照顾他的灵魂问题了。他觉得，由于他对教会的慷慨捐献和慈善事业，他已经在天堂积存了大量财富，足以弥补他肉体所犯的种种罪恶。他对上帝无限的慈悲有信心，他告诉她那是教会的妙处，可以使你的灵魂平安，保证在天堂占一席之地。伯爵夫人常让他单独旅行。伯爵对教会的态度，如同委托了一个代理人来照顾他灵魂的福祉，也像他委托银行来料理他的财务，柯蒂莉亚受到的震惊，莫此为甚，也因此使她对教会的功能产生了疑问。

当伯爵因车祸而死于达尔马提亚隘口时，她因并不感到太大的悲伤而自责。她进入了她的希腊时代；怀着西班牙妇女的成熟魅力、优雅和热情，她爱上了阿山诺波利斯。阿山诺波利斯有着浓密的黑发。他是个男子汉，富有已故伯爵所缺少的冲劲和胆识。现在她和阿山诺波利斯的一段插曲也结束了，怀着良知和幽默感，她娴雅大方地退出了和奥兰莎的竞争。那时她已年近四十了。但阿山诺波利斯结婚以后，他们却因彼此的尊重和欣赏而保持了良好的友谊。

伯爵夫人通常到晚上十一点才有精神，越近午夜，精神越足。她的一天开始了。她灰白的头发很适合她，雪白的胸脯半露在烛光下，与她衣服的黑色花边相映，真是丁托列托笔下最好的题材。她对正在进行的话题有相当的领悟，虽然她不敢说对劳斯的想法有深切的了解。她喜欢劳斯的讽刺，觉得他破除偶像的箭真像是给想象力加了香料。有时候，优妮丝和劳斯之间的谈话稍偏向逻辑学时，她就无法理解了。可是劳斯总是第一个把话题导离出深渊，他总是又回到她所爱的尘世题目，那是女人应该倾听、欣赏的睿智和真实的东西，尽量了解事物的精神面貌。而她永远有幽默感，那就是她本身虽不是知识分子，她的许多方面总是很受欢迎的原因。还有，她的意大利咖啡实在棒极了。

提玛波又端进来一些咖啡。她不用女侍，她们会破坏这地方的知识性气氛。为了使他看起来更像摩尔人，她给了他一个大大的银手镯，提玛波就戴在手臂上。

这一夜实在太完美了。

"阿席白地，过来坐在我旁边吧。"

伯爵夫人对年轻的里格采取保护的态度。她总与艺术家结交，也喜欢鼓励年轻的作家、诗人和画家。阿席白地英国（由于母亲）的气质多于希腊，他是个严肃、敏感的小说家。至少，他正在尝试写作，伯爵夫人相信他的才华。"放松，"她常常对他说，"放松你自己，挣脱你的英国教养。不要害怕自己的本能，也不要害怕文法，你可以以后再求洗练。先储存你要说的内容，概念啦，感觉啦，和对人生的观察，把自我流露出来，然后再裁剪，你必须有东西才能裁剪润饰。艺术、戏剧或小说，都没有一定的规则可循。你必须先找到自己，其他的事才能跟着来。”

阿席白地正处于二十四岁的苦闷期，有足够观察他身边事物的智慧，还没有足够的成熟把印象整理出来，构成一幅景观。他非常害羞，在团体里经常是沉默而疏远大家的一个。在所有艾音尼基人中，只有他一个人爬到过艾达山的顶峰，使他那位出身伦敦东区的母亲惊愕异常。那是个冒险的举动，他这样做，仅仅出于一种非理性的冲动，他无法解释，任何一个爬阿尔卑斯山的人也没办法说明。

“山是给人凝视、仰望的，不是要人征服的。”劳斯对他说过。他的想法到底是什么呢？劳斯总是令他费解，他是异族的灵魂，他的话他听得见，可是却听不懂。根据劳斯的说法，登山是北欧白人疾病的象征，是一种精神上的不安，隐藏在一切现代不满的背后。“不要征服自然，要和它并存。自然对人类不含敌意，它是你的朋友。不要和山岳比高，要谦逊地仰慕它。这是一种症候。北欧人想抓住自然，套住它的脖子，驾驭它，把它击倒当马来使唤。假如你不忘记自然还有其他的用处，当然，它是很有价值的。他们也想捏紧小山的脖子，我知道。人们说要向圣母峰挑战。可是圣母峰永不向任何人挑战；它立在那儿，自得，永恒，像一位安详熟睡的母亲。我可以听见爬阿尔卑斯山的人出于潜意识的自言自语说：‘我不让你轻视我、嘲笑我。我将爬得和你一样高，和你拉成平手，使自己和你平等。’然后他会下山宣布他的‘征服’。而圣母峰甚至不知道它被击败，在安详的睡眠中，连眼睫毛都未抬一下。不过你的血液中也有这种倾向。基督教的传教士必须谈起‘向异教挑战’的道理，使自己的血液沸腾，才足以宣扬宽恕与和平的福音。希腊的山丘永远不很高，也许这就是希腊人所以感觉不同、想法不同的原因。众神就在奥林帕斯山漫步，而希腊人与众神一起漫步，伊诺克也是这样。在希伯来的历史中有一段很短的时期，神与人在友谊的践行中交往，像希腊神祇一样。耶和华并没有真正发怒，充满仇恨，一心想复仇。直到出埃及记以后才有这种说法。直到亚伯拉罕时代，上帝仍然是友善的。他会来敲你帐幕的门。亚伯拉罕能够和上帝交谈，问他问题，得到他的诺言。雅各布甚至和上帝角力，全都保持一种友善的关系。但是对希腊人而言，帕尔纳索斯山除了是一个友善的山丘外又是什么呢？希腊人在提升灵魂中所失去的，都在生命的热诚中得到补偿了。他们的神祇在友善的世界狎妓，与希腊人本身所做的没有两样。哥特民族和地中海民族的精神一定完全不同。"

这就是年轻的阿席白地的脑子被劳斯的思想给搞糊涂了的一个典型的例子。他了解，但并不同情。他没办法和劳斯的想法相抗衡，虽然他很敏锐，非常聪明。他是在相当不利的环境下拼命努力。他喜爱，热望，渴求一见旧世界。当他的经验仅局限在这小岛上，他怎能写小说呢？他不穿长袍，他坚持打领带——那是他母亲做的——以配合他的血统。他为他半个英国人的血统而骄傲，所以他采用母亲的姓氏里格，而不愿从他希腊亡父的姓氏。他对英国的认识来自母亲，她那些伦敦东区的故事并不能启发他的灵感，但是他读得很多，读有关滑铁卢和威灵顿公爵的事迹，读特拉法尔加之役，读轻骑兵的冲锋。他怎么去写一部小说呢，如果他连古堡、要塞、老式大炮、瑞士山地人都没见过的话？他曾见过底特律湖、玫瑰小屋、蜿蜒的乡间小路、戴着无边小帽的挤牛奶的少女、伦敦的警察以及威斯敏斯特教堂的照片。他甚至崇拜英王查理三世，他认为除非有特别的机遇，否则他这一生永远也见不着他了。他对英国怀着浓郁的乡愁，啊！老家的英国啊！如果可能他真想逃离这个小岛。知道他没有机会逃走，他非常悲哀。这种沉思型的忧伤气息，加上他由爱德华八世王储刻意学来的习惯性皱眉，给他带来了特别的魅力。他看来是严肃的、沉思的，就像一个年轻作家惯常有的表情一样。

"别再想威斯敏斯特教堂了，亲爱的。"伯爵夫人说，"它已经不在那儿了。它被炸成了碎片——早在一九七五年就蒸发掉啦！"

他真想哭，被剥夺了战争和格斗的刺激和喧嚣，城市生活中的艰苦奋斗，以及一个相当文明世界里的奇遇和冒险，就算那个世界不像泰诺斯一样平静又何妨呢？那就是他去攀登艾达山的原因，因为他爬不上牛津的尖塔，他想哭。但是，他当然不会哭出来。他紧抿上唇，把一切压制下来。他甚至不对旁人提及他在艾达山上的感觉。在那儿，岛上最高的山峰之上，他俯视着四周环绕的海洋，形成了一条无望的环带，绵延数百英里。而英国，亲爱的老英国和整个旧世界，都是身在弧形地平线外的那一边，他决心要离开这个岛上的天堂。

在他变老以前，迟早有机会的。在所有的英雄中，他最佩服法兰西斯·德瑞克爵士。为什么人家在他这个年纪已经是航行七大洋的海盗了，而他却是个俘虏，一个放逐者，像金丝笼里的鸟儿一样？只有当他在海中游泳的时候，他才觉得好过一点，才又恢复自己。他喜欢划船到礁湖外缘地带的沙丘上，在那儿独自待上一天。

挫折，只有挫折。

"来点咖啡吧？"伯爵夫人说，"高兴一点，你整晚都没说过一个字哩。"

"谢谢，你别嫌我失礼，我不是有意的。"然后他又陷入沉默。

当咖啡送上来的时候，大家差不多都变换了姿势，菲利蒙站起来了，伸展伸展自己的身体。伯爵夫人向克洛伊笑着眨眨眼，并弯了弯手指头，示意她过来。她喜欢年轻人围绕在她身边。尤瑞黛离开了她的座位，手端着杯子倾听皮耶特罗·迦里和劳斯的谈话。大伙儿都叫他皮耶特罗。他不但是小提琴手，也是提琴制造家，又是个深思博学的人。他正谈到宗教具体化的问题，宗教是社会化的机构和上帝的直接体验。

"对上帝的信仰是一回事，对上帝的认识又是另一回事。"优妮丝说。

劳斯抬头向上望着："我希望我没使你厌烦。"他对尤瑞黛说。

"来吧，跟我们坐在一块儿。"优妮丝说着起身让座。

"我真不该的。"尤瑞黛抗议地说，心里觉得很高兴。

"你是今天晚上的主客。"

"坐下吧！"劳斯说，"你也许能告诉我们一些外面世界的消息。"

"太空船呢？他们到达过月球没有？"皮耶特罗问。

"一共试航了三次。第一次是当我十岁的时候。发射情形不错，起初也能送些消息回来。但是他们之中没有一个人回来。"所有的眼睛都集中在她身上，她成了大家注意的中心。她该怎么开始呢？"我们有袖珍电话，可以随身携带；只要接通电话我们就可和陆上任何人讲话。"

"癌症被克服了吗？"伯爵夫人问道。

"早就制伏了。远在一九八〇年的时候。那是烦恼之所在，当然对个人而言是个幸福，寿命比一九五〇年到一九八〇年间增加了十年。但是从世界的观念看来，人口增加太多了。我就是从事这方面的工作的，你们这边怎么解决？"

"很简单，我们有一种累进税法。家庭人口越多，税就越高，这就遏止了人口问题，一个正常家庭的税率是百分之十。一个人可以有三个小孩，甚至鼓励他们生三个小孩。如果他们要更多的小孩，那是他们的事，第四个小孩使税率提高到百分之十二点五，第五个就是百分之十五，依此类推，很有效。"

艾玛－艾玛插嘴了："母亲们都很高兴呢！她们到三十五岁的时候就不必生孩子了。我曾告诉过你，女孩子不到二十一岁不该结婚的，婚前可以受到各种追求，而她们生产的时候也隔开的。她们在二十一岁和三十五岁之间生孩子，过了三十五岁她们就解除生孩子的恐惧，只要一个简单的手术就成了。当然我们比旧世界占便宜，我们没有宗教上的偏见反对节育。人多的家庭日子艰苦，但是你晓得地方有限，不得不采取激烈的手段，我们已施行成功了。但是请你告诉我们……"

"我不知道该谈些什么。"

"人们比以前快乐吗？"

"这很难说。当然啦，一九五〇年后，外表就改变了。漂亮的高速公路交叉在不同的平面上，经过计划的城市中有种树的空间，使都市中有真正的林荫大道。行车速度更快，当然公路上的死亡率也增高了，我们杀人，或者可以说人在公路上以一天一百个人的比例在残杀自己。在二十世纪五十年代的朝鲜战争期间，每年死亡三万八千人。我记得我曾读到报纸说，美国一年中死于车祸的人数，比整个朝鲜战争中阵亡的人数还多。现在已经升高到每年死亡七万八千人了，在十年当中大约有七十五万的人死亡于意外。当然啰，那是没办法的事。路好了，速度快了，死亡也增加了。汽车险已涨到一年五百元，事实上并不吓人，每样东西都涨了，牛排一块七块五，这已经算是相当便宜了。一般工人每月赚一千元，可是生活所需却要一千二百元。谁也没得到好处。问题是，税率已高达百分之五十，因为世界局势不好，有战争的威胁。你一定不知道战争甚至仅是战争的阴影要花多少代价。比较起来，和平太便宜了，所以我们才为和平工作。为什么一个人就该辛苦工作半星期来支付维持和平的代价呢？当然，我们有很多方便。我们把垃圾丢进槽里，然后化掉。很少事情是像这样的，不过这些也仅仅是方便而已，只接触到事情的表面，我不敢说人们化掉的忧虑减少。我们工作更辛苦、更迅速，储蓄却少了。整个事情的关键在于国际局势，我们不能丢下各国不管，又不能丢下个人不管。"

"告诉我们有关民主世界联邦的事吧！"菲利蒙问，"它和以前的世界机构有什么不同？"

"民主世界联邦，只是普通常识。早就该这么做的，以前的国际联盟和联合国只是开会讨论的地方，从来就没打算有什么作为。联盟、反联盟、和平条约和商业条约全都是在这些辩论会场外进行的。真正民主性、代表性的大会却一点权力也没有，只有推荐权，权力集中在安全理事会手上。然后大国又用否决权来扼杀安理会的功能。它根本不是为做事而设计的。即使它有任何决定，也没有权力执行。就这样，我们处在一个紧密的世界经济社会中，被国籍所分割，想生活在一起，却没有世界法，又不想要世界法，或逼人尊重世界法的程序。因此，除了战争外还能有什么选择呢？在一个既无法律又对法律不尊重的地方，只有靠枪杆来统治了。就像任何没有法治的社会一样，不论是大是小。我们还没有发展到那种地步，想要以法来治理各国。那时候的人也许不思考，或者想得不够清楚，体会不到他们所作所为的结果。构想太新了，人们从没有听过一个自主的国家听命于一个超国际的组织，像一个文明人一样，遵守法律和多数的意见。这样做被认为是一种耻辱，每一个国家都是至高无上的主权，尤其是大国。那就好像是纽约的议员对各州的多数票有否决权似的，当然这样的封建议会永远都行不通。”

“自从第三次世界大战以后，”尤瑞黛继续说，“我们体会到所犯的错误，我们了解世界组织必须被赋予权力——事实上就是明显的武力——来加强和平。当然，以前也实行过，罗马统治下的和平曾有效地制止了各罗马帝国附属国的战争，胜利国团结在一起。但每个国家都很疲惫，饱受折磨，经济也遭到破坏。美国傻里傻气地把头伸出来，做起‘民主世界联盟’的领袖。这如果不是美国统治下的和平，至少也变成了世界寡头政治，由几个富强的大国统治。我们称它为民主，其实根本就不是那么一回事。在其他胜利国名义上的协助下，美国确实强制了和平。不过税率也因此被逼升高，独裁者也因此有机会取得权力。为什么我们会这么愚蠢呢？自作多情的高贵，我想。我们实行，我们花钱，却到处招来怨恨。为什么美国就该独自做这件事？十年战争继续拖下去，时而有小叛乱在这边发生，扑灭了，又在别的地方死灰复燃，并不很戏剧化，却很烦人。弄得世界寡头政府精疲力尽。不错，是有和平，可是不知怎么的，显得军国主义化和好战的气氛。世界是由海上战舰、航空母舰、原子潜艇和空中巨型喷射机群来统治的，看来真不舒服。当美国总统被沙特阿拉伯的一名阿拉伯人暗杀之后，一位缝衣女工也是‘成衣劳工联盟’的一员，她写了一封信给在波基普西复刊的《纽约时报》。她问：‘为什么我们不让世界来分担共同的责任，让各国自行治理？为什么我们要替他们治理，而招来全球的怨恨呢？为什么我们不让教室里的民主原则和实践通行在新的世界组织中？就是这样，不用否决权。没有大国小国之分，只有平等的公理和平等的责任。'这封信激起了整个运动。事实上是整个世界大体已经准备好了，那位妇女只不过表达了大家的感受而已。因此，'民主世界联邦'就在公元二〇〇〇年诞生了。"

"是不是有很隆重的庆祝仪式？"

"和宗教庆典无法相比，一股宗教的狂热在一九九五年就已爆发。一位先知出现，他治疗病人并且建立了'第二次耶稣再临论者'的教派，大约有三百万的信徒。信徒捐出财产，身穿白色衣服，整天唱歌。他们期待耶稣亲自在荣耀中出现，以建立新的王国。先知说他要审判那些不信他的人，很多人都吓坏了。他们爬上了波科诺山、阿迪朗达克山和落基山，因为《圣经》说他会被所有的人看见。他们整天、整夜地待在那儿，从一月一日到一月四日，整整五天日夜不分地陷入狂热状态。有些人声称他们说俄文、中文、希腊文、塔斯马尼亚文。他们以为上帝几千万年以来最注重公元二〇〇〇年，或任何人类算术中的整数。在公元二〇〇〇年还看到男男女女那个样子，真可怜。到了第五天无可避免地发生了令人泄气的转变。那群蹲在山上的人开始有了疑问，但更重要的是，他们饿坏了。他们下山之后，觉得自己非常愚昧。有些精明的地产商买下了不少的房子而获得暴利。有人谣传，最后那位仁兄成了亿万富翁，改名换姓，乘一条私人游艇到一个不知名的地方去了。"

尤瑞黛的声音充满女性的柔和甜美。由于生性害羞，她在社交场合向来就没自在过，宁愿保持沉默。她很佩服能言善道的女性，和她们谈话时顾盼自如的自在和轻松。她不爱演说，今晚她觉得大家都盼望她说点什么，这些人是那么友善，她不觉忘形地说了许多。

　　她突然住了口，从石坛那边传来重重的脚步声，是凉鞋磨在沙地上的声音，从客厅里看不清来人是谁。

　　"我确信，是王子殿下回来了。"伯爵夫人说，"是你吗，亲爱的？"

　　隔壁房间传来王子的脚步声，很有韵律，很庄严。他的头出现在门口，神采奕奕，双眼炯炯发亮。

　　"噢！好极了！好惬意的一群。呀！太棒了！夜空和群星！"

　　"你没看到星星，别骗我，在这种雾里看不见。"

　　"那有什么区别？它们还不是照样在那儿……夜空，星星，微风吹来带咸味的薄雾，这里面可真闷！"

　　"我们觉得很舒服呢！"伯爵夫人笑着说，"可别把海边的咸味吹进来哟。"

　　"怎么不放点音乐呢？"

　　"亲爱的阿席白地，拜托帮个忙，放 G 大调抒情曲，就在下面架子上。"

　　阿席白地走过去找唱片集，把唱片挑出来放了。

　　"什么时间了？"艾玛－艾玛问。

　　"你可别想走哇！"伯爵夫人说，"王子才刚回来。"

　　"我真的非走不可。"人类学家坚持说，"尤瑞黛，你若想留下就留下吧！等你想走的时候，菲利蒙或克洛伊会陪你回家。"

　　尤瑞黛流畅自然地对伯爵夫人说："你真好，伯爵夫人。我想时候不早了，我想和艾玛－艾玛一块儿走。我真羡慕你们，有音乐，还有这一切。"

　　"哦，我们样样齐全。现在你晓得地方了，一定要来哟！希望你今晚过得很愉快。"

"我觉得非常愉快。"

"那我们改天可以再聚一次。"

"我很乐意来。"

尤瑞黛站起来，转身向劳斯，问了一个她一直想问的问题。

"告诉我你为什么把我们飞机上的收音机砸烂了。"

劳斯笑了起来："为什么？尤瑞黛，你会明白的，我相信，我们当然要弄坏它！我们太喜欢你了，不想让你离开这儿。"

"难道你们从来不想知道外面的消息吗？"

"为什么要呢？"

菲利蒙走上来，他再度邀请尤瑞黛到博物馆去。

"我很乐意去。"

"带她去看日光马达。"劳斯说。

"日光马达？"

"是的。"菲利蒙说，"那是我们在岛上发明的东西，我想他们还没有利用到太阳能吧，是吗？"

"还没有。"

尤瑞黛向大家告别，唐那提罗神父提议要带她去高地参观榨酒机和葡萄园，年轻的里格则要带她去沙洲，尤瑞黛样样都非常喜欢。

第十八章

当她们在清晨一点钟回到家的时候，波文娜正在床上哭泣，她们走了一英里半的路程觉得非常累了。由于鞋子的缘故，尤瑞黛在黑暗中绊倒了好几次。看到一位老妇人能日夜地以一种稳定、轻快的步伐走路，真是不寻常的事。

"我永远猜不着你多大年纪了。"尤瑞黛说。

"有关系吗？"

"我只是好奇，你走得比我快多了。"

"谢谢，在三十年前我初到这儿的时候，我已经写了十二本书了，这你该求得结论了。"

"你一定有很好的体质。"

"我相信是由于这儿的安静和适意，没有神经上的紧张，而且我的工作又令我快乐。"

当她们抵家时，她们要水喝。

"波文娜！"

过了好一会儿波文娜才出现，她的双眼浮肿，艾玛－艾玛见了很诧异。

"怎么回事啊？"

波文娜默不作声。

"又是为了你父亲吗？"

她摇摇头。

"你家里有人生病了吗？"

艾玛－艾玛感觉到某种更严重的事情，波文娜从来没这样过，十分悲惨的样子。她就像她的亲生孩子一样。

"告诉我发生了什么事。提华哥来过吗？"

这个泰诺斯少女的眼睛突然在烛光下亮了起来，睁得大大的。

"不，不，你一定不能告诉他，千万不要，我求你。"

困惑的艾玛－艾玛意识到更深一层的麻烦，一个年轻的女孩的麻烦，她确信是——爱情或性。

"坐下来，冷静一下。"

波文娜坐在艾玛－艾玛的床上，她美丽而充分发育的胴体和橄榄色壮硕的臀部压在白色床单上，她的眼睛因害怕而睁得老大。

"现在告诉我吧，孩子。"

"是欧克瑟斯，他来过这儿，他骚扰我，他对我用强，占有了我。我打了他耳光，我挣扎，可是他占有了我。但是你一定不能告诉提华哥，千万不要，他会杀了我，他会去杀了他的，我不要他惹麻烦。"

"别担心，他没有必要知道。"

"你答应了？"

"我答应你，我永远不会告诉他。别担心，我的孩子。"

波文娜突然发出了一串咒骂声，艾玛－艾玛一点也听不懂。

"是的，他是个坏蛋。"她同意，"非常坏，但是你别发愁，回到床上去吧！我永远不会告诉提华哥的。"

微笑又回到女孩的脸上，她站起来为她们拿水，她的问题十分简单，她只是担心提华哥知道而已。

当艾玛－艾玛躺在床上思索这件事时，又似乎不那么单纯。如果侮辱她的人是泰诺斯族人的话，他就必须按照他们族里的习俗来处理这件事，欧克瑟斯却是艾音尼基族人。显然是趁他太太不在的时候，跑来强暴了这女孩。根据艾音尼基人的法律，他可以被抓去审判的。通常这种事在希腊人和意大利人之中相当简单，因为受伤害的女孩往往特别开恩。法律对强奸罚得很重——十年的监禁，其中还包括三年的劳役。可是情形很少糟到这一步。通常是两个家庭在法庭外解决，如果男孩很年轻，可敬又可靠，他可能被强迫娶她。一旦事情上了法庭，男子的父母就会恳求女孩，并动之以厚礼，求她可怜可怜他。他们会想尽办法，叫他娶她啦，给她造栋新房子啦，用蜂蜜、橄榄和昂贵的被褥来打动她——只要能救他们的孩子免受严厉的刑罚。法律对强奸判得很重，但是只要女孩承认那是两相情愿的，男孩就会被完全赦免。除非女孩为了私人原因对男孩恨意难消，受不可控制的仇恨所驱使，否则，通常女孩都会心软下来。父母会辩说，毕竟是由于她的魅力，男孩才会做出这种事的。行为虽然可憎，但原因却是她自己难以抗拒的美貌呀！

法庭闹剧上场了（劳斯认为所有的法律行动都是闹剧），经过一些必要的询问之后，通常女孩会站起来回答说："大人，我是被他温柔的恳求所打动，我同意他侵犯我的。"

"你是出于自愿吗？"

"是的，他是那么英俊，我无法抗拒他的追求。"

谁也不觉得意外，通常年轻男孩和他的父母会非常感激，即使他们没有结婚，这女孩也会被他们家奉为大恩人，永远感恩不尽。没有人会觉得不寻常。像所有社会习俗一样，很容易被人滥用。有些女孩以被强暴为业，如果有人被五个年轻人强暴过，她全都慷慨地在法庭内或法庭外施恩赦免了他们，她通常会有两栋房子，三座葡萄园，也许还有五十头羊。人制定了法律，而人也常常打击法律。劳斯常常这么说。他是律法废除论者，他引用阿纳卡西斯的话说，法律像一张蜘蛛网，只能捕捉小苍蝇，大点的昆虫通常都能破网而逃。毫无疑问，他是受了孔夫子的影响，一个律法无用论者不屑于过度信仰法律和刑罚。法律应该简单，处罚要轻，这和他简化生活的基本概念十分契合。

当然，女孩当众承认通奸的慷慨，可能是由艾音尼基族对母亲地位所持的态度而造成的。如果女孩不愿意，她就不一定要嫁那个男人。母亲就是母亲，不管结婚或未婚。所有的小孩都是自然所赐，都是合法的。这种奇异的社会态度由劳斯认为每个女人都有权成为母亲的信仰而产生，母亲的身份是妇女神圣、不可让与的权利，谁违反了这个权利，就等于违反了自然第一条法律。结果就有未婚妈妈犹胜于完全没当过母亲的结论。对这一点，劳斯有些滑稽，他说小鹅没有雄鹅也过得去，没有母鹅则不成。不过他也是很严肃的，他引用孔夫子孙子的话说："凡是上苍所给予的就是自然；实现自然就是道德的法律；培养这种法律，就是文化。"他对这个问题仔细地思索过。他社会哲学的整个心理学架构也许可借庄子学说的主旨来说明，人必须是自由的，能追寻他生命的道路。他的本性必须得以实现。用希腊哲学的术语来说，就是人应该有自由，才能顺应最佳本性而发展。这是自由的真义，所有的社会幸福都寄托于此。就好比果树天生会结果，女人也天生会成为母亲。女人直到做了母亲，本性得以实现，她才有完全的快乐。没有女人比站在摇篮边的母亲或正在哺育孩子的母亲更美丽的了。北欧人的纵欲好色，使得埃尔·格列柯的名画《在哺乳的圣母》也变得淫猥不堪。至于波文娜的事，艾玛－艾玛决定最好保持缄默，不向任何人提起。波文娜求过她，她也已经答应了。

第二天早上很晚的时候，克洛伊和菲利蒙才一起来。他们两人显然相爱极深。她才十七岁，金色秀发，蔚蓝的眼睛嵌在淡橄榄色的脸庞上，肤色比她母亲稍深一点，具有高贵的希腊人轮廓。心智上，她十足是个孩子，天真，自由，充满欢笑。听说菲利蒙要来找尤瑞黛，她也央求一起来。尤瑞黛比她年长得多，而且又是个美国人，在她眼里非常神秘。她对她并不嫉妒，她只是想求证一下。她知道当她一见菲利蒙的金发、蓝眼、整洁的胡髭和自眉下轻轻隆起的精致、清晰的古典鼻梁，她内心就震动不已。菲利蒙的肤色如此白皙、美好。他的头部高贵地挺立在线条美好和雄壮的颈上和肩上，不论他多随意地穿件工作服，也掩不住他俊朗的风采。

克洛伊打量着尤瑞黛的白色罩衫、紧身长裤和高跟鞋，充满一个女人对另一个女人华服的仰慕。她想，真不公平啊，这种鞋子，它们有种迷人的魔力，还有她唇膏的颜色，她尤其注意她的罩衫，那是最不公平的地方，不符合岛上的风俗。如果是三个小孩的母亲，是的，她可以遮住她的胸部。可是尤瑞黛还没结婚哩，她觉得很不舒服。那就好像每个女孩都把牌摊在桌上了，只有她还把牌藏在手中。一个那样的女孩可能什么事都做得出来。

克洛伊注视的眼光也使尤瑞黛觉得不舒服。

尤瑞黛在往博物馆的小径上踉跄了一下，克洛伊忍不住地笑起来。

"你怎么不把鞋脱了呢？"克洛伊问道。

尤瑞黛心想，她宁可死掉也不愿像克洛伊一样赤脚走路。

博物馆是一座人字形的长方形大厦，刷着淡淡的粉红色，站在一片高岩地上，比镇上高出两百英英尺左右。一排短石阶和有着希腊圆柱的门廊通向宏伟的正门。这个建筑物的大小和建材的豪华完全和城市的结构不成比例；它是用大众的金钱和人力建成的，花了十年的时间，也花了阿山诺波利斯和劳斯的不少心神才完成的。它还有点战略价值，占据着小岛上的主要位置，就像欧洲城市的大教堂一样。侧面高大的石柱和雕像透露着优雅。其中有些是进口来的，也有些是艾音尼基艺术家的仿制品。墙上围着精致的饰带，刻的是古神祇。宏大的建筑、阴凉的内部，隐入半幽暗中的高大石柱，上面射下来的斜斜的光线使人仿佛置身在希腊庙宇中。菲利蒙翻译了一些刻在石板上的箴言，尤瑞黛以为里面会包含着一些严厉的哲学教训。事实正相反，她发现那些都是既有人情味又轻松的东西。当然，大部分都是伦理性的，不过讽刺意味多过道德意味，充满蒙田式的平易近人的气息。有一则是说："不要追求完美，合理即可。"还有一则说："犯错何妨，但求认错改过。"尤瑞黛觉得非常舒服。

"这些警句都是劳斯精心挑选出来的。"菲利蒙解释说。

"从某方面来说，它们代表了他整个生活哲学。他反对人类努力追求神性，反对模仿神的完美。像蟾蜍渴望变成孔雀，既没道理，又不可能。没有人该仿效神明。如果很完美……我们仍然不是神。假如你不是嘉丽·库契（美籍女歌唱家）或巴德列夫斯基（波兰钢琴家、作曲家兼政治家。一八六〇至一九四一年），而拼命想学他们的话，就会要了你的命，不是吗？你自己恨观众，恨批评家和恨整个社会。这会造成心理压力，觉得自己不行又有罪恶感，气自己做不到想做的那种人。这种冲突，这种理想与现实间的差距，如果一天得不到解决，你就会神经兮兮，会产生一股毁灭性的倾向，譬如热爱战争啦，想毁灭某个人啦，你总得想办法发泄的。"

另外一则吸引她的箴言是"过度的德行也是一种罪恶"。当然啰，菲利蒙指出，这仍然是同样的忠告，一切要适可而止，连道德也不例外。道德的纯净变成清教教义，其道理即在此。这句话可能是劳斯自己写的。

"不要想表现得比自己的本性更好，也不要比情势所需的更坏。"

"永远钦佩别人的长处，有时也别忘了钦佩自己的优点。"尤瑞黛觉得最后一条实在伟大，她全心都被这种哲学迷住了。

菲利蒙指出，那些雕像是九个缪斯，也是天神宙斯和摩涅莫绪涅的女儿：克利俄，历史女神；欧忒耳珀，横笛和管乐器的创造者；塔利亚，喜剧诗神；墨尔波墨涅，悲剧诗神；埃拉托，抒情诗和情诗之神；波吕许尼亚，歌唱和韵律女神，等等。

他们走向大厦后面菲利蒙的工作室里面，巨大的海神卧像二十英尺宽，打算以后要放在博物馆外面的，他已雕了三年之久，现在正立在房间灯下角落的一木架上，房里堆满泥土、石膏、木板和铸像。一座白石膏做的女孩的头部雕像，雕的是克洛伊本人，正从墙架上对他们微笑，笑得好顽皮。尤瑞黛看得出来，她站在自己的雕像下，内心充满由衷的骄傲。

博物馆右翼有一间房锁得紧紧的。菲利蒙说，这锁是他们从"世外桃源号"拿下来的最大的锁，钥匙由劳斯保管。这间屋子从未对外开放过。

"没有人知道，只有劳斯和阿山诺波利斯进去过。也许是一堆金子呢，或者显然是他们不愿别人知道的东西。"

左翼的大门开着，正对着文协馆前面的大广场，文协馆要比博物馆深入约五十英尺光景。在他们对面的广场南边，有一排有顶盖的柱廊，宽广阴凉，走在里面可欣赏到南岸的绝佳景色。尤瑞黛禁不住大感意外，这一切都太伟丽了，优美的大厦，雅致的小橄榄树下的石椅，浸浴在阳光中纹理美好的石板路，有棚柱廊的和谐线条，上面覆盖的是蓝得不可思议的苍穹，在这么小的岛上，哪来那么多的金钱和人力呢？也许任何社会都能建造这样一个专诚为艺术和学习的场所吧，只要税金用在这方面。这样一个小小的地方，胜过她自己国家的许多公共建筑、广场和花园；她曾见过更好、更壮观的事物，比如说，像巴尔贝克的天神宙斯神庙，不过这里的建筑有种平衡、对称的特质，能够抚慰心灵，还有石膏、石头，形象和彩色的内在谐和。也许这和环境位置有莫大的关系，它位于太平洋中的一个珍贵小岛上，空气、天空和阳光，倍增美感。

少不了的，他们走向阿山诺波利斯和山羊的铜像。那是菲利蒙的作品，一件充满灵感之作，一件也许艺术家永不可再复制的杰作，他只不过花了一年的时间。原来这就是阿山诺波利斯了，尤瑞黛一面凝视着那乱蓬蓬的头，一面想着。铜像的眼睛慈爱地俯视着底下的城市，脸上带着一抹神秘的微笑，身体微微倾斜向一边，右手拿着烟斗，左手插在裤子口袋里——完全是一副工作完成后轻松满足的快乐表情。他的左腿稳稳地站在粗陋的台架上，右腿向前弯曲。这种不寻常的身体的倾斜和腿部的安排，似乎暗示了休息和动作时间的一致。迷人的线条使他浑身流露出丰盈的力量和生命。

"他雕的。"克洛伊骄傲地说。

"你是怎么雕的？"尤瑞黛问。

"我想，是一种侥幸吧！"雕塑家说。

克洛伊说："他受到启示。"她又用希腊文说了些什么，翻译过来就是内在的视野。他们绕着雕像走一圈。

"不，"菲利蒙说，"那是一种艺术的哲学，劳斯教给我的，我对他有深深的感激。我不知道一件东西主要和技巧有关，他打开了我的视野，把钥匙给了我。"

"钥匙？"

"是的，通往一切美的钥匙，不只是雕塑而已。就是两个词，文雅和力量。任何美的事物，无论是在人的性格中也好，甚至在政治上也好，一定要有这两个要素适当地配合，甚至文学性的文章也一样。一定要有肉，有骨，有思想力量，这个肉和骨还必须加上风格和辞藻的美丽外衣。一篇文章若有了外在的优雅和风格，却缺乏思想的力量，也就没有美感上的满足了。因此，在人类个性里，就拿丈夫做个例子，光是仁慈和体贴是不够的，男人一定要有目标的力量。一个太温雅的丈夫会把太太逼疯的，一个可爱又黏人的太太则像块湿抹布，贴在丈夫脖子上，未免好得太过分了。我们可以顺道过去看看他，他的房子就在那边。"

他指向一面布满藤蔓的墙壁，后面可以看见小屋低矮的屋顶。

"你觉得劳斯怎么样？你对他的印象如何？"他问。

"我不知道。我从艾玛－艾玛那儿听到他的一切，我把他想成一个超智者，相当严峻、冷漠、难以接近。昨晚我对他的印象很深，但他一点都不严肃。"

"接近他就不觉得严肃了。当然，他是个了不起的人，完成了这一切，建立了这个殖民地。光是构想本身就够大胆的了，他喜欢用快刀斩乱麻的名词。一个敏捷、自信的头脑，对自己的概念十分明了。"

"我昨晚见到他了。"尤瑞黛说，"他就像其他的人一样。你不认为他身上有一种——我不知道怎么说———种平民风格吗？"

"是的，假如你的意思是指他看来没有索马瓦未屈王子那样的贵族气派，或者像那些寂寞、高高在上的知识分子，高傲又自得。他和大家打成一片，对谁都很容忍。我见过他每一面，都有一种不同的心情。当他为某件事情懊恼时，他非常阴郁不开心，他可以半天都不说一句话，那时候你就知道他正为某件事在烦心了。等他享受了一顿好饭，他就会把一切烦恼忘掉，又恢复他的本来面目了。"

"他发过脾气吗？"

"哦，有啊。当市议会拒绝照他的建议做事的时候，像税金问题，等等。他会跑到乔凡尼的酒店，携一瓶香堤酒，默默地写祈祷文，结果是一样的。那篇祈祷文就是劳斯在葬礼中念的。"

尤瑞黛恳求他翻译给她听。他翻译了，很小心地搜寻并组合着适当的字眼，奇怪的是这篇祈祷文并不是说给上帝听的。它说：

"哦，朋友们，让我们花点时间为生活思考，并不要害怕，那样我们就可能看到生活中的单纯和清明，没有困惑和心计，不必回顾，也不要为不可能到达的另一个世界而奋力挣扎。让我们试着相信生活是好的，不必要更进一步的等待，过好日子的机会就在这里，只要我们愿意，事情就会这样。大地是我们的，我们制造了它；社会是我们的，我们创造并改进它。让我们与我们的同胞一起生活在和平和文明中，这样，我们工作有成果，可以高贵地忍受，并生活得幸福。当我们的双手不再为劳役而苦时，让我进一步地花一点时间，以崇敬和谦逊去景仰、去思考并欣赏美的智慧，这个伟大的精神领域，我们是其中一部分，让我们心存满足和感激，为了享有这短暂但珍贵的生之献礼，且让我们心存满足和感激。阿门。”

"我想要一份复本，如果你为我把它们写下来的话。"尤瑞黛说，"它这么简单，表达得那么好。在这里的每个人都能背诵吗？"

"是的，每个人都会，我告诉过你的。就像天父祷文，也很简单，但是其中含有表面以外更多的意义。来吧，让我们到那边看劳斯去吧！就在隔壁而已。"

第十九章

一个凉亭式的入口，横在文协馆的阴影里，通向一条小小的朴实无华的圆石小院，中间放了一个小鸟的食槽。空气中充满长在墙根的羊齿草和地衣的气味，巨大的萱草由墙角阴影里伸出来，仿佛在对来访者招呼致意，一扇门在两级石阶之上半开着。

"劳斯在吗？"当他们穿过回廊的时候，菲利蒙问道。

尤金妮，一位胖胖的法国妇人，已经在回廊上迎接他们了。她是有名的好厨子，劳斯在里维耶拉发现她，硬把她给请来的。她用粗粗的手指指向花园说："他在那边。"

从回廊望过去，他们可以一直看到花园的另一端。那是一栋三间房的屋子，长形的房间面对花园，是客厅兼餐室。几张藤椅散放着。右手边，起居室通向图书室，那儿是劳斯的避难所，有一张躺椅和一张长沙发。几支烟斗、一个宽口皮壶、一把书房用的剪刀、各种不同的纸张不太整齐地放在一张矮矮的大桌上。桌上放着一张褪色的旧照片，是劳斯的妻子，年轻甜美，有一头火红的头发。椅子很矮，桌子也矮，长沙发和一切其他的东西都让人觉得，这个人并不想抵抗地心引力。除了书架以外，四面墙上空空如也。

窗外的芭蕉叶给客厅带来微绿的光线，整个房间光线幽暗，非常安静。家具可算是相当朴实、粗陋，但还是显得很愉快、很惬意，像山间的小屋，别有一番安适和幽僻的气氛。窗台上排着几个希腊茶筒。

劳斯从花园进来，穿着长袍和凉鞋，他宽阔的额头被阳光晒成褐色。尤瑞黛一直认为他的嘴巴和银白色的胡子是他面孔上最美的部分，使他显得有异国风味，温文，又有教养。他悠然地伸出手来表示欢迎。

"昨晚你安全到家了吧？"他说，"我希望你不觉得沉闷无聊。"

"我玩得非常开心，菲利蒙来带我参观博物馆和文协馆。"

菲利蒙说："我想她会喜欢来看看你的屋子，所以我们就进来了。你什么时候到家的？"

"我们直到三点才回家，和安德列耶夫王子和其他的人，你知道的。你们走了以后，皮耶特罗又为我们演奏了一些曲子。"

他请他们坐下，菲利蒙觉得他们不该侵占他的时间。

"既然来了，"他对尤瑞黛说，"你一定要参观一下花园。"

后面的石坛布满菖蒲，绿草沿着裂缝生长，南端高高的竹子洒下长长的阴影，遮住了半个庭院。近处巨大的芭蕉叶在阳光中绿得透明，随着晨间微风懒洋洋地轻摇着。虽然这是屋子的后院，风景却更好，向东可以看见广阔的乡村，有一种隐秘的优点。艾达山在远处高高耸起，嵯峨的山峰在云雾蒸腾下若隐若现，由高处石坛往下望，巨大的山坡上布满屋舍、葡萄园和牧场，在阳光下是一幅美丽的图画。正对石坛下方五十英尺的低处，有一处花果园，四周围着石椅和盆花，再过去双眼所及的地方，就是高高的椰子树和杉木。

仰望着艾达山的绝妙风景，在山风吹拂的流云下，半遮半掩，尤瑞黛一出神，不觉跌入石径上的裂缝中。这双小山羊皮鞋是她唯一的鞋子，过去几天中在崎岖的山路石径中走上走下，已受了不少折磨。

有一只鞋跟已经松脱，而且也磨坏了，有了裂纹。

劳斯及时抓住她，把她拉上来。

"你怎么不像克洛伊一样打赤脚呢？或者换一双凉鞋？"他直爽地说，"这样对你的脚趾有好处，你可以到城里的鞋匠那儿做一双。"

"才不要呢！"

尤瑞黛的答话里满是固执的语气，鞋子刚巧是让她最生气的题目。她并非没有女人的虚荣心，含意还不止虚荣而已。在圣菲利浦做事的时候，她都习惯到纽约的"劳佛双杰"定做鞋子，她觉得有点使命感，鞋子对她而言代表了文明。她为民主世界联邦工作，对自己非常严苛，觉得自己应该为土著立下良好的楷模，当然，她告诉自己，不管牺牲什么，就是不能对鞋子太省。生活水准提高的第一个指标，就是看人口中所制造、所购买和穿用的鞋子有多少。她心里想到可怜的智利儿童，打着光脚跑来跑去。她只须送一份报告给民主世界联邦，指出穿鞋与没穿鞋人口的百分比，夹在地学测量会的社会资料中，就能使民主世界联邦相信智利土著生活贫困的惨境，生活次于一般水准。每当她穿着从纽约买来的新鞋出现时，土著妇女的眼睛都为之一亮！她愿意省下套衫和帽子，但决心对鞋子要求奢华。那也说得过去，她有一双美丽的足踝可以匹配呢！

"不！我宁死也不愿赤脚。"她又加了一句说。

"赤脚又有什么不好呢？"劳斯说。

"就像一群……"

这句话引发了老哲学家和年轻的美国女人之间一段奇特、生动的对人类足部的讨论，这是一场完全没料到的讨论。她原想问他关于艾音尼基人祈祷文的意义的，现在她却被绊住了。劳斯用意很好，她知道，她不想太粗鲁。随着她对文明与"生活水准之提高"的一般思想方向，她坚持人类文明的划分——而人类的文明的划分自然落入三种类别：

鞋子——文明

凉鞋——半野蛮

赤足——野蛮

结果，越多的鞋子就表示更高的文明和经济的繁荣。每个人都有偏见，尤瑞黛也有她的。由一般赤脚的流行可证明印度、印度尼西亚、非洲，及其他一切未开化地区无可想象的贫困，尤其是赤道附近地区，实际上就是她献身世界经济重建工作的理由。如果她能使爪哇孩子和巴厘岛的女孩都穿上鞋子，她就会很快乐了。那是一种新的经济福音，带来了整体经济上扬的浪潮和假想的幸福。先是食物，然后是鞋子。赤道附近的人民没有穿鞋，意味着他们是生活在最起码的生活条件之下。相反的，穿鞋子是居民由填饱肚子的挣扎走向经济盈余的指标。

但是她并不想说出："像一群野蛮人。"劳斯觉察到她眼中不以为然的神色，他激动地提出一篇半形而上、半实际的人类罪恶的探讨，从双脚受束缚先谈起，一直谈到双脚的变形。人类的双足是上帝高贵的杰作，一件神奇的作品，是大自然完美的设计，来应付各种的可能情况——平衡、优雅、舒适、易动性、易弯性和蒸发，是的，甚至蒸发的作用。为什么不呢？赤足绝对是一种奢侈，每个丈夫或妻子只要敢在公寓里赤脚走路就能证明此话不假。在机械文明中，感染了一种叫"噪声狂"（一般来说就是喜欢喧嚣）的心理疾病，说不定有人会发现并欣赏赤脚无声无息的轻柔呢。

"至于你的平衡动作，"劳斯说，"我不能说我有多钦佩，我从来就不喜欢马戏团或芭蕉舞。赤足走路的人所具有的自然美的韵律，要更微妙，也更富变化。"

劳斯究竟是什么样的人呢？一个半希腊人，一个在克里特岛或西西里丘陵赤脚跑来跑去一直跑到十五六岁的少年，毫无疑问，这就说明了他对鞋子、礼服、领带都有深深的成见。对他，这些都代表对灵魂的桎梏，是他受束缚的象征，他只有在必要的时候才穿。这是不是就是他刻意创造出一种状况，迫使希腊政府要求他从外交界退出的潜在原因呢？当他生活在北欧的时候，他弃绝两样东西，皮带和松紧吊带。他还颇有创意呢：他用两条短带子由背心里面垂下来，绑在裤子的纽扣上，来取代松紧吊带，这样皮带和吊带就都省掉了，而把他裤子的重量更合理、更平均地放在他的双肩上。

尤瑞黛自然开始软化了，不但如此，她简直是绝望了。她相信，艾音尼基的鞋匠绝对不会修理她的鞋子，或者做出舒服的新鞋。女鞋的艺术要求高度的专门技巧。做这一行的人先要把牛角从公牛身上取下来，然后创造出美和舒适，这两者互相矛盾，几乎无法兼顾。换句话说，他必须知道怎样把张开的趾骨挤进迷人、狭窄又匀称的鞋尖里。使女性的脚弯曲如锐角，将全身的重量完全放在弓起的脚上，由即使不完全去掉脚跟，至少也将鞋跟削为小到几乎没有的尖点，创造出危险的平衡。还要让女士们宣称这样很舒服。她相信，艾音尼基的鞋匠一定办不到，想到以后她与纽约的"劳佛双杰"之间的联系就此中断，这家一九六二年成立的女鞋店再也没有机会为她补充新鞋的时候，她的心往下一沉。

劳斯相当坚持，一再劝她到村中的鞋匠那儿去定做一双凉鞋。他建议陪她一起去。

"我想都没想过。"尤瑞黛抗议地说。

"反正我要下山到乔凡尼那儿去。菲利蒙和克洛伊，你们要回家，是吧？克洛伊从这儿直接回去比重爬上去要近多了。"

"你真的要下去吗？"尤瑞黛再问。

"当然。"

菲利蒙和克洛伊转向南边，劳斯和尤瑞黛则往下走。

"你不知道穿凉鞋有多舒服，慢慢来。起初你也许会不太习惯，这需要一点时间，从小就加铐、失调的脚，总要花几个月的时间慢慢复原。"尤瑞黛的脸发热，"失调"和"复原"！他用的正是她口中说出的字眼。她对少年犯很有兴趣，她是个失调的孩子，需要道德上的复原吗？

"重新教育你的足尖，给它们自由，它们会慢慢恢复活力，伸直起来，其他的就听其自然吧。我不会鼓励你一开始就打赤脚，要等到你的赤脚指头充分学会支持自己再说。"这会不会是她退化的开始，放弃一切文明所代表和珍惜的事物的第一个象征呢？无奈地，她跟他走进了鞋匠的店里，她被逼得只好在劳斯面前露出她的玉足。

她有点不好意思地把鞋袜脱下，这是她特有的女性矜持。

"看看你是怎么待你的脚尖的！"劳斯对着她大叫，"被摧残！变畸形了！"他的语气带着玩笑，但却很认真。

她脸红了，再也没有女性的矜持了。这老头子真没礼貌！她真想打他一耳光，如果他是别的男人的话，但是劳斯不行。

"你！"是所有她能想出来的话。

　　说也奇怪，这段小小的插曲第一次让她感觉到她与劳斯之间的亲密。她觉得自己被征服了，可是却又喜欢这样，从此他们成了更接近的朋友。

　　艾音尼基人的祈祷文就一直没有提出来。

第二十章

尤瑞黛觉得，菲利蒙和克洛伊把她带到劳斯家，然后自己离去，好像是事先安排的。

"这里凉拌小虾的美味无可匹敌。"劳斯一面领尤瑞黛进入乔凡尼餐厅，一面说，"法国人最喜欢肉排和野味，意大利人和巴斯克人最爱吃海鲜。这是我的结论。"

走出鞋店的时候，尤瑞黛经历了一种奇妙的感觉，她正一点一滴被这些殖民者同化。鞋匠对她非常有礼，他满怀职业的关心和自豪，从顶架上取出一块皮革，是他店里最好的货色，他弄弯给她看，证明品质很好、很柔软。"这是世上最好的皮革，我要做一双我一生最得意的凉鞋——为美国小姐。嘿呵呵。"

"他说什么？"尤瑞黛问。

"他说这双鞋一定配得上你美丽的脚踝。"

她踏出门，怀着像走出辛辛那提第五街最好的女装店的感觉。然后劳斯随口说："让我们到乔凡尼餐厅去吃午餐吧！"尤瑞黛想到可以和劳斯促膝密谈，实在无法抗拒。

裘安娜当然是立正恭迎，非常兴奋："咦！你们没有说你们要来嘛！"

她已走下出纳台，台子高高在上，她可俯视顾客，而且透过厨房门口的一个宽大横洞，还可以监督乔凡尼做菜和其他的活动。她右边有一个大镜子，不必回头，她就知道厨房里发生的一切。打那个宽洞的时候，她告诉乔凡尼洞口是要让他由厨房向外望，观察顾客的情形。乔凡尼说，工作就是工作，他没有时间也没有观察顾客的意愿。不过，他同意那个洞很有用，她可以监督厨房女仆的行动，看她是不是认真做事，譬如倒垃圾啦，刷地板啦，剥豆荚啦，这些都是她分内该做的工作。

"要经营事业，让它带来财富，"她常常对丈夫说，"你就得要注意每一个细节。"

"当然，甜心。"

裘安娜现在并没有对洞口大喊大叫，她对劳斯说："你该事先告诉我。"不等他搭腔，就以最快速度冲向洞口说，"唏！看谁来了！"

乔凡尼的头在洞口上方出现，他立刻走出来，湿湿的手在围裙上擦两下，先和劳斯握手，再握尤瑞黛的。

"我们很荣幸，你们要吃什么？开胃菜，当然，我替你们现做新鲜的。"

"不要蛤蜊，我们昨晚吃过了。"

"用橄榄油爆羊尾，配上大蒜、蛋黄酱、鲜辣椒和草菇。不然我们也有很好的鱼类——脆煎鳕鱼，或者用威尼斯酱油、洋葱和白酒来炒——随便你们喜欢哪一种，不然就来一道鸡肉吧！"

"什么样的鸡肉？"

"在热油里生煎，加上大蒜、荷兰芹、薄荷。配上绿面一道吃。"

"这是午餐，别太费心了，听起来蛮丰富的，不是吗？"

"这里中餐也是大餐，大家午餐后都要小睡片刻。"

"来吧！"裘安娜把一顶浆洗过的帽子戴在乔凡尼头上，替他拉正，"还有这个！"递给他一条新围裙，她转向客人说："真荣幸，这顿饭算我们请客，乔凡尼会为你们做最好的一餐。你们要带其他客人来，还是要单独用？"

"单独用。"劳斯说。

这时她正帮她的丈夫系好围裙。乔凡尼讲了几句意大利话，大概是说他自己会系，叫她最好去上酒，然后对他们粲然一笑。

"没有裘安娜我真不知道该怎么办，她是个好帮手，真热心！"

为了他们的好处，裘安娜对丈夫展开一抹微笑。

她跑到前门大叫："亚伯特！亚伯特！"

她那十六岁的儿子亚伯特正坐在广场一间屋子的台阶上，和其他少年聊天，他急冲冲地跑来。

"到楼上去，拿瓶一九八五年份的法国名酒'大克芦'来。"

这时他们已决定要鸡和绿面，还有魔鬼咖啡。酒拿来以后，劳斯叫亚伯特去告诉艾玛－艾玛，尤瑞黛不回去吃午饭。

他们挑了黑橄榄和茄片，热腾腾现炒的，卷成一卷一卷，里面塞着鳀鱼、碎洋菇和红椒。劳斯问她："你看过我们的影片图书室了吗？"

"没有。"

"希望你去看看——有教育影片、旅行影片，还有其他的——等你有空的时候。"

"我对文协馆和博物馆印象很深，还有美丽的阿山诺波利斯雕

像，你们一定花了不少心血。""是的。艺术是人生的必需品，你不
觉得吗？它们主宰心灵的快乐，就像食物和好酒主宰了味觉的快
乐……尝尝这盘茄子，好厨师也是艺术家。全看他如何找出茄子的
精华——那种独有的开胃、芳香的味道。这和任何艺术一样，要记
录这忙乱的世界所没有注意到的一种微妙、无常、几乎觉察不到的
香味，以形象表现出来，诗也不过如此。奇怪的是人类竟学会了没
有艺术、不需要艺术的生活，让感官退化，所以人就变得粗鄙和下
流了。"

劳斯又用他特有的坦白态度说："你来以后，我一直担心你。"

"担心我？为什么？"

"第一点，我希望你在这儿很快乐。如果你的朋友还在——他
叫保罗吧？——你们也许会结婚生子，现在竟这样，我们良心很不
安。你要久居在这个岛上，希望你不觉得太难适应。第二点，坦白
说，我不希望你的亲友来找你。泰诺斯，太平洋上的乐园——我可
以想象美国报纸喧腾的头条新闻，然后就会有一大群观光客。然后
你们的民主世界联邦也许要管我们，命令我们做这做那的。整个地
方都会腐败、污染。告诉我，他们会不会找到这儿——这么大的世
界机构？"

尤瑞黛告诉他，她认为找到的机会不多。他们没有留下任何信
号，没有写下他们发现小岛的情形。当然他们在圣菲利浦的报告和
照片会被警察局查封，最后总会送到民主世界联邦。他们就会猜出
他们走过的区域，然后追踪而来。反过来说，几个月以后，他们也
很可能认为这两个人已死而干脆放弃了。

"听你这样说，我放心多了。"

鸡肉正要端上来，裘安娜站在门口，留意上菜的情形。有人进

来喝一杯，也有人来吃午饭。她以天才领班的无上手腕，接过亚伯特手中的盘子，亲自端上来，并且在杯中添了一些酒。

"一个美妙的女人。"她走开之后，劳斯说。

"怎么说？"

"就一个女人来说，很有趣、很活跃。在她身上，我尤其看到哲学的素质——人类的情绪，人类的欲望。那个女人的劲儿，她对自己的信心。她知道自己生活里需要的是什么。哲学家很容易迷失在概念的世界里，爱上他虚构的法则和历史循环，他内在的必然性和无法躲避的结论。他用这些骗人，用自己想象的秩序来安排一切。他忘记了人类，男人女人。我处理哲学问题的时候，就以她为准星，我宁可瞄得太低，也不愿瞄得太高……用手抓着鸡吃吧。这是最好的方法，然后再用围兜擦手指。"

围兜就系在尤瑞黛的脖子上，吃绿面和四溅的番茄、肉酱的时候，它发挥了最大的功用。

鸡肉带着大蒜的香味，真是美妙绝伦。

"哲学该适合人类，不是人类去适应哲学。二十世纪的哲学家和服装设计师没有两样，设计服装，却不觉得对穿用的女人有什么义务。"

"你真爱管闲事。"尤瑞黛说着一面用餐巾擦手。

"这是一句好话，希腊文的'闲事'一词本来是指待完成的差事。我们必须接受现象世界的真面目，生命是一件要做的差事，不是让人争辩的东西。"

"我可不可以问一件事？"

"当然可以。"

"我对文协馆走廊上所刻的艾音尼基祈祷文印象很深，我喜欢那种一目了然的坦白和单纯的风格。"

"很高兴你喜欢。"

"和我谈谈内涵吧。"

"哦，我花了不少脑筋。首先，你会注意到我没有说我们相信，而是让我们相信。我最怕心灵的粉饰。我希望这只是目前共同相信的一句话，表现共同的态度，用简单、可塑性的言语来表达，使它永远是一种祈祷，一种心智态度，而不是一串法典，我不希望它变成教条。你也同意，教条是一串定义，具有知性的特质；祈祷却是感情的事。《圣经》说了很多话，却没有下定义。当基督教神父开始争论的时候，教条就形成了。伟大的庄子怎么说的？'好辩者……好辩者是看不见要点的人。'喜欢辩论的人对语言和演说有很深的信仰，不知道语言多会捉弄人。你同意《圣经》里没有教条，对不对？"

"真的。"尤瑞黛说。

"当然。你想教条是为什么而立的？"

"我猜是早期的基督徒希望有一个统一的信仰。"

"他们不就是要别人的信仰和他们一模一样吗？"

"一定是这个原因。"

"你不觉得，想要别人信仰和他们一模一样的人，一定确信自己是对的？"

"我想是的。"

"那是好现象还是坏征兆？"

"我不太懂你的意思。"

"我是说，这种人一定百分之百确信自己完全对，和他们不同的人就绝对错。换句话说，他们一定很独断，想要替别人和后代立下他们自己的信仰，不容后人讨论。"

"他们用意一定是如此，和他们意见不同的人就是异端。"

"换句话说，当人的心智开始僵硬，不再柔软可塑的时候，教条就形成了。这是好现象还是坏现象？"

"我说是坏现象。"

"你能和某些教条争辩吗？如果该主题公开讨论的话。是假想的问题，我知道事实不是这样。我是说，如果你的心智自由，你在你的宗教信仰方面能不能有不同的意见？"

"应该可以。"

"经过了这几千年，你认为你可以和主祷文争辩吗？"

"当然不行。"

"这就对了，你知道我的意思。"

"我懂了。"

劳斯把鸡腿上的肉撕下来，他轻轻咬着关节四周的鸡肉啃了好一会儿："我希望没有打扰你的鸡肉大餐，吃嘛，我就是这个坏习惯，爱问问题。"

"没关系。"

劳斯拿着空鸡腿，向后靠在椅背上，一面讲话，一面抓着鸡腿指手画脚。他又倒了一杯酒。

"你领悟力不错，"他继续说，"一定看出艾音尼基族祈祷文的思想脉络，编排可不是随随便便的。自从十八世纪启蒙运动以来，现代文明的精神内容已有了很大的改变。大家愈来愈注意物质，愈来愈忽略人类。对十八世纪的理性主义者来说，整篇祷文只是常识而已。十八世纪的人最乐观，哲学家关心的是过好日子的机会，在伏尔泰和莱布尼茨时代这其实已算过时了。到了康德，对宇宙的最后赞叹还是不错的。但是康德已经在拼命挽回将逝的一切，在批判的理性，也就是他所谓纯思考的追求中，有效工作、高贵忍耐、快乐生活的理由都没有了根据，理性主义者的乐观遭到学术上的轻视。天上星辰永恒的美，内在良知的微小呼声，都被康德列为无上的命令。这表示他无法为这些东西下定义、归类或提出证明，只能立刻感觉到它们的存在。但是十九世纪中叶的人还相信这些，肯定这些——看看卡莱尔的洪亮呼声吧，你能想象二十世纪有一个卡莱尔吗？

"卡莱尔、达尔文和斯宾塞这一代有了巨大的改变：乐观主义和悲观主义呈平衡状态。从孔德到斯宾塞还可以听到社会改革的呼声——只要我们创造、改进，社会便属于我们。马修·阿诺德还不断探讨生命，把它视为整体，和古希腊人差不多。现在我们'旧世界'的学者们只关心生命在高度专门化部门中高度专门化的一面，每个学者都只看见某些不重要片段精确却又有点扭曲的景象，就此感到满足。除了第一句，那篇祷文已完全被剔出哲学的领域，哲学现在只剩下哲学史了。

"至于二十世纪前半段的人，只有第一行还有力量。当然啦，不管在科学中也好，在所谓社会科学中也好，战争和社会的中心问题都不简单；都变成心灵的混乱和虚饰，我是指学术上的假科学名词而言，像'行为模式'啦，'反社会倾向'啦，'完整的个体'啦——一种稀释的英语，经过脱水、弱化，失去了生命。你想有人对'行为模式'会比实验室的血压计和心脏扫描器更热心吗？思想已经一步步失去了道德的内容。社会哲学家害怕是与非的字眼，科学关心真而不是善；社会哲学家坚持别人叫他们'科学家'，也不敢接触道德的问题，以为他们的任务只是提出人类社会行为的正确说明而已。环境和遗传赦免了人类一切的罪恶。如果社会科学家能以撒旦的父亲或他童年的插曲作为参考资料来解释他的异行，他们的工作就算完了，就被视为知识上的一大收获了。

"到了一九五〇年，只有第一句的前半段'让我们花时间为生活思考'还有一点力量。人类还在试着思考，努力思考。到了一九七〇年以后，思考也不可能了，人类忙着躲避炸弹和毁灭。到一九八九和一九九八年之间，战争使人心智衰竭，我想人类的祈祷已经进一步简化为'让我们花时间吧'——花时间干什么，他们也不知道。在哲学和人类文明的历史中，不管是东方或西方，古代或近代，哲学从来没有像现在这样与生命的行为分离过。太不寻常了，直到我们满怀天真，重临十八世纪人类留下来的道德问题，人类心灵衰竭的循环才告结束。过去这两百年来，人类发愤地想着物质问题，颇为成功，但很少想到人类本身，过好日子的机会因此也丧失了。"

尤瑞黛坐在那儿倾听着，不觉幻想到自己正经历着一场空难，那是她在旅行中屡次所害怕的，周围的一切全都化成一堆烈焰。

"所以呢，"劳斯总结说，"文明的合理进展遭到了阻碍，过好日子的机会也丧失了。大自然憎恨空虚，人类的道德哲学已变为一片真空。当然一定会有战争，在四次战争中，无益的知识填满了余下的一切，伟大神奇的知识堆满了一大堆，多到我们无法舒舒服服地消化完。但是没有一间干净的屋子了，人类已被他自己堆积起来的纯知识重量压得要窒息了。恐龙就是这样才绝种的，因为身体和脑袋的重量差得太远了。但是在物质知识方面，仍然有足够的进步来维持人类有所进展的幻象。"

劳斯说得很轻松、流利，但很有说服力，眼中闪着异教的火花。

他多好的口才啊，用几段话把两世纪的思想说得淋漓尽致。当然，事实上没有那么简单，是他简化了一切。尤瑞黛倾听着入了神，早忘了餐桌上的鸡。这就是劳斯了，她已窥见了他思想的世界，他心灵的利刃把一大堆纠结如乱麻的思想理得清清楚楚。

啊！魔鬼咖啡！法国佬会说这是邪恶之咖啡，里面有一股刺人的气味。

"很少有东西，尤瑞黛，"劳斯说，眼睛发着光，"很少有东西能像一顿好饭一样，能使我们安于生存在这世界上。你同意吗？"

"为什么每个人都叫我尤瑞黛呢？"

"因为我们要使你终身被留在这里，成为社会永久的一员，我们觉得应该给你一个美丽的希腊名字，我们所能想到的最美的，尤瑞黛，是奥费思（竖琴名手）深爱的女子。你喜欢吗？"

"喜欢，你想使我忘记我原来的身份吗？"

"绝对不是，当然我不会叫你梅瑞克小姐。至于芭芭拉——那暗示了野蛮，我更不这么叫！"

第二十一章

在一口又一口的魔鬼咖啡之间，时间仿佛停住了。其他吃完午饭的客人拿出烟斗，慢吞吞、和和气气地闲聊起来，或者掷起色子玩；也有些人，庄重地伸长了腿斜靠着，什么都不干。岛上的时间好像永远是停滞不前，似乎每个人都在早上十点起床。呵，迟起真是种感官的享受，那令人愉快的懒洋洋，心里的无牵无挂，一段美妙睡眠的享受！

"你决定搬到奥兰莎那儿和她一块儿住了吗？"哲学家问。

绿面条加上厚厚的博洛尼亚肉酱不太适合尤瑞黛的胃口，不过咖啡很好。她垂下了眼睑。

"我甚至还没见过她，她是个异教徒——像你一样？"

"你是说她和我一样神志清明？是的，非常清楚——而且迷人。我真觉得你该搬去，我想你会更舒服。艾玛－艾玛像一个隐士，她的生活就是研究。我相信，她喜欢你做伴，因为你也是美国人。但是学者通常都善于自处，当然你还是可以常常来看她，也许这样对她更方便。她有波文娜……"

提到波文娜，使她想起了昨天晚上发生的事。"波文娜！"她突然脱口而出。

"她怎么了？"

"波文娜是个好女孩。"她很平淡地说，不希望惹来闲话给她带来麻烦，"谈谈奥兰莎吧！安德列耶夫王子不是她的父亲吗？"

"是的。她的母亲是史米拉地方的希腊人，已经去世了。她在十一二岁的时候和她父亲来到此地，安德列耶夫眼看着阿山诺波利斯爱上她。她非常有吸引力——俄国和希腊的混血儿，你知道的——乌黑的头发等等，还有才华；脑筋不错，不像她父亲。我们以前叫她公主，她长大以后就抛弃了那个头衔。他们以前有很多穿着制服的仆人，她也放弃掉了，她从小就有自己的主张。我不怪阿山诺波利斯爱上她，外形完美，头脑聪明，又愉快，又明理，还充满女人味。真是大自然一项成功的实验——非常稀有，我不得不承认。她是坦诚的偶像崇拜者——你会经常发现她口没遮拦，但是你会喜欢她。"

"她和伯爵夫人处得好吗？"

"是的，她们是朋友。她宴会经常有她，她现在是寡妇了，一切都是好久以前的事。"

"你说她崇拜偶像？"

"是的。她说相信星星，使天堂充满男神和女神，像猎户星座啦，月桂女神啦等等，这些都令她快乐。她觉得整个宇宙都有生命，她感觉得到，并深信不疑，和她争论也没用。"

有个人大步走向台子，她认出是格鲁丘。高大的运动员身材，即使单凭他像摇摆的孔雀一样的轻快步伐，也使他很容易在其他客人中被辨认出来。温和，友善，轻松，看起来自得其乐，充满自信，是自己命运的主人，灵魂的首领。浑身发散着男性的活力，宽大的肩膀，毛茸茸的胸部，短短粗粗的胡髭，还有特殊的慢步子，一副精力过剩的神情，仿佛孔雀在异性面前展现它的羽毛一样。

尤瑞黛并没看见格鲁丘进来，她太专注于和劳斯的谈话了。格鲁丘用完午餐，一再想吸引她的目光，但没有成功。这实在是个屈辱的经验。他想走上前"嘿"一声，或者友善地拍拍她的肩膀。从葬礼那天起，他就没再见过她了。现在芭芭拉·梅瑞克就在这里，这位从他的家乡美国来的女孩，如果他没记错，是俄亥俄州人，年轻，寂寞，正当适婚年龄，很动人。所有的女孩都很动人，可是芭芭拉——他在心底叫她芭芭拉——具有特别意义。她是岛上唯一的美国年轻女郎，而他是唯一的美国男人，她还是个遭受灾难的小姐。用他自己的语言和想法来说，就是一位在水深火热中的小姐。她运气不好，没关系。他记得保罗，不怎么样的一个男人，不是吗？保罗戴着眼镜，拿着枪的手一直发抖。而芭芭拉的外形和谈吐就像大学生，对他来说，程度太高了一点，但她总归是女人吧？

问题的关键是，他已经好久好久没有看到美国女孩了。

他决定还是不要在这个时候打扰他们的谈话，等到午餐以后，那时候他才有机会和她好好地交谈，也许他还能约她出来呢。是的，那种发型，那种错不了的步态，和那种很会照顾自己、独立爽朗的样子，他一眼就看出是他熟悉的美国人。他好想家，他已经好久没有这种感觉了。旧梦又回到他心头，一个遗忘已久的梦想，实现生命野心的旧梦，当他还是孩子时候的梦想——想象自己高大英俊，穿着白色工作服，拥有一家加油站；友善，独立，对每一个人微笑，一面浏览着公路旁的广大空地；能够找出引擎的毛病，并给妇女驾驶提出忠告；听有车开进来时的悦耳叮当声，给他的事业带来滚滚财源。他曾在一间夜校选修汽车修理和服务的课程。然后战争来临了，他被征召入伍。他担任教练机驾驶员，仍旧处理机器问题，然后发生飞机迫降问题和后来的一切。一个遗忘了好久、好久的梦啊！

"哈啰！"格鲁丘说。

尤瑞黛柔声回了一声"哈啰"，并没有他所期待的，由于同是美国人而有的热情。她不喜欢他，她记得他是第一个要保罗放下枪的人，用的就是她所熟知的夸张语气。他参与了出卖她和保罗的计划，当他们破坏飞机的时候，就是他担任诱骗他们的人。当然，劳斯应负全责，是他下的命令，但是她并不因此而抵制劳斯。引起她反感的其实是这位年轻人的粗鲁，他那不经思考的男性骄傲，以为女孩子都很轻贱，以及认为她们都会喜欢他这种壮汉的轻率假定。尤其因为他是美国人，要了解他一点也不困难，可是她宁愿不要这种女性征服者的男性来代表美国。艾玛－艾玛是个学者，艾玛－艾玛会思考；她相信他不会。她真怀疑他到底在这儿干什么。也许他堕落了，迷失在酒和女人堆里？

"真高兴见到你，我听见他们叫你尤瑞黛。"他跨坐在一张椅子上，眼睛盯着她，单纯，直爽，有一点亲切。

"是的。"

"女孩叫那个名字好气派，你的真名不是那样的。"

"芭芭拉·梅瑞克。"

"好，芭芭拉。"

"叫我尤瑞黛，或是梅瑞克小姐。"

"为什么？怎么回事？你不是生气或怎么样了吧？"

"没有。为什么生气？"

"好吧，尤瑞黛。我想我已经好久没见到过美国女郎了，我们该做好朋友的，不是吗？你在这儿看见美国同胞不高兴吗？"

"当然高兴。"

"我想也许你很高兴找到一位能和你用好英语交谈的人。"

"别你想你想的了，"尤瑞黛孟浪地说，"好吧，格鲁丘。我叫你格鲁丘，你叫我尤瑞黛。这该可以了吧？"

"当然，当然。这样很好。我可以带你四处看看。我认识每一个人。对不对，劳斯？"

"你是哪里人？"

"俄克拉何马州，俄克拉何马市，一个大城。你去过没有？"

"没有。"

"一个伟大的城市，一个人在那里可以过得很好。有好多人从得州搬来，因为气候一变，河流都干涸了。"

"你想念美国吗？"

"是的。有什么办法呢？被埋没在这个小岛上，没有报纸，没有收音机……好啦，我适应过来了。现在我喜欢这里，我唯一的怀念就是棒球季节。"

尤瑞黛眼睛一亮："哦，是的。你知道吗？在离开圣菲利浦的前一天，我从收音机里听到密尔沃基勇士队领先了三场比赛，安吉洛·里斯得了感冒……"

"里斯是谁？"

"咦，你干什么去了？不，我想你不知道。他是世界上最好的投手。他在第九局让两人上垒，他们只好把他请下场。"

"真不幸。"

"他也许会再回去投球，我们却在这儿说废话。真是罪过。"

提到棒球，尤瑞黛对这个人的敌意突然消失，使她觉得很友善。

"你在这儿干什么呢？"

"你以为呢？"

"我猜不到，该不会是在当棒球教练吧？"

"不，我在发电厂工作。"

劳斯一直很有兴味地听着，他说："十分出色的机械师，他做得很好。"

格鲁丘直起身子，等他说下去，劳斯没有再说话。"当然。我干得还不错。"

劳斯笑了："他刚来的时候，见了谁都想打架，我们所有的人都很荣幸地被他骂过杂种。然后我们发现他很有修理机器的天分，他替我们修好了电影放映机。"

"你怎么没取个希腊名字呢？"尤瑞黛问。

"人家告诉我，格鲁丘已经很有希腊味道了。"

"日光马达怎么样了？"

"它产生的力量是三又二分之一马力①。我想如果我们能使温度升高到一千二百度的话，透过黑色的放射体，我们就真正能有一些成果了，阿提模斯博士正在研究。那时候我们就得建一个更有力的压缩机，附带安全断流器。"

尤瑞黛听了这些，觉得很舒服，也很骄傲，这个美国人毕竟没有玷污她的国家。格鲁丘转向她说："效能不错哟。没有水力发电那么便宜，但很有效。我相信我们采取的途径很正确，我们已经起步了。只要找到了正确途径，我们总可以改进的，我很愿意带你去

———————
① 功率的非法定计量单位，1 马力约合 735 瓦。

参观。"

"在哪儿呢？"

"在水坝上，就在发电厂里，当然我们是用小型马达来实验。对了，你可愿和我一块儿吃晚餐？"

"也许，过几天吧！我正要搬家。"

"搬到哪里去？"

"奥兰莎请我和她一块儿住。"

"嘿，你渐渐有身份了。"

"怎么说呢？"

"她就从来没邀请过我呀，那么你要移到高阶层去啰。当然啦，像你这么漂亮的女孩子。不过可别对我摆架子哟！"

尤瑞黛对劳斯说："我以为——艾玛－艾玛告诉我你要缓和一下科学的进步，你们却在这里发明日光马达。"

"我不知道她跟你说了些什么，我并不反对科学进步。我只是想比别人运用得更高明。像电力，神志正常的人怎么会反对呢？我们为水力发电引进了整套机器，而日光马达不一样，它是一种新的基本能源。事实上，我对这件事很热心。我所相信的是，我们在利用日光能方面会成功。一旦成功了，我们就引进了一个新世界。你有没有注意到一件事？电力是人类的一大无条件的福祉，一点也不会增加战争的爆炸力。有了日光马达，我们就可实际生产电力，储存起来当成一种能源。"

"那可真了不起，是不是？"尤瑞黛感到很有兴趣地说，"当我们能利用太阳那巨大的原子能时，'旧世界'——照你的说法——的科学家已经研究好几十年了，那将是一种廉价，几乎不必什么花费就有取之不竭的能源了。"

格鲁丘说:"价廉又用之不尽,这就对了。利用太阳热能的一大敌人就是放射线,我想我们已经碰到难题了,我们已经发现合适的高温合金。"

"我认为你该回去睡个午觉,"劳斯说,"在这种天气里,你该好好照顾你自己。"

"我不睡午觉,"尤瑞黛回答说,"我不习惯午睡。"

"在岛上的每个人都午睡的,小睡片刻对你有益,去陪奥兰莎一起住吧,上面凉快多了,山顶不断有海风吹来。"

"我想我会去,什么时候呢?"

"随你高兴哪一天。"

格鲁丘说:"我很乐意为你服务,我会来帮你搬东西。"

"实在没什么东西,甚至连个手提箱都没有。"

他们站起来,劳斯坚持付账,可是裘安娜不肯。她送他们到门口,特别请尤瑞黛再度光临。

"你常来这儿吗?"尤瑞黛问劳斯,"我听说你家里有个很好的厨子。"

"噢,尤金妮渐渐老了,她爱管我。"劳斯愉快地说,"而且我有时候也想换换口味。"

泰瑞莎修女在门外静静等着,当他们走出来的时候,她甜蜜蜜地对劳斯说:"你有空的时候来修道院一趟好吗?克吕墨涅有话跟你说。哈啰,尤瑞黛,你什么时候来看我们?"她真是一幅无邪甜蜜和虔诚的图画。她的几个英文字,发音很清楚,听来很迷人。她英文的理解能力比表达能力好。

"我会来的,今天是我出来的第三天而已。"

劳斯说他要去看克吕墨涅,他向尤瑞黛道别,尤瑞黛衷心感谢他这顿午餐。

"请随时到我家坐坐。"他说。

尤瑞黛对老哲学家肯花那么多时间陪她，感到非常感激，她看他离开广场，长长的白袍罩在他魁梧的身上，一大把白花花的头发覆盖着思想丰富的脑袋。与他面对面谈话所引起的兴奋还没有完全消失，他新颖的思想还在她胸中激荡。

格鲁丘说他愿意陪她回家，但是她说用不着，距离很近。何况，泰瑞莎修女似乎要陪她。

格鲁丘有点泄气，只好告别："一定来找我哟，如果需要我帮忙的话。"这次会面虽不能算是十分令人满意，可也并没有完全丧失掉希望。尤瑞黛看他跨着大步消失在广场对面，觉得他真好玩。

她和泰瑞莎修女一块儿转回家，她们进入窄窄的、阴凉的巷子。

"你身体好了，我希望。"年轻修女说。

"完全好了，谢谢。"

"上帝保佑你！请你务必要来修道院一趟，社区另一面的美景很美。"

"我要搬去和奥兰莎一块儿住。"

"哦，奥兰莎！"她年轻的声音忘情地说。她的胸部微微起伏，脸上明显地泛红，然后她抿了抿嘴唇，脸上又恢复清新、纯洁的神采。

"我听说她是个非常吸引人的女性，"尤瑞黛说，"在岛上每个人都那么好。"

"是的，非常漂亮，也很不虔诚。你会在那儿住很久吗？"

"我不知道，她请我去。"

"我真羡慕你。你见过王子，也就是她父亲了？"

"是的。安德列耶夫·索马瓦未屈王子。"尤瑞黛咯咯笑了起来，她喜欢念那个名字。

"你笑什么？"

"那个名字好滑稽，你不会懂的，有些事不适合讲给你听。"

泰瑞莎惊讶地把嘴唇噘成一个圆，天真的她不自觉地说："这么高大的王子，就像故事书里的一样。一个真正的沙皇亚历山大三世的曾孙。在教堂里，他要比别人高出一个头来。他也唱诗，可是荒腔走板，可是他还是唱。他从来不跟着风琴，而是他领头唱。我们有一架小小的风琴，有时候我弹，有时候玛格莉塔弹。而玛格莉塔，跟着他，反过来去配合他。我才不呢，我会弹得更大声，和他对抗，想要他跟上我。但是没有用。他一定要带头，王子永远要带头。好雄壮的声音！有一次仪式完了以后，他和我讲话，他问我为什么不跟随他。他说我们必须用充满活力、雄壮威武的声音来赞美上帝。我英文说得正确不正确？"

"非常正确。"

"是的，雄壮、威武，就像他的人一样。当唐那提罗神父结束他的祈祷以前，正在呼求圣父圣子的时候，他就说'阿门'。他不让唐那提罗神父说出'圣灵'两个字，唐那提罗神父只好跟着说'阿门'。"

"当他和你说话的时候，你怎么回答？"

"唉，我一个字也说不上来，我会脸红。他那么高！他说我们崇拜上帝时，不管是唱诗或是祈祷，我们一定要更热心一点，更有精神一点——要有更多的——你们那个词怎么念？——热诚。一个好难念的词。"

"在美国我们说带劲儿，这样比较好说。"

"你说，带劲儿？就像打拳一样？"

"是的，对上帝祈祷要更带劲儿……难道唐那提罗神父不敢跟他说话，叫他别打断他的祈祷吗？"

"他告诉过他。王子说他很抱歉，可是他忍不住。他总是脱口说出阿门，由心底说出来的。下一个礼拜，他还是老样子。他说上帝不喜欢懒人。"

"你们修女觉得他怎么样？"

"我们崇拜他。玛格莉塔说她爱他，当然是指精神方面。我也爱他，也是指精神方面而言。那你以后会常见到他啰！"

"我想是吧。"

她们已来到了艾玛－艾玛的小屋。泰瑞莎说她不能在外逗留，她是来替克吕墨涅带句话给劳斯，她已经在外面逗留太久了，院长姆姆会不高兴的。

第二十二章

　　"但是，劳斯，你要讲理啊！"一周后，特拉西马丘斯在奥兰莎的屋子里说，奥兰莎正为尤瑞黛举行派对。有些人她已在伯爵夫人家里见过了，此外还有些新面孔，包括特拉西马丘斯和希腊正教神父亚里士多提玛。这两位男士一样高，和安德列耶夫王子站在一块儿，构成一幅美丽的画面。"讲点道理吧！我们来到这里的时候，你和阿山诺波利斯答应只有百分之十的税率，为什么我该付百分之十二点五呢？"

　　"不公平吗？"劳斯回答说，"共和国议会决定的。音乐歌曲税率百分之三，教育税百分之三，福利税百分之三，公共行政税百分之一。一共才有百分之十。至于你，谁叫你生第四个孩子呢？如果每个人都像你那么办，那本岛在一两代之内就会人口膨胀了，这样的话，粮食也不够大家吃了。那时候我们到哪儿去移民呢？我们会被困在这个小岛上人吃人了。这些税率是规定，由议会正式采用的。我看不出你为什么要例外。如果你坚持继续不断地生小特拉西马丘斯，那税率就会升高到百分之十五、百分之十七点五和百分之二十。这是议会的规定。"

"议会！"特拉西马丘斯说，"你就是议会。我也是议会的一分子，却很难在审议的时候反对你的意见。你的音乐歌曲税，简直把国家的钱浪费在人民的娱乐上。为什么公共行政管理税才占百分之一，而让你所谓的音乐歌曲税占百分之三？"

"你忘了那百分之三还包括宗教税——维持宗教节目的开销。维持男性心灵抚慰学院，训练歌手、舞者和音乐家都需要钱。不幸，这些费用都很昂贵，不像只迎合我们身体需求的饭店，它们本身无法带来足够的收入来维持自己。如果置之不理，艺术就会死亡。我希望你好，特拉西马丘斯，可是申请入学院的人远超过里面的容量。你自己的女儿也得到好处了，你多出一点钱，就能帮忙多收几个学生。"

特拉西马丘斯很不开心，他似乎是这个殖民地原始创立者之一。是个世代务农的好基督徒，他参加"世外桃源号"，原以为和亿万富翁阿山诺波利斯之间的友谊很值得培养，和他同一条船，同一个小岛，一定有机会培养成亲密的友谊。他并不相信"世外桃源号"永远不会回来了那套鬼话，说阿山诺波利斯这么富有的人会放弃他的亿万财产，到一个原始小岛上定居。他确信这位富翁有一套袖里乾坤，有一个金银岛，或至少有一笔巨大财富等他冒险，所以需要一大堆殖民的协助和劳力。他就是这样告诉他妻子的。不，阿山诺波利斯并没有疯，他只是较富想象力罢了。也许五年后他就会以阿山诺波利斯合伙人身份回去，两人合股，自己也变成大富翁。他放弃了颇有建树的杂货生意，在皮拉斯港口贩卖船用品。当他发现"世外桃源号"要驶回，永远不再回来的时候，他神志混乱，困惑已极，在他四十五岁的生命里还没有见过此等疯狂之事。他敏锐的生意眼使他看出眼前有许多的生意机会。绳索、羊毛、家具都不太有前途。但是烟和酒却大有可为,尤其是酒!每个人都要抽烟和喝酒。特拉西马丘斯的酒会变成消除岛民热带饥渴的风行饮料,不管是泰诺斯族或艾音尼基族都一样,他猜得对极了。他的酒坊生意兴隆,实际上是岛上唯一的大工业。最初,他独到的眼光使他支持音乐歌曲税,因为他知道雅典节日会传播酒神狂欢作乐的精神——会消耗一加仑^①又一加仑的酒。酒、音乐和歌曲互相关联;以长远眼光来看,音乐和歌曲的提倡,最后一定会助长酒兴。这方面他得到证实了,他发了财,事实上成为岛上最富有的人之一,跟奥兰莎比起来,是个暴发户,可是值得尊敬也受到尊敬。当然,他在议会中拼命反对烟酒附加税——而且成功了。他不断地反对把金钱花费在"闲散艺术"上,从此,他们在议会中就经常争辩不休。

阿山诺波利斯死后,特拉西马丘斯的资历、生意才华,他的长胡子,加上他的财富,给他带来十分重要的地位。他早就放弃回皮拉斯的念头,决定在此建立他的特拉西马丘斯王朝,克勤克俭,舍弃山中的美好享受。他的女儿艾瑞屈亚和两个儿子安德鲁斯、拉尔提斯为家里寒酸的三餐而痛恨他。不过他已成为艾音尼基社会中的支柱,是许多公共基金的财务长,同时也是岛上十个长老之一。他在委员会上常和劳斯争吵,两人的想法永不一致。艺术是奢侈的浪费,一种无聊的事情,一种娱乐,就像学童用粉笔在墙上涂鸦,在成人责任的严肃世界中没有一点地位。当博物馆的成立计划提出来时,他反对,当然更看不出男性心灵抚慰学院有什么道理。他发誓说,好基督徒不容许艺伎的异教风俗。他自己对学院有点误解,他

---

① 英美制容量单位,英制 1 加仑等于 4.546 升,美制 1 加仑等于 3.785 升。

发觉自己孤立无援，甚至在家庭里也一样。他的女儿艾瑞屈亚不顾他的反对，也进入学院接受训练。他发现只有少数的妇女支持他对抗异端本能和信仰的潮流，这种潮流在家里一直饱受压抑，如今在劳斯的领导和鼓励下，泛滥全岛。

　　艾瑞屈亚是最小的女儿。说来也算是他的不幸；他本来指望有三个儿子的。名字都取好了，后来艾瑞屈亚这名字仍被保留下来。这也是他受困的原因。他想试生第四个孩子。他是大人物；而法律却是为小人物设立的——安那卡西斯说过。蜘蛛网只捕小虫，而他是大虫。他没想到劳斯对法律这么死硬派。第四个小孩在一个月以前出生，结果又是个女孩。而税也加到了百分之十二点五！真不公平，简直是一种迫害，欺负他好脾气，不尊重他对艾音尼基族社会的贡献。更糟的是，如果他现在不反抗，如果他生了第五个小孩，他的所得税就会改成百分之十五了。当然议会可以表决让他例外，以报答他终身对促进公共福利所做的贡献，等等。

　　这就是他把握机会，把劳斯拉到一角，企图说服他的原因。他当然认识奥兰莎。事实上，他对史蒂芬十分友善哩。他想到艾瑞屈亚，想到阿山诺波利斯家族和特拉西马丘斯家族可能快乐联姻的一天。他抗议大家把阿山诺波利斯的儿子当作低能、没有用的年轻人。他坚持说，低能是低能，却不是没有用处。史蒂芬会继承阿山诺波利斯的大笔遗产，让史蒂芬提供财产，他和他儿子安德鲁斯可以提供史蒂芬所缺乏的脑袋。

　　简单地说，他对史蒂芬既友善，又慈爱。现在年轻人正在里面的一间房间玩牌。

　　晚饭的时间还早。奥兰莎戴着长长的细薄头纱，一件丝袍裹着她的胴体，打扮得极精致，此刻正站在白色凉台的矮墙边，姿态优雅。凉台可以俯瞰南方的海岸，阿山诺波利斯临死的时候，她答应他永远不在别的男人面前放下她长而美丽的头发，她一直都遵守诺言。她的头发半梳成向上梳的螺圈，用一根闪亮的别针夹在头上。她正和优妮丝在说话，优妮丝穿着可怕的高领、滚白花边的衣服走进来。伯爵夫人在里面，正和里格谈得入神。

尤瑞黛，三天以前才搬进来，很喜欢这个地方。高岗上微风阵阵，风景绝佳。她与女主人和优妮丝一起站在凉台上，远眺南方的海岸。她们的右手边散布着礁湖和乡村的斜坡，一块块绿色和发黄的玉米田点缀在阴影中，疏疏落落的村舍，淡粉色的墙，在阳光下泛着红光。左边的艾达山辉煌地耸立在夕照中，东面的天空完美地衬出了黄铜色巍峨峭立的峰顶。"官邸"所在的山脊由左侧沿着崎岖不平的海岸线向南伸展，上面布满松林，到西缘则什么都没有，只有尖锐、垂直的红棕色峭壁，有不少凹进去的海鸟鸟巢，整个山脊突出于海面之上约三百英尺左右。再向南，地形再次升起形成一个小丘，上面有一座白色的修道院，名叫"圣凯瑟琳修道院"，然后以优雅的线条缓缓斜向那边的山谷。

尤瑞黛很羡慕奥兰莎醒目的服装，设计足以表现出女人头部和肩部的美。衣服从一边的肩头以流动的线条一直挥洒到足踝部分，双臂整个裸露出来，手臂圆润细致，像希腊人所说的，柔丽秀媚，赏心悦目。虽然她已经四十岁了，仍旧保持着一副模特儿的身段，阿山诺波利斯曾经请已故的梅立塔，也就是菲利蒙的老师，以进口的大理石把她的身材化为永恒的雕像，放在阿山诺波利斯的卧房，也就是尤瑞黛现在住的房间。尤瑞黛自己穿着轻绒毛的打折罩衫，低领，配一条紧身黑色的斗牛裤，膝下结着缎带，现在称之为"包裤"，以别于一般随便的长裤，还穿着那双染过、修补过的高跟鞋。如今，美国年轻妇女的一般服装风尚是喜欢睡袍风味。至于晚装，则穿柔软丝质的长裤，宽宽的，垂向足踝，像灯笼裤似的，不是粉红，就是桃红或粉青色，已经取代了曳地长裙，女人称这种裤子为"蓬裤"。白天穿"包裤"，晚上穿"蓬裤"。很难解释名称的来源，服装评论家称二十世纪九十年代的这种时尚为"波斯风时代"。奥兰莎一直劝她穿"包裤"，在泰诺斯显得很新奇、很独特、很迷人。她还照着她的指示，裁了一件"蓬裤"。

"我想我最好还是进去换件衣服。"尤瑞黛说。

"我相信那条裤子一定出色得叫人目眩神迷。"奥兰莎回答说。

"她非常漂亮，不是吗？"尤瑞黛走开后，奥兰莎这么说。"她很聪明。"优妮丝说，"她一定很难适应我们的生活方式。"

"昨天晚上我和她长谈了一番，女人之间的谈话，你知道的。一个二十五岁的女孩……"

"你怎么知道？"

"她亲口告诉我的。"

"我还以为美国女孩永远不肯透露年龄呢。"

"也许她不一样。一个女孩到了二十五岁就相当能判断男人了，她会发现找一个合意的男人并不容易。我提到格鲁丘，并不认真地，她竟大笑。自然啰，她觉得困惑，有点迷迷糊糊。她一直辛苦工作，现在突然无事可做。我们应该找点事让她做，不然她会无聊极了。"

"我常看到她无精打采的眼光。"

"当然。突然失去未婚夫对她打击很大，使她不知所措。她既孤单又茫然，所以我才请她来和我住在一起。"她眨眨眼说，"不过，别担心。她会找到一个男人的，那么一切就都没问题了。我就是这样告诉她的，我们长谈了一番，她很坦白。"

"我喜欢她敏锐、开朗的眼睛。"

"也许太敏锐了吧，就好像她随时准备抓住什么似的。太没有隐藏，太开明坦率，太美国化了。事实上，我认为她有点无精打采的时候更迷人，当她的眼睛笼罩在思绪里的时候。女人的无助往往使男人着迷，这一招绝对有用，她会慢慢学到的。"

尤瑞黛穿着"蓬裤"出现了，是用深色的东方锦缎扎成的，深紫色很配她柔和的肤色。"怎么样？"她说，眼睛发着光。

"好美！"优妮丝说。

"好极了！"奥兰莎大叫，"女人的衣服若配不上她的身材，她绝不可能很快乐的，你不觉得吗？"

"或是不穿衣服，"优妮丝露骨地说，"大众永远喜欢一个赤裸而有美感的女人。"

"你真好玩，真好玩。"

"这是实情嘛。普拉克斯特里的穿了衣服的维纳斯雕像，并没有流传下来；没穿衣服的那座却为传世之作，你们不明白吗？"

"玩笑归玩笑，"奥兰莎说，"我要说，这件'蓬裤'非常配你……克洛伊来了。她正走在梦里哩！"

克洛伊和菲利蒙走出来加入她们，菲利蒙的眼睛打量着尤瑞黛的服装，面带批评和欣赏。

"他们呢？我是说男士们。"奥兰莎问菲利蒙。

"特拉西马丘斯正和劳斯说话呢，伯爵夫人和里格聊天，喝饭前酒。"

菲利蒙是女士们的好伴侣，认真而不死板，愉快而不轻浮。他问尤瑞黛有没有再去图书馆。她说她去了，印象非常深刻。她很高兴地发现有这么多的书好看，她已经借了些回家。

"你看过日光马达了？"

"还没有，我刚刚才安顿下来。"

"当然。"菲利蒙有颗多礼的心，"我很乐意带你去看。"

"谢谢。我已经答应和格鲁丘一起去。"

"你邀请了阿提模斯博士吗？"菲利蒙问女主人。

"很遗憾，没有。我想老教授不再参加应酬，而他也不会喜欢这种场合，他太专心于他的实验了。"

"你在学院里做些什么？"优妮丝问克洛伊。

"我对卢克莱修很有兴趣，我正在学，已经学到第三章了。不然我们就研究普鲁塔克的作品。"

"贝伦妮丝呢？"

"她正在读色诺芬的作品，但是一切都乱糟糟的。我们正在为艾音尼基节排演一出戏，只剩下四周的时间了，其他的一切事情都搁在一旁不管了。每个人都忙，除了戏剧以外，还忙着练歌练舞，替雅典娜女神做新衣服。"

"艾音尼基节是什么？"尤瑞黛问道。

奥兰莎解释说那是岛上最大的节日，和古希腊的"雅典节"遥相呼应。劳斯恢复了这个节日，很受大众的欢迎。除了在圆形剧场有戏剧演出外，那天还有歌唱、诗歌朗诵、体育竞赛和水上运动等等，全岛要疯狂三天。

他们坐在凉台上，一面喝着茶几上的饭前酒，一面聊天。菲利蒙很活泼，无忧无虑，轻松自在，知道自己颇受女士的钦佩和欢迎。他对尤瑞黛的衣服大加赞赏。

"我很惊讶，"尤瑞黛说，"你们大家真的为吃饭而穿戴整齐。"

"衣服就是文明，不是吗？"奥兰莎说，"我无法想象，一个文明社会中女人会不想美化自己。"

"当我到这儿的时候，我看到许多裸体的人，还以为你们都变成土人了。现在我好羡慕街上少女们的天真无邪，我诚心相信，那样比较单纯，也比较健康，尤其在这种天气之下。当然我曾见过够多的裸体民族。但是在欧洲人的眼里，一定认为艾音尼基少女的服装很特别。那是由于土著的影响或是气候的关系呢？"

奥兰莎回答说："我记得起先是一种玩笑。当殖民地开始建立的时候，我还是个小孩子。刚抵达的男人，为了想表达他们的自由感，就由留胡子开始做起。妇女们起而抗议说，这是个人仪表问题，大家不该爱做什么就做什么地胡来。'如果女人也爱怎么穿就怎么穿的话，男人会喜欢吗？'其中有人这么说。'当然好啦，去呀，'男人说，'爱怎么打扮就怎么打扮，我们已经把旧世界抛得老远了''你们确定你们真的会不在乎吗？'有个女人说——我记得她的名字叫海芭蒂亚：她非常漂亮。'抛掉了什么？举例说说看。'男人问道。海芭蒂亚就回答说：'如果你们男人坚持要留胡子的话，那么我们在这么热的天气里，就要裸露上半身。你们介意吗？''当然，去呀，我们才一点都不在乎呢。'其中有个男人说。然后她就开始大胆地脱掉了上衣，赢得了男士们的热烈鼓掌。由于男士们的鼓励，所有的女孩就都这么做了。这样当然简单了一点，不过你别担心。"她对尤瑞黛说，"女孩子都爱打扮，她们想要一件胸罩，或其他的装饰品，想要得要命呢。"

"我注意到她们摆弄她们的披肩。"

"女人打扮的本能完全是自然的。"优妮丝说。

"要点是，"菲利蒙用温和平稳的语气，很内行地说，"要点在于，所有的男人和女人都爱打扮。野蛮人在他们脸上刺青，相信这样比较漂亮，比较吸引人；或在鼻子上穿个圈圈，或在脖子上戴一摞金属圈圈，这都相当自然。对女人而言，一颗黑痣也许被认为是一种美丽的关键，因此才有美人痣。或者是一对耳环，一撮人工卷发，一条皮带，或一个脚铃铛。为什么不呢？有些美国女人还把真的花生和卷心菜放在帽子里，相信这样可以加强她们的吸引力。三十年以前，我们听说纽约时髦的女士在头发上装上闪光灯，用隐藏式的干电池使灯一明一暗，任何东西，只要能吸引男人就好。基本上，这和美国女帽用花生和卷心菜来吸引异性，并没有什么差别。"他开玩笑地把一颗巴西胡桃放在克洛伊的头发里，她立刻把它拿下来了。"看看女人把她们的头发怎么摆弄吧：梳上去，放下来，盘成髻，扎辫子，绑马尾，像狮子一样披散在肩膀上，或者剪短，弄卷，放直，染成黑色、白色、紫色、青灰色或杂色——变化无穷。而男人就喜欢这样。"

"打扮是欺骗的艺术，能创造美丽的幻影，是对异性的一种吸引力。"优妮丝说，"在人类当中，这种孔雀向异性展示羽毛的功能，落到了女性身上。她们借着退缩、隐藏，又不完全隐蔽，来发挥这种功能。所有女性的服装都追随半遮半露的基本技巧，在穿衣服的坦白欲望和裸露的秘密愿望之间变来变去。女人凭经验知道这种效果不错，这也是动物借逃避来吸引异性的基本技巧的一部分。事实上，这样很能刺激神经。如果女人不容许露出耳垂，这种器官就变成强有力的、挑逗性的、煽动的象征。当然，这些都是风俗的关系。至于我自己，我喜欢土著的单纯。那样更健康、更公开，不刺激，却更美丽。"

"重要的是，"菲利蒙说，"我要说的重点是，衣着无论如何也不该妨碍人体高贵的外形，只应该强调并加强它天然的优雅和美丽。

这就是原则。一条披肩往往比一套衣服更美丽。大多数的女人都打扮得太过分了，就像男人饮食过量一样。穿衣服，绝不应该允许自己以身体的某一部分为耻。女性的整个线条应该简单、流畅而协调。奥兰莎的衣服就是一个例子。我认为，一般人太注重外表的化妆，而不注重女性本身的形体。天然的雅致、动作、风采和姿势是最重要的，衣服只是帘幕，必须要有好身材来披挂，这点我相信是艾音尼基少女领先的地方。我们的女孩非常优雅，很少例外。"

"女性穿着的整个艺术，"优妮丝边想边说，"整个艺术在于女人以穿衣打扮来暗示她们在床上裸体的样子。"

尤瑞黛和其他的人都笑了。她说："那你为什么把自己紧紧包到颈部呢？为什么不按照你的理想去做？"

"我希望我能，我很愿意这么做。艾音尼基族有一条法律——实际上是受劳斯的影响。"

劳斯和特拉西马丘斯一起走入凉台，听到了后半句话。

"你说什么艾音尼基族的法律是受了我的影响？"他问，"我并没有制定法律呀，我有吗？"

"哲学家也会运用自欺的艺术？"

"告诉我你们谈些什么。"

"我们在讨论穿衣服和不穿衣服的问题，法律禁止年老的妇女公开裸露。尤瑞黛正在问，你最好还是解释给你的美国朋友听听吧。"

劳斯美好的面孔在薄暮中现出一抹微笑："我的美国朋友？不错，她是我的美国朋友。"

他在茶几旁坐下来慢慢地说："亲爱的尤瑞黛，我告诉你，这个问题曾使我非常痛苦。艾音尼基族确实是有这么一条法律，我承认自己的确插了一手。裸体并非十分美丽，大部分的时间都不美，只有少男少女例外。上帝创造了动物并给它们披上皮毛、厚皮和鳞甲，但是人类的身体却像条光秃秃的虫子。人有高贵的形象，美丽的形象，但却并不一定比小鹿优雅——但还是高贵和美丽的。可是在生命的过程中，我们之中有大部分的人失去了幼年时一举一动都很完美的形体。法律只是反映出希腊人对形体和格调所具的美感。生了三个小孩并亲自哺乳的母亲有权隐藏一些形体上的缺陷。许多年老的妇女也是——你同意皮肤粗糙打褶的妇女，不应该允许她们把不美的身体露出来，侵犯大家对美的鉴赏吧？所有的年老的人都同意。公共洗浴却是另外一回事，我在讲一般的穿着。你不觉得这样很合理吗？"

尤瑞黛想起她去过几次歌剧院，在金色"凵"形包厢和休息时间内所看到的情景，在那里，粗俗的珠宝已取代了年轻形体自然纯美的外形。

"非常有道理。"她说。

他们坐着聊着，一面轻啜着饭前酒，直到月亮升上艾达山顶，他们才进去吃饭。

第二十三章

　　一个巨大的威尼斯吊灯，和餐桌上一排蜡烛，映照着一群愉快、盛装的男女，女人笑着，男人须发皆白，也微笑着。五六个泰诺斯女仆穿着土著的服装，光着脚，排在长桌子的两侧，领班罗桑娜站在奥兰莎身后。女主人坐在桌子的一端，笼罩在白桌布和银器反射的柔和光晕里，美丽的肌肤和晶莹的项链散发出独特的风格和雅致、高贵的气息。这就是她们在凉台上所说的幻影。奥兰莎已四十出头，看起来却像三十岁。以她的文雅，她的黑睫毛下谦逊、解意的眼神和她那愉快的、有传染性的银铃般笑声，足以使路易十四的宫廷生色不少。使人想捕捉那个幻影，留在画里，或以歌唱和民谣来歌颂，像音乐一般唤起一段飞逝、逍遥的心绪、曲调和色彩。她乌黑的头发上还罩着细绢的网罩，信守她对阿山诺波利斯的诺言，这一头波浪般美发，绝不展露在其他男人面前。这只是一种形式，流露出一种感情。她让她的秀发优美地溜到她披有衣服的肩上，橘红色的袍子由胸部斜向腰际，另一肩光溜溜的。这种异样的风情，诱人的女性预谋，在保守的二十世纪也许会被认为很可耻，但是却使她像个动人的马其顿公主。

年纪大一点的人——像奥兰莎本人、伯爵夫人、劳斯、优妮丝、亚里士多提玛和安德列耶夫王子——都显得更愉快、更轻松、更能适应友善欢乐的气氛。年轻的一群散坐在桌子的中段，看来就紧张、严肃多了。本来也就该如此的，他们缺少老年人的沉着以及接受生活表面价值的能力。还有他们多多少少被长者的智慧慑住了，老一辈具有难以解释的安逸感，他们的谈话充满了奔放的智慧。而且，在这岛上，年轻人必须尊敬长者；他们要安静地坐着，倾听，并学习老一辈所说的话。老一辈的人之中，只有特拉西马丘斯看来专注而又不必要地严肃。他女儿，艾瑞屈亚，高挑瘦削的身材，穿着惹火的透明装，坐在桌子中段史蒂芬旁边，注意力分散，她一面和年轻人心不在焉谈话，一面倾听桌子那头安德列耶夫王子和柯蒂莉亚·卡士提利欧尼伯爵夫人的交谈，以及另一头更睿智的一群——劳斯、奥兰莎和优妮丝的谈话。艾玛－艾玛本来计划要来的，但最后无法前来，因为一个泰诺斯母亲和一个不知名的艾音尼基男士所生的孩子今天满月，她不得不赶去参加庆典。

女主人，如先前说过的，是个彻头彻尾的异端分子。她的宴会通常都是一种伟大欢乐的聚会，总是以艾音尼基祈祷文来领先进行。

"让我们来祈祷吧！"她快乐地说。

每个人都站了起来。"噢，朋友们，让我们用时间来思考。"结尾是："感谢我们已享受这个短暂又宝贵的生命的赐予。阿门。"

"这段祈祷是开胃菜。"她说着坐下来。

尤瑞黛说："我喜欢你的祈祷，它具有一种真正的宗教感觉，它使我们感激生活的赐予，而不是为了活着而道歉。"

吊灯咔嗒一声关掉了，只有一排闪亮的烛光照耀着一群盛装的欢乐男女，把外面一圈黑暗隔开。奥兰莎很懂得这些，由上面射下来的光线会强调她们脸上的阴影，而由下往上的光线却可以美化她的脸部和颈项，使她们看起来丰润些、年轻些，湮灭一切瑕疵和岁月在脸上留下的痕迹。

闲聊开始了。劳斯坐在女主人右边，过去是优妮丝，尤瑞黛坐在对面，和阿席白地·里格在一起。

"你最近做些什么？"女主人问道，想使这个年轻人自在些。

阿席白地，是所有男士里面最忠于英国传统的，不肯妥协地穿着礼服，打领结，正处于尽量想用一般的客气话来掩饰内心的不安，却不太成功的青年阶段。他的头发梳理得很整齐，右边侧分，态度拘谨安静。

"噢，没什么，没什么可说的。"

"别太谦虚。"奥兰莎说。

"我正在读几位作家的作品。"一阵愁云掠过他皱起来的眉头。他看过那么多爱德华八世还是威尔斯王子时代的照片。

"哪些是你喜欢的作家？"奥兰莎下定决心要为他打气，消除他的沉默和一丝不苟的死板。

阿席白地有点惊讶，他从来就不期望自己是注意的焦点，当然他也没想到会被安排在尤瑞黛旁边。

"哦，巴尔扎克和狄更斯。他们为我展现了一个人物世界，我几乎觉得我已经认识巴黎和伦敦了。而且我希望，"他谦逊地说，"从这些大师那里学到一些东西。"

"我听说你正试写一篇小说。"劳斯说。

"别误信伯爵夫人的话。"阿席白地哀求道，"我想我永远也不过是个三流作家。"

"每个年轻人都应该试一试，找出自己的才华所在，然后加以发挥。"

"我了解我自己在障碍中摸索，我对这世界所知不多。我甚至没见过大炮、双层巴士，或是一个拥挤的公寓房子是什么样子。我尽量尝试从阅读、照片和我母亲口中去学习，但是差太远了。"

"你为什么要描写一个你从没见过的世界呢？为什么不描写你所认识的人，写写这个小岛？"

"这里太安详、太平静了，不是吗？"

"平静！"优妮丝突然开口了，直接反驳说，"只要有人类的地方就有戏剧，甚至在泰诺斯部落里也一样，只要我们接近他们，就会发现一个充满忧望和情绪的世界。我希望艾玛－艾玛不要花这么多时间收集社会学的资料……"

奥兰莎说："劳斯的建议是对的，去描写一个我们从未见过的世界，我认为一点用处也没有，那样不可能传真。"她愉快地说下去；菜一直上得很顺利，不用她操心。"读巴尔扎克和狄更斯笔下的人物，可是不要注重环境和细节。我恐怕你受他们的影响很深，对年轻的作家来说这是很自然的。相反的，我认为一个人要脱离了纯粹模仿的阶段，才能达到成熟的境界。当然，我们讨论的是艺术的一般原则。你认为怎样？"她转向劳斯。

劳斯说："你为什么不写戏剧呢？这样环境的因素就不像在小说里那么重要了。埃斯库罗斯写过，索福克勒斯也写过，都是描写人类强烈情绪的冲突。那是所有真实戏剧的特质，人类的情绪被提升到较高的层次。所有的小说和戏剧都从事于人类情绪的剖析，但在戏剧中，环境的因素只用暗示，而不详加描绘。当然啦，莎士比亚并没有见过罗马，却写了《凯撒大帝》，那完全是出于他的天才，如果他要写有关古罗马的小说，他就不得不大做研究工作了。研究会扼杀即时的灵感，也许有一天你能写一部戏剧，关于国王和贵族的戏剧，或是关于泰诺斯族的普通平民，让男性心灵抚慰学院的学生在艾音尼基节上演。看看安德列耶夫王子，他是很好的戏剧题材，不是吗？"

从餐桌的那一头传来王子的大声咆哮："我抗议！你的话暧昧不明，你似乎把我包括在泰诺斯族的平民里了。"

劳斯微笑了："我没这个意思，我是说他可以描写泰诺斯的平民，也可以描写我们不平凡的王子殿下。"

女仆领班罗桑娜，这时推来一部餐车，上面放着大瓦钵。她掀开盖子给女主人看，奥兰莎露出赞许的微笑。那是一道有名的、令人激赏的菜——砂锅鳕鱼，用深色酱油炖的，佐料有松露、续随子蕾芽、草菇、一点麝香草、几滴白酒、爆过的蒜末和几片腌肉。

"哇，鳕鱼！"优妮丝大叫。

"我永远吃不厌鳕鱼，你们呢？"女主人说，"这是道罗马菜，我相信，是罗马帝国的烹调传统流传下来，再加以现代的改良而成的，我的厨子向阿布鲁索一位大师傅学的。使我想起以前在卡萨布兰卡吃过的一种东西，也许里面有阿拉伯的成分。"

"人的口味是国际性的。"优妮丝说，"味觉天生都一样，所有的厨子都会讲一种各国都能了解的语言。我有一次读到美国的南瓜饼，"她对尤瑞黛说，"颜色金黄带棕，加上胡椒，散发出天堂般的滋味。使我对美国文明的敬意大大提高。突然间，我觉得美国美丽起来。"

"你不是在开玩笑吧？我希望。"

"不。以前我从来没吃过南瓜饼。你知道吧，美国南瓜饼对世界文明，或对较佳生活都有贡献。我认为透过肠胃，国际性的了解即可达成。而且我相信，通常我们都曲解了文明的概念，将文明与哲学、科学和知识的进步联想在一起。就我所见，文明只不过是使生活更美好、更优雅的添加物而已。"

"所以你的意思是，由于风味绝佳的南瓜饼，我的国家对世界文明有了积极的贡献？"

"一点也不错，这表示国民特殊的天才，已使它有了一项肯定的贡献，且不论只是小地方，已使文明向前跨了一步。也就是说在科学进步的表象背后，人们并没有忘记生活。文化和艺术又是另外一回事了。你认为怎样呢？"她转向劳斯提出问题。

"文明和文化的区别是不容易的，这些字眼和其他的字眼一样，它们的意义是由用法产生的。我要说，文明和物质的进步有关，文化则指精神上的收获。我认为，一个不会做砂锅炖鳕鱼的国家就不如会做的国家那么文明。我尝过油炸鲍鱼排，就这方面来说，美国仍然算是野蛮人呢，只是个文明初期的小孩子罢了，他们连起码的鲍鱼做法都不懂。生活格调的注重，随着国家日渐成熟而加强。我想没有人能够否认，一切科学进步除了作为促进生活的手段外，就没有别的目标了，只是这个目标经常迷失了而已。相反的，我认为一个人没有文化也可以有文明。文明的进步和收获是物质的，它们是外来的添加物；文化的影响是化学性的，它进入人的内在而使他改变。"

"进步呢？"奥兰莎问。

"进步是中性的，就是很单纯地向前走而已，并没有说明走到哪里去。一个人在丛林中打转，很可能仅仅因为他大步行走的动作，就认为他在前进。在旧世界里的人认为，只要移动，不论往哪个方向——就是一件当然的好事情，这不是很奇怪吗？甚至没有人定下目标，也没有暗示目标究竟是什么。仅意味着今天我们所在的地方与昨天的地方不同而已，这就是进步的全部意义了。所以我说'进步'是中性的。就像共产主义者所用的字眼'前进'和'反动'，那又显示出了太多的东西。一旦目标确定，然后我们才能谈进步和反动，或者前进和后退，这都以那个目的为准。似乎对我来说，一个信仰并实行倒退到法老王时代的奴隶劳工时期，或倒退到沙皇时代的那种绝对独裁和赤裸裸的恐惧的统治，或对人类过去两三千年来的精神收获全盘否认的话，那就是开倒车，一个真正的反动。他们假定太多——譬如说，不容许反对的一票选举制，更进步的民主形式——让人民在两党之间选择，就不但被认为是反动，而且是彻底的颓废。因此，何必争呢？"

奥兰莎说："刚才优妮丝说的就没道理吗？文明有它的目的，就是较好的生活？"

"坦白说，是的。此外我还相信，世界文明可以建立在国际生活的共同基础上，把各种文明最优良、最精致的部分组合起来，我认为，理想的生活是，住在有美国式暖气的英国山庄，娶日本太太，有法国情妇和中国厨子。这差不多是我所能表示的最清楚的方式了。"

当他继续往下说的时候，脸上露出阳光般的笑容："我记得有一次我在纽约参加一个晚宴，远在二十世纪六十年代的时候。那是由美国营养协会主席西格马·费·卡巴所主持的一年一度的盛大晚宴。简直是无与伦比，永生难忘！照定义来讲，营养学家是食物方面的专家，同时关心烹调和营养价值，我是这么认为的。那天我目瞪口呆。我们有一道牛舌烩樱桃酱！我简直无法相信我的眼睛。一道小菜是花甘蓝配甜柠檬酱，我只尝了一口就差点吐了出来。不，我一点也没夸张。我们还有酒渍樱桃加蛋黄调味酱！毫无疑问的，实验精神很丰富，使我想起那些现代派的画家来。最后一道精彩的，是花生酱加杏子的甜点，叫作'杏子的惊奇'。请注意，杏子加花生酱哩！无疑含有丰富的卡路里。另外一种，是应邀试尝一道有着豪华名字的点心，叫作'南海的喜悦'——是椰子加苹果片。"

"劳斯先生，"尤瑞黛说，"我想你是在捏造故事好敲诈美国。"

"为什么我要这么做？那张菜单我保存了好几年。好让我朋友看看。"

大家发出一阵好玩和异议的喃喃低语。

"劳斯喜欢捉弄人，"奥兰莎对尤瑞黛说，"在我想来，花甘蓝加甜柠檬酱简直恐怖至极。"

"总而言之，科学性的吃法是一种愚蠢。"优妮丝说。

"随便你们信不信，"劳斯继续说，"我尝了那道杏子加花生酱。为了让你觉得好过一点，优妮丝，我必须说清楚，那个菜单是营养学的科学家给的，可不是纽约的老饕协会啊！那只是无数傻瓜的有限公司，不过这是现代知识的典型。根据那时的惯例，营养学家深知食物的卡路里价值，对食物的滋味却毫无所知。他是科学家，只关心食物特殊的一面，说到烹调的美味，他真是个十足的霍屯督族的蛮子呢。人懂得的知识越来越多，却也越来越狭窄起来。社会被一群科学专家哄骗得团团转——心理学家、育儿专家、效率工程家——每个人对自己的学科知道的很多，却对人类生活一无所知。引用或谈论起热量啦、蛋白质啦和糖类啦这些科学知识很容易。教育心理学家说，不能对你的孩子说'不'，根本就忘了训练的基本价值和打屁股的有益的道德价值。小孩从小到大，没有大人对他说过'不'字，一直到他遇到了他做事的老板，或一直等到生活本身对他说'不'。偏偏就有那么多受半吊子教育的傻瓜相信他们。婴儿喂奶的时间规定得很严，专家们过后才发现——我想是二十世纪五十年代吧——喂奶最好的时间是婴儿肚子饿的时候。根据专家的看法，小鸭若没人管，就会吃太多或太少而死掉，那些食物营养学家忘了，婴儿吃够了，嘴巴就会自动离开奶瓶。一个简单的事实，一个稍具常识的母亲就可以看得出来，却迟到一九七二年，经过一连串累人的实验后才被加以承认。那些糊涂的营养学家也忘了，吃得越对胃口，就越容易消化。直到我们离开了，远没有人正式承认这个事实。不，一切都用百分比和测量方法进行最好。营养学家没有告诉你，身体可以按照自己的需要，由蛋白质产生糖分，反过来也成。"

他停了一会儿又说："我的话导致什么样的结论呢？简单地说，就是没人能在群体里认出个人，没有人能完全欣赏人体的智慧，人体那微妙、易变的机械组织和人心自我调整的能力。个人以团体的标准来判断，由团体的统计来研究个人。那些粗鲁的专家，假托科学之名，成为社会一大威胁。而且，广义来说，在现代知识、专门知识的世界里，人类的能力和需要——肉体的需要和心灵的需要——都被忽略了。"

"我想起来了，"尤瑞黛说，"以前教育心理学家很风行，尤其精神病学。我相信，远在二十世纪四十年代吧，班宁顿大学有位心理学教授说，观察人按熄烟蒂的方式就可判定他的性格。如果他用力猛按下去，他就是潜在的虐待狂，具有毁灭、压抑的倾向；如果他慎重地压熄，他就是一个有条不紊、精打细算的同事；相反的，如果他只是让香烟继续燃烧，他很可能就是对积蓄漫不经心、没出息的家伙，可能还不顾别人的感情。结果你根本不敢在心理学家面前按烟蒂，竟变得有点儿神经兮兮的。他说的话就像神谕，从一些暗象中引出一套意义来，简直和水晶球命相家一样。很难说明科学在哪儿结束，蒙骗从哪儿开始。你不认为，这刚好是科学方法所应该避免的现象吗——对事情附会一些意义，由一些不足的事实演绎出论断来？"

"我想，"优妮丝说，"就是因为这种神谕式的特征，心理学才会流行起来。大家都爱预言，真的。手相学啦，笔迹分析啦，占星学和心理学啦，只要能说出你所不知道的事情，都会喜欢。"

"在那个时候，"尤瑞黛说，"心理学家忙着检查婴儿的尿片。如果婴儿的尿多屎多，他长大后也许就很慷慨；如果他有便秘，长大后对钱可能就抓得紧一点。"

甚至连特拉西马丘斯都吼了起来。

"我从来没听过这种事。"奥兰莎说，咔咔地笑得很甜。

"可是那是真的呀！"尤瑞黛说。

"我相信，"劳斯说，"想想弗洛伊德不也在裤裆附近寻找人类的灵魂吗！"

优妮丝抗议道："那样说不公平，有一个弗洛伊德，却有上千个冒牌货。"

劳斯说："我并不是有意贬损弗洛伊德。至少，他还尽力寻找人的灵魂，他使人类心灵的知识向前跨了一大步。他具有一种几乎是东方的、神秘的直觉，实际上为西方世界发现了一个新大陆。他也不得不发展他自己的一套方法。灵魂一词已经和神学纠缠不清，自然科学家只好敬而远之。弗洛伊德必须回溯到古希腊，重新介绍'心灵'这个名词。我想这样比较清楚。我们没有适当的词来说明控制身心的神秘力量、种族力量。所以他不得不创造了本能、冲动和性本能这些字眼，使它们几乎成为神话实体。"

"我希望他选用凡身这个字眼，"奥兰莎有气无力地说，"它的意思是指肉体——心理学家必须探求肉体的力量，是不是？同时，它也意味着人性、人种。这样的基础不是更稳固吗——让我们这样说好了，从心理学的更具肉体性的观点出发。"

"实在没有这种必要，人性这个名词已经很好，也很足够了。心理学应该是对人性的研究，涵盖一切事情，从肉体的欲望到精神抱负和崇高的理想。能回归到灵魂问题，应该归功于弗洛伊德。自然科学家羞惭地挣脱了这个词，因为他们不知道该怎么处理这个问题。"

尤瑞黛说："我想我有一次听你说科学是用来求真，不是用来求善的，当然科学家要把灵魂丢在一边不理了。"

"这一切不过是方法问题——也是人类知识的适当目标问题。我们已经同意目标应该是促进生活的艺术，使生活过得很好。为什么追寻真的人就该避开善的领域，并且任性地对自己说'善的领域与我无关'？我认为，那是二十世纪思想中最具毁灭性的特点。一切的思想都想变成和科学类似的东西。错不在研究石头和金属的自然科学家，错在社会科学家想模仿他们的技术。结果是一大失败，一大灾难，造成了心智上的真空。只有真和非真，没有善恶，没有对错。科学要测量，不得不如此。一旦你把自然科学的方法介绍到人文学里面，你就会渐渐把无法量度的东西一件一件抛掉——上帝啦、善慈啦、罪恶和悔悟啦，以及艺术创造和高贵的动机等。那是直到行为学家出现，灵机一动地创造了心理学，研究人的心灵却不用头脑所导致的结果。一切都退化到只有感官的刺激和动物性的反应，那些是行为主义者有把握衡量的东西，于是心理学家就变成在老鼠笼和鸡笼之间疲于奔命的人。当然，华生以动物心理学家开始，最后也止于此。有关人类心灵的一面——想象力、记忆、爱、冲动（除了动物的食物和性的冲动以外）都被抹杀，或被扔到窗外。将母爱当作内分泌的反应就值得研究，假如母爱是一种人际关系和日渐了解的结果及一种对儿子成就的骄傲，就不是恰当的研究题材了，因为后者无法量度出来。他相信那种方法，因为只有那种方法才能使心理学变成真正的科学。由那个有限的一点来看，他是对的。"

"傻瓜还多的是哩！"奥兰莎说。

"当然，绝对是的。"

第二十四章

　　泡沫奶油香蕉露送上来以后，谈笑声被汤匙和玻璃杯交错的声音打断了，游戏思考的脑袋一时静止下来。大家都酒醉饭饱，相当满足。酒不错，鳕鱼更是无上的妙品。劳斯的脸有一点发红，奥兰莎也是。由奥兰莎身后的窗口望去，尤瑞黛看见月亮已爬上艾达山顶。奥兰莎喝了一点酒，眼中现出悠远的神情，显得分外漂亮。山脊上的夜晚很凉快、很舒服。

　　"你常做哪些运动？"尤瑞黛问阿席白地·里格。

　　"游泳，钓鱼，有时候随渔夫们出海。湖泊和礁湖都是游泳的好地方。你常钓鱼吗？"

　　"哦，偶尔钓钓，只是随兴的。"

　　"我们都是业余的。还有一个地方可以捞蛤蜊，靠近沙洲那一带。哪天我带你去，有时候我一整天都待在沙洲上，只有我一个人。"

　　"一个人去？你真是个怪人。"

"我带笔记去，或者带书。我有一艘小艇。我母亲给我准备几个三明治，船上什么都有，还有一个小锅可以煮咖啡。"

"好快活！"

"这个岛上没多少事情可做，远足大概还可以。我尽量使自己壮一点。"

"格鲁丘呢？"

"他怎么啦？"

"我是说他做什么运动？因为我想不通一个美国人在这儿要做什么运动。"

"他住在水坝上，坦白说我不知道，也许在下面的溪流里游游水吧。我们很多人早上都到礁湖去游泳，有人下午去，也有人聚在琪隆的酒店或乔凡尼的餐厅去喝一杯。"

"我想我们还是到外面喝咖啡，你们认为如何？"女主人说。

大家站起来。伯爵夫人坐在桌子另一端，尤瑞黛看不见，也没有办法和她说话。这时她走过来了，身上穿着低胸的褐色衣裳，很迷人，正对他们露出爽朗的微笑。

"咦，你们在饭桌上谈得不错吧？"她向里格说，同时瞥了旁边的尤瑞黛一眼，"我听到你们这一端所谈的几句话。"

"哦，我大部分是听别人讲，谈食物和心理学。每次劳斯开口，就推翻我的计划，我正在读行为主义的心理学呢。真狼狈，不是吗？他劝我写剧本，至少试一次。"

"我听到那段话了，主意不错，我想你可以由他的诤言里得到不少帮助。"

"但是我又要改变读书计划了，也许先读欧里庇得斯的作品。"

"读过的东西绝不会失去的……你好吗？尤瑞黛？喜不喜欢这一

顿饭？"

"非常喜欢。"

"我很高兴，你显得蛮快乐的。"

"我正邀请尤瑞黛，"青年男士说，"有一天我要带她去沙洲。"

"好极了——好极了！"伯爵夫人说。

他们都拥到凉台上，现在和克洛伊、菲利蒙站在一起。

"你好吗，亲爱的？"伯爵夫人对克洛伊说，"你们的话剧进行得如何？亚里士多提玛说，你们正为'艾音尼基节'在排练呢。"

"我们刚开始，要一练再练，有歌曲、合唱，还有那么多内容。"

亚里士多提玛走向他们。尤瑞黛记得，他曾经引导葬礼的游行。高高的个子、头上的便帽、深奥的眼睛和特别长的胡子，使他具有社会精神领袖的庄严气质。他对"艾音尼基节"非常热心，前一个月总是忙得要命。他主动对雅典娜女神的异教节日表示兴趣，这并没有什么不对，他自己就是希腊人嘛。他是一个很实在、很圆滑的人物。阿山诺波利斯一向反对教士，起先是容忍他，不久竟对他的忠告和智慧表示敬意，后来还非常喜欢他。意大利神父唐那提罗称他为"叛徒亚里士多提玛"，唐那提罗神父完全是仗着伯爵夫人的友谊才加入这个社会的。

"你们有没有人一口气读完圣保罗全部的书信？"他以前常说，"你们会发现，他是一个才能不凡、真正伟大的人物，把基督教先祖们散乱无形的思想整理出一定的秩序来，使教会的某些基本教条有了明显的意义。一个离散异邦的犹太人吸收了希腊思想，熟悉宗教仪式和他那个时代的神秘性，四周都是分歧的争论和教会内部的问题，基督皈依者的疑惑和回归，他们的放荡，他们之中不贞的寡妇和虚伪的先知，还有他们可畏的搬弄口舌的倾向，他却能在罗马、塞萨利、科林斯和艾菲索斯，将所有国际力量联合在一起，凭他自己的智慧力量以及他无私的、狂热的献身，铸造成一个国际性的教会，提升到圣彼得般的境界，而并不位列十二使徒之一。他超越了地方习俗，超越了洗礼和割礼。以一次大手笔，由于拒绝将主要价值置于某一犹太习俗之上，使得基督教从犹太教派提升为世界性的宗教。”

亚里士多提玛说，地方习俗应该和基督的教诲并存，他当然拒绝行施洗礼。他并不相信，也不强调妇女在礼拜仪式中要头戴面纱。他说圣保罗坚持妇女戴头纱，并不是因为那是小亚细亚或大希腊的习俗，而是他也相信女性比较低劣的说法。“你们作妻子的，当顺服自己的丈夫，如同顺服主。”“起初，男人不是由女人而出，女人乃是由男人而出。并且男人不是为女人造的，女人乃是为男人造的。因此，女人为天使的缘故，应当在头上有服权柄的记号。”现代基督徒仍然假装相信这些话；但是就他所知，没有一个传教士敢用这段经文布道了。

至于基督教各民族的宗教仪式和地方风俗，圣保罗十分开明。著名的圣保罗致科林斯人的第一封信，使得一切如阳光般明朗清楚，他最大的原则就是权宜主义。“凡事我都按照律法行，但不都有眼前的益处。凡事我都按照律法行，但是不都造就人。”尤其是关于吃祭拜偶像的肉类问题，他规定说：“倘有一个不信的人请你们赴席，你们若愿意去，凡摆在你们面前的，只管吃，不要为良心的缘故问甚么话。我说的良心不是你的，乃是他的。我这自由为甚么被别人的良心论断呢？……不拘是犹太人，是希腊人，是神的教会，你们都不要使他跌倒。”地球是上帝的，里面的万物也都是。为什么要戒除呢？圣保罗以他的伟大跨越了民族的界限，而亚里士多提玛领头享受艾音尼基节的喜悦、欢乐、偶像崇拜和闹饮，也需要特别天才。

虽然如此，亚里士多提玛神父仍然统领基督教和异教的仪式，一面相信圣餐礼，一面崇拜雅典娜，认为这两者都是象征性的仪式，他自己就是自由主义的象征，使纯良正统的唐那提罗神父为之愤怒不已。艾音尼基节变得非常自然，就在他们抵达这个岛以后不久，殖民地的创始人希望庆祝他们登陆一周年纪念。这儿的男男女女大部分来自雅典，希望对神明表示他们的感激，这个神明应该被当成殖民地的保护神来崇拜，很自然地，他们相信他们的忠诚应该给雅典娜神；德里安的牧羊者和渔人对太阳神阿波罗忠心耿耿，但是他们只占少数，只好屈服。起先，他们在石头上刻一段碑文："艾音尼基殖民地把一切光荣和敬意献给雅典娜女神，祈求她的神佑。"以后，大家投票要建一座雕像，雕像也竖起来了。

当他们提到守护神的问题时，亚里士多提玛坚持要尊崇圣尼古拉，也就是远离家乡、水手的守护圣者。这些居民，理论上是基督徒，其实内心是异教徒，并没有公开反对，而圣诞节本来就是崇拜圣尼古拉的节日，也正式庆祝了。但是保护圣徒不能随便指派，一定要出自人民的信仰和他们自愿供奉的力量。一旦来到这个中太平洋小岛，希腊农夫和基督教之间的薄弱联系就中断了。他们血液中几世纪以来从未消失的异教精神，现在又迸发出来了。禁止不住的狂热和孩子般的情感，使亚里士多提玛根本压制也压制不住。圣诞节和雅典娜的节庆比起来，真是太小，太没光彩了。可是在庆祝登陆的周年纪念时，却没有激起民众的热情，倒是在劳斯和阿山诺波利斯的圆滑引导下，变成了古希腊的雅典节。歌唱和舞蹈、宴会和闹饮、体育竞赛和诗歌朗诵在他们雅典的心灵中，激起了共鸣。劳斯打算在雅典娜的崇拜仪式中，宗教和诗词能结合在一起，恢复雅

典的宗教和明朗的精神，使宗教和艺术携手，使未受基督教罪恶感
破坏的美感和虔敬互相结合。劳斯曾问过，为什么在区分虔敬和不
敬的时候，魔鬼撒旦该拥有全部的快乐，而上帝却拥有一切痛苦呢？
他觉得没道理，那些地中海的灵魂也觉得不合理。亚里士多提玛看
得出反抗是没有用的，还是聪明一点随它去。民族节庆就是民族节
庆，阻止它就像阻止法国天主教徒庆祝四旬斋前的狂欢日一样，毫
无道理。还不如把雅典娜化为基督教的神祇，就像英国人处理屠龙
英雄圣乔治一样。

这并不意味着亚里士多提玛是个没有原则的人，他只是遵循妥
协的大原则。劳斯曾经读过莫雷的散文《妥协》给他听，并且告诉
他妥协就是"治国之才的一半"。

"克洛伊，"现在这位神父对年轻女郎说，"你们女孩子可一定要
替雅典娜做件新衣服，尽量豪华，尽量漂亮一点。向奥兰莎那儿要
最好的衣料。今年是大节，每五年才一次哪！你们打算演哪一个剧
本呢？"

"雅莉雅德妮的事。"

"好，演好它，尤其最后一段。我们该演《莉西丝特拉塔》，但
是他认为能演的人不多，很难成功。"

灯光亮起来了，凉台旁边挂了一大串色彩缤纷的灯笼。男女一
堆一堆地站着或闲晃着。灯笼的灯光虽然幽暗，还看得见下方远处
的海洋闪耀着一丝丝的月光，很多应邀在饭后前来跳舞的青年和少
女现在正鱼贯而入。

奥兰莎和伯爵夫人正走向她们，大家一起谈话。奥兰莎个子不
高，却在任何人群里都很醒目；她那温暖清脆的声音，随时出现的
笑容，以及黑睫毛放射出来的优雅、快活的气质，保证气氛不会沉

闷，也不会流于粗俗，这些都是大家在晚宴中最怕碰上的。她白皙的肌肤，乌溜溜的秀发和受过学院训练的绝佳风采，在头纱和长袍的衬托下，仍旧保持着雕像般的神采。她实在美得非常，显得尤其突出的是她一双眼睛，眸子的光彩常随情绪的不同而变换。时而是不可思议的少女般的天真，时而是一汪静穆的柔情，时而又变成灼灼的、深不可测的东方式激情。难怪阿山诺波利斯会爱上她。相反的，伯爵夫人呢，则相当单纯和快乐，具有天生的温暖和平易近人的感情。比奥兰莎年长十岁，两额有几撮华发。她是那种可以和年轻人处得轻松自在的人，所以里格才能和她很接近，和奥兰莎则不同。

"今年会有水上审判吗？"奥兰莎问希腊神父。

"我不知道。有几个人因一些轻微罪嫌被关起来，可是没有人以重罪而被控。"

"真叫人失望，是不是？没有水上大审，艾音尼基节就不够完美了，我们将缺少一个高潮。"

"别这么说，我的女儿。我们在过去五年中没有人因犯罪而被处死，你该感到骄傲才是。""只是好像不太对劲似的。"奥兰莎冷漠地说，几乎有点神秘的味道。

"别那么可怕，"卡士提利欧尼伯爵夫人说，"我想罗曼诺夫的血液仍然在你体内奔流。"

"也许吧，只是俄罗斯的血统作祟吧。我觉得根本不杀人，不处罚人心灵的邪恶，是不对的，不合乎事情的逻辑。别误会，我并不是说我们应该毫无理由地杀人。但是宇宙冥冥之中一定有股黑暗的势力，一种邪恶的力量。每次我看了水上审判，心里就觉得好过一点。对受刑的罪犯，我并不幸灾乐祸，我并不喜欢那样，我很痛苦，也深受感动。可是我认为，那对我有洗涤净化的效果。当我为受刑犯而感到痛苦时，眼睛简直无法离开他。"

"我从来不敢看。"伯爵夫人说，"你不喜欢，对吧？"她问年轻的里格。

"当然不喜欢，不过我懂你的意思。我看得很明白，甚至在这个岛上，生命也不是十全十美的。我们宁可把不好的事情暴露出来，寻求解决，也比把它隐藏起来好。当然我并不支持非人道的水上审判。"

"他不是个甜蜜的男孩吗？"伯爵夫人无关宏旨地说，"特拉西马丘斯在哪里？"

亚里士多提玛回答说："他还在王子房里和劳斯辩论呢。我刚离开他们一会儿，他们正为他第四个孩子要缴的百分之十二点五的税吵吵闹闹。"

音乐开始了，几把提琴在热带夜空下奏出柔美悦耳的曲子，使男女的笑谈声更增添了几分可爱。这些乐队都是女孩们自己担任，她们都来自心灵抚慰学院，有几对已经开始跳舞了。

"你怎么不加入他们呢？"伯爵夫人问年轻的里格。

"我可以请你吗？"阿席白地·里格对尤瑞黛说。

尤瑞黛微笑着跟他进去。

第二十五章

"我们很有理由相信，"劳斯说，"我们永远不会超过十分之一的税率。古代中国的法令、希伯来法、穆罕默德法都说过这一点。没有战争，没有复杂的政府干预个人的事情，十分之一的税已足够维持公共行政了。我们也有理由相信，法律应被奉为神圣和不可侵犯的，一旦对某个人例外，对大众就很快没有执行力量了。"

安德列耶夫王子一直耐心地听劳斯和特拉西马丘斯喝咖啡争论不休。他的房间，如果不说是散发着皇家富丽的气息的话，也豪华地铺了地毯，摆饰着昂贵的长沙发和雕刻的长椅。墙上挂着些模糊的油画、象牙小像和褪色的照片。房间有四十英尺宽，三十英尺长，很宽敞，天花板很高，原来是按照阿山诺波利斯所要的样子建造而成的。房间的一角有架钢琴，上面立着一个铁制的山羊，高有一英尺左右。天花板和墙之间的横条装饰刻满了富于独特变化的山羊角，或直或曲。在一个凹进墙里的壁龛上，有个特别的玻璃盒，里面放的是一个白色大理石雕像的复制品，是奥林帕斯的普拉克西特列斯雕刻的赫尔墨斯神像。这些杂乱的古董，还有祖先和皇室亲戚的陈旧照片，虽然不算是艺术品，但确实也带来了一股没落贵族的特殊气氛。

王子坐在按照他体形特制的椅子上，抽着长烟斗。他的头比起别人的要大得多，他的大块头、迷信和一点痴呆的组合，使他身上每一寸都像罗曼诺夫家族的人。如果劳斯肯让他登上泰诺斯国王的宝座的话，他绝不会使王位蒙羞的。劳斯不断地拿他的孙儿史蒂芬来说明世袭政府的危险：史蒂芬虽然有个出色的母亲，却是个隔代遗传的类型，有个空空如也的皇家脑袋，毫无用处。关键是，你一代一代地训练皇族的特定动作和接受例行公事，举止如雕像，结果必然会在皇家后裔的脸孔上铸出如模特儿般的特质。第一任总统阿山诺波利斯逝世以后，王子被推选为共和总统。不过，不管有没有王位，他反正代表上帝、教会、法律和秩序。严格说来，他在泰诺斯岛并不相称。这样一个十足的银样镴枪头，怎么会生出聪明貌美有如珍宝的奥兰莎呢？

"我看不出为什么要提高到百分之十以上，我们又不必维持军队。"劳斯说。

"我却不懂公务员，那些法律和秩序的管理人，只占用全部税金的百分之十。如果我靠此为生，根本无法生活。"

"我知道你不必靠那个钱过日子，我看不出来，教育和宗教机构的支持以及公共福利和贫民救济怎么能被削减，我们的税制正好反映出我们对某些价值的重视。"

"音乐歌曲税！"特拉西马丘斯口沫横飞地说，"从来没听过这种事！如果大家要听音乐，让他们每听一次付一次钱好了，还有雕刻！过去五年来你见过我进到博物馆，去看那些石像没有？有没有？"

"没有，恐怕我没有那种荣幸。而且，除了委员会开会，我也许也不能说你去过文协馆，或见你手中拿过一本书。不过，你忘了，音乐家和舞蹈家都必须接受训练。我们为所喜爱的东西付钱，艺术家不会在一夜之间突然冒出来。让我们别再为这争吵吧。至于增加公职人员的费用，那违反了我们不鼓励人民服公职的目标。在政府里抢个一官半职的不幸，是很多国家的社会疾病。美国、法国、共产党苏联都发生这种现象。在第一个案例中，联邦的雇员多达一百万人。在第二个例子中，靠各部世袭特权吃饭的制度，几乎把政府给勒死了，他们吃掉了税金，使财务制度崩溃，毁了年轻人的创意，减低了改革力量，使大家的收入少得可怜。如果政府的雇员和寄生虫都减少一半，薪金加倍，那一定会产生一股突然旺盛的精力。这样就不会彼此妨碍了。这是恶性循环，想出工作来给过剩的职员。这样，完成一件事就要尽可能用更多的纸张和产生尽可能低的效率，来使那些寄生虫有事可做。纸上政府——华盛顿就发生过，报酬减削有一定的要领，组织的规模也有一定的限度，超过了，效率反而谈不上了。如何才能使这些报告和文件消失呢？如果一家公司这么做的话，没多久一定就要关门大吉了。不，政府工作和政府的退休金、补助费，只产生了昏睡和怠惰，吸引那些喜欢闲逸的人……至于共产主义者苏联，每一位应该在野外工作的护士和兽医，却宁愿坐在莫斯科的办公桌后面，或待在某个省的办公室里，提出指示、指示和更多的指示。我们的愿望是避免公文官僚制度——这是人类所创造的最无生产性的工作。"

"目前在我们共和国中，"劳斯继续说，"我们经历了特别的痛苦来尽可能地防止公务员阶级的膨胀。我们曾试图刁难统治者，但是他们也有他们的回报。对坐办公室的人而言，那是令人满足的自我表现的形态，有些人天生有签署文件，叫别人为他们工作的习性。

就我所知，有两种不同阶层的人，不是指经济阶级，而是人类的分类：一种人只管自己的事，另一种人不管闲事就不快活。后一种人必须表现他们自己，这也可以说是一种天赋，要求自我表现。这一阶层的人，有演说的才华，遣词造句，态度雍容，无一不精。他们喜欢对部下表现权威，对上司却有自我控制、极度的耐力和克己的功夫。这是一种典型，他们就在这种气氛中发达起来，他们对高薪的舒服工作嗅觉最灵敏。我并不是说这些统治才能没有发挥他们的目的，但是，我希望说，我们无须刻意以脂膏来招苍蝇。他们就是我们脂膏中的苍蝇，总有人愿意为政府的荣誉而工作，替人类服务，而只拿少量的报酬，或者一点报酬都不要，王子殿下就是一个例子。"

劳斯说得不错。共和国的长老随时挑选俊美、个子高、有一副好嗓子的青年，训练他们担任公职。在木匠店里的一群学徒中，总有一个游手好闲的人，却生来一副好口才。这样的年轻人可能要花十天才能完成一张凳子，而别人只要五天。他对他的行业，不加分辨，没有热诚，一旦问题发生了，你却能信得过他，他能站在板凳上，向其他学徒发表长篇大论。很明显的，他不适合在木匠店里工作，浪费了他雄辩的才华实在是件憾事，古希腊人很重视这种天分，也极力栽培。在一群牧羊少年当中，也许有一个懒懒散散、心不在焉、很容易丢掉羊，可是却能毫无困难地责备别人弄丢了羊。其他的少年，不论在哪个团体中，也有特别喜欢叫别人替他们做事的巧妙能力。凑巧的是，他们之中没有一个是好工匠。这些少年被仔细地从他们个别的行业中挑出来，送到公共行政学校去，学校课程最重要的主要科目就是初级和高级的雄辩术。

可是演说术，或者说公共雄辩术，不能只包括修辞学，还包含了沉默的艺术。当然，他们研读狄摩西尼的作品，西塞罗和卡多的译作也被采用；语言的美丽，精练的句子，和影响大众情绪的措辞选择，都小心地挑出来研究。对于有语言天才的人，连伯克和丹尼尔·韦伯斯特都包括在内。但是，"好的演说是银，沉默是金"是校内的名言。初学者要通过严格的保密训练——简单地说，就是把嘴闭上的训练。他们之中发展出一种强有力的忠诚意识和团结精神；他们在学校做的事，没有一样可向大众披露，甚至是最不妨事的消息也不行。如果一少年告诉他母亲说，他们午餐有冷羊肉，他就会受到严厉的指责。对于这种问题，年长的学生通常都以庄严的语气说："无可奉告。"

劳斯花了不少心血，翻译了一篇中文散文——《宦海谈渡》，简单地说就是"官场冒险的成功之钥"。在这本著名的古代小册子中，明明白白地列出了模棱两可艺术的每个阶段，起先是对心里的话要守口如瓶，然后是言不由衷，最后也是最难的阶段是心里的话半隐半露，最后的这个阶段需要完全的准备，一种对词汇的最佳控制，有模棱两可和无知的暧昧的本领，最终目标是使国家有成就的公仆永远能够肯定他所否定过的，否定他所肯定过的话。如果未来的事需要改变行事方针，公仆应该随时能够否认他说过某些话，说他说的话不是那个意思，事实上刚好是相反的意思。根据那本中国手册明确说来，已升上高官或内阁的官员已经把话说一半的技巧实行到完美的境了。最后这一项成就，则需要极文雅精练的语言，是最艰难的一段。比起这些备忘录的洪亮优美，旧世界官员的一句简短的"无可奉告"听起来就很粗鲁了，活像怕打败仗似的。

但是，这本中国手册说，只要有心学习，勤勉不怠，就是最鲁钝的人也可以达到第一阶段，也就是不说出心里的话。这点在于闭嘴的功夫。这阶段的学生可做抄写员、操作员和三等秘书。能驾驭第二阶段，能说出别人心里的话的人，更有前途。主要在于无论讨论什么题目的时候，都说"先生，你是对的"。能做到这一阶段的，就能担任二等秘书，可允许他们接见较不重要的特使、宾客和公共团体的代表们。有些人可担当一个部门的主管，一个相当于各省"道台"的职位。在这个职位上，他们有机会利用迷惑人的暧昧和细微差异，向年长、可靠的各部门老将学习些言不由衷的技巧。这样的政治经验通常需要十年。当然这一方面还要绝佳的自制训练，永远不能发脾气。许多官员经过痛苦的训练，始终未能超越这一步，或只是小有成就而已。至于官场的精华和奇葩，册子上说，只有极少数的人有希望达到这么险峻的修养的高峰。外交官、内阁阁员和大官员都是天生的，不是修养制造出来的。但是国家并不需要每个人都渴望官位和内阁席位。

实际上，劳斯对建立在一小栋建筑物里的公共行政学校的学生解释说，他发现这一套在西方世界也行得通，中国人的智慧是宇宙性的。根据他自己的经验，劳斯对他们说，他发现第三秘书永远只能以害怕的语气低声说话。真正天生的外交官可不是这样！为什么呢？他就曾经和这种外交官整整坐了一晚上。温文、高雅，显得很坦白的样子，满肚子的趣闻逸事，不是避开窘人的问题，就是把话题扯到一些烦琐小事上去，谈一些他在阿拉斯加或冰岛的惊人经历，或是和澳洲农村少女的天真邂逅，这些话他可聊上一整晚。"他不是非常坦率和讨人喜欢吗？完全不会守口如瓶？"女主人会这么说。等晚宴将结束了女主人才发觉，或者你才发现，他没有泄露出一丁点重要消息，比如说，他的政府和他自己对某一烫手问题采取什么立场。这种人是艺术才干不够的人所做不到的。

遵循这个原则，劳斯曾协助安排修辞学或辩论术的教授课程。学生有充分的练习机会，以公众事务为题的辩论经常举行，若没有雄辩家，国家就会灭亡了。选择辩论的题目，分数严格限定只给予话说得最长而讲的内容最少的人。毕业典礼一向都是岛上的一件盛事，家长和大众都很喜欢。两个学生被挑选出来发表告别词，是从班上最杰出的人才里仔细挑选出来的。修辞的火焰开始点燃了，措辞的游行也开始了；演说表达得无懈可击，音调抑扬顿挫，十分完美，流动着的悦耳声音很迷人。可是没人懂他们在说什么，也没人期望能听懂他们在说些什么，演说的人总是得到震耳欲聋的掌声。所有的毕业生都获得"模棱学硕士"学位，但两人之中较好的一位会得到更大的奖励。

观众经常会评论说，这么聪明的年轻人，有朝一日会成为共和国的总统。

当然，修辞学并不是学校里唯一的课程。政治科学的训练也与旧世界的大学有着不同的特点。法律学也教，不过他们认为，教授学生属于过去的各种复杂的法律和制度是不切实际的。尤其，劳斯追随孔子的理想，一直坚持行政和法庭程序的简单化。政府充其量不过是一种必要的罪恶。公共行政学校主要是用来训练个人担任公职的，由于民主政治习惯确立行为的责任感，使公职人员信守诺言，这训练的基本原则就是对自信心的防御。

不要以为劳斯故意危害共和国的政治结构，其实他的希望是尽可能利用最间接的方法，教诲大众对政府保持健康的怀疑态度，那才是民主政治的基石啊！强大的政府永远会破坏政府民主形象。相反的，对统治者潜藏的怀疑却是保持自由精神活跃的最佳保证。主要统治者，比如共和国的总统，当然一定要受大众欢迎，不过不能太受欢迎。上帝不允许！领导者要聪明，但不能过分聪明！中国有一句名言，一将功成万骨枯；劳斯引申说，一个强大政府的建立，也是人民自由的毁灭和破坏所造成的。因此，政府越弱，越受大众轻视，自由、博爱、平等的明灯就燃烧得越灿烂。

为了使国家公仆不至于太令人印象深刻，政府的效率要适度地降低，这些学生被授以各种不同的技巧和托词，来抵制责任感和任何行动的轻率许诺（这一点至少是劳斯心中的秘密意图）。当人民要求责任时，政府一定要学会规避，不要急着投入行动。任何一个人想要在公职生涯中继续存在下去，就必须懂得运用这个原则，永远表现出计划为大家做事的样子，却不真的去做，而且不使人怀疑他个性的正直。

基本上，这一套可分为三条：集体责任原则、咨商原则和渐进原则，最后一招用不着解释。集体责任表现在组成各种不同的委员会，以避免个人单独的责任，因为个人无须为委员会的决定负责。因此，委员会虽多，完成的事情却很少，而公职人员大部分的时间都耗在整天开个没完的委员会上。为了避免劳力的重复，协调各委员会的委员会又成立了。第二点是咨商原则。各部门之间的备忘录、文摘、摘要、各种打卡用的方孔纸，以及印有"参考"和"备注"的表格也应运而生，使大家都忙得很快乐——只受纸张供应的限制而已。即使如此，纸张的消耗仍然多得不成比例。比如说，要把两棵树从圆形剧场后面移到文协馆广场，事先竟动用了十七个委员会，共提出了两百四十八页的报告，各部门之间通了三十几封信，全都注明"决议案二——〇七条，两棵树的移植"。这种拖延，不但本身深得人心，而且还可以掩饰官员个人的活动。当民众要求办什么事，而后果很难预见的时候，咨商原则就可派上用场了。一个傻傻的、新上任的政府职员会公开表示赞成或反对，可是圆滑的人却会请教别人，而且最好还是其他部门里的人士。圆滑的政客若想拒绝某人的请求，他会让其他部门的人写个备忘录给他，适时提出来，而不会得罪任何人。当一个问题在各部之间以函件来往达三个月到六个月之久，民众就很可能早把这件事给忘了；如果没忘，又被询问的话，实际情形已被大量往返的公文弄得含糊不清，因而很难把行动或缺少行动的责任推诿在某一个人身上了。这种技巧，加上在高级修辞学的课程里所学到的谨慎的表达技巧，就可保证使任何人都能舒舒服服、平平稳稳地在公职生涯里成功地度其一生了。

所有这些产生的最终结果就是，委员会变成了民主政府的化身。一有任何事待办，就成立一个委员会吧，别让个人单独负起决定的责任。于是，有福同享，有难同当，慷慨的道德论调于焉产生，人民就确实相信他们是自己治理自己了，至少感觉上如此。

总而言之，在这岛上施行的政治体系适当地阻遏了强有力政府的产生，使得大家都很高兴。

劳斯说，简单的法律、微弱的政府和低税率，三者是快乐共和国的三大基石，因此劳斯不顾王子的恳求，坚持公职人员的薪水低到可怜的程度。服务国家和办公室的荣耀，这些就是他们的报酬。

第二十六章

亚里士多提玛神父进来陪他们："咦，特拉西马丘斯，你还在争啊？"

"劳斯好固执，固执得像骡子。"

安德列耶夫王子站起来，让座给神父。在他全然单纯的内心里，对神父永远心怀极大的敬意，因为神父是精神力量的表征，就像他自己是世俗力量的代表。阿山诺波利斯死了，可是特拉西马丘斯补上了第四位"使徒"的身份——这是参考埃尔·格列柯"十二使徒"画像而来的。这四人实际上非常像他们——由于他们的高度，尤其是王子。

"喝杯水吧，或者你宁可来点酒？"王子非常热心。

"不，不要水，拜托。"神父和蔼地说，"圣保罗说过什么？"

"你满脑子都是圣保罗。"

"是的。'因你胃口不清，屡次患病，再不要照常喝水，可以稍微用点酒。'《提摩太前书》第五章第二十三节。"

"你似乎特别喜欢引用圣保罗的话,你一定对《圣经》很了解。"

"坦白说,是的。"

"当然耶稣也喝酒。"劳斯说。

"哇,你真叫我吃惊。"王子说。

"他陪税吏喝酒。《圣经》上说的,事实上,当时的僧侣这样指控他。小人物才守小德行,在嘉娜的婚礼上,耶稣把清水变成了酒。他有没有把美酒变成清水过呢?"

王子叫起来,神父也一起大叫起来:"妙极了!妙极了!"安德列耶夫王子叫道,一面走上前又倒了一杯酒给劳斯。亚里士多提玛用手揉着他的肚子,表示很舒服、很满意。

"菲利蒙在哪儿?"劳斯问道。

"他在外面跳舞,和克洛伊还有其他的年轻人一起。"

音乐声飘过凉台,混合着年轻人的笑语声。王子站起来,放下了他的长烟斗,双手拍拍身体。

"我想加入他们。"

特拉西马丘斯惦记艾瑞屈亚和史蒂芬,也走出去加入凉台上的宾客中。

不久,克洛伊进来了,眼睛闪闪发亮,后面跟着菲利蒙。

"你要跟我说话吗?"菲利蒙问。

"不是,我只是问问,继续跳舞去吧。"

"我不跳了。你呢!"他问女孩。

"我无所谓。如果你愿意坐在里面聊天,我很喜欢听你们谈话。"

"我听见尤瑞黛在玩牌室里和伯爵夫人聊天。"

"咦,我刚看见她和阿席白地跳舞呢。你认为——"她调皮地眨着眼。

"谁知道？我以为他们说要过来呢！"

伯爵夫人这时已站在门口了，尤瑞黛和年轻的里格在她后面。

"哦，你们在这儿！这里是不是有点儿热？凉台上很凉快呢！"

"进来坐下吧？"劳斯说。

"我以为你们要出来呢。凉台上真美，不过如果我们要聊天的话，也许这儿比较安静。"

"优妮丝在干吗？"劳斯问道。

"在和利斯帕思下棋。"

尤瑞黛和其他的人走进屋里，坐在长沙发上。

"提到利斯帕思医生，"尤瑞黛说，"我觉得有点不好意思见他，我当然付不出钱来，没办法回报他的服务。艾玛－艾玛说，一切都照料好了，我不知道该感谢谁。"

"谁也不用谢，"伯爵夫人说，"没人付医药费给医生，国家会付给他的。"

"噢，我明白了，所以医生才显得对病人毫无用处。"

劳斯说："他不会接受诱惑，鼓励病人自以为生病，你几乎可以说他是基督科学医生。"

尤瑞黛觉得滑稽，这好像在说某人是个不可知论的神父差不多。今天晚上她听到什么都想笑，她不再吃惊了，她发出柔美、纵情的微笑。

"不过他是鸟类学专家，也是个伶俐、不凡的下棋好手。"伯爵夫人说，"每当我说，我不舒服，他总是嗤之以鼻。一个绝佳的医生，善于驱散病人的痛苦并恢复病人的信心。我说头痛的时候，他就说'让我们下盘棋吧'。真的，玩完一盘棋以后，我的头痛就消失了。我不知道别人的情形如何，也许我比较容易受感动吧！对我蛮有效的。"

"假如他在和优妮丝下棋，就别去打搅他。"劳斯说，"我是想，优妮丝赤裸裸、尖锐精辟的言论可以使我们的谈话更生动一点……有很多人在外面吗？"

"噢，是的，来了好多人。自然有一群学院的女孩子。贝伦妮丝、桃乐丝、斐莉丝和桃拉西雅都在那儿。奥兰莎喜欢这样，她喜欢有一大堆年轻人，充满声音和欢乐。他们当然也喜欢被邀请到'官邸'来玩。"

"唉，年轻人能尽情享乐也不错。"

"连我都觉得年轻了。啊！"伯爵夫人说着，眼睛微微盈着泪光。她并不是哭泣，她只是快乐。"青春、生命、爱、舞蹈、动作！都是自发的。我喜欢看他们。"

"跳舞对他们有益处，"劳斯说，"我认为我们可以为艾音尼基的少女感到骄傲，舞蹈是动作和谐优雅的唯一自然的表现，本来就应该是这样的。她们有好多内蕴可以表达，有好多丰富的天生韵律感，不是心灵放荡不羁的激动。孔老夫子说得真对，由一国之舞蹈，你就可以判断民族性，他本身也是音乐的学生哩。"

"我以为他只是个满口箴言的道德哲学家，"尤瑞黛说，"我有个印象，他是个相当枯燥、傲慢的教师。"

"才不是呢！他最重要的一部作品是本诗歌集，全配了乐，由他亲自编纂校订。礼和乐，礼乐是政治的根本，始终都是。事实上，他对法律和正义的施行没有什么信心，他寻求人类性格中微妙的影响。礼仪和音乐，童年习惯和家庭的影响，社会习俗和荣誉感，等等。他著名的孝道只是说，好习惯是童年时在家里形成的。如果一个小孩子在家对父母的态度不正确，他日后永远也不会有正直的性格。他会责怪每个人：社会、邻居、他的老板——却不反省自己。
孔夫子真是个心理学家。道德的公正起源于家庭。当然啦，他对道
德和艺术的强调，未免趋于极端。但是他是哲学的一型。在政府中
永远保不住职位——老是进进出出的——但大多数时间在野——到
处旅游——遇到歹徒和叛徒——被屈辱、被拘禁——但是他从来不
离开琵琶之类的乐器。在雨中歌唱，把自己比成丧家之犬，自嘲一
番！真正的哲学家就是那个样子。和柏拉图一样，在晚年放弃了实
现理想的念头，回去教书。一个伟大的人，只有伟人才说得出简单
的道理。问他对和平社会的梦想，他说他的梦想是年轻人都能尽情
欢乐，老年人能活在温情和敬重里，这就是我所说的单纯。但是详
加思索，再读遍所有社会哲学以后，你找不到更好的梦想了。相较
之下，所谓多数人的最大利益反而显得冷冰冰了。"

"你爱单纯。"尤瑞黛说。

"是的。"

"那是天赋，不容易呢，对不对？"

"对，不容易。但是我对自己说，如果一个人思想不清晰，他怎
么能对别人表达得清楚呢？思想经过消化才能变为清晰，没经过消
化的就含混不清，充满了一大堆浮夸的字眼。连自己都迷糊了，像
走在云里雾里，只依稀看到朦胧的形象。这是人类的一大危险，因
为马虎思考的习惯会危害人类。应该有一种法律，规定哲学教授要
对女佣说明他的思想。如果他办不到，就该取消教授的资格和权利，
简单地说，被解除教授席位，他会把幽暗不明的表象传授给青年。
我常怀疑，如果剥夺了他的学术术语，他对平常人就没什么好说的
了。外交官可以含糊其词，教授却不行。看看希腊思想的清晰和他
们表达的方式！像爱奥尼亚的阳光。唯有如此，人类精神才能达到

甜美与光明的境界。现代的学术思想、教授所发表的思想，就像挂在厨房的抹布，湿淋淋、软绵绵的，既不整洁也不美观。"

"但是生命并不单纯，现代生活并不简单。"尤瑞黛说，"社会愈变愈复杂，思想也随着越来越复杂，你不觉得吗？"

"当然不单纯。问题是你要什么？生命可以用单纯的眼光来观察，不是吗？如果你在黎明时候面对太阳，笔直地站在地上，头上顶着开阔的蓝天，你的思想也会变得清晰了。只有在大学回廊的阴影里，或在沉思罪孽的教堂凹影下，思想才会变得混沌不清。"

菲利蒙说："尤瑞黛说得有道理。哲学研究人，研究人性。但是人却是高度复杂的动物……"

尤瑞黛插嘴说："我听到你们在餐桌上谈起弗洛伊德，如今人心不是极端复杂吗？"

"当然是啦，哲学就是要简化一切，至少要使一切都很清楚——知道人类生命中最需要什么？紧紧握住不放。你见过渔人拉网，重要的是紧紧拉住主绳，而让纠结的渔网自行料理。只要主绳紧握在手，一切就可各归其位地井然有序了。"

"那些主绳是些什么呢？"

"大家需要的东西各不相同，方式也不一样。但是离不开四样东西：食物、休息、工作和爱，够简单清楚了吧？"

"这就包括一切了吗？"

"应该是。人们就需要这四样东西，它们影响了我们肉体的本质，决定了我们的幸与不幸，就看我们是不是能照自己要的方式去拥有了。我们当然不会逃避食物——那是我们基本的需求。休息包含了房子和居处的舒服，一张床、一个好床垫、一个很好的靠椅、衣服、一间好浴室、肥皂——凡是能增进物质生活舒适的东西，都包括在内。为了享受这一切,人就必须工作。农人种稻谷,工匠做水壶,编织者做篮子,等等——以谋求生计。各种的活动,原因就在这里。在谋生和达到自己所要的舒适之间,牵涉整个复杂的经济、贸易、工业、国际商业等组织——甚至有船运和保险。现在人就这样被陷住、被阻挡住了,他永远超越不过这个范畴,也无法做太多的思考。仅仅谋生的问题就把他压垮、套牢,使他形体憔悴,精神不振,脑子腐化。不错,现代的人是进步的、文明的,享受着两世纪前连国王与王后都享受不到的奢侈和方便。问题是:这些现代化的方便要付出多少代价?谁都可以咬根烟斗,扳开手指头算出自己真正需要的几样东西。不同的人有不同的需要,在我来说,我十分渴望一个好床垫。可是当我有了它,我就可以和每个人平等了,世上最大的富豪也不因为他是富翁就要睡更大的床垫。他的床不会比我的长,最多差了几寸而已。自然使我们平等,生命的短暂使我们平等,年老和死亡使我们平等。死亡是民主的,因为自然就是民主的。一个没有溃疡的胃,也许就是百万富翁所唯一祈求的。自然有补偿作用,人们想象他需要无数的东西。事实却非如此。只因为他没有,他才想要;等他有了,他就不需要了。快乐也会变味走样。因此谈到物质的富裕和快乐,不过只有几样事而已。伊壁鸠鲁把万事简化成一件,就是免于痛苦——其他的一切都很短暂,容易失去。我是禁欲主义者吗?不,我贪恋生活中物质的舒服。我具有桑塔耶那所谓的动物信念。"

菲利蒙说:"我想你的意思是指老式格言所说的,生活中最好的东西往往无须花费代价。"

"老式,不错,却是真的,问题是这些东西在现代生活中不再是不需代价的了。你公寓的窗口若能看见一条小河的风景,一个月大概要多花十块钱；一小片天空，五块钱；半个天空，十块；四分之三的苍穹，大概要二十五块；至于像在屋顶小屋所见的四面围绕的清空——那大概只有百万富翁或差不多是百万富翁的人才能享受得起了。以前在美国有份《先锋论坛报》，他们提出一项'新鲜空气基金'的计划案。实际上就是说，为了要使城市中的小孩能享有新鲜空气，要设一个基金才行。新鲜空气，已不再是分文不需的东西了。"

"你还没说到爱呢，我想爱是要复杂多了。"尤瑞黛说。

"是的。我相信在有关谋生的问题上我扯得太远了。人花太多的时间谋生，忘了面对整个自我。他使他的精神变成了身体的奴隶，就像一句中国谚语说的'心为形役'，他失去了自由。他忘了他爱的是什么，可怜的傻瓜！人是很奇怪的动物，他有心灵也有肉体的需求。我说过，我们必须面对人完整的真相，而他的心灵的部分比肉体部分要复杂得多。人的心灵像是个盒子，里面有许多东西，有时候有些十分奇怪的东西。哲学，或者说对智慧、知识和学习的热爱，只是一朵稀有的花——实际上只有少数人需要。人生被其他种类的爱所支配，这些爱统治了人的生活。结果，除非我们知道这些爱是什么，否则我们连人生的意义也无法开始探讨。"

"我注意到，哲学一词在希腊文里就是'爱智'的意思。这个词是不是毕达哥拉斯创造的？他拒绝别人称他智者，而只是爱智者，他真可爱。由'爱'开头的词真不少。希腊，一定很爱那个字。"

"是的，他们喜欢爱，他们爱一切，他们还'爱马'。"

"爱马？"

"是的，'爱马'就是成为马匹的爱好者；'友爱'就是爱朋友，四海之内皆兄弟的那种爱。在小亚细亚有个'友爱'城，在安提阿克西边。"

"他们真爱这么多东西？"

"不错，那是大希腊精神。你列出某一语言中表达各种爱的字眼，你就可以看到一幅民族心灵的完整图画。希腊语文刚好最富于这一类爱的概念的字眼。有爱聊、爱管闲事、爱暴力、爱吃爱睡、爱财富和黄金、爱感官生活、爱酒和噪声、爱追逐和战争，他们都有特别的字眼。在好的一面，有爱新娘和新郎、爱美、爱智、爱学习、爱玩笑、爱工作、爱艺术、爱七弦琴、爱缪斯等字眼。病理学上，还有一些像爱呻吟、爱哀悼等字眼。荷马甚至还说过爱女人胸部。真不寻常，不是吗？这些都是人生的要素，我们必须尽量好好利用它们。"

"如何好好利用呢？有些爱一定比别的重要。"

"我斟酌过这些爱——这些使男男女女忙碌的欲望。当然了，爱家、爱至亲、爱朋友、爱国家，这些是最强烈、最高贵的人类爱，加以分类也没有用。但是，所有的人类生活似乎都被四种爱所支配——'爱智'和'爱艺术'是两种使人高贵的爱，'爱躯体'和'爱赞美'则属于物质的，容易令人堕落的类型。随着我们对这些爱的表达，对某种爱的重视程度不同，我们社会和精神生活的趋向也就跟着改变了。它们是人类生活和人类社会的动力。"

劳斯继续说："爱智是不断地自由地求知，是最美好、最高贵的爱。其中包括了我们今天所了解的科学在内，勇敢地自由探讨自然和事物的成因。当然你知道，希腊人所了解的哲学和现代所谓哲学的内涵不太相同。希腊人是指对智慧的热爱，对美善生活的探讨。苏格拉底的哲学是伦理，牵涉到生活的行为。如果你告诉现代哲学家伦理就是他们的任务，他们会吓坏了，他们才不愿变成学校保姆呢！也就是说，整整有一百年的时间，哲学和人类生活全然无关。它遭到摧残、阉割，被剥夺了一切道德目标，完全是出世的，像海螺一样把自己蜷曲起来，一步又一步地脱离阳光，直缩到自己的尾部。结果海螺就在自己尾部的壳里思考知识理论、知识的可能性，以及它和现实的关系。我怎么知道呢？那就是贝类哲学的大问题。我怎么能确定知道的一切？怀德海引起了一阵骚动，带来了一阵学术界的喝彩，他思考之后宣布说，知识是现实的功能，不是无关的外来因素。他为一个艰巨的难题提出了清晰的答案！真是个革命性的思想！在学术的园地中热烈地挥动了一阵羽翼，那就是哲学所到达的境界。

"下一个谈到'爱艺'——爱音乐、诗歌、舞蹈、雕刻——这些都是满足人类心灵的东西，正如哲学满足对知识的渴望。因此我们在泰诺斯尽力创造有利的气氛来发展艺术。在艺术的实践中，人类最接近上帝了，因为他是创造者，是事物的制造者。从这方面来说，可不能看轻制作铜壶或藤椅的人啊！也有应用艺术——爱技学——其创造性和纯艺术一样，只要是人类技巧的产物就可以了。民族艺术就是各民族游戏中创意的表现。工业时代的毛病就是，人已经停止制造东西了。他们不做鞋子，每个人都做千万鞋子中的一种零件。他们也不做轮子了，每个人只做千万轮子中的一种零件。就他手中的产品而言，他已不需要运用技巧和才能。他不制造，也不自己设计，设计早安排好了。他转动一下轮子——不，不是轮子，而是轮子的开关。这不但是人类智慧的一大损失，也是人类艺术天才表达必要的丧失；这对他天性中的重要素质，也就是创造部分，是种扭曲和伤害。"

"你夸张了一点，容我这么说。"菲利蒙说，"技巧娴熟的机械师同样为他车床的精良和他工作的精确而自豪。"

"我是夸张了一点。任何人在获致要点的时候，多少总会夸张一点的。把半真理变成全真理，危险就在于此。但是大体而言，我说的基本事实是不容否认的。"

第二十七章

这时候，优妮丝出现在门口，脸上带着快乐的笑容，眼睛比平常亮多了，利斯帕思医生一拐一拐的身影跟在她后面，她一定是赢了棋了。

"你们显然聊得蛮起劲。"她若无其事地说。

"谁赢？"伯爵夫人问。

"她赢。"医生说。

"脑袋呀！朋友，全靠脑袋。"她嘎声说道。

"女人脑袋好，简直是亵渎神明。"医生又用《圣经》的语调说，"呸！脑袋！她每走一步，我都封住了她。我们对坐着，对坐着。她不知道我想什么，我也不知道她想什么。她攻不下我，我攻不下她，我们就这样僵坐下去。然后我对她说，女士。她说，是吗？我以为该你呢。她吃掉我一个棋子，我吃掉她的武士。后来她一句话也不说，像美国佬一样，从后面攻进了我的本营……是的，女人脑袋好真是亵渎神明。明天等我治好伯爵夫人的头痛，我们再下一盘——

同意吗？"

"你怎么知道我会头痛？"伯爵夫人抗议说。

"你会，而且我有办法治好。"

年轻的里格忍不住笑出声来。

"对了，医生，你讲话怎么活像一个清教神父？"

"清教神父？我不认识他们。我说最好的英语——《圣经》的英语。伯爵夫人不是这样说吗？她是我的老师，我很高兴。韵律真美、真文雅。上帝呀，我真喜欢。"

"我没有一句反对的话可说，完全同意。"年轻的里格说，"说下去呀，我也喜欢。"他瞥瞥尤瑞黛，尤瑞黛似乎近于歇斯底里了。优妮丝默默站在那儿，在黑暗中发呆。

"我的上帝，我真喜欢。英文真是伟大的语言。"医生又说，他的热心还表现不出来，"我忍不住要说这种语言。只有詹姆斯国王，我满脑子都是詹姆斯国王（主持《圣经》英译的国王）。我们一起度过不少快乐的时光，伯爵夫人和我，共读《申命记》不是吗？"

"真的！"尤瑞黛说。

"我还有什么事可做？"卡士提利欧尼伯爵夫人说，"那是好读物。尤瑞黛，既然你和我们在一起，为什么不开始学希腊文呢？阿席白地一定很愿意教你，我相信。"

里格转向尤瑞黛："要不要？我会觉得很荣幸。"

"我愿意。"美国小姐说，"我觉得应该由艾音尼基族祷文学起。'哦，朋友……'"

"听你这样说，我真高兴。"劳斯笑着说，"你念得再好不过了。'哦，朋友……'你念得非常正确。你真喜欢我们吧？我希望。"

"非常喜欢，我若要在这儿关上一辈子，还是好好开始吧！一定很有用。"

劳斯观察着一切，知道尤瑞黛已自在多了，自然多了。两手托腮，失魂落魄的眼光，紧张沉默的态度，都已经烟消云散。

"你的新鞋好了吗？"他问。

"一两天就好了，我想。"她觉得很好玩，劳斯竟然还记得她的鞋子。想起在劳斯家的那段插曲，他们为鞋子问题孩子气地争了半天，当时她好认真，真有趣。

"我成为你的救护和力量，为时不远矣。"利斯帕思医生神秘地说。

里格投来失望的一瞥。

"他的意思一定是说，他可以替你服务。"他低声对尤瑞黛说。

他什么意思？尤瑞黛想。这个医生好像巴不得大家头痛，或生病什么的。

但是医生还在发表高见："身为英文的学习者，我认为英文很滑稽，你们有一个片语，儿童心理学家——心理学家却不是儿童；你们有病房——房间却没有生病。我查过一些医学名词。一个农夫——并不是大夫。一个助产婆也许不是女人，可能我就是。"

"你不是指助产士吧？"里格说。

"是，是呀。产婆，当然，我，一个大男人，是你的产婆，尤瑞黛。哈！哈！"

尤瑞黛总算听明白了。她不觉得有趣，只觉得有点窘。他在暗示什么？

尤瑞黛有点不高兴："在美国，女孩子不结婚是不可以生小孩的。"

"我们这边可以。"医生答道，"在美国，你们不说出来罢了。不同的是，你们把孩子送入孤儿院，我们让母亲养他们。"

伯爵夫人大笑，阿席白地·里格咬咬下唇。他真妙，态度真文雅哪！

"天啊，你真有趣，利斯帕思。"他们只说。

优妮丝觉得医生太过分了，不知道他下一句要说什么，也许会冒犯小姐的感情。她机智地说："你们刚刚在讨论什么？"

"劳斯正在谈四种'爱'，你们正好进来。"菲利蒙说。

"哦，抱歉。"优妮丝坐在里格让出来的位子上说。谁也不知道他哪里学来的骑士风度，这么有礼，不过他当然看过司各特、萨克雷和其他作家的小说。也许他是出自本能，他比英国人更有英国味道。

菲利蒙正在说明劳斯刚才的话，奥兰莎进来了。

"哦，大家都在！我正在找伯爵夫人呢。"

"你不坐？"里格说。

"不，谢谢。我宁可站着听你们谈，我必须照料外面的人。我们的女孩就要成为完美的音乐家了，每个人都带了个男朋友来，大家轮流演奏和跳舞。请说下去吧。"

劳斯说："我正谈到'爱艺'，是不是？至于支配人生的其他动机、金钱和权势，我们也不能一笑置之，它们比求智、求需的欲望更有力。刚刚我谈起人类物质的需要、身体舒适的需求，来自人类肉体方面的遗传。'爱身'一词足以包括了这一切。人有肉体，也有灵魂。坦白说，我希望人好好照顾身体；美好的灵魂来自健康的身体。认识身体，认识我们肉体的遗传，是智慧的起步。为什么哲学家都爱唱高调，仿佛我们只有灵魂、心智、精神存在，需要照顾呢？这种观念显然缺乏常识。我们必须吃得好，睡得好，才能思想，才能感受目标的力量，同胞爱和精神美。"

"你说得对，"利斯帕思医生插嘴说，"身体是上帝的房舍，必须干净……"

"拜托！"优妮丝说。

劳斯说下去："如果我们更注重物质上的舒服，基础应该更巩固。（尤瑞黛感到很诧异，劳斯竟然会说这种话。）物质舒服，灵魂才可以脱离肉体的枷锁，专心注意本身的功能，运用它的力量，在某一方面，二十世纪的人做对了——所有省力的机械都不错；男人女人都不必再做苦工。到了一九七〇年，美国妇女根本就不知道洗衣服是怎么回事。一切由洗衣机代劳，从洗衣、脱水到晒干，根本不用人力。如果哲学跟得上进步，能解决世界和平的问题，'千年至福'早就来临了。男女有悠闲的时间，才能思考和感受——没有工作压力。当然在那种情况下，他们办不到，经济压力比以前还要大。按钮文明发展得太过分了些，压一下开关就万事解决。远在一九五三年就有无线电钟，开收音机连按钮都不必压，时钟会在固定时刻替你开，替你关，电炉自动烤鸡，烤到棕黄就切断电源。"

"我可不可以插嘴？"优妮丝说。

"请吧，你的话总叫人耳目一新。"

优妮丝并不丑，只是唇上稍有髭须，很瘦，但并不丑。你一听到她的话，就忘记她低沉的男音了。"我觉得，懒惰才是发明之母，而不是需要。为什么电灯取代了煤油灯？当然是因为干净，不必辛辛苦苦把它擦亮。但基本上是因为懒惰，扭开关比划火柴点油灯要舒服多了，躲在沙发上开收音机也比淋雨上歌剧院舒服，懒惰是工业进步的主要动力。也许好，也许不好。伯里克利时代，希腊天才怎么能够开出这样灿烂的花朵？当时公民有两万人，外国人有一万，奴隶却有四万个，几乎每个人拥有两个奴隶。这表示生活舒服、自在、奢侈，才开出智慧、艺术天才的奇葩。但是舒适和奢侈也造成了他们的毁灭——就像在罗马一样，削弱了他们的道德质素。希腊天才的奇葩只是昙花一现，柏拉图和亚里士多德曾眼见它的沦落。今天我们有机器代替奴隶，即使是这样……"

"你恐怕扯远了些。"劳斯说，"我希望现代人能一心享受安适和舒服，能跟得上生活水准提高的福音，结果全不是那回事。他发明省力的机器后，反而比以前更辛苦了。进步的步伐太快，他陷入迷宫里，找不到出路。奇怪的是，大家仍然对懒惰皱眉头，享受悠闲是丢脸事，什么也不做是一种罪孽。你对撒克逊民族的良心、北欧奋斗人生的教条又有什么办法呢？我觉得，让他们的道德细胞落入奢侈的怀抱而松懈也没有什么危险。人对自己太残酷了。他不再驱赶驴子和马匹，却开始驱赶自己。我听人说，美国办公室和商行都不停下来吃午餐，只花半小时坐在汽水自动贩卖机前的高凳上，匆匆啃完三明治，又回去工作了。工作！工作神圣！我在纽约的时候，对午餐台的高凳子大惑不解。一只狗抢到一块肉，还会叼到角落里，舒舒服服吃一顿。你总不能说，那些危险的高凳是为柜台侍者的方便而发明的。为什么不求顾客的方便？为什么呢？侍者的方便要先于顾客的方便是谁的主意？我想来想去找不到满意的答案，除非一般美国人都看不起坐椅子午餐的享受。一顿快餐。啊，这就对了。一顿慢慢吃的午餐，就可能表示你被解雇了，或在办公室不受重视，或不被需要，你的时间算不了什么。原来如此。不，休息和安歇在美国'爱身'中毫无分量。"

"想想看，"劳斯又说，"你会发现这一切发明完全属于方便的范畴内，没有一件是必需品，因此只接触到生活的边缘。人不属于游荡，不做事，快乐地闲着。魔鬼的步调驱使他们前进，前进，基督徒的战士，往前冲往战场，——去发明省时的机器，好省下时间比以前更辛苦地工作！杂志的主编大发宏论以提高士气。成功，希望，成功！向前进！教会的人也参加了。对自己要更有信心。克服恐惧，停止忧虑，有信念。撒旦就是犹疑不决，缺乏自信。向前进呀！上帝支持你。基督教有了很大的收获。大家需要成功的宗教，教士们也很清楚。它是愉快、激励人对抗魔鬼——失败——的宗教。咦，宗教是一种精神力量，可怕的力量，使你接触到神圣，给你无限精力，帮助你成功！就像收音机，对了，像收音机的天线，从上面接收隐形的力量，收听天上的信息。换句话说，宗教会帮你走向成功，提高你在朋友和同事眼中的地位，增加你对公司的价值和你支票的价值。如果一种宗教不以信仰和自信帮助人奋斗，成为副总裁，它就根本不算宗教了。"

长篇大论之后，劳斯停下来。

外面有笑声传来，非常愉快的声音。

尤瑞黛问道："喜欢好生活，喜欢改进物质状况，不是非常自然吗？"

"当然，当然舒适和安逸是生命中高贵的目标，抓住目标吧！舒舒服服的。在这一切发明中，人生表象已触到了，人类的中心还是老样子。人体非常容易改变，大家可能太强调了机械的发明，很容易忘记约翰·施特劳斯写圆舞曲的时候，莎士比亚写悲剧的时候，维也纳和艾芬河上的斯特拉福镇生活并不坏，一点也不坏。莎士比亚用过的床和课椅不像现代这么舒服，所以我们都幻想自己进步了。"

奥兰莎一直站着听，一只白皙的手臂优雅地搭在臀部。

"你说完啦？"

"怎么？"

"如果你说完，我就失望了。"

"我说了什么你不同意的话了？"

"哦不，我简直迷住了。你谈到'爱身'，却忘记身体最重要的快乐。"

"你指什么呢？"

"你刚刚提到莎士比亚的床，还有他的课椅，床上的快乐比椅子上的快乐更重要吧——不对？"

一阵咯咯的笑声响起，传遍全室。尤瑞黛愣了半晌，阿席白地·里格却满面透红到几乎发紫。

"你真恐怖，亲爱的奥兰莎。"伯爵夫人斥责道。

"我是尽量采取哲学的观点，我们正在讨论肉体和心灵的快乐，我们不应该忘记赞美爱神丘比特和爱神维纳斯吧。"

利斯帕思医生听懂了，说出一句"神圣爱情……"

"你这个措辞用得不错。"奥兰莎说，"是的，神圣爱情，超越所有爱情之上的爱情。如果男女对爱情有更清晰的看法，不以爱情为耻，肯多祈求爱神，给予她应有的尊崇和感激，世界就会更幸福。是她把美带给了世界，也带来鸟的歌唱、花的芬芳、春天的荣耀、女人对男人的魅力。男人若全是太监，我们女人怎么办呢？我们对他们就没有魅力了，我们的美丽神奇均派不上用场。维纳斯的恩典确实是神奇的，基督教当然是爱的宗教，但是他们把新娘新郎的爱束之高阁。基督徒什么时候才长得大呢？"

"对，对，"劳斯说，"你的提醒很有用，我就知道你会说出我要说的话。不过你是女人，由你说更好。但是，我们得继续说下去。"

"爱褒，"尤瑞黛说，"喜欢人夸奖，我猜？赞美诗那类。"

"哦，是的。就是想表现出色，在人群中得意的欲望。一种虚荣，起于自我崇拜，我们都有那种心理，只有最丑、最畸形、最笨的人例外。但是爱受夸奖，喜欢人拍马屁的领袖，到处都找得到，这种自信和对支配别人的权势的爱好，也可能变成一种病态。俾斯麦绝对信任俾斯麦，希特勒景仰阿道夫，而罗斯福简直就被富兰克林·德拉诺所迷。当一个人开始相信自己是半人半神的时候，他对全人类都具有危险性。我们的安德列耶夫·索马瓦未屈王子显露出一种对伟大庄严的幻想的模糊朕兆，我曾尽可能地羞辱他，对他散布健康性的自我怀疑。我们大家帮助他朝这个方向努力，对他将是件好事，让我们帮他保持清醒吧！由于爱褒奖，对赞美、谄媚、阶级和荣耀的喜好可能变成一种病症，然后就会变成一股可怕的力量。爱好金钱往往使人变成懦夫，但是对权力的爱好却往往使人变得残暴，这是一种最为堕落的爱。对物质幸福的喜爱很少伤害到别人，但是对权势和荣耀的欲望，却往往会伤人。前者奴役平民，后者奴役伟人。拿破仑、希特勒喜欢别人说好话，对自己工作成果的骄傲，无伤大雅的虚荣等，我们大家全都沾上一点。但是若变成一种病症，那就非害死千万人而后已了。稍微温和一点的形态，倒不是你所想的那么少见。我们安德列耶夫·索马瓦未屈王子就是个好例子。他对几个勋章绶带十分满足……阿道夫·希特勒的例子就很糟了。希特勒说：'希特勒万岁！'如果我公然地对自己说：'早安，劳德马思！'你就会把我送到精神病院了，对不对？历史上，把这类赞美事业推广得最远的要算斯大林同志。他生日那天，几万封几乎一模一样的电报涌向他。'呵！你闪耀的太阳，人类的救星，我们在莫斯科的父……'这种语调他听来就像音乐一样。我不知道他是否相信自己……我真怀疑……"

第二十八章

　　泰诺斯共和国总统正在打鼾。那一点都没关系，每个人在他自己的卧房里都打鼾。他的房间挂满了落地的长镜子，还有他母亲，伊莱娜公主；他的叔公，卡可夫斯基·亚历山大诺菲基的画像；还有许多其他有价值的历史遗物。一柄伊莱娜公主连其他行李一并偷运出苏联的皇家剑鞘斜挂在墙上，镀金的把手已随年代而磨坏发黑——是沙皇的传家之宝。他母亲仁慈而端庄的眼神，从褪色的旧照片上俯视他，那是在士麦那拍的。当他注视那张照片时，他总是热泪盈眶。一个甜美、圣洁的灵魂，他多敬爱他的母亲呀，他对正统教会强烈忠心的一部分是为了他的母亲，一部分是他信仰上帝在宇宙中的安排。他是个诚实善良的人，当他担任总统时，他含着眼泪，毫不羞惭地对国会会员说："我那圣洁的母亲在这一刻不知道有多高兴！"国会会员非常感动。他们为他对母亲的挚爱而爱戴他。

　　他的就职演讲非常成功，只凭他王者的声音就够了——只有几个小毛病。讲稿是劳斯帮他写的。但是他感动得昏了头，他把心底的话都说出来了。在戏剧性的一刻，他摊开双臂，拥抱想象中的共和国人民："我的子民，这个快乐帝国的子民啊！"这时候竟有人拉你的长袍是最讨厌不过的了。他咳嗽了一下继续说，"这个小岛共和国的人民啊。我们很荣幸——"又有人讨厌地、烦人地拉了一把，"我很荣幸——我很荣幸——在这一刻立誓贡献我这全部的忠诚，祈求共和国的福祉。"

在这时候他真想杀掉劳斯，不过他生性和平，这念头并没留多久。劳斯把他当小孩子。王子曾抗议原来的措辞："把我的服务奉献给人民的福利，等等。"他对这一点很肯定，可是为什么要那么假惺惺地说什么"公仆"呢？他宁可放弃总统职位，也不要说他要为人民"服务"。劳斯不得不改变了内容，而把"服务"改成"献身"。

不过，有个习惯还是改不了。他把艾音尼基族称为"我的子民"。他就是非这样不可，大家也就随他去了。

现在，他睡在他红色丝绒椅上，正对着一面镜子。他微微睁开眼皮，看自己闭着眼睡觉是什么样子。他的手指摸向胡子，他轻轻搓一两下，又打起鼾来了。他有在睡前先打鼾的特别本领，他得到一个结论，说是规则的鼾声可以带来愉快的睡眠。由于夜里散步的习惯，他晚饭后常常小睡一会儿。小岛在星光下不但看来更美，而且也更大，更庄严，更孕育着黑暗的力量。这时候小岛是个帝国，他亲爱的臣民都在安详的熟睡中，对他忠心又挚爱。这就是他喜欢夜游的原因。可是，当清晨回家，为什么他又时常如此悲哀、懊悔、谦卑，充满宗教感呢？

他就这样睡了大约半小时，当时客人正在楼下讨论哲学问题。小提琴的声音停了，换成了手风琴和响板。他站起来，迅速地瞥一眼镜中的自己——人对自己的轮廓，永远、永远也得不到满意的映象——微抬着下巴走向窗口。月亮升得正高，海上金光潋滟，左边山脊上的丛林笼罩在一层闪亮的银光下，下面的凉台，年轻人正在上面跳着舞，也有些人坐在旁边的椅子上。特拉西马丘斯的女儿艾瑞屈亚身材高挑，并不难看，现在正坐在他的外孙史蒂芬身边。这个想高攀的暴发户，幻想一个罗曼诺夫家族的人娶一个造酒商的女儿，而且是这么样一个鄙俗的造酒商！唉，这就是人生。除了伯爵夫人以外，眼前没有高贵的人，偏偏她又没有子嗣。史蒂芬还可以，虽然外表稍嫌瘦长了点，他长得太快了；无疑的，二十岁以后会长胖的。那个年轻人散发出无聊和空虚的气息，那种虚伪的冷漠和沉静以及那种无话可说却看似深刻的特质——简直每一寸都是罗曼诺夫的血统。在劳斯和优妮丝面前，王子也没什么话好说。啊，卡士提利欧尼伯爵夫人在那儿，随别人一块儿走出来。她是与众不同的，温暖，容易了解。不凡的柯蒂莉亚！有这么宽大丰盈的胸怀，总是这么友善。她是个女人，一个真正的女人，完全的女人。优妮丝瘦骨嶙峋得正像头驴子——所以她才这么有才学。为什么伯爵夫人要拒绝他的求婚呢？她给他友谊和一切，可是她说最好让他们保持这个样子。神圣的柯蒂莉亚！如果他和她在一起的话，将使共和国多么生色啊！西奥尼斯家族和罗曼诺夫家族结合起来为国家服务。他突然嗤鼻而言："服务！呸！服务！"

他手插在口袋里，他的手指头在里面摸索着，碰到了一张纸片。那是玛格莉塔给他的便条，他立刻感觉到一股温暖和温柔。他多希望玛格莉塔就在这儿啊，在彩色的灯笼下快乐又欢欣！奥兰莎主张不要邀请修道院的修女来跳舞，当然，院长姆姆对此也很严格。

凉台下，跳舞还在进行着，舞池中只有几对而已。音乐有点散漫无章、随随便便的。弹风琴的女孩反过来配合着舞步，每当有一对站起来跳舞时，她就演奏得兴致勃勃，舞池里没人的时候，音乐就慢慢停下来。桃乐丝和其他学院中的少女坐在一块儿，想回家。

贝伦妮丝走向克洛伊："一切都好吗，克洛伊？"

"好！"克洛伊低哼着。她是这么快乐。

"你明天一定要来哟！我们真的是越来越忙了，你昨天和今天怎么不来呢？"

"我太忙了，在家帮忙准备工作，还替菲利蒙跑了几趟，他需要我帮助。"

菲利蒙听见了，他微笑说："克洛伊的确是个好帮手。"

"我要他不受打扰地全心工作，尤瑞黛告诉我一些旧世界里的精彩事情，他们在地下建三十层的大楼，全部电气化照明，完全通风。"

"地下三十层。"

"是的。好逃避原子弹啊！那是个完全的地下城，有电梯、街道和一切。他们还发现气温更稳定，冬暖夏凉，又可以躲避暴风雨。真像梦境一般！没有人再建摩天大楼了。当然有太阳灯供应所需要的日光浴……噢，我一定要把尤瑞黛介绍给你。"

介绍之后，贝伦妮丝说："克洛伊正在谈你们的地下建筑，一定棒极了，你们也有地下花园吗？"

"我们试过，用人造阳光和化学肥料液。可是并不很成功，不过情形总不太一样。我们有电风扇模仿微风，有穿洞的天花板来造雨，不过不知道怎么搞的，花儿就是不喜欢这些。然后我们就把灯亮个十二小时，关十二个小时，花儿也要睡觉哩。它们喜欢日出日落，白天黑夜的循环。有几种热带植物活下来了，其他的大部分都死掉了。我们试过一切方法。我们以为我们把蜜蜂忘了；也许花朵喜欢被蜜蜂吸吮，虽然它们不必靠蜜蜂传播花粉。花儿爱被吸吮，这是它们的天性。我们固定在上午九点到十二点之间和下午三点到五点之间把蜜蜂放出来。但还是没什么用，花儿还是死了。"

"母牛情形如何呢？"

"哦，我们把它们留在地面上。自从建筑物改在地下以后，放牧的地方就多得多了。有些固执的人拒绝搬到地下去，可是里面有各种现代的发明和设备，一切都那么方便。某些好处是不容否认的。你知道，地下比摩天楼更容易输送大量的牛奶。大体上用水所需的压力也比较小。"

"你们根本不到地面上去吗？"

"去呀，去走一走，或吸一口新鲜空气。地面上的一切看来有点荒凉，一大片乡村，看不见一栋房子；只有从地底下伸出来的通风管冒烟。十几个管子排成一排，地面上一片蓝色的蒸雾，你就知道底下可能有一条街，就像侦察沙地上的螃蟹的方法一样。我们不把这些管子叫成烟囱，叫通风口；通常高出地面两三英尺，避免冰雪渗进去。生意还是照样忙碌，大家买东西，卖东西，虽然我们大体上已成为比较安静的民族。我们培养出地底的人生观，土拨鼠的观点。有些人显示出冬眠的趋向，变得更安静、更有哲学味道。可是大家还是照样工作，照样快乐。你没到过那儿，想象不出那种情形。科学万能，光线完美，通风完美，你根本就忘了自己身在地下。我们管这些建筑物叫不沉的摩天大楼，纽约和芝加哥以前那种摩天楼已是过去的陈迹了。我们对二十世纪没有多大敬意，太过时了。又有历经四次世界大战的痕迹，从一九一四年到一九九八年。我们希望二十一世纪会好一些。"

"来吧，我们得走啦！"贝伦妮丝的一个朋友说。

　　女孩们走了以后，其他的人仍留在那儿闲聊了一会儿。尤金妮——劳斯的法国厨娘过来帮忙做菜的，现在也出现了。她跟老哲学家说："走吧，不早了，你得回家啦。"

　　劳斯服从地站起来。从她尖锐的嗓音听来，如果他不走，她就要拖着他的膀子走哩！

　　"如果她说我该走，我只好走。"他温和愉快地说。

　　尤金妮穿着一身黑，摇摇摆摆地和劳斯走了，她的吨位使她的肩膀一晃一晃的。"她是个农家出身的妇女，从波洛尼来的——你懂我的意思。从来不生病的。"伯爵夫人对尤瑞黛说。劳斯高大挺直的身子不需要人扶持，可是这位法国老厨娘相信他要人扶一把，劳斯就让她牵着走。不错，她的步履相当稳定，而且她还矮一点。问题是，他们两人若同时在黑暗中跌倒的话，到底谁该扶谁呢？反正老哲学家就像个小学童似的，乖乖回家了。

　　连哲学家也碰到了棋逢敌手的女人。

　　安德列耶夫王子已经出去夜游了。

第二十九章

　　尤瑞黛躺在床上，一早就被四处的鸟啼声叫醒了，虽然她很晚才睡。客人都走了以后，奥兰莎来到她的房里，和她谈了一会儿。她住的是阿山诺波利斯的房间，在东南角上，拥有高山和大海的胜景，非常舒服愉快。鸟叫声从山脊上的树林中传来，有条林荫小道从山脊直接通向白色的修道院。

　　她隐隐约约地有种快乐的感觉，不是因为劳斯说的话，那些话模模糊糊，她一个字也记不得。她只记得奥兰莎的一句话："什么时候基督教才会长大呢？"那真是很好玩的说法。她对基督教有过这种低调的看法吗？噢，是了，她是雅典的儿女。她认为两者永远合不来。奥兰莎是彻头彻尾的异教徒。她实际相信雅典娜、黛安娜、阿波罗和其他所有天帝宙斯的子女，嫡传的和私生的。雅典娜是从宙斯的脑袋里蹦出来的！（尤瑞黛仍把宙斯想成朱庇特——这是她在大学里养成的习惯。）所以雅典娜还有个名字叫柯莉斐珍丝——脑袋里生出来的意思。奥兰莎和她自己之间有一条很大的鸿沟。奥兰莎说，那有什么关系？她就说不出来那句话，事情非真即假。她羡慕奥兰莎说得出，而她自己的科学训练也许是一种障碍吧。

她为什么快乐？当然是为了年轻的里格。那位年轻的英国青年引起了她的好奇。（虽然阿席白地二十四岁了，一点无伤大雅的小小玩笑，还会使他像小男孩似的脸红。）他看来像个很容易陷入烦恼的年轻人。他又从哪儿学来的礼貌呢？这么斯文，对女性的态度带着如许的诗意。相反的，格鲁丘就比较容易了解。动人，坦率，容易交谈。格鲁丘会照顾自己的事实使她缺少兴趣，对她而言他缺乏新奇感。一个年轻人梦想自己有座加油站——她认识太多了。但是里格显然是个满脑子思想的青年，没有经验，容易受到伤害，是一种需要特别照顾的稀有品种，她必须照顾他！他的母亲怎么能了解他呢？阿席白地整晚都陪着她，没有一句话或一个动作表示他把她当女人。但是奇怪的是，他却使她自觉是一个女人，一个完完全全的女人。

除了鸟啼声和远处的海涛声，屋子里静悄悄的。奥兰莎自然睡到很晚。安德列耶夫王子呢，他的房间在屋子的那一头，不到十二点看不到他的人影，虽然今天早晨他眼睛睁得大大的，比平常烦恼的样子，只是尤瑞黛不知道罢了。她从床上坐起来，斜倚在枕头上，凝视着房间一角奥兰莎的一座白色大理石裸体雕像，雕像本人曾不经意地问她是否喜欢。当然雕像外形相当不凡，她三十岁的时候雕的，奥兰莎竟能把她的容貌保养得这么好，真令人吃惊。在柔和的灯光下，大理石仿佛有了生命，整个线条如此神奇、微妙。微曲的手臂隐入长长的头发里，光线掠过，闪着涟漪般的光泽，光滑、斜倾的身躯从腰部以上向后微倾，头部斜斜偏向一边，脸上挂着神秘诱人的微笑。这真是雕刻艺术的一大胜利，借由物质的媒介，不只表现出了一种精神，还表现出了无言的思想，一种感觉，捕捉住了刹那间的永恒。它好像在向她诉说着什么，传达着一种讯息。仿佛雕刻家正在说："这是人类精神、形体完美的幻想。"奥兰莎虽然大胆，也没把自己裸体的塑像放在大厅上。也许这是阿山诺波利斯的愿望，这幅景象应该避开一般人的眼光，而只给好友欣赏。

尤瑞黛很喜欢这种安定下来的感觉——这是她在"官邸"的第四或第五天，她经历了一种特有的精力充沛。她觉得健康、年轻，完全自最近的悲剧中恢复过来了。血液奔流过她的血管，她由某些迹象确知自己想抓住一些什么，准备迎接一切。即使只是一顿早餐也好。她的测量旅行，她的地形学仪器，她的文件、报告、人口数字却永远成为过去了。她必须重新建立有规律的生活习惯。我还能向上帝奢求什么呢？这栋美丽的房子，有着金色天花板的阿山诺波利斯的房间，海洋的美景，还有围绕着我的温情。从现在起，她要按时每天早上八点起床，做点事情。不再喝五六杯智利黑咖啡，陪着保罗在夜间赶文件了。她一定要早起，养成有规律的习惯，有点作为。准备随时行动，她就是如此。有那么多事情要做，那么多地方好去，那么多人要见。也许照里格的建议，随渔人出海，或者在礁湖沙洲附近捞蛤蜊。还有艾玛－艾玛和波文娜，亲爱的波文娜，欧克瑟斯怎么样了？还有裘安娜，还有喷泉那一边的西儿多塔和她的丈夫琪隆。她和西儿多塔没说过多少话，当她学好了希腊文，不需要借助太多手势的时候，她愿意更进一步地了解那位沉静的希腊母亲。当然也该看看格鲁丘和他的日光马达，还有泰瑞莎修女。她答应过泰瑞莎她将到修道院拜访，她也必须回拜伯爵夫人。

可是，她得先去拿那双新鞋，应该做好了。今天先去办这件事，在未来飘浮不定的计划中，这件事最急迫、最确定。她要让劳斯看看，她的足趾没有变形，她穿凉鞋可以和艾音尼基的少女一样健步如飞。也许再过三个月就可以打赤脚了，她要让劳斯看看，对足趾的教育——老哲学家提到这一点简直是侮辱她嘛。

她听克洛伊告诉厨子，她要去学院，一直要到晚上才回来。

解决了早餐以后，她还要处理一些其他的事情。她看了看墙上的老钟，八点过五分，她很快乐。但是她能去哪儿呢？去文协馆借几本书，也许。但是不该在这个时候去，每个人都还在房里睡觉呢，她想到去树林散步。

她穿上"包裤"，每个人都说她穿包裤很迷人。

树林沿山脊伸展，俯视下面的海洋。小路为纪念岛上第一任总统，被命名为阿山诺波利斯小径。几棵棕榈像长颈鹿一般，在杉木和大榕树底下伸出长长的脖子。早晨凉爽宜人。独自漫步，她可以思索，孤独对灵魂是有益的。她想到奥兰莎聪明地故意把阿席白地排在她身边，还有卡士提利欧尼伯爵夫人学习希腊文的建议，至少明显地表示了一点：这两位老大姐对那位年轻人的印象很不错。这很明显，不用说她也知道，为什么想着阿席白地呢？因为他说他写小说的尝试失败。如果他吹牛是个小说家，她就无法忍受他了。

看到了白色的修道院，她转身回去，对这次散步非常满意。

罗桑娜出来告诉她，女主人已听到她的脚步声，很想见到她。她进去，看见奥兰莎坐在床上吃早点。尤瑞黛不知道自己是否该试试这种大陆式早餐，可是她不认为她会喜欢。她喜欢吃早饭的时候穿戴整齐。女主人愉快的问题：昨晚睡得可好？是不是有些什么事想做？她还赞美她今天早上好年轻、好清新。这才对，她说，尤瑞黛应该用点心思当个女人。她听说尤瑞黛曾奔走于巴西、秘鲁和智利之间，为人类服务。

"别当傻瓜，"奥兰莎说，"做个女人吧，找个好青年嫁给他。"

尤瑞黛很羡慕她这种单刀直入的说法，眼中是一片善解人意的笑意。"你有很好的条件，美丽的头发，明亮的眼睛，小小的嘴巴和一副好身材。你不介意我以老大姐的身份说这些吧……"

"才不会呢。"

"我猜你在大学里是属于用功的一型，你现在应该已经脱离那个阶段了，有许多的事比书本还重要。我从你站着的姿势就可以看出来，你是用功的一型没错。为什么一个像你一样的年轻女孩走路或站着的时候老低着头呢？培养优美的气质，优雅和神秘。一个女人一定要保持一点神秘，不管是什么。只要男人不了解就行了，男人仰慕这种味道。比如说，别跟他们太讲理，也不要争辩。坦白地说，我并不知道雅典娜是不是从宙斯的脑袋里蹦出来的，但你尽管说你相信好了。他们会觉得困惑，但他们喜欢这样。也许那样对他们是一种恭维，令他们觉得智慧上高你一等。不要用他们的论点来面对他们，要用你自己的。想和他们竞争是件危险的事，也是件愚蠢的事。因为拥有宽肩的女人比起有着肥臀的男人更不好看。自然造成的差异，别反抗自然。要显得不可捉摸，要有些现成的迷信和特别的恐惧，尤其重要的，要神秘些，无助些。你懂我的意思吗？"

"我懂。譬如说你不相信女人的裸体。"

"当然不。裸露会摧毁所有的神秘感，半裸比全裸好，要保留一点隐秘，好商人会把最好的货色藏起来。尤其不要相信两性平等那一套鬼话，男女之间比起男人与男人之间，或女人与女人之间，没有更多的平等。平等不是恰当的名词，为什么硬要拿香蕉跟橘子比呢？每一种东西都有它个别的风味。男人有我们所没有的特质，我们有男人所没有的特质，终结的道理就在这里，我想性别不须用别的字眼来说明。"

"你的意思是说两性间的吸引力，来自两性间的差异，而不是两性间的共同点。"

"对了。大学教育害了你。你可以生动一点地说，男人的吸引力来自阳刚之气，女人的迷人处在于她阴柔的女人味。这个道理适用于任何地方，从脚指甲到大脑的功能，莫不如此。"

这只是老大姐和年轻女孩间随便闲聊的几句话，由奥兰莎口中说出来，比其他女人更使尤瑞黛印象深刻。奥兰莎的确了解女人的魅力。

尤瑞黛告诉她，她要下山去拿鞋子，到城里去看看。

"官邸"和文协馆差不多位于同样的高度，两者相距约两百码，有一乡村小道相通。她可以经由另一条路到城里去的，比较平稳好走。可是，她也搞不清什么缘故，她发觉自己走在直接通往文协馆的路上。当然，她想起来她要借几本书回去。

广场在清澄的阳光中伸展着，中间立着阿山诺波利斯的铜像和他的山羊。

她穿过宽广的大门，走进幽暗的内部，看见成排隐隐约约的书架，等她的眼睛完全适应室内光线以后，她看见阿席白地在那儿，低头埋首书中，他并没有看见她进来。她轻悄悄地走近他，脚步缓慢而悠哉。他抬起头来。

"哇，这真是个意外的惊喜！"他满脸愉快地笑着说。

"意外的惊喜吗？"想起了奥兰莎的忠告，她稍微斜斜扬起她的下巴，"我到这儿来浏览一番，也许找些书借回去。你在读什么？"她以温暖、感兴趣的口吻说。

"欧里庇得斯的作品。"他把书给她看，"我喜欢他，他非常好，既有乐趣又深刻。你午餐时间要做什么？"

"我要下山拿我一个礼拜前定做的鞋子，然后我想我可能去看看艾玛－艾玛。"

"记得吗？我们有希腊课哩，请跟我一块儿吃午饭吧，我得看完这本书才行，然后下午我就自由了。我们到琪隆那儿吃饭——好吗？"

"随你吧！你觉得这儿的光线对你的眼睛适合吗？"

"我喜欢。虽然暗了一点，可是好安静哟。你可以看到这儿除了我以外，连个鬼影子都没有。偶尔会有几个人来，如此而已。学院里的女孩忙起来了，她们来这儿借了不少书，荷马作品之类的。如果你要什么书，告诉我就行了，我对这儿熟得很。"

"好吧，那么中午在琪隆酒店见吧。"尤瑞黛说着转身要离开。

"别走，等一下，我和你一起去。我带你抄捷径，直接下山，那样近多了。"

"你不要再看会儿书了吗？"

"不用了，没那么重要。"

他收拾了他的笔记本和铅笔，把书放回书架，然后跟她走出去，穿着敞胸衬衫和短裤，笔记本挟在腋下，步子很轻快。

"真不坏，那老头子。"走到门口的时候，他说。

"谁？劳斯吗？"

"不。欧里庇得斯。事实上我发现他实在好，字里行间不时流露出智慧、有趣的句子，这么精练优雅。他的名字听来有点像你的，尤瑞黛，多美的名字啊！"

"你喜欢？"

"是的。"

这是阿席白地第一次提到她个人。

捷径呈陡峻阶梯状长驱直下，阿席白地温柔地让她扶着他的手臂，不带任何亲密的暗示。光明正大的灵魂啊！尤瑞黛非常高兴。

他们走进鞋店。当她把鞋穿上的时候，很难说她和鞋匠到底谁比较高兴，鞋匠的眼中闪着骄傲的光芒。

"我就知道这双鞋会非常合脚。如果有什么地方不好，我一定替你弄好。全部是手缝的呢，既牢固又舒服。"他一面说，一面用手比画着，"在这世界上，你再也找不到一双更好的手工制的鞋子了。"

他们走出窄窄的小石巷，走进琪隆酒店前的广场。

他们吃煎鱼，盛在木碗里，岛上鱼类很便宜。物美价廉，艾音尼基人有条法律，不准卖不新鲜的鱼，或者不是当天摘采的新鲜蔬菜。煎鱼配有腌黄瓜和肥大的黑橄榄，然后有罗德西亚的香肠，配上红酒，风味绝佳，另外还有些不知名的美味的希腊点心。

"你要怎么开始上希腊文？"

"噢，我可以和你一道复习文法，当然要把语词变化弄清楚。然后每天学几个单字。等你学会文法句型，你就可以一面学一面认字。"

"在大学里，我学过不少希腊文法，对我并没有什么特别的用处，不然我也不必从头学起了。"

"当然你知道他们在这儿说的是现代希腊文，和古典希腊语差别很大。"

"你介意不介意，"尤瑞黛说，"如果我提出一个比较简单的办法？我要学活生生的语言。耳朵听到的语文和嘴巴讲说的语文以及纸上写下来的语文，其中区别很大。就像听管弦乐演奏和读乐谱之间的不同，读乐谱不会使你听到所有的乐音变化和微小的差异。写下来的字句也是如此。它就是和嘴上说的话不一样——活生生的，有轻重音，特别强调的字，模糊不清的音节串联在一起，还有音调的抑扬顿挫之类的。"

在他的笔记本里，她画出句子被实际说出来时的声调图。

"现在，"她继续说，"学生怎么会从印下来的一行字中，得到正确的速度和音调呢？我们何不抛开文法，只用耳朵和嘴巴学习，像小孩学说话一样？"

"这样很好呀。"

"等到我们碰到文法问题，语言规则之类的问题时，我会问你。"

"也许你说得对。不要死板的规则，等你试出来再说。唉，老天，你说得可真对。"

"可是在哪儿呢？我们在哪儿学呢？"

"很简单，不是吗？就照你的法子，也许我们可以躺在松针上或沙地上学，只管讲就得了。对了，你在湖里游过水吗？"

"有。只游过一次。"

"午餐后我们可以到湖边的松林里。通常有些人会去那儿游泳，不会只有我们两个人的。等你觉得有兴致，我们就可以下水泡一下。"

"好主意，你有把握我们不会落单吗？"

"那样不太好，是不是？"

"我只是问问。"

"哦，偶尔会有几个人去泡水，他们常去。我只是要你觉得，我们没什么不应该，我们不会没伴的。"

尤瑞黛心里觉得很好玩，但她没说什么。阿席白地这个正直的君子，希望全世界美好。愿上帝保佑他的心！

第三十章

　　尤瑞黛像小猫一样顽皮，躺在湖畔的松针上。她有意地扭了扭足尖，她没穿鞋。她以前也曾赤脚过——游泳回来的时候，不得不赤脚，以免让沙子跑进鞋子里。这次情形不同了，她的赤脚，她脚尖的转动，全部孕育着哲学意义。重新教育、重新调整扭曲和变形的部位，恢复遗失的古代自由，是爱奥尼亚精神的解放和复兴，这是劳斯的说法，几乎一点都不差的劳斯的说法。

　　"Keimai, Keisai, Keitai,"她兴高采烈地说，"至少这是个好的开始。真奇怪，一个人一离开大学，所学的就全还给老师了，学生保存下来的实在少之又少，如果有保留下什么的话。"

　　"是啊，这是个好的开始。"阿席白地说着望着她。他们刚刚游泳回来，尤瑞黛穿得很得体——海滩装。她对自己说，不要故作放荡，要听奥兰莎今天早上的劝告，聪明的女人要为自己保留一点神秘感。一个私人花园若开放给大众观赏，就不算是私人花园了，这句话说得不错。有一层篱笆挡着，总是更愉快、更宁静。

不止是她的脚趾，她的整个人生也开始了新的一章。她整个人正经历着一种蜕变，以一种缓慢、秘密的过程，就像包在茧里的虫蛹差不多。她要静静地躺着，无所事事地闲散着，吸引小岛上的一切。岛上的天空美得傲慢，艾达山的山尖从她躺的地方清晰可见，骄傲的杉木在清纯的晴空中高昂着头，湖水蓝得诱人，这些都具有神奇的魔力。小岛的魔力——和许多激烈违反她的传统和信仰，违反她认为神圣不可侵犯的东西，包括提高生活水准的福音等所引起的困惑。过去在点点滴滴地融解，展现出崭新又古老的东西，像翡冷翠时代的意大利或古代的希腊。精神上的昏乱已离她而去。不久之前，她仰卧在湖水上，让清凉的湖水轻抚着她，洗掉所有地学测量的回忆和服务全人类的热望。优妮丝有一次很讽刺地告诉她，当一个人发现自我的时候，服务人类的渴望就会消失了。很奇怪，当她为地学测量协会工作的时候，觉得一切平常的努力都很超然、高贵；现在她最高超的思想似乎也变俗气了。就像哥白尼的革命一样。起初的冲击非常痛苦；仿佛她所有的思想过程都受到阻碍，每一个思想的转折处都被封锁，因为思想不再导致寻常的结论。但是，奇怪，她现在觉得快乐、满足而安详。她觉得自己充满活力，在这尘世上非常快乐。

仰望松林树缝中的青天，过去的记忆又涌向心头。怎么回事？带着乡愁和欢乐，她想到和保罗一起分享的工作，为食物和人口压力的问题而奋斗，在危险的路途上探险，各种的活动让她快乐地忙碌着，根本没有时间想到自己。

"你在想什么？"阿席白地问。

"只是在想。"

"想什么？"

"想我在地学测量学会的工作,一切都成为过去而消失了。显得好遥远,好不真实。人们为和平而工作,却又忙着准备战争。旧世界的人似乎像一场梦。"

"梦境是对现实的抗议,不是吗?"

"也许。"

"尤瑞黛,你很美丽。"

"是吗?"

他已经把视线移开了,尤瑞黛的嘴唇抿了起来。愣愣地想着自己总是爱上学者型的人,保罗也是这个样子。

"来吧,"他说,"要不要再游一次?"

"我想。可是我觉得我们该念希腊文了。"

"来嘛。水好舒服!"

尤瑞黛有种抗拒自己本能的习惯,由于主教派教会的教养,她可算个很保守的女性,但她总是觉得罪恶使人愉快。阿席白地也许根本没想到这些。

游到湖中心,他们轻松下来。阿席白地比保罗有办法,他在水中继续讲着,欧里庇得斯的《陶利斯的伊斐贞妮亚》。

这时有其他的少男少女也穿过森林,和他们一起游水。

"你愿意参观我的帝国吗?"当他们要走的时候,他问道。

"什么?"

"礁湖上的沙洲啊!我们可以在那儿玩上一天,你若喜欢,去那儿念希腊文也可以。我可以叫我妈准备一些三明治。"

"听起来很棒。"

"那么就在沙滩上等我,最好早一点。"

"多早?"

"七点钟，会不会太早了？"

"不会，我喜欢晨游。"

早晨晓雾迷蒙，岸边一片寂静。尤瑞黛很早就到了岸边，一个人。天空中满布着灰黑色的云朵，远处地平线罩着一层巨大的水雾。白雾像轻纱一般在湖面舒展着，使湖水保持温暖，马蹄蟹和其他的小鱼这时候都到浅水区来觅食。不久，朝阳穿过云间裂缝，露出几缕闪动的金光，给雾气弥漫的大海带来生气，烟雾缓缓上升，渐渐飞进云层里。她满意地慢慢划着水，游了大约五十码。仰卧在水面上，她听见一道声音划破早晨的宁静。

"嘿！尤瑞黛！嘿！"

年轻的里格在那儿大叫，穿着衬衫和短裤，手上提着一只篮子。

尤瑞黛很快地往回游。她看见他解开岩石上的小船，放好篮子，把船拖回到水里。

"上来吧，我载你出去。"

她甩动着湿淋淋的头发，在小艇上坐好。突然间，一个念头飞快地掠过她的脑海，她正把自己托付给这个年轻人。一半希腊和一半英国的血统——这不是个危险的组合，具有爆炸性的倾向吗？这个想法又很快在她脑海中消失了。她和阿席白地在一起，觉得就像和华特·雷莱爵士本人在一起一样安全。这位小华特爵士也许正在找一位受难的小姐哩，从他过去的行为判断，他会走遍天涯海角，冒死保护一个小姐的清白的。

他的声音颤抖而热切，当他把一条毛巾丢给她时说："喂，披上吧！要不要一件外衣？"

"不，谢谢，没有那么冷。"

"如果你受凉的话，我妈会怪我的。"

尤瑞黛心里一阵酥痒，他嘴巴可真甜。

"你告诉你母亲要带我出来吗？"

"当然。水壶里有好水，帮忙生个火好吗？这样等我们到达那边的时候就有开水喝了。"

"我没看见咖啡壶。"

"不。等水开了，直接把咖啡倒进去，然后离开火就行了。由这个过滤器倒出来。简单吧？"

"你看，"他又说，"雾气直往上冒。"

尤瑞黛看了看，他们四周的水面仍笼罩着一层厚重的灰色，远处的海面则沐浴在朝阳中，清澈光滑，犹如一匹丝绸。小沙洲清晰地立在海面上，像细细的黑色线条。在她背后，朝阳越过艾达山，投下一道道微蓝的阴影，海面上倒映出弯弯曲曲的山顶外形。小艇穿过平静的水面，在他们身后激起层层水波。

里格谈到他的母亲。他在岛上出生，他是独生子。他年轻的蓝眼睛，活泼的微笑，运动员般的身材，骨肉匀称的比例，处处使他显得很英俊。他尽可能地阅读有关英国和其他旧世界的记载，像西班牙无敌舰队啦，轻骑兵冲锋队啦，达达尼尔海峡啦，中国戈登啦——一个英国将军和海军将领的杂烩。他所阅读的这些和足球方面的东西，使他对海那边的世界相当好奇，他深深遗憾自己生在小岛上，而不是生在法兰西斯·德瑞克爵士时代，他愿意追随那个老海盗到天涯海角。

"我希望能离开这儿，去看看旧世界。"他说。

尤瑞黛诧异地看着他。

"你在讲什么？"

"我知道我说的全是废话，但是地学测量协会的人前来寻找你不是不可能的事。我有点希望他们来，我就可以求他们把我带出去了。"

"我也曾有过暗淡的希望，不过我已经放弃了。"

"你瞧，"他说，"你已见识过旧世界了，我却没有，真不公平。我像生在井底的小乌龟，也许我身上流着海盗的血液。我要去参观杜莎夫人的蜡像馆，还有埃菲尔铁塔……我不了解吗？"

"别傻了，那些全都被毁掉了，三十年前就化为乌有了。"尤瑞黛说。

"一样，我不断在读这些东西，看那些照片，简直要发疯了。我也要看看我自己的同胞——成千成百的同胞，我是这里唯一的英国人。我母亲的想法就不一样，我和她无法交谈，她受够了伦敦东区的生活，永远不想回去了。"

他们抵达沙滩，把船泊好。咖啡是野营式的，清凉的早晨喝来味道特别好。尤瑞黛觉得好像在安第斯山探险的日子。狭长的沙洲上，没有一丛树或一块绿。一共有四五块沙洲，中间有浅水相连，只有几片泥泞的沙地和几块圆石，盖满了海草，还有几块晒得发白的木头。

"这是我的帝国。"阿席白地说，"我时常来这里写东西，就我一个人。假如我没有粮食了，我就在附近挖上一打蛤蜊。真单纯得好笑，不是吗？有时候，下午我会向归航的渔人要一条青花鱼或鲈鱼，烤来吃，只要有盐就可以了。"

"我不懂你为什么想离开小岛。"

他不理会她的话，自顾自地说："要不要我弄给你看？"

"看什么？"

"挖蛤蜊。我知道一个好地方，简直永远抓不完。"

"那一定很好玩。"尤瑞黛热心地说，一面热烈地注视着他。

吃完了早餐，他们又在水中徜徉，阿席白地手中提了一个桶。他教她怎么摸蛤蜊，怎么用脚趾夹出水面。尤瑞黛试了试，但不成功，幸亏海底很平滑，不难走。她对蛤蜊很有兴趣，当她弯下身子抓到一个蛤蜊的时候，兴奋极了。但她对与他一起摸蛤蜊，与他做伴更有兴趣。里格向前荡去，两人隔了三十码。偶尔她听到一声清脆的"呼"的一声，她就知道他又丢了一只到桶里去了。过了没多久，他们已经摸到好几打了。

"我们够了。"阿席白地说，一面掉回头。

涉过浅水，他们回到沙洲。年轻的里格用刀子挖开蛤蜊，像个行家。蛤蜊很小，可是味道鲜美。

"我希望有办法离开这儿。"阿席白地说，"难道你不希望你能够回去吗？"

"我既希望又不希望，我不知道。"

"你不想见你的亲人了吗？"

"这么多年以来，我一直是远离家乡的。我只有一个姨妈活着，还有一些大学里的朋友。想些不可能的事有什么用呢？我觉得这个岛真美得神奇。"想起奥兰莎今天早上说的话，她又加了一句，"你不认为这个岛真的受到某些神明的保佑，一个守护神，雅典娜亲自护佑它？"

"你相信这一套吗？"

"为什么不呢？"尤瑞黛天真地望着他。

"噢，当然，雅典娜、黛安娜和波塞冬在神话中全都非常迷人。你该不会相信这些神祇今天还真正存在吧？"

"我看不出为什么不存在，如果他们是神灵的话。"

"多可爱啊！"

"而且我也相信，她不是由她母亲生出来，而是从宙斯的脑袋里蹦出来的。"

阿席白地笑了："我真吃惊，你旅行过许多地方，你也上过大学，你不是真的相信这些可爱的鬼话吧？从脑袋里生出来的雅典娜和从朱庇特小便里生出来的猎户这一套！"

"以我来看，是的，假如丘比特是个神，他就什么都办得到，不是吗？我们的生命被某些力量控制着，我们根本无法了解。"她决心要表露出女性韵味。

"那只是迷信罢了。"

"你也许对，我解释不上来，我只是感觉如此。"

阿席白地松了口气，眼中现出一缕温柔。尤瑞黛投给他坦诚的眼光。

"你不相信吗？"

"我无法相信。我喜欢神话归神话，事实是事实。我恨把两者混杂在一起。"

"亚里士多提玛神父和劳斯呢？他们似乎全都相信。"

"我必须承认，我从来都不了解劳斯。一定是我身上盎格鲁－撒克逊血液的关系。宙斯把伊娥变成一头牛等等，全都是迷人的谬论。"

"他们全都相信吧，我告诉你我所想的，我想这个岛被一道符咒迷住了。你看那些不可思议的颜色！唉，我们可以相信我们是在天上的金苹果园中，一定有个守护神守护这块地方。这个殖民地好多年来都没被发现。"

"你居然也这么说！"阿席白地说，"一个念过大学的美国小姐，我想你和古代希腊人一样迷信。"

尤瑞黛默不作声，这时她看来甚至是认真的、深信不疑的、天真的、真诚的，当然非常有女人味。她可以看见一道颜色悄然浮现在他眼中，他用从未有过的神情凝视着她。

"尤瑞黛！"

"什么？"

"神明现在正对我撒下一道符咒呢！"

阿席白地明显地脸红了。

"一道符咒？"

他凝视着她的眼睛："听你说这些话真是甜蜜极了，使我也想相信这一套了，我想我永远也不会了解女人。"

"最好你能了解，如果你要成为一个小说家的话，你不认为如此吗？"尤瑞黛特别愉快。

她非常意外，他抓住了她的手，他还弯身轻吻，尤瑞黛咯咯笑起来，欧洲风味十足，她想。

"你不生气吧？"他问。

"不。为什么要生气呢？"她回答说，"告诉我，他们在节日里举行的水上大审是怎么回事？"

阿席白地的双眼冷了下来："水上审判？哦，是了。他们在海边审判犯了谋杀罪或其他重罪的罪犯，被告站在水中。"

"怎么审？"

"你听过古代名妓芙瑞安的故事吗？"

"没听过。"

"水上审判就起源自她。有人说她是雅典雕刻家普拉克西特列斯的模特儿，有的人说是另外一个芙瑞安，这点无关紧要。她是雅典城里的大美人。她太美丽，有太多的人追求她，以至于她毁了许多雅典家庭，包括许多显赫的世家在内。许多妻子非常恨她，要求审判她并把她判死刑。她同意了，唯一的条件是，审判必须在水中举行。她很高兴地承认许多丈夫都爱上了她，但她有什么办法呢？审判开始时，她赤裸裸地站在水中，水深达颈部，耐心听一连串的控告和抱怨，面对所有的控诉，她没有一句辩白。当证词说完，她缓慢而庄重地由水里走出来，像维纳斯自贝壳里诞生，长发湿淋淋地滴着水珠。走了几步，她停了下来，让男法官欣赏她完美的肩膀，然后是她的胸部，然后是动人的臀部——你可以说她发明了一套水中脱衣舞。她确信她可以改变法官们的心意，带着沉着的微笑，她一步步浮上来，充满自信，一面目睹男人的判决开始动摇。他们心中产生了强烈的怀疑，这不能责怪她，事实上她简直太令人仰慕了，他们低下头来耳语着。等到她美好的腿和足踝露出来的时候，她停下来了。她漫不经心地拧着披肩的秀发，模样就像维纳斯一样，她慵懒地问道：'怎么样？我有没有罪？'白胡子法官和其他的长老齐声大叫说：'不，你没罪。'"

"很奇怪，不是吗？"里格下结语说，"古希腊人就是不能把美丽和罪恶联在一起。他们认为或相信这么完美的身材，这么和谐的比例，一定是神的化身——维纳斯本人，值得男人牺牲名誉，女人牺牲幸福。"

"当然她被开释了。"

"胜利地。好怪，不是吗？"

"你认为很奇怪吗？"尤瑞黛问。

"是的，你呢？我看不出其中的道理，在英国他们绝不会做出这种事的，芙瑞安一定逃不掉。"

"在法国她会。"

"告诉我，法国是什么样子？我这辈子都没见过一个法国人。我读过莫泊桑和巴尔扎克的作品。是不是所有的议员都有情妇？"

"事实上都有。阿席白地……"

"叫我阿里，好吗？你真甜。"

"那你叫我尤蒂，听起来像茱蒂，是吗？"

"如果你答应，我永远要叫你尤瑞黛，这是最美的名字。既不低俗又不平凡，是美妙的少女名字。我不喜欢贝希、玛琪和多莉之类的名字。"

尤瑞黛觉得开心极了，奥兰莎的药方果然生效了，这位年轻人在她身上看到了什么呢？一位女神——奥菲斯的恋人吗？

"阿里，"她说，"你有一个特点。"

"什么？"

"你很有英国味道。"

年轻的里格显然松了口气，同时嘴角掀起一抹微笑。

"噢，谢谢你，我正尽力培养那种气质。"

"我还以为你要站起来鞠躬或什么呢！阿里，来，站近一点，放轻松一点嘛！"

当阿里说出下面这句话时，任何罗曼史的兆头都消失了："我要告诉你一件事。"

"是的，阿里？"尤瑞黛很紧张。

"我相信岛上某处一定有个收音机。"

"噢！"语气毫不热心和显然易见的失望。

"我相信劳斯能接收外界的消息。"

"你为什么这样想呢？"

"因为你来了以后，有人见他进去过博物馆里那间锁上的密室。

266 · 奇 岛

我相信里面有一架收音机，除了劳斯，没有其他的人有那房间的钥匙。"

"那又怎么样？"

"我不晓得。我以为有办法把你的消息送出去，地学测量协会一定会来找你。这听起来好像是背叛，我知道，这是出卖这个秘密的殖民地，可是我忍不住怀疑。"

"算了吧！充其量他不过有具接收器而已。"

"你似乎相当满意留在这儿。"

"也许我是如此。"

尤瑞黛望着他远眺海洋梦般的眼神，不觉为这年轻人抱憾起来，他在这孤僻的岛上很不安宁，想冒险，渴望行动。她了解脑里充满幻想的年轻人的感觉。他年轻的热诚、英国式的正直，都是优点。很明显，在一个理想主义的梦想家眼中，这个岛是太小、太封闭、太平静了。他还有点堂吉诃德式的作风。他在荒岛或撒哈拉沙漠中，也会恪守绅士的准则，有一层难以刺穿的道德的掩护。阿席白地用拳头懒洋洋地拍着嘴唇，很紧张，忙着思考，她把手轻轻放在他的肩上。

"别烦躁，所有的年轻人都不安，我知道。"

"我不是烦躁。"他抬头望望她，眼睛又看着沙地上。他脸上似乎放松了些，然后又抬起头来看她，满含温柔，像个女人一样。

他们就坐在孤岛上谈天，尤瑞黛学了些希腊文。他们傍晚回家的时候，她很高兴他一直很端庄，光明磊落。她觉得自己从来没这么自信过。

第三十一章

　　就这样过了一星期快乐幸福的日子。可是好景不长，他们的恋爱突然蒙上一层阴影，使她非常困惑。尤瑞黛检讨自己的言行，看看自己是不是有什么不当的言语或行动，照里格的说法，也就是使她和贝希、玛琪、多莉之类的人一样廉价与平凡。她在文协馆见过他，他也陪她在湖里游过泳，一切照旧。但是他却变了。昨天她去看他，他说："尤瑞黛，别理我。我求求你。"

　　"怎么了？"

　　"请让我一个人静一静。"

　　"我不要，也许是你用功过度了。走！我陪你出去散步，呼吸一下新鲜的空气。"

　　"不，尤瑞黛，我不能，相信我。为你好，我不能这样做。"

　　"你是怎么了！遇到了什么烦恼吗？告诉我，告诉你的尤瑞黛。"

　　"不，这不干你的事，我必须独自承担。"

　　"别胡思乱想了，独自承担什么？"

"抱歉，"他用非常肯定的口吻说，"我不能说。"

"你不想再见我了？"

"不，我非常抱歉，但是我们若隔一段时间不见面，我会很感激的。"

"但是，阿里，难道是我做错了什么吗？"

"不，你没有错，你没做什么。是我，我不愿提它。这件事我没办法和你或任何人讨论，连我母亲在内。"

"不是关于收音机吧？"

"不。拜托！"

"是我的错？"

"不。不是你，尤瑞黛。拜托！"

他的语气很强硬、很壮烈，甚至有点英雄色彩。

尤瑞黛没精打采走出图书馆，她不知道该怎么办，她不会向任何人提起，就这样完了。一段恋情还没有开始，就已经结束了。

她顺着狭长小径走回官邸，正是早上十点钟左右。她能去哪儿呢？她满腹心事，走向官邸附近的森林。她要一个人静静，好有时间思考。漫无目的向前逛，然后她想起泰瑞莎修女。她一直想去参观道院，这几周都没去成。甜美的泰瑞莎，那张脸充满圣洁和纯真。

她加快了步子，走到森林的尽头，路微微往上斜。修道院的白墙就在眼前，横在海面的美丽孤岗上，南面和西面都有密林围绕。

她按门铃，一位穿黑袍的修女开门。她说她要见泰瑞莎修女。

"哦，尤瑞黛。"泰瑞莎出来，用甜美的声音说，"很高兴你没忘记我们，你怎么到现在才来看我们？"

"我一直很忙。"

"你来了，我真高兴。听说你现在住在奥兰莎那儿。"她的英语还马马虎虎。

泰瑞莎修女带她四处参观，院中的建筑大部分以回栏方式集中在院子四周。因为气候潮湿，又不直接露在太阳下，石板一部分盖满了藤蔓，看起来古意盎然。院中的喷泉正吐出几道细流，滴到水塘里。由于靠近树林，空气特别清爽。南面比较向阳，有一座别院，一群离开丈夫来度假的妇女都住在里面。

泰瑞莎把尤瑞黛介绍给院长姆姆和其他修女，她们对于"旧世界"来的小姐都很感兴趣，院长姆姆紧闭着双唇，她天生是一个良好的纪律家，至少看起来如此，她没有多说一句话。

"我怎么从来没有见你到城里来？"尤瑞黛问泰瑞莎。

"除非有任务，我们不出去。"

"你在这儿快乐吗？"

"很快乐。整天都有很多事要做。礼拜仪式啦，上课啦，一天天不知不觉就过去了。"

"你上次提到的玛格莉塔呢？"

"玛格莉塔——哦！"她的脸突然低下来，勉强挤出一丝笑容，"她今天不能会客。"

"为什么？"

"上头不许……我真替她难过。我一直替她祈祷。"

她的脸罩上一层愁容，似乎不大愿意提。

"她为什么不准见客？"

"她被锁起来了，整天哭，我心都要碎了。可怜的玛格莉塔，她以前好快乐、好有趣。"

"她不是你上次提到的风琴手吗？"

"是啊！玛格莉塔很怪，她以前常常梦游，还看到幻影。"

"看到幻影？"

"是的，幻影。她很虔诚，她会一连祷告好几个钟头，行斋戒，然后就看到幻影。"

"什么幻影？"

"她说亚西西的圣法兰西斯对她说话呢！个子高高的，半裸着身体，他连最后一件衬衫都给了穷人。"

"你们相信她的话？"

"我们不知道如何是好，她显然非常诚实。她对我说的，她绝不会向我撒谎，我是她最好的朋友，然后她又梦游了。我们发现她在黑漆漆的走廊逛过好多次，我们把她叫醒，她什么都不知道。她说圣法兰西斯叫她，她要去，一切都很古怪，使我心慌意乱。"

"你是说在半夜里？"

"是的，时早时晚。我们都很激动，她说要去见圣法兰西斯，我们若不让她去，圣法兰西斯会生气的，她不能让圣法兰西斯久候。我们又能怎么样呢？我们要跟她去，她不肯，说圣法兰西斯只要见她一个人，附近不能有别人，否则他不会出现。"

"鲁拉姆姆说什么？"

"头两次她让她去，然后就不准了。她说这全是幻想——院长姆姆这种话，可真是亵渎神明。她不准她出去，玛格莉塔又开始梦游。"

"所以她被关起来？"

修女满面通红，停了半晌。

"不全是这样，哦，我真替她难过，真的。"

"因为她不能去见圣法兰西斯？"

"不完全是那么回事。她怀孕了。"她垂下眼睑说，"这次她改了故事，她说有一天她正在等圣法兰西斯，突然一个黑色的巨人从后面掩住她的嘴巴，把她拖倒在地上，强暴了她。她没有告诉我们，她吓坏了，现在她有孕了，可怜的玛格莉塔，一个人整天哭。"

"院长姆姆相信她的故事？"

"她没说什么。"

"她会有什么结果？"

"恐怕会被赶出修道院，送回她母亲身边。"

"可怜的玛格莉塔。"尤瑞黛同情地说，"你的看法怎么样？"

"她很善良、很纯洁。也许有人强暴了她，很可能，一个女孩晚上常常独自在树林里。"

第二天，大约同一时刻，尤瑞黛独自在树林里散步，想着这个问题，黑色巨人的故事未免太戏剧化了些。劳斯曾告诉她，孔子的母亲是红颜嫁白发，有一次单独在太湖边行走，也这样被一个黑色巨人强暴了。这种事情以前也发生过，所以孔子是"私生"的孩子。好吧，她想，有什么关系呢？孔子的母亲一定很漂亮，才会比姐姐们先出嫁。有什么关系呢？孔子是至圣先师，对不对？

她聚精会神地想着，猛一抬头，看见唐那提罗神父摇摇摆摆地走过来，旁边是阿席白地·里格。居然是里格。

"阿里！"她叫道，"你在这边干什么？你要去哪里？"

里格的表情很严肃，额上的皱纹特别明显。

"哦，随便走走。"他看到她，显然很兴奋，又显得尴尬和不安。

唐那提罗神父轻轻碰了碰帽子。

"嘿，尤瑞黛。好几天没看见你了。"

尤瑞黛对里格说："现在不看书了？"

"不。"

"阿里，振作一点，别这么不安。"

里格突然轻松下来，笑着说："真的没什么，我有事要办，如此而已。"

他似乎急着要走。

"再见！"他带着她至爱的熟悉笑容说。

"再见！"

唐那提罗神父也挥挥手："再见，你一定要来教堂，陪伯爵夫人来，上帝保佑你！"

两个人继续向前走，使尤瑞黛觉得很不可思议，阿里怎么陪神父去修道院？难道他和玛格莉塔有什么牵连吗？"

整天，甚至晚上睡觉，这个念头反反复复在她心中萦绕。她不愿相信。一定是别人，不是阿里。一个君子，她很了解他。然后她的思绪又转到玛格莉塔身上，还有她的梦游习惯。一切都很怪、很滑稽，她在床上笑出声来。她愈想到那不可思议的圣法兰西斯之约，就笑得愈大声。不知不觉变成吼声，然后是一阵尖叫，眼泪都流出来了。好怪、好滑稽。玛格莉塔一定是妄想狂，玛格莉塔长什么样子呢？

第三十二章

第二天就不滑稽了，流言四起。全城都知道，阿席白地·里格诱奸了一名修女，并且使她怀孕。他承认了，并且随唐那提罗神父去接她回家。奥兰莎听到这个故事，克洛伊也听到，安德列耶夫·索马瓦未屈王子比她们知道得更早。奥兰莎相信，克洛伊相信，索马瓦未屈王子赌咒说这是真的。

尤瑞黛非常非常生气。

她被这一则绯闻吓呆了，便下山到城里去。大家都已经知道。怪不得里格躲开她，把她甩了。他要娶玛格莉塔？如果这样，他真是一个可怜的傻瓜，他一定会发现自己被一个梦游的太太拖累终生。

她不容许这种事发生，但是希望不大。里格已经公开认罪，还把被开除的修女带回她母亲身边。

她一定要查明白事情的演变，艾玛－艾玛将会知道，艾音尼基的人类学家有什么想法呢？她发现艾玛－艾玛在家，老妇人正埋头用功呢！

"我听说了。"艾玛－艾玛静静地说。

"你相信——里格这样的君子会做出这种事？"

"遇到漂亮的少女，年轻人什么都做得出来。"

"她很漂亮？"

"非常漂亮，典型的圣母脸蛋，你知道，现代意大利常见的一型——黑黑的头发、挺直的鼻梁、下巴尖尖的鹅蛋脸。"

老人类学家客观得可恶，等她的波文娜也陷入这种局面，她打赌艾玛－艾玛就不会这么客观了。

"里格会怎么样呢？"

"娶她，我想，当然他们可以在庭外和解。他母亲必须准备送礼给女方，看她会不会把强奸改成和奸。要修女这样说比较困难，你知道。"

"如果判强奸罪，他会受罚吗？"

"十年监禁，包括三年的苦工。"

尤瑞黛发抖了一下。

"但是，听说不至于这样，双方会同意是和奸。"艾玛－艾玛说。

"谁告诉你的？"

"我听波文娜说的，波文娜听到利斯帕思医生说，利斯帕思医生又从裘安娜口中听来的。裘安娜知道。"

"怎么回事？"

"听说玛格莉塔承认她爱里格，那件事不是强奸。"

"那他会娶她。"

"如果女方不想嫁，就不必。她可以做一个受人尊敬的未婚妈妈，这是艾音尼基族的风俗。如果她不是修女，大家马上就会忘记这回事。岛上所有小孩子都是自然的，婚生、私生都不例外，这全看他们两人。"

消息比她原先所担心的稍微好一点。

"所有小孩都是自然或超自然的，你知道。没有不自然的孩子，以前我们用这个怪名词来指婚生子女。事实上，古代历史中的伟人都有超自然出生的故事。但是，这种超自然出生的说法在最近一千年已经没有了。我想不起一个例子……"

人类学家又在喋喋不休了，说不定是一个钟头的长篇大论，她可有的是足够的材料。

"裘安娜到底怎么说？"

"她从来不肯定说什么。我想，女方大概还没有决定要不要嫁他。她一定很爱他，才赦免他的强奸罪，不然就是被收买了。裘安娜说，她看见有人到玛格莉塔家，送了一大堆礼物。裘安娜认为礼物是里格的母亲送的。"

"那么，他们结不结婚完全操在玛格莉塔手中！"

"那是艾音尼基人的习俗。"

尤瑞黛更加心乱，她气每一个人，气里格、唐那提罗神父，气艾玛－艾玛，也气艾音尼基族全体和他们的陋规、他们可恶的怪法子，她甚至恨劳斯。她有点恶毒起来。

她突然想到，玛格莉塔在英文里就是玛格莉特，简称"玛琪"。不，不可能。她那位纯真、高贵的理想家里格是无辜的，她知道，他不会爱上"玛琪"。不会的。

她必须找奥兰莎谈谈。

她垂头丧气走出艾玛－艾玛的小屋，进入窄巷。到达喷泉处，听到乔凡尼餐馆爆出一阵笑声，裘安娜的高嗓门比其他任何人的都清楚。早上这段时间，餐馆挤满闲荡、多嘴的人潮，非常有生气，很少有这么甜美的绯闻。没有铁路车祸、飞机失事，也没有警匪枪战，天使堕落的话题免不了让大家热闹一个月。大家意见纷纭，对玛格莉塔和里格各有不同的看法。两个人突然变成重要人物，连小时候的每一件小事都被人提出来讲个不停。大家详细讨论修女梦游的习惯，这个故事的特征已变成家喻户晓，天使堕落的故事本来就很有趣，证明没有人比大家神圣。

尤瑞黛依稀知道他们在谈什么，她讨厌那些噪声和笑声，加快了步子。她知道她吸引了广场上某些人的注意，好多人挤在餐馆门口偷偷望着她，空气中充满了下作的笑声。她不知道他们在说些什么，但是她知道有些人为此事非常开心。毫无理由地，她竟觉得自己也是这个不幸事件的一部分。

走到郊外，步子慢下来。她恨，恨这些可恶的艾音尼基人的仁慈。几乎是出自本能，她避免走通往文协馆的捷径，当然里格不会在里面。她走蜿蜒的长路上山。

里格要怎么办？她问自己。这个念头突然化解了她的愤怒。她同情他，他也和自己一样，与社会格格不入，不能完全被同化。这件事一点都不像里格干的，她没有办法相信。当他带修女回她母亲那儿的时候，是不是也有一群人和刚刚在广场上所看到的讥笑人潮一样？她想起他们在沙滩的那天，连华特·雷莱爵士也不能表现得再好了。当然！她想通了。华特·雷莱爵士把斗篷铺在泥地上，让伊丽莎白女王走过去。啊，对了。把自己涂上一身泥来袒护别人。保护谁呢？但是他亲口告诉她，他做错了事。那是什么意思？整件事都很不寻常。最重要的，他要怎么办？玛琪（她想起玛格莉塔不过是一位玛琪）——玛琪会控告他吗？她该不该找他谈谈，警告他拒绝那位梦游美人呢？最好还是别去，他会气她管闲事。现在真相大白了，"我必须独自承担。"如果他没罪，只有替某一个不可测度的高尚理由背黑锅，对一个诚实的灵魂来说，是什么样的十字架啊！这完全是英国作风；他要独自承担，默默受苦。

沉思的最后结论是暂时别理阿席白地，让时间治愈他的伤痕。

奥兰莎看见她满脸激动走进来，奥兰莎平静得叫人生气，她一定早就听她女儿谈过这件事了。

尤瑞黛把裘安娜的话告诉她，还提了泰瑞莎修女告诉她的事——黑色巨人的故事以及玛格莉塔梦游的习惯。

奥兰莎听着，表情很冷漠，眼光像奥林帕斯山一样遥远，然后又集中在一点上。

"你为什么如此激动？"她说。

"因为——因为我相信里格是无辜的，和你我一样无辜。"

奥兰莎疲惫地笑笑，有点像从鼻子里喷出来似的。

"你别忽略了一项基本事实，他承认了。"

"但这是不可能的。"

"为什么不可能？爱神的力量像醇酒。他们都很年轻，很正常，挣不脱肉体的诱惑。我知道玛格莉塔，她属于紧张、神经质、热情的一型。她梦游没错，阿席白地又很英俊，忘了他吧！尤瑞黛，海中多的是鱼。"

"那么你相信他有罪啰？"

"他们两个人都承认互相吸引，我还能怎么想呢？"

"他对我完全是君子作风。"

奥兰莎开始狂笑，一种敏感、讽刺、彻底、邪恶的狂笑。听起来很有说服力，但是又不尽然。尤瑞黛感受到房间里的气氛——音调太有节制，属于老练、虚伪的交际花特有的笑声。

她为什么这样？她心里产生了进一步的迷惑。为什么奥兰莎强烈相信他有罪，像艾玛－艾玛，像广场上每个人一样？

那天晚上克洛伊回来吃晚餐，她们断断续续聊一些闲话。安德列耶夫王子严肃、庄重一如往昔，没有什么好说的。

晚餐后，尤瑞黛到凉台找克洛伊。克洛伊像平常一样坦白、愉快、无忧无虑。大家都如此，只有她自己例外。

"你听说什么没有？"她问少女说。

"听说他们要掩饰一切，没有进一步的事情会发生，里格不会受罚，但对修道院却是个耻辱。她正准备要担任圣职呢，她在修道院已待了三年了。"

"菲利蒙对你说了什么没有？"

"没有。他只有说他们要把这件事安抚下来。玛格莉塔会在她母亲家把孩子生下来，除非她选择下嫁里格。可是里格当然要有好一阵子才能把这件事遗忘，这是件可鄙的行为。"

"你不觉得，他也许是无辜的，可能替人背黑锅？"

"他何苦呢？一个人就是为好朋友，也不至于这样做。没有理由嘛！而且他是个很难亲近的人物。"

"他会怎么样？"

"不会怎样，只是很少女孩子愿意嫁给他了。"

尤瑞黛觉得很不舒服，想换个话题。

楼上王子的房间灯光亮着。

"我记得王子殿下晚上这个时间通常都出去散步，这几夜他都没出去吗？"

"没有——我真的不知道。怎么？"

"没什么。"

尤瑞黛躲到房间去，不是因为大家的意见都和她不同，而是自己无能为力。

第三十三章

　　阿席白地从她眼中失去了踪影。好几次她忍不住想去文协馆，希望在那儿找到里格，也许他正埋首欧里庇得斯的作品里寻求安慰呢，她决定还是别去，现在她很了解他了，他会坚持独自忍受他的沉默，他一定是经过深思熟虑以后才这么做的。她一次又一次找出她自己的结论，她把事情前后印证了一下，不知道谁是那黑色的巨大身影。没有人想法和她一样，如果他没有罪，那么逼他招供的又是什么原因呢？没有道理嘛！她把自己隐藏了一天，忖度其中的神秘，发现自己非常关心里格。和奥兰莎谈也没用，只会使自己显得愚蠢而已。她忍受不了这种沉默，让艾音尼基族人轻易地接受了阿席白地的罪孽。她要和人谈谈。

　　她发觉自己正步向文协馆，她闲步在廊柱间，眺望蔚蓝的大海，四处张望，希望看见里格的身影，广场上没几个人。她沿着廊柱进入文协馆走廊，懒散地读着艾音尼基族的祈祷文，羞怯地向幽暗的内部张望，也许里格就在里面呢！里面毫无有人的迹象。大胆地走进去，里格不在那儿，他平常工作和堆满书的桌子空无一人。她坐到他的位置上，觉得想大哭一场。阿里在哪里呢？不，她不在乎如果他这个时候进来发现到她和她湿湿的眼睛。她往后一仰，双手从后面抱住脑袋，茫然地望着图书室高高的圆顶。她的眼睛浏览到上面欧里庇得斯的碑铭："快乐在于学得研究的价值。"那不是阿里的座右铭吗？他整天与书本为伍，在社会上总是沉默而难以接近。是什么使他抛开了书本和写作，像傻瓜一样带一个被开除的修女回家呢？她觉得其中的矛盾和突如其来的行为有着戏剧的意味，是这股戏剧性吸引了他。他到底想帮谁的忙呢？玛格莉塔的名誉也没有因而得救啊！所以更没道理了。

她由图书室的后面走出来，经过一片树林到达湖边。坐在树荫下，想象各种事情，寂寞，不安又愤怒。一个月前保罗还在这儿，一个礼拜前阿里还陪她在这里快乐地谈笑，讨论希腊文文法问题——如今都完了。长裤下的松针很扎人，她浑身紧张。她脱掉衣服，跳进湖里，阳光照耀在湖面上。她特意沿着阴凉的地方游去，她幻想她依稀可以听见阿里在水中的声音，头湿淋淋的，正在大谈伊斐贞妮亚被送到陶利斯之前的故事。

短暂地泡一会儿水对她有益。她从水中出来，沿陡直的斜路往艾玛－艾玛的小屋走过去，她发现利斯帕思医生一跛一跛地走在她前面。

"嘿……利斯帕思医生？"

医生回过头来等她。

"你上哪儿去？"

"不上哪儿去，看看鸟。你去哪里，我就跟你去哪里。"

听到利斯帕思医生的《圣经》式英文，尤瑞黛忘掉了所有的烦恼。

"我看鸟？"

"我看鸟，正像你说的。你为什么苦恼呀，尤瑞黛？"

"看得出来吗？"

"难道我没长眼睛吗？有眼睛的人都看得出，你有什么困难吗？"

尤瑞黛噘起了嘴："没有。"

"你内心充满烦恼，呵，利斯帕思医生看得出来的，那是我的责任。我要使大家健康、快乐。岛上除了克吕墨涅以外，大家都快乐。"

"克吕墨涅？"

"是的，欧克瑟斯的妻子。唐那提罗神父和她谈过，劝她回家，欧克瑟斯也到修道院去接她回家，都没用。她不肯回家，欧克瑟斯非常生气。生很大、很大的气。回家，他说，艾音尼基的节日就快到了。但是她就是不回去。"

"你看见阿席白地了？"

"是的，我看见他了。我看到了每个人，他是个小傻瓜。"

尤瑞黛突然直起了身子："他在哪儿？"

"他在哪里？听我说，他是个小傻瓜。"

"他在哪里？"尤瑞黛一再问。

"他？他到海上去了。"

尤瑞黛心里一跳，不觉喘息起来。

"他到海上去了，就他一个人。你看沙洲，他就去那里。我站在岸边，看见他的小船和他，一个小黑点。他独自生活。"

"他现在在那里吗？"

"今天早上我还看见他，他一定还在那儿。"

"为什么你说他是小傻瓜？"

利斯帕思医生锐利的眼睛眯成一条缝，瞥了她一眼。

"他诱拐修女，还带她上床。哈！哈！"利斯帕思医生爆出一阵狂笑。

血涌上了尤瑞黛年轻的脸。

"有什么好笑的？"

老医生还在笑个不停。

"他，阿席白地·里格，带玛格莉塔上床。哈！哈！你相信吗？"

"我不知道该怎么想才好。"

"不。为什么不说是唐那提罗神父做的呢？"

"不会！"

"当然不会，不会是唐那提罗神父。我不喜欢他的宗教，可是唐那提罗神父是个好人。"

"你知道？"

"不，我什么都不知道。我看鸟，我有眼睛，凡有眼睛，都能看见。"

"我想你一定知道。"

"我知道，但是我不说。阿席白地，他这个小傻瓜。"

"那为什么？为什么他要招供呢？"

"别问我，我不会说。"

尤瑞黛灵光一闪。

"你说你看鸟，你一定起得很早。"

"是的，很早。小鸟四点半就醒了。看小鸟的人会看见很多事，修道院附近的森林有美丽的鸟儿，看鸟的人会获得很多事，可是我不说。”

“谢谢你，医生。”尤瑞黛说，一种神秘的快乐在血管里奔流着。

他们走到斜坡尽头的房屋密集处，尤瑞黛开心地向他道再见，等不及地转身奔向海岸的方向。

在闪耀的阳光下，她远远看到一个小小的黑点在沙洲上。她集中目力注视那个黑点，看它有没有动。他站起来了，他正走来走去，是里格没错，不可能是别人。感谢上帝，他很安全，最重要的是，他是一个人，没和玛格莉塔在一起。

一个上午，由于闲得无聊，她去看艾玛－艾玛，回来经过广场，在乔凡尼餐厅巧遇格鲁丘，他冲出来，请她进去喝一杯。她讨厌他快活、无忧无虑的样子和他完全自满的神色。当然啦，作为一个美国同胞，她对他是有点不太公平，他们该聚一聚，也许谈谈棒球，或者交换一点祖国的消息。

“噢，茱蒂……”

他哪儿学来的？没有人叫她茱蒂，她反感地咬咬唇。

“好吧，好吧。如果你坚持，就叫梅瑞克小姐吧。我并不想鲁莽，是不是？我想你这种女孩子该不会对美国同胞过不去。”

“好吧，美国老乡，有什么事？”她很惊奇，当她和格鲁丘讲话时，自大、傲慢的口吻和轻微的挖苦逗趣的口气，那么容易地又回来了，“阿席白地·里格到底是怎么回事？”

“我什么也不知道，引诱一个修女可不是我的行业，对不对？”

“别说啦，你什么都不知道？你没听说吗？”

“没有，我前两天才听裘安娜说的。那又不关我们的事，你关心那个英国佬干吗？”

从他语气里，她得知他确实不知情，也不知道她和里格的事。

"你最近都在干什么？冬眠吗？"

"我有许多事好做，我很少出来，我没时间，梅瑞克小姐。"他的语气很滑稽。

"你做些什么？"

"我跟你谈过的日光马达。我甚至在晚上都还在实验室里工作，然后铺个褥子，倒头便睡，梅瑞克小姐。"他说着扮了个鬼脸。

"好啦！好啦！叫我茱蒂吧，别喊梅瑞克小姐喊掉了你的下巴。"

"茱蒂，当然，容易叫多了。一个女孩待在这荒岛上干吗？现在，说实话，你一定要来看看我的日光马达。阿提模斯和我一起工作，他大部分的时间都在生病，但是我按照他的指示做。明天来吧，怎么样？"

"好吧。"尤瑞黛愉快地说。

"这才像话。"

水坝附近的发电厂充满电机的嗡嗡声。厂房后面有一间凌乱的小屋，大约五十英尺宽，放满了许多车床和钻孔机，那就是格鲁丘的工作室。外面有一平台相连，一架小型的日光马达就安装在上面。大约只有七英尺高，包括两个大汽缸、锅管、轮轴、机轴和各式各样的标尺和活门及长长的管子、压缩器等等；尾部是活塞引擎，构造和蒸汽引擎相差无几，只是少了个锅炉。

"这两个汽缸里面，"格鲁丘解释说，"是特殊构造的高金属合金，绝对与放射能绝缘。当太阳照射在上面，可由稳定的累积和黑体放射器，产生八百度的高温。产生的热量马上传到四周的水管，转变成蒸汽，再由那些长管送出去，转动发电机。大概情形就是这样，其中的奥妙在于合金的研究。热量转化成电力，储存备用。我想我们已成功了。它所产生的动力是三点五马力。理论上，它还可以无限增大。"

尤瑞黛很热忱。她不是机械师，她却欣赏他们要做的一切。

她为格鲁丘感到骄傲。

"你们研究多久了？"

"大概有三年了吧！我想我们还可以改进，完全是控制累积温度和辐射能的问题。我们已试过一切，真空啦，石棉啦——当然找不到纤维玻璃，不过已经有成效了。"

"造大型的是不是很昂贵呢？"

"是的，反过来说，一旦建成了，能源实际上不费分文——而且是取之不竭的。如果旧世界的人肯把心思放在这上面，以造原子弹的合作和专心来研究，他们早就发现了。不过他们当然没这么做。"

当他讲话的时候，尤瑞黛看着他。她看出他对机械学和机器的真诚喜爱，那种喜悦是她所熟悉的。她赞许地说："这也是本世纪最重要的发现之一，能直接驾驭太阳能。"

他们从平台走下来，并回到厂房。格鲁丘带她到一间勉强可称为办公室的房间里，里面有一张桌子和几把椅子。他关起门来，把发电机嗡嗡的噪声挡在门外。他穿着工作服，没扣扣子，显得自由又轻松。

"你觉得怎么样？"他问。

"好极了。"

"你认为，一旦这种发明达到完美的境地，人可以不用其他动力，只靠太阳能就可以渡过太平洋吗？"

"暴风雨中就动不了。"

"如果电池用完了，倒是真的，也许还没有成熟，但理论上却行得通。也许要等很多天让电池再充电。不过，如果是一艘小艇，比

如说二三英尺长，就可以办得到了。日光马达可以继续有效，一有
太阳就可以产生能量。它不会产生奇迹，但可以把小船送回家，直
接穿过金门湾。"

"你说些什么呀？"

"没什么，我是说——通过金门湾，不是吗？"

格鲁丘停了半晌，尤瑞黛也沉默着。然后她说："你也在做
梦吗？"

"做梦？你以为我夜以继日地贡献我的时间和精力是为什么来
的？也许还要很多年呢！我不在乎。然后格鲁丘·马克斯就要远走
高飞了，嗬嘿！"

"你未免太口没遮拦了吧？"

"对你不必设防，茱蒂，下个礼拜你就会看到我的电动船在水上
砰砰而行了。我已经告诉过劳斯关于制造电动船的事，他也很赞成。
我想我可以在艾音尼基节水上运动时准备好拿出来展览。"

"你没告诉他你计划逃走。"

"告诉他又怎么样？这和说你要杀人一样，是个笑话。一个人可
以开玩笑说要杀人而不必受罚吧，等我发展好足够的力量，他们就
抓不到我了，划船追不上的。"

格鲁丘有点爱说大话，那是他的作风，尤瑞黛不晓得该不该相
信他。

"看，"他说，"相信我。艾音尼基节日期间，我会驾驶一艘小快
艇在礁湖上疾驶，让你开开心。"

"祝你好运！"

"谢谢你，茱蒂。"

自从这次谈话后，她对格鲁丘显然地有了好感。

第三十四章

　　教堂的风琴声响彻了小小的意大利礼拜堂。尤瑞黛和伯爵夫人坐在一起，伯爵夫人戴一顶黑色宽边帽，与她非常相配，但对坐在她后面的人而言，可有点太不体恤人了。泰瑞莎修女穿着白色的会衣，面对放在旁边的风琴，露出了优美的轮廓。玛格莉塔没来，安德列耶夫王子的声音并没像以前一样冒出来，他没有定拍子让风琴手来跟随。

　　即使是在礼拜堂里，你也可以感觉到艾音尼基节日来临的气氛。到处一片喜气洋洋，圆顶和墙上点缀着红、蓝旗帜和小燕尾旗，边缘有黄色的流苏。闪亮的烛光照亮了圣龛内圣汤玛士肖像，在基督徒眼中他是他们的守护神，因为他也像他们自己一样渡海到一个遥远的地方，最后死在印度。他们已准备好了一件新袍子，在希腊人庆祝雅典娜节日的那天，这些忠心的羊群便庆祝他们自己的佳节。

　　坚毅的唐那提罗神父是个很实际的人，他挺身而出面对教会的紧急关头。信徒大部分是意大利人，但也包括一些忠心的希腊妇女，神父并不禁止他的教徒参加运动、宴饮、狂欢和诗歌比赛，这些都是艾音尼基节三天庆典的一部分。为什么他们不应该参与文明、欢乐的社会习俗呢？但是他提醒他的信徒别参加雅典娜的圣袍游行。他们有他们自己的游行——毫无疑问，队伍要短一些，规模也小一点，但照样很动人。政治手腕促成他设计出使宗教信仰不同的人和平共存、互相尊敬的策略；共同承认并不指赞成对方的教条和信仰，而是每个人都有遵守良心指标的自由，以自己的方式崇拜上帝。

意大利基督徒所面临的竞争非常艰苦，异教的男女神祇都如此生动地吸引了大众的想象力。唐那提罗神父并不傻，如果他用看不见、抽象、没有形象、非肉身的神明来传教，而拒绝把神祇化成人的形象的话，他知道他的教会一定没有机会的，信徒将不知道到底是怎么回事。举例来说，圣汤玛士是一个人，有肖像可以看见，当然只是个象征而已，却是对信仰真正可见的助力，只崇拜精神的上帝非常困难，作为一个凡人，他们必须膜拜具有肉身的上帝，比如说，能用眼睛和一切他们拥有的感官的帮助来膜拜。幸亏有一套完整的天使、圣徒系统。因此基督教在中世纪里，从未缺少过生动如画一般的映象题材。

唐那提罗神父从《圣经》里寻找画像的题材，他不让异教徒夺走所有影像的生动和魅力。但是，他得很小心，以免不合道统的成分渗进来，在启示录里，他找到了他所要的。例如在一面丝质的旗子上有一幅手绘的《审判日巴比伦沦亡图》，巴比伦人额头上印着他们崇拜的野兽标志，折磨他们的烟火永远往上升，火焰和硫黄使天空充满了橘色的烈焰。前面部分印着各种各样的金银、宝石、细麻布和各种的象牙器皿，酒、油和面粉，马匹、车辆、奴隶和人潮印得栩栩如生。商人哭泣悲吟着，为了伟大的城市而哀号。"没有人再买他们的商品了。"更动人的是其他绘有《最后一日》的画像旗,有七个天使吹着号角,四个天使站在地球的四角,二十四个长者和苍白的马匹,等等。刻画得最生动的,是一幅红龙的图画,有七个头和十个角,还有七个王冠在它头上,脚像熊脚,口如狮口,站在一位即将分娩的妇人面前,准备孩子一生下来就把他吃掉。不,生动的画材太多了,一点也不缺乏。有一张画的格调很有问题,那是一个巴比伦妇女的画像,身穿紫色和猩红,手中握着金杯,据说里面装满了淫荡的污秽和丑行。更怪的是一张《人子》的画,一个人穿了衣服,头发白如雪,眼睛红如火,脚像细铜,右手执七颗星,最奇异的是他的嘴里伸出一把锐利的双锋剑。即使这些画像是直接从《圣经》上抄下来的,对于精神题材的这种描绘应该容忍到多大的程度,仍是个大问题。唐那提罗神父把一切留给自己去决定。当然,这些旗帜使圣汤玛士的游行生色不少。他甚至擅自改变圣汤玛士节的日期,让那些"忠实的羊群"在艾音尼基节日里有借口可以痛快一番,甚至早年的基督徒也会把罗马的春节和复活节合在一起。

为了顺应即将来临的艾音尼基节的精神,唐那提罗神父在布道中一口气念了《启示录》中的好几章,会众向来都很感动。他选这几章,因为其中包含了对七个小亚细亚教堂的警告,不要让异教的狂潮给腐化了,当时的情况和他们现在类似。现在他正念到巴比伦妇人那一章,他的声音有节奏地一起一落。

天使对我说:"你为甚么希奇呢?我要将这女人和驮着她的那七头十角兽的奥秘告诉你。你所看见的兽,先前有、如今没有,将要从无底坑里上来,又要归于沉沦。凡住在地上、名字从创世以来没有记在生命册上的,见先前有,如今没有、以后再有的兽,就必希奇。"

唐那提罗神父停下来，往安德列耶夫王子的方向扫了一眼，王子坐在尤瑞黛的前面。

尤瑞黛一点也没注意听，她模模糊糊听到什么"先前有、如今没有、以后再有的"。她坐直了身子，注视着前排王子的后脑勺，她幻想有十只角从那上面长出来。

她也想到其他的事，她想到唐那提罗神父——身怀秘密的人。她曾遇见阿席白地和神父一起到修道院去，毫无疑问，他一定知情。一定是他利用理想主义的冲动对里格所产生的神秘吸引力说服小阿里招供的。为什么神父用此下策去玷污一位青年的名誉呢？年轻的里格又为什么认罪呢？一定有不得已的苦衷。

这些日子唐那提罗神父非常忙碌，他曾经上去拜访"官邸"——一件非常不寻常的事——找王子讲话，那是在大家听到消息的第二天早上。尤瑞黛正在吃早餐，克洛伊告诉她，唐那提罗神父来请王子出去，有话和他说。

她希望在仪式完了之后，她有勇气跟他出去问个究竟。

还好，没有这种必要。

尤瑞黛觉得很舒服，她很久没上教堂了，这音乐、烛光、旗帜和这群人——唐那提罗神父、泰瑞莎、伯爵夫人、裘安娜、乔凡尼和他们的儿子亚伯特——在一个共同的精神信念下聚集在一起。在一种宗教气氛中，她曾觉得迷失和孤单，能在一个团体中发现别人也有他们的问题，是件不错的事。

唐那提罗神父站在教堂门口和会众握别。泰瑞莎和其他的修女慢慢走出来，跟在鲁拉姆姆后面。

"玛格莉塔怎么样？"院长姆姆问道，她的面孔无必要地严肃和悲哀。

"她没事，她会复原的。"神父说。

伯爵夫人和尤瑞黛已经出来站在阳光下了，王子也是。

"你不一块儿来和我们一起午餐吗，亲爱的？"伯爵夫人问道。

"不了，谢谢。今天不行。"安德列耶夫王子回答说，"今天来参加礼拜的人还不少，你不觉得吗？特别多。"

"每当圣汤玛士节来临的时候，人们就变得比较虔诚些。"伯爵夫人说。有一个想法她没有说出来，那就是很多人来这儿是希望从邻居那儿打听一些被开除修女的消息，甚至说不定还会看到玛格莉塔本人呢。不幸，玛格莉塔并没有出现。

泰瑞莎和其他的修女一块儿走出来，经过王子的时候，她甜蜜地看了他一眼。

"你好吗，王子殿下？"

"好，好。你的风琴慢了一点，有点无精打采的。"

"你怎么没带头唱呢？"

"噢，我想我该让你不借我的帮助而带头一次。别忘了，如果你不以欢欣鼓舞的心情和力量以及坚定的信心来赞美上帝的话，上帝会不高兴的。"

其他的修女都以仰慕和敬畏的眼光看着王子殿下。

唐那提罗神父从里面看着她们，他目送修女们离开，安德列耶夫王子正要转身离去。"感谢上帝！"他喃喃说道，把粗短的手指横在胸前。危机过去了，一桩丑闻已适当而确切地避免了。他一直那么担心、那么烦恼。教会的支柱王子倒了，一直力图反抗异教浪潮淹没的教会也就会和王子一起倒下，连带也会把修会拖垮。

回到家里，伯爵夫人脱下帽子，拿起扇子，坐在一张椅子上喘气。在大太阳下走一里路真是个考验，但是她从来没错过一次弥撒。

"坐下，亲爱的。"她对尤瑞黛说，"你喜欢吗？我觉得今天的弥撒仪式很不错。"

"我喜欢。泰瑞莎修女看来真秀气、美丽。"

"摩尔人。"提玛波端一杯水站着。

"优妮丝呢？"尤瑞黛问。

"在她自己的房间里，她从不上教堂的。"

伯爵夫人转向提玛波。

"她起来没有？"

"我想她还躺在床上，她说你们先吃午饭别等她，她头痛。"

"啊！好吧！"伯爵夫人有点悲哀地说，"她星期天总是头痛，我离开她总觉得不安心，她可能发心脏病什么的。"

"我给她送了点三明治，她不想要别的。"摩尔人说。

"哦，好吧……"

伯爵夫人和尤瑞黛坐下来吃午饭，吃炸鸡和平常的东西。尤瑞黛认为和她单独相处是个绝佳机会。

"我讨厌这些，"伯爵夫人说，"我真想请阿席白地来，我每个礼拜天都请他的，这么好的一位青年。不过，当然你也知道发生了什么事。"

尤瑞黛直盯着伯爵夫人。

"听着，你了解阿席白地，他不是那种人……整个事情根本就是假的。"

伯爵夫人的声音柔和而温暖，她说："你不相信是他做的？"

伯爵夫人夹起一根芹菜，懒洋洋地嚼着，眼睛望着下面，然后又迅速地抬眼看了尤瑞黛一下。

"我非常抱歉，我以为你……里格是个有礼貌、心地正直的好青

294 · 奇 岛

年。在这种地方，像他那样的人并不多，所以我才建议你和他一块
儿学希腊文的。"尤瑞黛脸明显地红了，"现在居然发生了这种事！"

"你觉得如何？"年轻的小姐问，"你认为他做得出这种事吗？"

"我不知道。"

"为什么每个人都那么轻易地就相信了呢？我相信他的朋友至少
该表示怀疑。一定有相信他的朋友，相信他是无辜的，并愿挺身出
来替他说话。"

"可是有什么用呢？他自己都承认了呀！"在伯爵夫人的口气里，
有激愤，甚至有同情。"他自己要承认的，当他决定承认的时候没先
到我这儿来。"

"那么，你也不相信是他干的啰？"

伯爵夫人个性明朗、坦率，她没办法成功地撒谎。

"不，我不相信。"

"我遇见利斯帕思医生，他告诉我一些事情。"

"真的？"

"他没告诉你吗？他说他逮到一些线索。"

伯爵夫人的眼睛睁得大大的，原来尤瑞黛已经知道了。

"是的，他说了一些事情。利斯帕思医生太多话了，我不认为
别人会相信他。他知道我是他的朋友，所以他告诉了我。"伯爵夫
人说。

"你说谁的朋友？阿席白地吗？"

"不是。他知道我是安德列耶夫王子的朋友，他知道我对教会的
忠诚。神父、王子和我自己——我们非常关心教会的存亡，他知道
我不会说出去的。"

"所以你是知情的。"

"是的，我知道。尤瑞黛，亲爱的，你可不能太激动，你千万不能透露一个字。我告诉你是因为你已经知道一点了，而且我也很高兴你是站在阿席白地一边，像我一样相信他的清白。除了唐那提罗神父、院长姆姆和王子本人，谁都不知道这件事。你答应不说出去？"

"我答应。"

"你肯发誓？"

"我愿意照你的话发誓。"

"吃完饭我们可以单独谈谈，我会把全部的事告诉你。可怜的孩子，这件事让我心都碎了，我真想为他大哭一场。真高兴你对他没有失去信心，这是很重要的。"

似乎伯爵夫人早就怀疑事实的真相了，她从王子那儿逼出来的，她直截了当地质问王子他夜间的游荡和玛格莉塔梦游的习惯。王子用不着对她说谎。然后她就找唐那提罗神父来谈。为什么神父不告诉她呢？他们也许可以想出其他的办法。

唐那提罗神父对这件事倒很坦白，这是个非常情况，牵涉到修道院的名誉和教会中最显赫的人物。就算从国家的观点而言，共和国总统的名誉也一定要不计代价地挽救。等大家都知道玛格莉塔梦游的习惯以后，谁会相信什么黑色巨人的故事呢？故事终究会传出去的。鲁拉院长非常担心，首先她纵容年轻的修女和虚构的圣法兰西斯会面，就有亏职守。当然，她可以一句话不说地把她逐出修道院，但是，当孩子生下来时，全城会有什么样的闲话呢？这样根本行不通。唐那提罗神父了解年轻的性格，他是人类性格的研究者。一个不安、高贵的青年，满怀荣誉心和高洁的理想，具有理想主义者的狂热，勇于牺牲，未受过经验的磨炼。一个百分之百的君子，可以信得过他绝对能够保密。除了他，再也找不到更适合的人选了。

唐那提罗神父说，他可以毫无困难地劝里格披上武士的甲胄，为了拯救教会和国家，以命运注定的著名的轻炮兵般的架势，眼睁睁地冲向毁灭。这是件激动人的英雄行径，最伟大的是没有人会因此颁给他一个廉价的铜质奖章，可是他将会把完成一件秘密好事的满足感放在心里，记得自己的个性克服了环境，并成为环境的主宰。唉，为女王而贡献出生命、肉体不算什么。牺牲荣誉，沾一身谣言的污泥，然后默默走开独自受苦，像个受伤的兽，沉默地承受屈辱和污蔑——那是件更伟大、更激荡人心的行为，是人格最崇高的要求。如果教会和国家的基础危在旦夕，他，阿席白地·里格，愿意牺牲他的生命吗？没有第二个念头，他会心甘情愿地牺牲的。如果他能拯救社会，他，阿席白地·里格会献出他所有的一切吗？他会的。如果修道院失火了，为了挽救几名少女，他肯不肯冒生命的危险，甚至断手臂瞎眼睛的危险去救她们呢？毫无疑问。他会不会做一件更伟大的事，登上精神领域的更高峰，使自己的名誉受损，使母亲伤心，使家庭蒙羞，前途断送，却由于他非比寻常的牺牲，得以保全社会和宗教组织的圣洁，他肯不肯做呢？这一切又是怎么一回事呢？里格问道。唐那提罗神父慢慢地把事态的严重性告诉他。神父深思熟虑过。上帝曾和他在午夜时分谈过话，在黑暗中他听到一个声音，那就是：里格——里格——里格——他毫无疑虑。唐那提罗神父愿和玛格莉塔谈，并且要她发誓不得利用情势，硬要里格娶她，不过会让她以光荣的未婚母亲的身份把孩子抚养长大。他，唐那提罗神父，将做见证人；如果她食言背信，他将亲手将这位年轻修女撕成碎片。他所要求的，不过是里格暂时忍受社会的耻辱。在上帝的时间里，一切将会被淡忘。

阿席白地·里格穿着闪亮的盔甲欣然奔赴战场，实际上他徒手撑住了修道院的危墙。所不同的是，他并没有摧毁神庙，只是把崩裂中的屋檐推回去，使神庙们保持完整。

当然，尤瑞黛的心灵之眼，如今看到了一头年轻的狮子，蜷伏在沙洲上，舔舐着自己的伤口——孤单地。

"整个事件真不公平，竟这样地利用他善良的天性。"伯爵夫人最后说，"相反的，我也能了解神父的立场。如果玛格莉塔把事情说出来，安德列耶夫王子将被视为荒唐绝伦，而整个教会会被他拖垮。"

"可是那还是不公平呀，居然没有一个人怀疑真相。"尤瑞黛说。

"你认为奥兰莎知道这件事吗？"

"我觉得她也猜得八九不离十了。可是每个知道实情的人都守口如瓶，而让他一个人忍受全部的羞辱。这对阿里真是不公平！"

"阿里？"

尤瑞黛脸红了："是的，我是这样叫他的。"

"尤瑞黛，亲爱的，这件事对你应该没造成什么差别才是。我会为了这点而更爱他……你怎么想呢？"

尤瑞黛抬头望了望："我要去告诉他我相信他，什么也没有改变，我一定要这么做。"

卡士提利欧尼伯爵夫人迟疑了一下说："我怀疑，我怀疑你是否应该这么做。"

"为什么不应该呢！"

"因为他不会喜欢的，让事情顺其自然吧。你有的是时间，让他独自忍受几天。他一定宁愿这样，没人逼他嘛。现在就让他享受接受牺牲后果的快乐吧！别剥夺他的快乐，也别打搅他。然后，当然，在你有机会自然而然遇到他的时候，让他知道，你是唯一相信他清白的人。"

"但是我忍不住，我现在就表现我对他的信心，也许对他有帮助。"

"不，你还是等一等的好，对他没有害处的。他现在对他所作所为一定有强烈的感受，不要破坏围绕着他的劫数。我真的相信经过这次冒险以后——他生命中唯一的一次历险——他就不会再那么烦躁了，他就会快乐些，有信心些。"

这个时候，优妮丝身穿家常服出现了，她们停止了谈话。她说："噢，天哪，你们不在的时候我好喜欢礼拜天的早晨哟！"

她们继续讨论即将来临的艾音尼基节，尤瑞黛不久就走了。

第三十五章

要求尤瑞黛先别去看阿席白地·里格，实在不合理，当她人在别处等待的时候，她每一刻都想念着他，她再也不能忍受了。

艾音尼基节已逼近了，空气中一片兴奋之情。克洛伊回来吃晚饭，晚上又出去了。她和同学正热心排演《雅莉雅德妮》一剧。男性心灵抚慰学院已经停课了一个月，这样女孩们才能专心排练戏剧和歌舞。

尤瑞黛在一天下午来找艾玛-艾玛，听取她的意见，同时想更进一步地知道阿席白地的事件的后果。

"你认为，"她问这位女人类学家，"里格会终身被摒弃，没有人肯嫁他了吗？"

艾玛-艾玛拿下了眼镜，她似乎在她的书房兼卧室里写报告写了一整天。她用手掠了掠她鬓间的白发，温柔地微笑着。

"不会这样惨，岛上有许多不合规则之事——未婚妈妈事件。这次比较严重，大家比较不赞同，是因为牵涉到修女的关系。"

"结果会怎么样呢？"

"过一阵子，大家就会把这件事忘了。里格不是坏孩子，我想会有一些女孩愿意嫁给他的。当然，每个年轻人都会犯错。我们不像旧世界的人那么认真。"

不知不觉地，艾玛－艾玛扯到艾音尼基族的求婚和生子的风俗上去了。尤瑞黛反正没事可做，很高兴地听着，艾玛－艾玛的语气是平静的，有学者之风的和泰然自若的。

"你将会发现，我们的风俗习惯有些很合理，有些又不见得，至少对你是如此。这些礼俗与你已建立起来的想法和信仰，有着尖锐的冲突，有的清新可喜，有的几近嬉闹。也许只有想象力丰富的民族才想得出来。有些则只有对那些爱研究、能自由讨论概念的民族才可能存在。大家都用科学方法来探讨问题——将问题哲学化，并不只限于二十世纪的大学生，你记得我跟你说过，我想证明男女的性周期？"

"我记得。女人是七，男人是八？"

"对。女孩子十四岁开始青春期，男孩子十六岁才开始，但是原则上不到完全成熟不结婚，女子是二十一岁，男子是二十四岁。青春期的开始和完全成熟之间叫作少年期，暗示着纯真自然的轻率或无邪的天真烂漫。"

"因此，"艾玛－艾玛继续说，"年轻人在接受为人父母的责任之前，有一段强迫的追求期。婚姻和生儿育女既不该在完全成熟之前，也不该拖得太久。在青春期内，男女之间有相当多的求爱或天真的轻浮。生活在一个众神已设下多情的例子的民族里，这些行为是可以预期的（宙斯家里的风流韵事和在奥林帕斯山上的绯闻恶名昭彰）。众神的风流事迹不免导致对年轻人放纵的宽恕。而且有一点必须记住的是，地中海民族从来就不知道诺曼底人的冷感。在这岛上的气氛反对任何种类的假正经，因此未婚生子遭人皱眉头，不是因为违法，而是因为发生在成熟期之前。不管结婚与否，母性总是受大家尊重的。"

这是尤瑞黛最不了解的一点。艾音尼基人得知她已经二十五岁而尚未结婚时，显得相当惊讶。她既不残废又不是畸形，这在艾音尼基人的眼里是不自然的，是违反自然的一项罪恶。岛民并不是强调生产，因为他们也关心面积有限的岛上人口过剩的问题。但是他们认为母性是神圣的，是每个女人天赋的不可被剥夺的权利，强迫女人不生孩子就好像强迫果树不结果子一样。艾音尼基人相信，结果子是果树的天性，就像生子是女人的天性一样，只有变成母亲后，女人才算完成了她们生存的使命。除非是生理上的病因，否则女人不孕是变态，是一种犯罪和道德上的过失。一个外人是很难了解这种态度的，就像旧世界的人认为母性是种抬不起头来的耻辱一样，岛民也很难了解。有一条艾音尼基人的谚语说，待产的母亲是神灵的一部分。这是岛民基于种族生存的本能而自吹自捧的一个例子。他们都认为未婚妈妈母性神圣，应该受到尊重。因此，虽然他们不赞同二十一岁以前未婚生子，未婚妈妈却像合法结婚的妈妈一样，同样受到法律和风俗的保护。没有人歧视非婚生子女，因为一来他们认为错不在孩子，孩子不能为他自己的出生负责；二来世上只有一种生小孩的方法，非婚生与婚生之间并无差别。"但是，"艾玛－艾玛说，"岛民对这件事也并不轻率。"

"似乎奇怪的是，当我离开旧世界的时候，公共节育在非基督教国家是合法的，在许多基督教社会却是非法的。传染病不再被认为是'上帝的旨意'了，但是不情愿的父母生一大堆孩子，却仍是天意。洪水已经能控制了，生育却不能。胡子可以剃，头发可以剪，

302 · 奇 岛

但是生育却一定要顺其自然，甚至也不管母亲日日辛劳，提前衰老。当宗教涉足其间的时候，实在很难理解，印度塞克教徒连剪头发也算是亵渎神明呢。

"由于有一部分艾音尼基人是善良的基督徒，这问题就引起了激烈的论战。劳斯明白岛民的福祉和未来的快乐，有赖于人口问题的合理解决。他认为神父的固执主要是由于神父不是女人，神父自以为他们知道上帝对这件事的旨意。假如他们是女人，他们就会有不同的想法了。总之，单身汉应该置身事外，因为他们没有经验。

"让他们小心地讨论观念、'自然'控制和女性'劳工'问题，有关女性的问题，劳斯提醒岛民说，妇女应该有权发言，不该有人自以为知道什么才能取悦于上帝。是妇女必须忍受生产的痛苦，因此让她们说出她们的感受才是聪明的办法。

"绝大多数的妇女投票都赞成节育，因此长老会议决定让妇女出入公立的节育诊所；不让她们知道生育的奥秘和正当知识是一种男性的偏见，也是种古板的野蛮行为。原则上，妇女三十五岁以后就可以解除生产的恐惧了，但是二十一岁到三十五岁之间的妇女则可以生三个，而已经生了三个小孩的妇女，不论她多大年龄，该鼓励她们与诊所磋商，还没生三个孩子的父母则不受限制。"

"这，"艾玛－艾玛总结说，"是殖民地居民的思想注重人不注重事情的一个实例。旧世界的人会觉得不可思议，大家一心只想发明喷射机，发现银河星系，很少把心思放在平常的题目上。他们在这方面的思想，几乎从公元一世纪以来就没变动过，也很少人想到，人类应与母道有关。世界人口应该'顺其自然'，这么彻底的无知居然发生在二十世纪真是难以置信。何况他们还自称是科学时代的科学人呢！"

第三十六章

"谈谈男性心灵抚慰学院吧！那是种什么机构？"尤瑞黛问，"我是说，克洛伊和贝伦妮丝她们念些什么课程？她们是那么好的女孩，而且是颇有才艺的音乐家。"

艾玛－艾玛微笑了："课程？她们研究人——男人。她们是女孩子中的天之骄子，从岛上最漂亮、最有才华的女孩子中间挑选出来的，相当于某些国家最高学府的女生。这种女孩多人追求，这些大众才女的训练课程的特质很难说明。说来也矛盾，那是种非常精确严格的训练。首先，她们在身心两方面都要十分杰出才行，岛上一般少女的教育被认为缺少婚姻幸福的窍门。"

"因此她们是特选的一群。"

"是的，是最好的。她们必须在身心两方面都要超过一般水准。"

"那一般的女孩子又接受怎么样的一般教育呢？"

"啊？关于最初的女子教育，真是说来话长。当我们刚来的时候，我们自然地保留了女子的教育。我们带来了一些相当不错的老师，男女都有，就建立了女校。刚好有几位难得的教育专家——我不知道劳斯在哪儿找来的。很快就证明行不通，一来因为田里和家里都需要女孩子帮助，协助父母和照顾弟妹，但是最主要的原因是，女孩在关进学校和离开家庭几年以后，对生活比没上学的女孩更无知。她们没有机会实地学习烹饪，因此，学校就增加了烹饪学。但是学生的技术还是差得可怜，她们没有机会像姐姐一样在家帮忙照顾婴儿，于是又设立了育婴课程，由某些父母提供真正的婴儿，让她们在学校里照料。然后又有人说，在道德上她们无法发展健全的人格，因为她们没有适当地接受父母的管教。我的朋友包西雅丝是个杰出的教育专家，经过几年的精心研究，发展出孩童由观察和由书本中一样可学习到团体行为的准绳，女孩子不应该脱离父母的影响，于是又有了'家长与教师协会'来研究讨论成长中女孩子的团体行为、社会态度和任何反社会的倾向等问题。听来很现代，问题却非常复杂。怎么可能叫女孩子脱离她们自然的生活，与成人社会隔离好几年，然后重新引入生活中各种自然因素，并提供给她们生活经验的替代品呢？教育专家最喜欢这种推测，因为它所需的技术，很像化学家自牛奶中抽取维生素，然后按照比例放回去。在旧世界，他们标明这种牛奶叫'维生素再制牛奶'，是按照专利过程制造的。女孩子痛恨这种待遇，牛奶如果会说话，大概也一样痛恨吧。它们不愿重新添加维生素，宁愿做自然的全脂奶。由于她们天生的女性直觉，她们比男孩子更讨厌这些。

"然后有一件事件发生了，事情虽小，但却引起了教育制度的一场革命。有一天，莆比，横笛制造商海费斯托的女儿抱怨说，她不懂母鸡怎样孵小鸡。女校校长邀请教育心理学家和教育社会学家召开了一个会议，以判断莆比到底有什么毛病，是不是她心智不正常了？适当调查了莿比的环境因素——结果发现她父亲海费斯托是个鳏夫，从来没养过家禽。专家同意，最好在学校里养些鸡，这样，不但莿比，她的同学也有机会'复制生活经验'，观察母鸡如何孵小鸡。母鸡放在生物教室的玻璃笼子里，成为女生好奇的对象。因为母鸡在它的宝座上待了二十一天之久，气派庄严，对周围的动静表现出贵族般的冷漠，等小鸡孵出来的时候，生物学老师就以小鸡如何破壳而出，开始辉煌新生命为题，给学生上一堂精彩的演说。校董们对这种'进化'的倾向非常不满，尤其是特拉西马丘斯，他的女儿艾瑞屈亚那时候正是女校的学生。

"'现代学校是怎么回事？'他问，'我们的学校教员不够，教室太拥挤，教育设施天天有不同的变化。首先，你们引进了煎锅；然后又引进摇篮和尿布片，这还嫌不够似的。现在你们居然又引进了母鸡，让它们占用学校宝贵的空间。干脆把女孩送回家半天，让我女儿在家学习煎锅啊尿布啊和母鸡，岂不是更经济、更合理？'"

艾玛－艾玛继续说这个故事。特拉西马丘斯是学校的重要支柱，这件事就被送到家长与教师协会去讨论。结果大家通过一项决议，说："我们承认教育的目标是为年轻人做生活的准备，因此学校课程应该尽量激励生活，多数专家的意见认为，不用在学校鼓励四度空间的复杂生活，而让女学生每天在家里半天要简单得多。希望她们努力不懈，继续在现实生活中研究煎锅、尿布和摇篮的用法，并且勤奋地继续观察孵小鸡等的生物现象。"这份不必要的冗长的宣言，是先一辈的人从旧世界承袭的教育花招。

因此，艾音尼基族的女孩子就没上多少课。音乐、体育、纪念歌朗诵和讲授传说（以取代历史）加上一些简单的数学就差不多够了。在数量上不足的，就在质地上求精。大家认为，她们的理想应该是宁愿把少数的事情做好，也不要把许多事做得乱七八糟。根据劳斯的美学，身心的优美和力量是文化的两大目标，合并起来就是他们的理想。男孩子自然多几分力量，少几分文雅；而女孩子则多几分优雅，少几分力量。他们的理想永远是健康的身体和健康的心灵。少女姿容邋遢比对史料记忆不佳受到更重的处罚，肺病现象或脸色苍白被视为教育的发展的一大退步——这些女孩子很可能被教务长叫去训话。体育、游泳、射箭和舞蹈占了学校课程的一大部分。为了学习正确的姿态和优雅的风度，女孩子要把水壶装满水放在头顶上，旋转身体，或者屈膝做各种躺卧的动作。毕业典礼包括一项毕业班顶水壶游行的节目，通常家长都会报以热烈的掌声。每学一个月都举行考试，高年级学生若未能学好如何恰当地走路，或水壶顶得笨拙，校长比看到学生算术或历史不及格更关心，因为学校把水壶游行看成女性美的象征。

"那'男性心灵抚慰学院'是怎么回事呢？"尤瑞黛问。

"毕业以后，特别优秀的人可以免费在学院接受特别训练，学院由社区维持。我们认为训练一班完美的女性，是保存女性美和女性成就的最高理想。这种程度的女性美，在观念上来说，几乎具有宗教意味，提高了社会道德内容的格调与价值。大家都承认，理想的美可以在某一年龄的女性身上找到，而我们的少女有责任维持美学传统，一代又一代地成为永恒女性美的活生生的象征。当女性理想一旦粉碎，文明也就开始衰落了。她们要非常优雅，有教养、有应付男人的心理训练。这是一种光荣的特权，所以训练虽然严格，申请入学的女生远超过学校的容量。每一个人都必须有一种音乐天赋，还要有特殊的机智。

"智力测验并不被采用，因为智力测验和其他记忆术一样名誉扫地了——大家信任数字，以为一切都能测量，化成统计数字，这是二十世纪上半叶的疯狂现象。事实显示出来，二十世纪的心灵，在奇异假科学的错乱影响之下，已愚蠢地机械化了。一九六〇年左右，有人认为一个人的智力和他眼眸中的光芒有相关性，一位哥伦比亚的教育心理学教授设计了一个电子彩色计量器来测量眼中的光芒，能观察并记录光波的微妙变化。有一天，这个教授正对着这个仪器观察的时候，一位曾发明笑震测量记录器的对手教授从后面给了他一记闷棍，两个蠢材扭打一番，同时完蛋。到了一九九三年，得克萨斯州的一位神学教授想以科学基础来研究神学，他发展出一种完备的良心图表，问罪人一串问题之后，就能精确地测量出一个人道德堕落了几厘米。

"可是，对我们来说，光芒是捉摸不定、很难测量的。当申请人的资格考核批准之后，她们必须通过一项公开的考试，就有点像旧世界的选美大会一样。裁判根据个人的反应，不像二十世纪的人用卷英尺测量——宣布一个女孩子腰围有几英寸，这是最低下的统计方法。我们认为，少女眼睛的魅力、眼睫毛的长度和肤质的柔美最重要。女性的美和好身材还包括了很多其他的因素。

"等裁判选定了成功的竞争者，每个毕业生都拿到一本泥制的假书，让她们以后丢到海里，小岛上真书太珍贵，不能扔掉。这个仪式象征女孩子书已念够了，现在开始要应付男人了。当然，入选的女孩继续读诗歌和历史，等等。但是劳斯坚称，女人应该研究的对象是男人。星星、花朵、云彩和矿物都可以慢慢来。"

"男人适合研究什么呢？男人不也该研究女人吗？"

"他们没办法，教也教不会的。他们永远也不会了解女人。他们选女人都是盲目乱选，有点像雄海象选雌海象一样，全凭本能。

千万别以为学院是专为男性自私和兴趣而设的。其实它的基本假定是男人很难对付，在本质上他们仍是孩子，要人骗，要人哄，要人抚慰。不过，这一套需要无限的技巧，要女人不失去耐心，或不公开得罪男人，需要很多年的训练。学院因此而设立，她们的训练目标也在这里。许多女孩在一点航海基本知识都没有的情况下，投入婚姻的大海。学院学生可以对男人撒谎，甚至鼓励撒谎，只要能讨好他们或使他们开心就成了。她们每天都有个实在的例子，像疲倦的男人、喝醉酒的男人、虚荣自大的男人、精神病态的男人或急躁的男人，让她们去应付，他们离开他们原来的团体，来到这里，心情要比以前好得多。只要他们不再怨声载道，什么样的诡计、恶作剧、玩笑都可以应用。真的，那些疲倦、紧张的男人和不快乐的丈夫们，只要少女的柔荑往他们额头上一放，他们就全都恢复了常态。"

"她们为什么被叫作男性心灵的抚慰者呢？"

"因为经验教艾音尼基的太太们把紧张、易怒的先生送到她们那儿去治疗。因为学院由公家维持，所以不必收费，但是男人必须提出一份声明，承认他已达神经崩溃的边缘，或者因打老婆而怀有罪恶感——这些情况算是急症。一般而言，男人只要承认粗鲁烦躁、疲倦或沮丧就可以了。她们侍候他们好酒，可是他们一定要有节制地喝，否则就会被赶出去。大部分的男人都太珍惜入院的权利，不敢冒险。而且女孩也可以打他们耳光，如果他们行为不检的话，就像她们会打自己的小孩一样。结果呢，就培养出一套礼仪来，学院也就成了礼貌交际和文明态度的同义词。我们的少女通常都对乐器有种天赋，像七弦琴、横笛、吉他或提琴等。她们也学哲学——不是罗素或怀德海的世界，她们能随口引用大作家的隽智妙语，也熟知孔子、爱比克泰德和伊壁鸠鲁的名言。有一个女孩叫桃乐丝的，是德谟克利特原子论的专家哩。她们有一部分的训练包括了莎弗抒情诗的背诵和叙事诗著名章节的朗诵。吃肉排时读诗，吃肉片时就谈哲学。餐桌上，男士就说些笑话、逸事以为交换。结果，女孩就处在一种特别适合培养机智和交际礼貌的气氛当中。许多有学问的男人宁可来找她们做伴，而不愿和半文盲的妻子交谈。"

"我想他们一定是这样的。"

"大家认为，这种和男人不断的接触，面对他们最好和最黑暗的一面，给女孩提供了不少客观的人性教训，使她们能成为最好的妻子。刚刚打了老婆的先生们，急急奔向她们，倾诉他们的家务纠纷。女孩坐着倾听，既谅解又同情，或者轻声喊道：'她多可怕呀！'一个怒气冲冲，瞪了大眼睛的丈夫，会在诉说完了他的故事以后问道：'你说有没有道理？'听者的眼睛暗淡下来，甜蜜而同情地说：'我真难过。'少女在学院待了一两年之后，就了解了夫妻关系的复杂。由于岛民对性的坦诚态度，有的时候女孩们必须倾听已婚男人向她们吐露隐私的细节。这有点令人困窘，因为女孩们都还没结婚。但是未婚的教士也常常被迫聆听两性关系的详情和病态，甚至质问信徒有关的要点。学院并不像旧世界，亲密关系的坦白并不是义务性的。"

"她们的罗曼史呢？"

"自然，年轻人追求她们。公共艺人的职业性任务和私人的恋爱事件分得很清楚，学校外的活动是她们自己的私事。由于不乏众多的追求者，她们有很多人坠入情网。很多人到了第二年、第三年就结婚了。训练的期限是三年，如果她们中途结婚就必须退学。社会上惋惜她们的早婚，一来是希望维持一班良好的艺人，二来是因为根据风俗习惯，不希望女子在二十一岁之前结婚。但是，她们的位置马上就有等待的申请者递补。做妹妹的还央求姐姐赶快结婚，好空出位置让学院收留她们呢。……艾音尼基节你要去看她们的戏剧，通常都很不错，因为表演、合唱、舞蹈都非常精彩。"

"我想那几天一定很快活。"

"非常快活。女孩们在那几天最美。还有圣袍游行，事先还有中学女生的水壶游行。她们的毕业典礼是艾音尼基节庆典的一部分，那将是幅你从未见过的美丽、健康、欢乐的画面。"

尤瑞黛心里有事，她说："我要去劝阿席白地停止躲藏，出来见人。他需要朋友保证他们仍愿接受他，不论他做了什么事。我能带他来见你吗？"

"当然。他犯了错，年轻人的过错。把他带来吧，我们要让他舒舒服服的，帮助他度过困难的时刻。"

尤瑞黛精神一振，她告辞了。当庆典进行时，阿席白地还自我牺牲地躲着，实在太荒谬了。她不容许这样的事，她决定去找他，把一切都告诉他，劝他忘掉烦恼，高高兴兴地参加庆典节目。如果阿里不在，她就无法开心了。如果有人说闲话她也不在乎。

第三十七章

　　晨雾很浓，能见度很差。尤瑞黛在岸边拍水，等候里格。她知道他会来的。她等了半个钟头，他还是没出现。四顾无人，寂静无声，除了海鸥找到蛤蜊或软壳蟹时偶尔对伴侣发出呱呱的叫声。

　　最后，她有点不耐烦了。她游了出去，礁湖的浅水处很温暖，她只能看到前面十五码的地方。四周全是茫茫的白雾，挡住了阳光。她转过身来，懒洋洋地划着水沉思。一阵水花飞溅声划破了浓雾中的寂静，她停下来倾听，认出是熟悉的嗖嗖划桨声，就往那个方向游去。

　　"阿里！"她看到小船和他的身影，模模糊糊地驶进了她的眼帘，她大叫。

　　"哈啰，尤瑞黛！你在这儿干什么？"

　　"等你。"她游向他。

　　"你要干什么？"他看到她，并不特别高兴。

　　"我要跟你谈谈，阿里……阿里，我一定要跟你说……你听到没有？"阿里已经把船划开了有一会儿，她尽量保持说话的距离。"阿里！……我跟你来……别划走……阿里！"她尽量游快以跟上他。阿里把桨停下来很久才转过头来说："别傻了，回去吧，尤瑞黛，别管我。"然后加快了速度，慢慢消失在雾里。

她觉得很委屈，里格从没这么粗鲁过。那不是很傻吗？一个人闷闷不乐，不跟人说话，独自退缩在自己的思想王国中。她慢慢游回岸上。

当然他不是故意冷落她，把她留在水里，不让她上船。其实不是那么一回事，她了解。但是他的英雄作风岂不是太不必要了吗？

尤瑞黛下定决心，无论他愿不愿意，她一定要找他谈谈。她搭上一条泰诺斯渔船，等渔夫把财货卸下海滩，她要求他们载她到沙洲去。

年轻的里格看到尤瑞黛跳出渔船，向他游过来，大吃了一惊。当然那是一种恭维，可是她何必这么麻烦呢？难道她不知道他那件丢人的事吗？她当然知道。尤瑞黛慵懒地涉过浅水，迷人极了，他把一切的决心都忘了。

"唉，尤瑞黛。"他叫着，溅着水花走向她，脸上挂着往日的笑容。

"你真傻。为什么自己一个人——躲开别人，可以，可是为什么要避着我呢？阿里，你知道，我从来都没有相信那件遗憾的事。"

"你不相信？"

"一个字都不信，即使你承认了。"

"为什么呢？"

"我的心告诉我，你不是那种人。"

阿席白地松了一口气，转头望着她。

"你太好了，尽管我自己都证明了我的行为，你还是信任我。为什么不信？我可能做出蠢事啊！你怎么知道呢？"

"凭直觉。即使你现在坚持说是，我也拒绝相信。"

"其他的人呢？他们怎么想？"

"你在乎什么？"

"我不在乎。"

"那么让他们爱怎么想就怎么想好了。"

他们走上一块空的沙地，到了他放毯子的地方，他们坐了下来。

"别躲起来，艾音尼基节日后天开始了。我一直盼望着，好奇地想知道是什么光景。你一定不能避不见面而让大家反而注意你。"

"一定很窘。我还不十分明白我自己做的事。很难，非常难。"

"当然你会觉得很难，但是你不能躲一辈子啊！我要和你在一起——公开出现。别说废话，我们假装什么都没发生过。伯爵夫人也知道，她会支持你。"

"她怎么知道的？"

尤瑞黛不得不告诉他。

"我们不会说出去的，"她继续说，"不过，伯爵夫人、我和一些其他的人都会支持你，你会有伴的。"

"你真的要和我公开露面？"

"非常乐意。阿里，你知道我有多爱你。"她仰起脸，他俯身给她一个热烈的长吻。

"你自由了？"她喘了口气问道。

"是的，我自由了。"

"玛格莉塔呢？"

"这件事一开始大家就彼此谅解了，而且她宣有重誓，永远不泄露秘密。我把她带给她母亲，这件事就该算结束了。"

"是吗？你确定？"

"我相当有把握，她没有控告我。唐那提罗发誓说，她如果再提这件事，他要好好对付她。可怜的玛格莉塔！我从来没见过这么悲惨的事。"

"王子呢？"

里格的脸突然绷紧了："那个窝囊废，他吓坏了。他一直否认那回事，而且让唐那提罗神父想办法替他解围。"

"为什么他不承认，然后娶她呢？"

"修道院的修女不行！他很懦弱。"

"玛格莉塔真的爱他，我想。"

"我怎么知道呢？我几乎没踏进过修道院一步，我又从不上教堂。"

"你知道吗？"

"什么？"

"你知道我怎么称呼王子殿下？自从我第一次听到他的名字，我就觉得非常滑稽。我叫他'狗蛋'王子（谐音）。"

里格爆开一阵大笑："真好玩，狗蛋王子。太好玩了，我从来没想到呢。"

里格第一次完全忘掉了烦恼……"狗蛋王子"……他又大笑起来。

第三十八章

　　节日庆典的排练已经进行了好几个礼拜。有时候，傍晚经过学院的时候，尤瑞黛还听见女孩们在练习合唱。他们还训练十二个由十二岁到十七岁的少女，让她们在游行中担任特殊任务。至于舞蹈部分，岛上的少女并不需要太多指点。大庆典是年轻人的事，因为有体育竞争和水上活动，但是也是整个社会团体的盛事。莱亚特斯——运动会管理员忙得不可开交，要布置圆形剧场，要编排比赛者的组别。马其顿、色萨利、德洛斯和莱斯博斯等地区的居民自己组织了游行的队伍，并且争着要提供宴客的牛羊。住在艾达山半山腰斜坡上的德里安农民带来了美酒佳酿，许多长者被邀参加诗歌的朗诵，因为这是一年中的大节日，专门崇拜雅典娜女神和守护神，以祈求殖民地的快乐。

　　艾音尼基节的前夕，雅典娜神庙有一个祈祷的仪式，神庙在水坝上方半里处，面对艾达山下的肥沃山谷。尤瑞黛陪阿席白地·里格到山上参观典礼，然后再到艾玛－艾玛处吃晚餐。阿席白地不很

自在，宁愿不去。可是，尤瑞黛劝他尽量利用这个机会。事情总有
个开端，他最好现在就陪她公开露面，不要等到明天。他必须振作
起来。艾玛－艾玛请他吃饭，是他并没有在可敬的社会中丧失地位
的第一个证明。此外，优妮丝也通知他，第二天游行之后劳斯请他
吃午饭。

"卡士提利欧尼伯爵夫人也邀请了你，但是我想你不会喜欢去。"

"为什么？"

"伯爵夫人说她要为唐那提罗神父和其他的人开一个宴会，她
说，她一向如此。明天也是圣汤玛士节，她请了修道院的修女，会
有点尴尬，不过劳斯请了你。"

"是你提议的吗？"

"不，不，"尤瑞黛急忙否认，"我要参加劳斯的餐会，你最好一
块儿来。"

女神的神龛在祭坛前面燃起了许多蜡烛。在尤瑞黛看来，亚里
士多提玛神父未免对异教妥协得太过分了一些。他仍旧穿着希腊正
教的神父长袍，长长的白花胡子垂在胸前。他并没有参加对异教神
祇的祈祷仪式，但是由于他的年纪，已是社区的正式领袖。而且他
坚持立一座圣尼古拉的雕像，放在洞穴侧面的墙上，伴着前面的雅
典娜。许多祈祷的蜡烛映照着圣者卷曲的胡须和裸露的双肩，没有
人觉得这两种神像并陈有什么不协调。尤瑞黛认为，圣尼古拉已被
公认是奥林帕斯山的神祇了，或者至少看来如此。

克洛伊在仪式结束后来找尤瑞黛。当她们离开岩穴时，兴奋之
情洋溢在她年轻的脸上，她把贝伦妮丝替她做的新衣服拿给尤瑞
黛看。

"明天我该做什么呢？"尤瑞黛问。

"穿白衣服，崇拜上帝，同时尽情享乐。"克洛伊回答说。

说起来好像对她是好简单的一件事，崇拜上帝和尽情欢乐！

克洛伊盯着阿席白地·里格，其他几个女孩也是。她们对他的敬畏之情，仿佛他是去过北极、赤手空拳杀过三只北极熊的好汉——神秘、邪恶、伟大兼而有之。有几位走过来说："哈啰！"阿席白地一点也不喜欢，难道他突然变成女孩子心目中的大众英雄了吗？

"我想我不该参加劳斯的午宴，我知道——他每年在游行那一天都举行一次。有很多人都会到那儿去，包括那位狗蛋王子。"

"阿里，你不能再逃避社会。事情过去就过去了，这个午宴是很重要的，你会遇见许多常见到的人。你是劳斯的客人，劳斯已接纳你了，那就够了。至于王子，你在乎什么呢？把头抬起来，振作些，阿里。"

最后这两句话对年轻的里格具有真正的魔力。是的，振作起来。他一定要记住这一点。

在艾玛－艾玛的餐桌上，他们谈到在雅典娜岩穴中所见到的情景。

"岛上实际上有多少守护神？"尤瑞黛问道。

"我相信有三个吧。"艾玛－艾玛回答，"有点搞不清，不是吗？天主教徒决定要圣汤玛士做他们的守护神。本来亚里士多提玛神父坚持圣尼古拉的，他是有名的水手的保护者。只是运气不好，第二年春天收成不好。大家认为圣尼古拉未能尽忠职守。他不能做一个守护神，他能吗？于是希腊人舍弃了圣尼古拉而迎向雅典娜。所以你才会看到圣尼古拉的肖像是在岩穴后面，而雅典娜的神像在前面。"

"你不觉得不调和吗？"尤瑞黛问，"一个基督教圣者和一位希腊女神共用一个岩洞。"

"我个人觉得有点乱七八糟。"阿席白地说。

"亚里士多提玛神父怎么想呢？"尤瑞黛问。

"也许你不了解，"艾玛－艾玛说，"他仍然很诚恳地相信自己是基督教的神父。明天你将会看到他领导雅典娜的圣袍游行，可是他继续主持基督教的教仪。我们到这儿的头几年，他看出了人们心中的异教倾向。他是个讲求实际的人，决定如果异教徒不上教堂，他就要把教堂带给异教徒。"

借着历史和教会知识的帮助，这件事终能与良心妥协。劳斯曾经研究过东方思想对毕达哥拉斯的影响，协助他言行一致。劳斯熟知早期基督教神父信仰中希腊和非希腊的素质。早期的神父们都知道通俗信仰和纯基督教之间的冲突，作为这种冲突结果的基督教，就会有希伯来和希腊的混合成分。耶稣没有说过肉体上的禁欲主义，但是毕达哥拉斯和奥尔弗斯的禁欲和克制的教条明显地变成了基督教教义的一部分。是希腊的禁欲主义者安提斯泰尼曾表示要"射死阿佛洛狄忒，她毁灭了许多贞洁的妇女"。基督从未说出射杀美丽少女的话。记得马达伦的玛丽亚吧？而且，当然啦，《约翰福音》和《圣保罗致哥林多人书信》第十三章若不能参照希腊宇宙哲学，就根本无法了解。虽然圣保罗是散居异邦的犹太人，却吸取了柏拉图的灵魂说和埃及神祇的奥秘。

结果基督教除了基本的信、望、爱的教义外，还借助了盛行的地中海多神教的有用的崇拜仪式和其中的圣餐仪式、神秘性、来世论和肖像等。为什么亚里士多提玛神父就不该对人性来一次让步呢？当岛上第一次庆祝雅典娜节的时候，他看到少女们狂热而诚心刺织女神的白袍，高兴又骄傲地抬着圣袍，他实在不忍心说："回去吧，你们这些偶像崇拜者。"他是个好牧人，他太了解他的羊群了。

"亚里士多提玛神父的态度在劳斯的直接影响下，逐渐调整正教和艾音尼基族多神而生动幻想之间的差异，对人民的生活有很大的影响，"艾玛－艾玛，这位比较宗教的研究者继续说，"使大家对罪恶不像基督徒那样保持悲剧的态度。罪恶是人类行为中的错误因素，应该觉得羞耻而加以改正，不过却不是包容一切、主宰一切的宗教基本架构。劳斯指出，美国总统卡尔文·柯立芝，有一次曾把基督教信仰以罪恶两个字概括，非常妥帖又简洁有力。从另一方面来说，如果雅典大学前科学院院长兼大数学家阿提模斯博士成为艾音尼基社会的领袖，他绝不会容忍人民这种戏剧化的幻想，相反的，他会责备他们的无知和迷信。他会把亚里士多德的传统带进本岛，而这个传统在现代社会中已迫使科学和宗教分离，造成了悲剧的结果，使美好生活的哲学毁灭，就像旧世界在一九○○年左右发生的情形。正如劳斯所说的，科学犹如猛兽，吞噬了宗教，把宗教化成了内在心灵的组织。

"如果阿提模斯博士胜利了，如此欢乐的庆典使神话变成科学和哲学的语言就不可能了。他会使宇宙完全合理化，使人类社会也如此。劳斯并不害怕艾音尼基人的生活社会变成如此单调乏味，劳斯曾为完全合理的人类社会下过定义，那就是没有人在他的一生中偶尔疯狂一下地生活。如果那不算不可思议，也算得上够人震惊了。幸亏，没有人想要这样，因为，不管阿提模斯说什么，牧人和农人永远也不会改变的。所以，当阿提模斯不断解释，太阳不过是个平凡的高温星球，从分裂的原子产生力量，农夫们根本充耳不闻，继续神游在阿波罗驾着白马战车，穿行天空的幻想。"

由于这些环境的混合，艾音尼基人仍然庆祝他们的异教节日。

第三十九章

　　第二天一大清早，圣汤玛士的钟声愉快地响起来，宣布了"圣徒日"的来临，热带的阳光照耀着居住在这翠绿之岛上的人民。尤瑞黛宁愿相信，太阳神阿波罗那天早晨格外风光。除了远处地平线上的几条暗影，海面泛着一片乳白，阳光照耀其上，闪出一道一道的金光。早晨的空气凉爽，充满了附近树叶里传来的啁啾鸟叫声。这时候，东方的山峰在小岛投射下长长的蓝色影子，而城镇和山谷都还躺在清凉的阴影里。高地上的葡萄园通常透着紫红色，因为夜间晚风的湿气加深了红色土壤的色泽。高岗上，强劲的海风把飘浮的云朵吹成片片彩带，吹向山谷的时候，又使发白的橄榄叶背翻起层层浪花。尤瑞黛打扮好了，非常快乐。

　　克洛伊很早就起来，自己到学院去了。奥兰莎也在不寻常的七点钟就起床了，尤瑞黛听到了圣汤玛士教堂悠扬的钟声，唐那提罗神父正忙着他的差事，清澈嘹亮的欢乐音符划破了早晨的寂静，也许是他亲自拉的钟绳呢！管他雅典娜不雅典娜，对他而言，今天就是圣汤玛士节。圣凯瑟琳修道院的钟声回应着，声音虽小一点，倒也非常清晰。

匆匆吃完早饭，她准备下山去。从凉台上她瞥见修道院的大门开了，几位修女走了出来。

"如果你想看到毕业典礼的话，最好快一点。你要去劳斯那儿用午餐吗？"奥兰莎问。

"是的。"

"和阿席白地一块儿去？"

"我希望如此。"

奥兰莎微笑："那么，我们午餐时再见。"

尤瑞黛大步走下缓坡，向城里出发，她看到圆形剧场上的旗帜。除此之外，街上还安静得很哩！毕业典礼要到九点钟才开始，阿席白地说他会参加游行，不过不想看顶水壶的游行。

她想她要去看艾玛－艾玛，她已经来到了城里了，却无事可做。

艾玛－艾玛很早就起来了，她已经七八十岁，看来精神好得很。

"你也穿白色的衣服吗？"尤瑞黛问，"你要不要参加圣袍游行？"

"当然。我已住在这里三十年了，从来没错过一次。"老妇人的眼睛闪闪生光，"游行对我有种作用，我不知道是什么，反正会让人精神大振，使人想永远活着。"

"你觉得那是什么呢？"

"很难形容。一个人会觉得百分之百的快乐，在旧世界……来吧，我跟你一块儿去。"

她叫波文娜把房子锁上，全天放假，她不会回来吃午饭。当她们离开屋子，经过狭窄的巷子时，艾玛－艾玛继续谈她的想法，就

像她的谈话从未被打断一样。"这在旧世界是不可能的事,"她说,
"除非在如醉如痴的状态下——陶醉在酒精或爱情里,暂时忘却社会
的罪恶和不完美的感觉,使人感到神圣。一旦人清醒了之后,他就
感觉到他所有的弱点,他的困惑、他的匮乏和他的罪恶。我们潜意
识里都有罪恶感,是礼拜天对罪孽沉思下的心灵残渣。没有人百分
之百地快乐,罪孽情结存在,不管被压抑或潜伏起来,而且,从社
会意识的层面说来,这正是许多虐待、毁灭倾向的成因,使我们想
看到自己或别人受罚。我们在潜意识中梦想,应该有一个人为我们
的罪恶而死。这种努力追求神性和完美的理想毁了我们,造成我们
行为奇怪的扭曲和偏左。我们今天唱赞美诗,第二天就去杀敌。我
们确实是个很好玩的族类,这就是我所谓的情绪不稳定。神性必然
是人类无法达到的理想……

"我的意思是说,追求不可能的事情只会产生心灵的紧张;追求
完美的努力对任何人都没好处。"

"你的意思是我们不应该努力学上帝的完美?"

"我的意思是说,我们不该拼命模仿比我们好的人,和邻居看
齐。这样我们会不快乐,通常还会引起精神崩溃呢!不,模仿比我
们好的人没有用。众神会认为我们是可鄙的蠢驴,一群卑劣的社会
野心家。"

她们来到了喷泉旁边,她仰望着赫尔墨斯的雕像说:"希腊人做
的事要聪明多了,他们使神明和我们一样不完美,消除了我们的渴
求。奥林帕斯山诸神的伦理相当低劣,无疑地你也知道。说实话,
男男女女的神祇都是欢乐、酗酒、多情、不贞的家伙。天帝宙斯自
己就是个暴躁易怒,完全不能以身作则的父亲。很难相处——更别
提他家里那些不可告人的丑事了。他恐怕是世界上私生子数目最多

的纪录保持者，所以众神的族谱才那么混淆不清。想想看阿波罗想
侵犯过多少女孩——依莎、黛芬妮、西帕瑞莎斯、露可伯斯、波丽
娜、克洛伊丝、克吕墨涅、西伦妮、绮欧妮，简直像大情人唐璜一
样嘛！你能想象希腊人崇拜阿波罗的时候，有谁觉得罪恶来着？天
后赫拉想害死她丈夫和其他女子所生的孩子，和凡间的妇女一样。
希腊人使神祇像人，而不使人像神。所以大家都很轻松。你也看得
出来，没有人会对赫拉忏悔说：'噢，女神，原谅我，我杀死了我丈
夫情妇的孩子。'也没人对阿波罗说：'噢，阿波罗，原谅我，我偷
偷地想和许多少女私通，包括陌生人和朋友在内。'"

"你认为消除紧张是件好事？"

"反正，这样使我自觉好些，因为神明也和我差不多哩！我以前
曾研究比较宗教。等我找到希腊人，我就不再比较了。这还有另一
种好处。我们可以一面崇拜上帝，一面尽情享受。那是愉快、明朗
的宗教，快活、美丽、欢乐的宗教。我觉得宗教就是应该这个样子，
而对雅典娜的崇拜只不过是欢乐精神的象征和高潮。有了这种精神，
才可能造就了雅典艺术和哲学的发展。"

男男女女穿着白袍，已经穿过树丛，到体育场集合。

"来呀，让我们加入他们吧！"艾玛－艾玛说，声音轻快，步履
蹦蹦跳跳的，这个老妇人像是刹那间活泼起来了。

尤瑞黛觉得很快乐，虽然理智告诉她，她和其他的人都疯狂。
她听到横笛的声音越过树丛，心情兴奋得激动起来。她高兴地把自
己放松，全心全意地享受这个日子的感觉、气味和情景，认为在露
天崇拜神祇真是个简单又好极了的主意。北欧诺曼底人习惯建筑大
教堂，隔绝了阳光，在永远幽暗的岩洞气氛中崇拜上帝，她认为这
简直是大大的错误。看到不列颠海岸阴暗的冬天和暴风雨，就明白

原因了。基督徒必须保暖嘛！

"今天早上他们要干什么？"

"首先有水壶游行和毕业典礼，以把书本扔进海里作为结束。雅典娜的圣袍游行十点钟才开始。然后是圣汤玛士的游行。唐那提罗神父是个不同凡响的天才。当然啰，他的行列比较短。修女、部分学生和'忠实的羊群'，加起来不过七八十人。雅典娜的游行行列可有几千人呢！可是他设法使这一群人跟在他的列行后面，使整个队伍看来有一英里长。"

"他怎么弄的呢？"

"你看，当希腊人上雅典娜岩穴的时候，基督徒留在后面。三十分钟以后，他们才出发。他们走到山脊处就停下来等待。雅典娜的信徒们必须走回来，对不对？当在岩穴里的仪式完了之后，信徒们爬上山脊，圣汤玛士的队伍再度开动，领大家回到城里。我想圣汤玛士一定很高兴见到这么一大群人。至少，唐那提罗神父很高兴。有一次他带着无比的自我欺骗的语气跟我说：'你们去的时候是异教徒，回来的时候就变成基督徒了。'"

"就像有些宗教复兴运动者自己骗自己说，他们在一天内就使几百人，甚至几千人皈依了基督。"尤瑞黛说。

"而且还对这种事乐得很呢！"艾玛－艾玛接着说，"神父是狂热信徒，他受内心一股巨大力量的驱使，从不休止，从不动摇，不容自己的目标含混不明。"

运动场上，搭了一座平台，装饰着小燕尾旗和旗布。群众已经集合好了，等待着女学生的出现。男男女女和小孩，主要是女学生的家人已陆续抵达，穿着平常的白衣服。另一群民众则聚集在教堂附近。现在，女学生在教师的领导下排队进入运动场了。

毕业典礼开始了。特拉西马丘斯、劳斯和学校的董事们坐在看台上，安德列耶夫王子身为社会的领袖，也列席参加。他和往常一样，即使累得要死，也要热心地对社会福祉表示关心，成为大众的楷模。他相信在这个异端横行的地方，他没有时间想到自己的享乐，他觉得他应该加倍地努力，来抵抗虚妄的先知和他们充斥的教条，年轻人正在成长的心灵才能接受良好的塑造，有些人日后才可能成为真正的基督徒。

大家先念艾音尼基族的祈祷文；校长发表演说；女孩们唱歌；然后颁发奖品。宣布入选被送入学院再深造的女孩，受到大家热烈的鼓掌。然后令人叹为观止的顶水壶游行开始了，由毕业班中二十几位十六到十七岁的女孩们担任。每个人都有个水壶，盛了半壶水，有二十到三十磅重，放在头上，一手扶住水壶，一手叉腰。她们由一边上台，从另一端下去，然后两手张开，开始绕场一周。老师和父母都以自豪的眼光，注视女孩们轻松自如、海豹般的优雅风采。她们头上的重量，似乎加强了平衡的完美，遇到场地不平的地方，就稍微动一下臀部以调整，她们的潇洒自如看来真是一种赏心乐事。

绕场一周以后，她们仍把水壶顶在头上，排队向海边出发。观众都站起来，跟在她们后面。这一部分比较不正式，她们可以用一双手扶住水壶。就女孩子来说，到了海边真正的毕业典礼才算开始。到了那儿，队伍散开了，每个女生拿起一本泥制的假书，高兴异常地扔到海里，仿佛说："再见了，书本，再见！"

当她们再回来的时候，全城的人已经出来参加圣袍游行了。亚里士多提玛神父长髯飘飘，劳斯和其他的人正在和拉尔提斯商量节目的安排，这真是个快乐的假日人潮。所有的男男女女都为了这个特别的节目，穿着宽大、飘垂的白色罩袍。大多数站在枫林巷旁边，拉尔提斯跑来跑去，维持队伍的秩序。尤瑞黛看到了阿席白地、格鲁丘、菲利蒙都站在年轻人的行列里，她走上前去和他们打招呼。

"你明天早上一定要来看我的快艇哟！"格鲁丘说。

"一定会去的，在哪里呢？"

"就在礁湖里。"

尤瑞黛必须在年轻妇女的行列里找到自己的位置，因为男女是分开的。"崇拜上帝，尽情享乐。"她自言自语，觉得十分有趣。

她遇到劳斯。

"你的脚趾怎么样？"他看看她的凉鞋说。

"很好。"

"比较正常，也伸得直点了，是吧？"

尤瑞黛想起了那一场鞋子辩论。

"还不错。"她回答说。

"好，午餐见。要带小里格来哟，你答应的。"

"我会的。"

她站进行列里，眼睛不住地望着阿里，看他是快乐还是痛苦。她看到他美好的头部和肩膀和他十足的绅士风度，真看不出什么来，他从来不多说话。如果他有任何感情的话，也深深藏在他稳重、庄严的外表下。

这时候，圣汤玛士教堂的钟声愉快地响起来了，钟声穿过了橄榄树丛，大家就在那儿排队。远处传来甜美的风琴声和赞美诗的歌声。这时候教堂里正在做礼拜，唐那提罗神父未经梵蒂冈的许可，擅改"圣汤玛士节"的日期，实在设想周到。基督徒也正在大事庆祝，教堂并不在沉睡，唐那提罗神父从《启示录》里选读更多的章节。这可不是偷懒的时刻……"你既如温水，也不冷也不热，所以我必从我口中把你吐出去！……"说来似乎不可思议，神父金属般充沛的声音，震动了整个小教室的圆顶，发出了嗡嗡的回声，在几百码之外的树丛中都能听得见。金属般洪亮的声音时起时落，今天他的布道格外卖力。然后，声音突然静止了。一会儿以后，圣汤玛士的塑像随着圣歌被抬出了教堂。

当然啦，基督徒的游行还没有开始，钟声又响起来了。愉快，欢乐，余音缭绕。红色的大旗也抬出来了。同时，意大利信徒等待着。王子和一些其他的人向树丛走来，注视着雅典娜圣袍游行的行列在整理队伍——态度疏远，但友善。

女神的新袍子现在就位了，像船上的帆升上船桅一样。并不是每年女神都有新袍加身的，但是这一次是艾音尼基的大节，每五年才有一次。袍子必须由特别挑选的少女刺织，现在两位少女手持圣袍，她们身穿滚金边的白色长袍。

游行的程序和古希腊的"雅典节"差不多，老年人领先，年轻人殿后。首先出场的是老先生或老妇人，手里拿着雅典娜的圣物，叫作"莫端亚"的绿橄榄枝。接着是身穿白袍、手拿水壶的妇女，然后是青年男子和少女，叫作"堪拿弗瑞"持篮者。他们头上顶着竹篮，装着祭典用的祭品。亚里士多提玛神父仍然穿着基督教神父的衣服，走在雅典娜圣袍前面，后面是学院中歌舞经过特别训练的女孩，然后是男性乐师。音乐的前奏之后，男男女女加入合唱，游行开始了。

由树丛穿出，他们踏上阳光明媚的乡间小路。游行队伍蜿蜒而上，登上山脊，离开阿山诺波利斯的"官邸"很远。他们靠右边停了一会儿，路面掩映在高大的棕榈树的阴影里。今晨整个岛上的颜色都具有催眠的效果，南边的大海横陈在耀眼的阳光下，岸边是苍白而透明的绿，然后是渐深的碧绿，再过去就是火焰般富丽的土耳其蓝了。下面是红色的沙土，翻腾的浪花嬉闹于其上。上面有突出的海岬，白色的凯瑟琳修道院就耸立其上，半掩在浓密的树林后面。沿路蔓生的九重葛，茂盛地开出一片灿红。

登上山脊，队伍向东起起伏伏地走了几步，就到了雅典娜岩洞了。怡人的海风轻拂着人们的脸庞。崇拜上帝，尽情欢乐，尤瑞黛想着。

队伍到达雅典娜岩穴后，在更多的音乐和吟唱声中，举行了女神圣袍加身的仪式。雅典娜头戴盔甲，顶上刻有一双公鸡，脚穿饰有飞翼的鞋子，右手没拿长矛和盾牌，却拿着一根权杖，因为在岛上，女神已失去了好战的特性了。岩穴上有一段碑文：献给雅典娜女神。

队伍散开了。信徒们各自上前亲吻着雅典娜的大脚尖，也有人亲吻站在旁边的圣尼古拉的脚，相信两者都吻一下比较安全。不过，希腊女神的脚趾比较光亮润滑些。

不出所料，希腊人在回程的山脊上遇到了圣汤玛士的游行队伍，安德列耶夫王子和伯爵夫人与意大利基督徒在一起。这支意大利队伍开始转回城里，而希腊人拖拖拉拉地回来，他们不成队形，不得不变成圣汤玛士队伍的一部分。唐那提罗真够聪明，有办法网罗他们来光耀他认为是岛上唯一真正而恰当的保护圣者。

现在艾玛－艾玛和尤瑞黛在一起。回程中，青年和少女们自由自在地混在一起，阿席白地立刻找上她们。一回到城里，假日气氛就开始泛滥了。许多年轻人都准备了一篮篮的午餐，他们三五成群地散开，聚在树丛中，教堂四周或体育馆附近任何有树荫的地方，有的人走向海边。有的女孩脱下长袍，像森林仙子一样，在树林中追逐嬉戏。

劳斯加入他们。

"你喜欢吗？"他问尤瑞黛。

"美极了。年轻的面孔看起来好愉快、好健康，好一片喜气洋洋，使我想起了美国。"

"我很高兴听你这么说，合宜是仅次于神圣的事，我们努力培养他们的和谐的性格。显然易见，合宜的体态就是和谐性格的基础。"

尤瑞黛不自觉地缩了缩肩膀，她太用功了。

"我们要先找到自己，才谈得上为世界服务，对吧？"

尤瑞黛低声说："是的。"

每次碰到这位老者，总使她有点难受。他太好心了，他属于逍遥学派，来来去去地提出忠告。他转向阿席白地，检讨他的步伐，阿席白地感激地点点头。

尤瑞黛问道："王子会来吃午餐吗？"

"我想不会，当然我邀请了他。可是，我相信他会参加伯爵夫人的午宴。他在伯爵夫人和唐那提罗神父面前比和我在一起自在些……这个镴枪头。"他微笑地加了一句。

劳斯是否也知情呢？

第四十章

　　王子在伯爵夫人的别墅里玩得很痛快，宾客全是从唐那提罗神父的信徒中选出来的。阿席白地·里格则和尤瑞黛陪同艾玛－艾玛到劳斯家里参加午宴。客人还有亚里士多提玛神父、奥兰莎和她女儿克洛伊、菲利蒙和其他的人。优妮丝也加入他们，她一向喜欢劳斯这一群人。

　　"我们午餐吃什么？"优妮丝问。

　　劳斯回答说："我怎么知道？问尤金妮吧！"

　　尤金妮已经把餐桌布置好了，优妮丝走过去问了她一些话。

　　"煎嫩龙虾。"胖胖的法国厨娘小声说。

　　"用奶油和大蒜煎？"

　　"是的。"

　　"放点续随子蕾芽吧！试试看。"优妮丝建议道。

　　当他们坐下来吃午餐的时候，忙着聊些闲话。尤金妮向来客宣布她不上"油腻"的菜，因为晚上还有大餐，大家都笑了。

艾玛－艾玛坐在劳斯的右边，奥兰莎在他左边。艾玛－艾玛说："尤瑞黛和我昨晚聊了一会儿，她问我有关女子教育和学院的问题。我引用了学院的座右铭——'女人最恰当的学问就是研究男人。'她问我男人适当的研究又是什么，是不是女人呢？我回答不上；我说教男人了解女人没有用。我说得对吗？"

"你说得很对，"劳斯回答说，"我想，上帝诚心让女人难以捉摸，神秘难解，那是她在求爱过程中扮演的角色。男人是追逐者，她是被追逐者。结果她越难捉摸，越吸引人。你觉得如何，奥兰莎？男人最好的研究对象是什么？"

"男人，对不起？"奥兰莎回答说，"我说男人最好的研究还是男人，男人最佳的运动才是女人。"

"你这个不可救药的异教徒。"艾玛－艾玛甜蜜地斥责说。

笑声传遍了餐桌，阿席白地脸红了，尤瑞黛看到了，觉得很喜欢。

"我说的有什么不对吗？"奥兰莎说，"永恒、永无止境的运动，也是历史上最古老的运动，就是男人追求女人，不是吗？"

尤瑞黛尽量回想雅莉雅德妮的故事，那是今天下午女孩演出戏剧的题材——甜蜜的公主雅莉雅德妮如何帮助她的情人西修斯逃出迷宫，并且杀死怪物米诺塔，他们如何私奔，结婚，后来在一个岛上又被遗弃了，最后如何回到巴丘斯。

尤瑞黛说："古代希腊人是编神话故事的能手，没有其他的人说出这么迷人的男女神祇的故事。为什么现代的人再也创造不出神话了呢？"她问对面的菲利蒙。

"我想希腊人具有俏皮的幻想，其中潜伏着法国作家拉伯雷式的幽默，超越了真假的界限。现代人要求一件事一定要有真假，这当然就把一切神话都扼杀了。我个人喜欢诗歌和宗教的结合，他们一面崇拜神明，一面欢笑。我想宗教的衰微始于诗歌和宗教的分离，真遗憾，世界因而更贫乏了。阿佛洛狄忒不再自白海浪中冉冉升起，波塞冬不再统治海洋。你知道，要在科学时代保持宗教心，颂扬大地，颂扬生命的赐予，是不可能的事。一捆捆棉花、一堆堆麻袋制造出丑恶的神祇。要现代人重新捕捉古希腊的诗意精神和欢乐精神实在很难，宗教应该属于心灵、感觉和精神方面，而哲学是有关头脑的事。现代宗教充满了铅灰的色彩和陈腐的霉味，你不觉得吗？"

"我真不知道该说什么，"尤瑞黛说，"你认为呢，劳斯？我知道雅典娜的膜拜是开朗又快活的。可是，不知道怎么搞的，我发觉我无法拿它当一回正经的事。"

"你不该认真的，"劳斯说，"那是一项错误——途径的错误。就像菲利蒙说的，这该超越真假的境界。我们又何必非把上帝放在一定的地方不可？我们希望把上帝编成法典，却不问上帝是否喜欢，当你由一件美丽的东西得到启示的时候，或者被一桩伟大的经验感动的时候，语言根本表达不出来。情侣们示爱的时候，永远结结巴巴的；他们不知道说什么，该怎么说才好。你用诗歌、音乐来表现伟大光辉的爱情或者上帝的经验，要不然就转化成神话和象征的语言。这都是不尽相同的事。你无法表现、解释、证明或下定义。你描摹出轮廓，提出暗示，把感觉遗留在那儿说不出来。桑塔耶那是唯一了解诗歌、象征与宗教关系的哲学家。神话是结合诗歌与宗教的特别语言。它把即时的情绪转化成意象，把好玩的幻想和真理的瞬间印象合而为一。至于现代人对创造神话的无能，我想简单的理由就是我们诗意的幻想已干涸了，由于科学教育所使然。我们心灵中重要的一部分已经萎缩了。"

"不过，真宗教和虚伪宗教之间不是有所区别吗？"尤瑞黛问。

优妮丝涩涩地说道："我想你用错了字眼，我想你所谓的真宗教就是指正确的宗教，一种正确的形态，由恰当的人民来膜拜。我可以说，走对了路子。就是你所属的，受到社会认可，附有不会被误解的标志的宗教。那是很大的社会组织，你绝不怀疑你身边的人。教堂义卖啦，慈善行为啦，教区学校这类事，都使你坚信自己的宗教确实是正确的。你无法想象美国会有一位天主教徒当总统，或者爱尔兰有新教人士当政。人民不会支持，因为不对劲。我们所谓的真宗教，就是这么回事。你休想要信徒费心去管教规和信条的问题，那些问题早就解决，根据就不存在了。至于对上帝的真理的真正思考，没有人由逻辑去认识上帝。甚至连先知也一样，他们不会劝上帝走出天堂。他们只是看到上帝或听到声音，我们不得不相信他们的话。"

"你所说的话非常发人深省，但是菲利蒙谈到诗歌、神话和宗教的结合，赞成假的宗教不是很危险吗？当然世上有一个真上帝，还有许多假神。"尤瑞黛抗议地说。她发觉自己陷身在一群多神论者和偶像崇拜者的窝巢中。

劳斯说话了："真宗教是个丑恶的名词，颇有正统、霸道和想与人打架的意味。那就是穆罕默德一手拿《古兰经》，一手拿阿拉伯弯刀作战的原因。十字军和信奉伊斯兰教的撒拉逊人都会为保护真宗教而痛杀敌人。俄国天主教徒曾有一大段时间上演反对犹太人的节目。像优妮丝刚才说的，没有人透过逻辑来认识上帝。事实上，世界上所有的伟大宗教都是一神论的。印度教、犹太教、伊斯兰教、基督教和道教——全都肯定上帝只有一个。不过，假使只有一个上帝，还有什么可争的呢？争论只集中在先知身上。不论是野蛮人或文明人，没有一个会思想的人打开郁金香的花瓣，而不自然认定世间有神明，有造物主的。那种虔诚惊叹的感觉是宇宙性的，没有人对这点有所异议。后来逻辑开始摧残那种感觉。聪明的老人开始讨论并确定，上帝是在郁金香外面，或者在里面；上帝是形而上的，或是近在眼前的。如果认为上帝在外面，他就是一神论者；如果在里面，他就是泛神论者。你看这一切多无聊。婆罗门教的领袖认为上帝无所不在。但你不能否认婆罗门教是一神论的，只信仰一个婆罗门。多神教，相信有许多神，是从一神教分裂出来的，起源于人类将上帝具象化的需要。神圣的秩序，他们如何崇拜神圣的秩序呢？他们要神圣的杂乱，一个由你招之即来、挥之即去的神明，按照对你有利的情况，干预或改变事情的方向——如果不是上帝本身，那么就是个小神或圣徒也可以。你朝北航行的时候，也可以使风向北吹；当你朝南航行，也就使风向南吹，并且诅咒航向相反的混蛋。这种神才是他们所需要的———一种有超自然神力的私人随从。谁说我们要一个对大家平等的宇宙性上帝？如果也宁愿以他自己的方式行事，不听我们的祈祷，好吧，就让他管自己的事吧！”

“不过，你一定能证明真正的上帝。”尤瑞黛抗议说。

“证明上帝？先知从来不用理性来证明上帝，而用非理性，也就是理性的对立面来证明上帝。”

“用非理性？”

“是的，大家想知道我们怎知道先知说的是真的。上帝用宇宙的秩序、美和理性来证明他的真理；先知必须用无法用理性解释的紊乱的因素和无法理解的宇宙的疯狂来证明他的真理。像燃烧的丛林、法律和秩序的暂时中断，向所有逻辑解释大胆的反抗。那真是个悲剧，地震被视为上帝的行动，郁金香的色彩却不见得。奇迹，当然是。如果亚伦（摩西之兄）的蛇吃掉了埃及魔术师的蛇，那么亚伦的神就是真的，如果埃及的蛇吃掉了亚伦的蛇埃及的神就变成了真神了。全世界的人心实际上都是一样的，世界上没有一种宇宙观比佛教的宇宙观更伟大了，但是其门徒也用神迹证明男女神祇的存在，用宇宙正常轨道不可解的混乱来答复善男信女。你看，紫罗兰和郁金香的美丽和细致只能证明一个宇宙性神祇的存在，这点不能满足大众的心灵；美和秩序的扰乱——比如郁金香不自然的枯萎，或花朵不按时序开花——这种地方性的干扰，不论是多小的，都可证明某一男神或女神的存在。在古代，证明'真'神的方法通常都比较残暴。你要上天下冰雹、下硫黄来毁灭敌人，摧毁一个城镇；或者用洪水、报复的瘟疫、战争或战场上的征服来证明。任何大屠杀都可以证明，当时的神明通常非常残暴。譬如以西结（犹太预言家）的神明，来答应以色列花七个月的时间埋葬玛各和果格的手下，而且可以'吃勇士的肉，喝地上首领的血'。证明很有效，结论是无可避免。'我也必将暴雨、大雹与火并硫磺降与他和他的军队，并他所率领的众民。我必显为大，显为圣，在多国人的眼前显现，他们就知道我是耶和华。'这是个相当戏剧化的证明真神的方法，你不觉得吗？那就是在那个时代所谓的'真'神。"

"那不公平，"尤瑞黛说，"以色列人早就脱离了那种部落神明的见解了，在《新约》里那种部落神祇就无迹可寻。"

"我的意思是，以前有人以毁灭敌人和叛徒的威力来判断或证明神祇的真假。即使是现在，信徒也坚持要以理性的混乱和宇宙暂时的疯狂来证明上帝，而不是用理性。"

"那倒是真的，"亚里士多提玛说，特别觉得自己是希腊人而爱国起来。"希伯来的神祇的确很暴躁，他大部分的时间都在生气，他对其他部族一定特别不仁慈，他喜欢攻击赫梯人和摩押人。"

"你怀疑《圣经》吗？"

尤瑞黛问。

"我怀疑《圣经》？不可能！以西结——耶利米——我能认出他们所有的呼声，以西结确实说过刚才劳斯所引用的话。每个国家都用自己的意象构想上帝，使上帝使用他们自己的语言。"

"对极了，"优妮丝加进来说，"法国人在他们《圣经》里说耶和华是暴躁易怒的，英文《圣经》则说他充满气愤和怒火。想想看，耶和华居然会暴躁易怒！假如以西结是个英国人，他一定会说上帝懊恼极了。他不是说发火，他的上帝一定是紧抿着上唇走开，喃喃说着一些听不见的诅咒，而不失镇定如恒。他不会为乌合之众浪费口舌，那一群愚蠢的、崇拜偶像的笨蛋。"

大家都为优妮丝的俏皮和把英国腔模仿得惟妙惟肖而大笑起来。

"那就不会有《以西结书》和《耶利米书》了。"菲利蒙说，"《耶利米书》和各种感情用事的狂言都被认为格调很低，你不同意吗？"

阿席白地·里格发觉问题是对他而发的，就回答说："我想它的格调不高，是吗？"

尤瑞黛说："我想有些以西结和耶利米的用词，连美国电视都不准用。"

"举例看看？"奥兰莎问。

"譬如耶路撒冷那婊子和如此其他的一些措辞。"

"我想英国人天生善于咬紧牙关，以沉默来忍受烦恼。"奥兰莎说着，敬佩地瞥了里格一眼。

　　这足以表示奥兰莎很可能知道里格英雄式的牺牲。真奇怪，这群人对他印象似乎很好。也许奥兰莎知道吧？优妮丝也知道，她和伯爵夫人这么接近，那么劳斯可能也知道了。尤瑞黛认为，他们不提玛格莉塔的事，实在是善体人意。也许是事情牵涉到王子，大家都有忌讳吧。

第四十一章

午餐后，大家零零落落散在后院的石坛上，旁边是低低的石板堤岸。西斜的太阳照向对面的山谷，在艾达山顶映照出灿灿发光的红色和紫色的彩霞，石墙已经晒不到太阳了。北边的外海一片洁白，像一片无色的薄膜，只有上面几块巨大的灰色云影，才让人感觉到它有实体存在。山峰下，德洛斯社区的葡萄园和红屋顶点缀着高高的台地。

时间还早，圆形剧场的戏剧要五点才开始，那时演员和观众都不会晒到太阳，空气也凉爽多了。优妮丝、菲利蒙和克洛伊进入劳斯的书房，其他人在石坛下踱来踱去。

阿席白地和尤瑞黛手拉手站在矮堤边，欣赏山谷的景色。劳斯本人一向爱从屋后看这边的风景，这是他私人的世界，有艾达山、青色的山谷和溪流。云朵在天空飘动，顽皮的云雾在山峰低处盘旋，像贵妇低胸的衣服，奇妙，不可靠，任意变换着想象和形状，在高岗山风吹动下，一会儿像玩累的小孩，静静休息，一会儿又在岩壁的裂缝中追逐嬉戏。

劳斯陪他们看风景。"云彩对山峰，"他说，"正如头发对女人的头部一样，使山峰有生命，永远清新可爱，就像女人每天改变发型，你永远看不厌。无云的山峰像秃头的女人，没有山的白云却和没有地方玩的小孩差不多。"

他似乎融进画里了。他讲话的时候，习惯微斜着头，向山顶投注迅速而欣赏的一瞥。

"很美。"尤瑞黛用感动的语气说。她很高兴阿里回来了，一切如昔，"几乎像一个乌托邦。"

"去他的乌托邦，"劳斯说，"乌托邦就像空头支票。你写这种支票的时候，总觉得加几个零也没关系。一切的理想国都是无法兑现的支票，在可预见的将来，不可能兑现。千年至福很容易创造，你只要从脑袋里编出来就行了，大家都喜欢。不，千年至福使大家迷了路。千年至福和救世军，这些过分现成的太平盛世在我眼中大部分像经营得法的鲑鱼罐头厂。"

阿席白地·里格紧盯着嵯峨的山顶。

"我曾经爬到那儿，最顶端。"他对尤瑞黛说。

"别当傻瓜，"劳斯对尤瑞黛说，"他也许要你去，山顶是给人瞻仰的，如果你喜欢，还可以使它微笑，但不是给人吐口水的。"

"没有人对它吐口水。"阿席白地抗议说。

"你现在就是——心理上如此。你要征服它、报复它。这是欧洲的老毛病，习惯掐住自然的脖子，和它搏斗。像雅各一样。雅各要在天梯上和上帝格斗，结果关节扭断了。雅各一次又一次讲述那个梦境，每次都添枝加叶。有一次他说他和上帝的天使扭作一团，后来又改变主意，说他和上帝本人扭打。这样做事更精彩、更好听。"

现在奥兰莎、克洛伊和菲利蒙正向外走来。

"亚里士多提玛呢？"劳斯问道。

"他走了，有事要忙。"

"优妮丝呢？"

奥兰莎笑笑："她在你的书房里打鼾。你们在谈什么？"里格说："劳斯说我藐视艾达山，想和它搏斗。我只不过爬了一次。"

"但是全岛只有你一个人爬过，"劳斯说，"我只是取笑圣母峰的心理。但是这可以表现我们对自然的态度，我们和自然的关系。人若不能学习在自然面前谦恭有礼，他就永远学不会谦虚之道。"

"什么意思？"尤瑞黛问。

"我意思是说，人和自然先天就有融洽的关系存在。那份融洽破坏了，人也就完了。人在自然中扎根，就会恢复快乐和正常。自然是人类的生活环境，正如水是鱼的生活环境。失去了他的领域，人性会改变；他的感觉、情绪、野心也会改观。他得了轻微的妄想狂，把自己想得太聪明了。他失去了价值的天平……你是不是神秘主义者？"

刚吃完龙虾午餐就来这一套，尤瑞黛想。她不愿被扯入神秘主义的深渊。她立刻傻愣愣回答说："不是。怎么？"

"因为我要说的话，你会觉得含有神秘主义的色彩。其实不然，很难解释。经过几千年几万年，人对风雨、太阳、山、木、河流、季节的移转、自然的一切景观、声音和气味都已培养出反应的组织，这没有什么神秘可言。有人会说，我们的组织已适应了这个地球，也就是我们的生活领域，事情比我们想象的要微妙多了。我想我不妨谈谈这一切自然力的微妙辐射；我们的神经和肌肉，我们的视觉、味觉、触觉、热觉和冷觉，以及土壤的气息……都有固定的和谐关系。叫人离开自然，他就像离开水的鱼，走向毁灭，和谐被破坏了。你相信吗？"

"我觉得有点道理。"

"哦，有时候大家故意弄得神秘兮兮——没有必要，简直像谈论超自然力的辐射。我意思只是说，人在生理上配合着自然的和谐。把一个印第安人放在空气调节的公寓中他会觉得有窒息感，他的肺部习惯吸收大量的氧气。叫他穿上鞋子，来往于水泥人行道上，他会像笼中的麻雀，郁郁病死——你见过动物园里骨瘦如柴的狮子吧？这一切都很微妙，譬如搬到高地或寒带，我们的血液就会发生变化。生理学是微妙反应和生理过程的世界。荒野的山羊毛特别厚，以抗拒严冬的侵袭。秋天一来，树叶就开始飘落，请注意，它可不需要神经的指挥。地窖的马铃薯到春天就发芽——它也同样没有神经。你怎么解释？我们和马铃薯都是自然和谐的一部分。你也许不相信，园丁手中沾满湿泥，看到土壤在暖风中泛白，他就有了新的力量。凉风拂过农夫的额头，吹干了额上的汗珠，他也会得到新的力量。"

"你的意思是说，我们应该回返自然。"

"自卢梭以来，这句话用得太多了。也许是陈腔老调，不过我们若违反自然规律，一定会遭到恶果。我只是说，我们属于大地，生理上也适应了它。崇拜谷物女神德墨忒尔不是异教或基督教的事，纯然是对永恒的真理的颂扬。我愿意说，我们应该模仿大地。"

"模仿大地？"

"是的，模仿它的沉着和耐心。你看到那边的峡谷和高地，春水把泥土冲下去，饱受霜、雪、风吹、日晒的侵蚀。它是灰色的，可是胸膛里却孕育着鲜艳的紫罗兰、郁金香和兰花。它是辛辣的，可是却含着苹果、香草、薄荷的芬芳。它是沉默的，却生机盎然地生

长着橘子和葡萄，使紫丁香有了香味，使麻雀、百灵鸟唱出悦耳的
歌声。你想到这些，就不免觉得神秘。看，现在的山谷多宁静、多
安详、多平和！"

　　似乎要嘲笑最后这一句话，圣汤玛士教堂的钟声突然大响起来，
使大家大感意外。

第四十二章

"圣汤玛士教堂现在没有理由敲钟嘛！"

"怎么回事呀？"菲利蒙说。

"真想不透。"劳斯说。

他们注意听。调子特别急，特别用力，有点怪，不像安详、愉快的祈祷钟，倒像火警似的。然后，声音突然停住了。

"也许是放假的小孩或少年在开玩笑，说不定有人喝醉了。"

过了一会儿，古怪的钟声又响起来了，这次似乎很紧迫，前后敲了两三分钟。

菲利蒙和阿席白地冲出去看个究竟，尤瑞黛和克洛伊也跟过去。等他们到达文协馆的柱廊时，钟声又停了。显然敲钟的唐那提罗神父或哪位仁兄拿不定主意。他们走到广场边缘，俯视城里，看见大家到处跑来跑去。

"啊，看！有一艘船！"克洛伊指着南岸的方向大叫说。

远远的海面上，一点也没错，是一艘中型的油轮慢慢驶过水面，也许还在四五英里外。

看到柱廊上的骚动，劳斯、亚里士多提玛和尤金妮也跑来了。大家都很激动，自从八九年前泰勒马丘斯的告别之航以后，他们一直没有再见过船只，里格欣喜若狂。尤瑞黛和其他人一样，他们几乎不相信自己的眼睛。

劳斯的脸沉下来，仿佛很困惑。他慢慢说道："也许是泰勒马丘斯。"

奥兰莎对她女儿说："克洛伊，去拿望远镜。我放在劳斯家里。"

克洛伊要去，菲利蒙自愿替她跑一趟。这时候船只愈来愈近，在波纹起伏的大海中缓缓前进。

菲利蒙拿望远镜来，奥兰莎看了一会儿，递给劳斯。

"是泰勒马丘斯没错，我看见船名：阿山诺波利斯号。"

阿席白地·里格早就不耐烦了，急着要好好看一眼。他拿起望远镜向前看，双手颤抖，汗珠顺着额头滴下来。

"你确定是泰勒马丘斯吗？"

"我确定。"劳斯回答说，他现在放心了，"我以为他永远不回来了呢！"

现在很多人走上广场，包括安德列耶夫王子在内。他最先由伯爵夫人的别墅认出那艘船，因为他正在岬岸上闲逛。大家都冲出来看。唐那提罗神父马上去敲警钟，好叫人把教长后宅的"尸体"搬出来，排在岸上。后来王子传话叫他不要敲警钟，但是神父决定，不管是什么船，来干什么，他应该先警告大家注意。唐那提罗神父现在就率领一批人，在岸边排"尸体"。很多人走到文协馆，好看清楚迫近的船只。

劳斯向安德列耶夫王子保证，确实是老船长，也许是回岛国来拜望，王子松了一口气。

"你能确定吗？"

"当然。今天下午的节目会搅乱，不过我们还有两个钟头。"

"诗歌比赛和戏剧要照常演出，"王子说，"最多也不过耽误一点时间。"

"对了，"劳斯说，"在我们登陆三十周年纪念时来到这里，不可能是别人，泰勒马丘斯一定算准了时间来过艾音尼基节。他上次在这里的时候，对这个节日好热心。"

意外的事件使宴会散伙了。劳斯走向海滩，早已有几百人挤在那儿了。船只从东南面驶来，已隐隐约约在礁湖那一端出现了。

有一个人不在，就是格鲁丘。他的电动快艇准备在第二天早晨水上运动开始的时候，开到礁湖里展览。所有艾音尼基居民中，没有谁比格鲁丘更兴奋了。他应邀到伯爵夫人家吃午饭，一看到船只出现，就知道自己的机会来了。"天哪，哦，天哪！"他大叫大嚷。他立刻冲出伯爵夫人的别墅，回到水坝上，尽快跑向河口的小快艇。

快艇比大船先出现在礁湖，使大家吃了一惊。现在他急急横过水面向大船开去，在它身边穿绕。甲板上有人影，移民和泰诺斯土著都在看热闹。有人甚至以为快艇是大油轮的附件。大家兴奋异常，"尸体"被人踩来踩去，劳斯对大家说，不必采取平常的安全措施。几条小舟出海了，大渔船正在起锚，海滩上充满男男女女的尖叫，这是多年来最刺激的一件事。

老船长乘小救生艇上岸。格鲁丘起先是跟在后面，结果变成他拖救生艇上岸。啪嗒啪嗒的电动快艇一时压倒了泰勒马丘斯所带来的刺激。

劳斯、奥兰莎、安德列耶夫王子和唐那提罗神父都站在沙滩上欢迎老船长。后者戴一顶太阳帽，穿着一件衬衫，黝黑的面孔上留着短短的白胡须，他大叫一声，抱住了劳斯，然后和大家打招呼。

"阿山诺波勒斯呢？"他问道。

奥兰莎没有说话，老船长明白了。

"我以为赶得上。你们一定在庆祝三十周年纪念。没想到逆风，慢了一点。"

"你记得艾音尼基节的日期？"劳斯很高兴地说。

"当然记得。"船长的声音生气勃勃，"我带来一大堆东西给你们，药品和其他补给品。"

"我们到官邸去吧！"

一群人往上走，格鲁丘泊好快艇，也陪他们去。

"你能待多久？"劳斯一面走，一面问船长说。

"两三天。"

"为什么不放下一切，干脆来定居？"

"我很想这样，但是不能不走。若要长住，还得带家人来。我有两个成年的孙儿，我是特别来探望老朋友的，看看你们在这边过得怎么样。"

泰勒马丘斯听到阿山诺波利斯的死讯，并不惊奇。但是他来到故友的住宅，却不能不难过。他们在客厅里追怀往事，谈了不少，史蒂芬和克洛伊长得这么大了！他上次来的时候，他们还是小孩子。泰勒马丘斯混得不错；他的船只来往于西印度群岛、北非和南美之间；他的公司现在有六艘船了。阿山诺波利斯的前妻已经逝世，两个儿子继续经营事业。安德列耶夫王子、劳斯、尤瑞黛、阿席白地、格鲁丘和艾玛－艾玛都在屋里。不，他没有忘记艾玛－艾玛，她身子还是这么硬朗。他永远记得第一次来小岛的情形。他不断追忆他的老朋友、殖民地的创始人："一个伟大、非常伟大的人。"他沉吟道，"我怀念那股山羊味，以前这个地方到处都是羊膻味。"

奥兰莎笑了："我们把后面的羊棚拆了，你一定要看看我们给他立的铜像。"

最后伯爵夫人和优妮丝出现了，她气喘吁吁地走进来。

"哦，柯蒂莉亚！"老船长站起身来，张开双臂拥抱她。

"你一点都没变！"他叫道。

"谢谢你！你骗我。我一定变多了，没有吗？"

"我觉得没有，你没变。"

泰勒马丘斯精力充沛，说要重游官邸，重温往事。奥兰莎带他参观。他在凉台上站了一会儿，欣赏风景，然后在屋里穿梭，简直和看到老朋友一样。他也看了阿山诺波利斯的房间，现在尤瑞黛住在里面。主人告诉他尤瑞黛是谁，如何来到小岛。他决定在屋里过夜，第二天早上再叫船员把他带来给他们的东西搬上岸——有烟、酒、报纸、杂志、药品、衣服、丝绸，等等。他说他的一切都归功于阿山诺波利斯。诗歌朗诵和戏剧五点钟开始。不，他绝不放过机会，他是专程来庆祝艾音尼基节的，到剧场途中可以看见阿山诺波利斯的铜像。

"没有人知道这个移民区吧？"劳斯问道。

"没有。我向阿山诺波利斯保证过，我没有告诉任何人。"

"你这次的船员呢？"

"他们什么都不知道，只知道自己在南太平洋的东边。"

里格说："我能不能到船上去参观？我从来没上过大船。"

"当然可以，只要你不告诉船员这是什么地方，他们很好奇。"

里格和格鲁丘心中的念头可比电动快艇的展览重要多了，尤其格鲁丘心思更重。格鲁丘有了一丝希望，可以重回"旧世界"，里格则想出去看看他在书上读过、渴望一见的新大陆。格鲁丘只要得到劳斯的许可，就不必花几年时间，等日光马达完工。他已经知道，大船要三天才走，现在他尽力培养与船长的友谊。他来这里并非出于自愿，实际上等于俘虏，无路可逃。他要问劳斯，假如劳斯不赞成他随船回去，他好想想办法。

"咦，我们的机会来了，"格鲁丘对尤瑞黛说，"你不想回美国吗？"

"好突然，好意外。你怎么不问问劳斯？"

船长参观屋子的时候，他上前问劳斯。他尽可能强调自己的立场。

"看哪，劳斯。"他说，"我有机会回国了，我不是你们原始的移民。我的飞机在这里迫降，你们毁了我的飞机。我实际上是非自愿的俘虏，现在有机会……"

"这说法未免太激烈了吧？我不喜欢你把自己当作俘虏，你在这里不快乐？"

"快乐啊！"

"我想，共和国也合你的意。"

"问题不在这里，每个人感受不同。这不是我的国家，美国才是我的祖国，我自然想要回去。"

劳斯想了一会儿说："尤瑞黛呢？她的情况和你相同。"

"我不知道她怎么样。她要留要走，那是她的事。"

"这问题以前没有发生过。"劳斯暧昧不明地说，"你是第一个表示要离开本岛的人。自然啦，我有点失望。我们都希望你留下来。还有，不能让外界知道，我们的殖民地是个秘密。"

"我发誓不告诉任何人。"

劳斯用批判的眼光看看他："也许吧！我不知道。也许我可以信任你，你看，除了泰勒马丘斯，没有人知道我们的秘密。他对阿山诺波利斯的忠心是不容置疑的。坦白说，我不能确定，如果我让你走，我也必须让尤瑞黛走。我们太喜欢你，不希望你离我们而去。我们一定会想念你，要找一个好机师来接你的班，实在不可能。"

"我呢？"站在旁边的里格说，"为什么我不能跟泰勒马丘斯走，去看看'旧世界'？"

劳斯对他发出纵容的微笑："你很不安定，阿席白地，我知道。你母亲呢？你要怎么样回来？"

"怎么啦？"伯爵夫人一直注意听，她说，"哦，天哪，泰勒马丘斯的到来已经造成困扰。阿里，亲爱的，你怎么想得出这种事？你属于这里。尤瑞黛也在这里，我们才刚刚爱上她呢。"

"你看，"劳斯对格鲁丘说，"你立下了坏榜样，尤瑞黛一句话也没说，也许她根本没想到要走。如果我有办法，我不会勉强留人，让我考虑考虑。"

似乎一切关键都在尤瑞黛身上。如果尤瑞黛也坚持要走，格鲁丘的立场就更有力了。劳斯也许会对她通融，劳斯根本不喜欢这样，他主要的顾虑就是不能让外人知道殖民地的秘密——这是小岛避免外来干涉的唯一办法。一旦有人泄露了秘密，麻烦就大了。不是"和平共和国"理不理"旧世界"的问题，而要看"民主世界联邦"肯不肯放过他们。就算没有政治干预，观光客就足以损害岛上的安宁，破坏它特有的精神和一切风俗习惯，塔希提岛和巴厘岛就是最好的例子。

尤瑞黛根本没想到这些，一切太突然了。她陪克洛伊、史蒂芬和奥兰莎进去，带船长参观，简直像家庭的一分子。她一回到客厅，里格和格鲁丘都告诉她有离开小岛的机会。她不知道要怎么办。她刚刚开始喜欢小岛和移民，被他们创新的哲学和生活方式迷住了。当然她在岛上还没有住够，如果大船一年后才来，她也许马上就抓住机会回国，但是她来这里才一个多月哩！

第四十三章

就在这一片混乱的心情下，尤瑞黛由里格陪着一块到圆形剧场去看诗歌朗诵。开幕典礼很晚才举行，等待劳斯、王子和新来的客人。剧场有一半在阴影里，微弱的午后斜阳照着一小段看台，看台是砌进山里的，俯视着西边的舞台。乐队有四把小提琴、一把大提琴和几支横笛，当贵宾走进看台前排入座时，音乐响起来了。前排还坐着学院的少女，都穿着白衣服。

所有人的眼光都转向新来的客人，他的抵达比戏剧本身的演出引人注意。劳斯走向舞台，向雅典娜的祈祷完了以后，他开始演说，然后介绍船长，还对老友说了不少俏皮话，观众似乎非常欣赏。泰勒马丘斯在掌声中步上舞台，他简单地说明他那么大老远地跑来，就是为了要参加艾音尼基节，并再度生动地回忆建立殖民地时候的种种冒险奇事。他说的是希腊文。这是他最快乐的一天，在航程中，他一刻也没忘记殖民地，他连做梦都梦见回来拜望大家，看看大家过得好不好。然后，他以相当的激动追念殖民地的创始人，要求观众站起来为他默哀。

这时候，尤瑞黛的思潮驶向回国的意外机会，此时此刻她对遥远的旧世界产生了浓烈的乡愁。

朗诵开始了。两位老人——腓尼基地方的沙达诸波乐斯和伊庇鲁斯地方的狄马哥拉斯，他们说是神话英雄阿喀琉斯的儿子涅俄普托勒摩斯的后代，他们两人表演了戏剧化的吟咏，部分配合了七弦琴唱出来，非常动人。他们选读荷马的篇章款待嘉宾，还有叙述古代战争和勇士的长篇叙事诗，观众百听不厌。

在这一年一度的节日上，劳斯照例要朗诵自己一篇作品。他登上舞台，掌声雷动，显然，他身为殖民地之父，很受敬重。他那晒成褐色的面孔、从额头向后梳拢的白发、温柔而炯炯有神的双眼，都说明他已经达到快乐的晚年。当他清清喉咙，准备朗读他为今天这个节日而作的短诗时，观众的嗡嗡声静止下来。

他宣布诗的题目，《原子》，并且以类比的手法解释原子的结构。他描写一个魔术师在几根丝末端旋转许多小球体；当他越转越快，小球的轨迹就越来越大，魔术师就越变越小，最后变成没有体积、没有重量的影子，只剩下模模糊糊的旋转代表动力场，除了使球体转动的巨大力量外，实际上空空如也。任何东西碰上轨道，就会感觉到它像块固体的金属墙。魔术师就是核子，球体就是电子。

> 科学的神话如今登场了，
> 凌驾人类青春勇敢的梦想，
> 当年信心大胆臆测着真理。
> 自然弥漫着古老的精灵；
> 或儿时的幻想，自由奔放。

当亲情推动着宇宙，

当闪耀的星光在夜空低语，

当甲虫的背壳比黄金瑰丽，

直到青春洒下灰冷的色调，

半盲的理性使魔术的魅力失色，

一切均化为物质，死寂而精确，

神秘消失，神妙奇异不再。

但是，只是我们能重获古人的喜悦和惊叹，

大地依然有生机。

啊，自然是怪诞的，肉体蕴藏着神奇！

神妙的离子囚禁着原子——

非实体的组织，

由科学织入宇宙轻灵的网；

当她设计神秘之枪，

以百万伏特摧毁了想象的堡垒，

松开了极微的螺栓，

电离子便得解放，重新服务人类。

这是智者的幻象，

物质披上精神色彩。

如今，受罚的我们，

面对微尘，充满敬畏的惊愕。

这便是新的信仰：天上的星辰洒下金色的汁液，

有如一片草叶。

但愿原子粉碎！

走出千百个飞扬的天使，进驻地球，

飞毛腿的使者马丘仕满心欢乐，

为我们奔走，快如电光石火，

但愿愉快的群仙，不用躯壳，

只有赫拉克勒斯无比的力量，越过海岸，

漂洋过海为人类献身，

不计褒奖与责备！

但我们逃不出"道"的掌心，

也挣不开世俗的纷乱，

只有恐惧、忧愁和无尽的劳苦，

充满了我们人类的命运，

直到我们以更大的理解，停止斗争，

战争与混乱才会化成和平。

现在雅莉雅德妮的故事即将开始表演了。对观众来说，这是当天节目的高潮，用歌咏、合唱、动作，生动地表演出与他们心灵如此接近的故事。女孩们为了这场戏练了好几个礼拜。对她们而言，这是她们仪态优雅、美丽、音乐和人才训练的顶点。对劳斯来说，是提倡艺术所花费的时间、金钱没有白费的证明，因此高水准的文化和艺术的表现，可以一年一度得到验证。

舞台设计简单，背景是闪耀在树梢的斜阳和浴在夕阳中艳丽的天空。傍晚这个时刻，岛上和大海一片宁静。云朵似乎凝结成一块块，像城寨、柱子和雪白的大漠，在远处的天空堆得几英里高，一动也不动。在那块高空上，这些白云聚聚散散，换着不同的样子，缓缓地，远处的变化根本无法察觉。但若持续不断地注视，几分钟后就会发现城堡的一角没了，或分裂为二，堤岸变了或消逝了。空气很凉爽，可让观众轻轻松松、全神贯注地欣赏正在舞台演出的戏剧、合唱和舞蹈。

这真是个精彩绝伦的美丽演出。女孩们的歌舞和热情、她们的声音和姿态的美丽，带领观众进入了忘我境地。反正观众对故事都很熟悉，没有什么关系。他们爱那些歌，也爱那故事——先是雅莉雅德妮和西修斯的恋爱场景，与怪物米诺塔的搏斗，逃亡和结婚，然后是女孩被西修斯遗弃，最后是酒神巴丘斯的上场。单纯、痴情的少女，变成解事、欢笑、淫荡的女人，专门捉弄背信忘义的男人。到最后，在狂饮作乐的一幕中，观众也闹哄哄地加入了合唱。

饰演雅莉雅德妮的弗比在震耳欲聋的掌声中下台。这出戏显然没有道德意味，只是对人性下一番注脚罢了。雅莉雅德妮最后化成天上的星星。虽然如此，尤瑞黛还是非常喜欢这出戏。

现在大家要去吃准备好的大餐了。白天的庆祝比起晚上来差远了，晚上大家大吃大喝、又唱又跳。有钱人家提供的牛、羊已经在露天营火上的烤叉上翻转。大家聚在喷泉附近，以美酒佳肴和通宵闹饮来取乐，因为今天晚上酗酒的禁令暂时解除。喷泉附近广场灯火通明。家庭主妇供应炖好的野兔、精美好吃的糕点和特大的覆盆子派。在这个宴会里，各家的土著仆人、田野间的工作者和一些泰诺斯邻居应邀参加了。广场上被穿梭的人潮挤得水泄不通，人群甚至拥入附近的巷道和空地。不过，可以注意到很多年轻的恋人宁愿带了食物到附近的开垦地，在那边，柔和的暮霭仍低低笼罩着。从广场到体育场，沿途都挂满了一长串的电灯。

萤火虫出现了，在树枝和草丛间闪闪烁烁。空气中充满了各种昆虫的叫声，温暖的海风使它们四肢百骸通体舒畅。广场上，密密麻麻的人潮使空气既潮湿又令人窒息。观众们填饱了肚子以后，向四面八方散去，几位提琴手坐在高台上，不断演奏活泼的曲子，更给今夜增加了喧闹的欢乐气氛。

很多人大吃大喝，准备快快乐乐地醉他一场。艾音尼基节日是欢笑、喧闹，甚至有点粗鲁的。所有的限制都解除了。欧克瑟斯喝得醉醺醺的，在附近东倒西歪地走来走去。泰诺斯人也大量出动，加入了狂欢的一群，等待着十点钟的火炬游行。男男女女的笑声在树林里荡漾。

尤瑞黛好兴奋，和里格、菲利蒙等人一起享受宴席。现在菲利蒙和克洛伊走了。艾玛－艾玛和尤瑞黛一起，看见波文娜手拿着盘子，正要和提华哥走进树林。

"玩得痛快吗？"她问这位泰诺斯女孩。波文娜喜洋洋地微笑着。

"我想我该回去了。"尤瑞黛说，"泰勒马丘斯和劳斯都已经走了。"

"胡说，"艾玛－艾玛说，"我要回家了。火炬赛跑我已经看过好多次了。可是你们年轻人啊，这可是你们年轻人的夜晚。无从想象的！"

只剩下尤瑞黛一个人了，她对里格说："我们到哪儿去呢？"

"我才不喜欢到树林里去呢！让我们到安静点的地方去，我们去海边吧？我们划船到海上，从海上欣赏火炬赛跑。比赛在沙滩上举行。"

阿席白地的脑海里早有了主意，他们手拉着手步向海滩。夜是温暖而潮湿的，很多少男少女已经聚集在海边了。里格松开小艇，推进水中，他们坐上船。夜晚的空气迷迷蒙蒙，带有海水的气息。

隔着森林，可以看见闪耀的灯光。火把到处可见，广场上的天空一片灿烂。当他们划出海，喧闹嘈杂的声音渐行渐远；走出迷蒙的雾气，热带的天空一片星光闪闪。

里格停好桨，让小船漂流着。

"我希望你不会离开，"他悲哀地说，"除非我们一块儿走，那我的梦想就实现了。格鲁丘已经和劳斯谈过了。"

"我觉得格鲁丘反正是要走的，不管劳斯同不同意。他能想办法溜上船，他正在拉拢船长。或者，他可以乘快艇，在海上与大船相会。"

"明天我要上船参观，我跟船长说过了，我这辈子还没见过一艘船的内部呢。我一直梦想着这一刻！一个参观旧世界的机会！以后再没有这样的机会了。"

"你怎么回来呢？你将永远离开这个岛。"

"我不在乎。我一定要好好见见世面。我不在乎当个水手，靠刷甲板来赚我的路费。船长似乎是个好人。你怎么样呢？这也是你的机会，我们可以一起走。我会像个土包子，什么东西都是新奇的，汽车、火车、地下铁、你们的地底宫殿等———切都新鲜。"

尤瑞黛没接腔。正在她逐渐习惯岛上的生活，并且开始喜欢它的时候，要逼她做这么困难的决定。她爱所有的人，他们对她那么好——奥兰莎啦，伯爵夫人啦，年轻活泼的克洛伊啦，还有知足博学的艾玛－艾玛。艾玛－艾玛在此地似乎非常快乐。是的，她喜爱所有的多姿多彩的人物，甚至连安德列耶夫王子、唐那提罗神父和走路一拐一拐的医生兼鸟类学家利斯帕思、生气勃勃的大嗓门裘安娜也不例外。她也没忘记波文娜和菲利蒙。菲利蒙和克洛伊是多么快乐的一对啊！他们哪在乎有没有见过旧世界呢？菲利蒙很有才华，是个博学多识的艺术家。不，他不仅仅是个雕刻家而已。她一直很欣赏菲利蒙和优妮丝和劳斯的谈话，她连一半都还没听够哩！一个新概念的世界才刚刚在她眼前展开，她还有这么多东西好学。一切都令人不解、困惑、迷乱。男孩崇尚力量，女孩崇尚优雅。她还没有机会聆听劳斯谈论他的美学呢。

最重要的是，有阿里。劳斯在和泰勒马丘斯离开宴会之前对她说了一些神秘莫测的话，很奇怪，他突然问她："你在哪里上大学的？"她回答说："科罗拉多。"劳斯停了半晌。"怎么了？"她问道。"哦，没什么，"他说，"我只是在想，如果你愿留下，我们要请你担任文协馆的图书管理员。再过几个月你就能学会足够用的希腊语了。你说科罗拉多？""是的。"他说："你上什么大学并不太重要，不是吗？重要的是你嫁给哪种人。"说完就转身走了。

劳斯的话使她费解，他一向如此。他是在暗示什么吗？或者他试图挽留她和里格呢？

火炬赛跑开始了。在岸边火光的照耀下，她可以看见蹦蹦跳跳的黑色人影。显然，有一大群人拥挤在岸边。另外也有几对情侣也划船出来，从海上看这场赛跑。

"让我们离开这儿。"里格说。

"阿里！为什么？"

"我知道另一边的海滩，在泰诺斯村庄那一头，河流对岸。让我们避开所有嘈杂的声音。"

尤瑞黛觉得非常有意思。这个人，整天满脑子都是书和思想，永远寻求孤独。

里格开始划船，绕过了沙洲转向东行。除了船桨溅起的水花声和船桨吱吱嘎嘎的声音外，四周悄无声息，只有大海和星星陪伴他们。

"今晚暖得出奇，是吗？"他说。

"是啊。"

河水自水坝流出来与大海汇合的地方，水流湍急。他们努力划了一会儿，才把船拖上岸。里格拿出一条毯子铺在沙上，今晚他有点不一样，脑海里、心里，充塞着骚乱和激情。他必须为他的命运做一决定。

尤瑞黛也在快乐中低吟。她知道她爱里格，爱这个年轻、动人、纷扰不安的彬彬君子。"你上什么大学并不太重要，不是吗？重要的是你嫁给哪种人。"劳斯的戏言在她耳畔回响，她忘不掉。

"如果我留下来，你还走不走呢？"她问。

在黯淡的星光下，他深深地俯视着她的脸。

"尤瑞黛，我求求你。你为什么不拿定主意离开这儿呢？我相信劳斯会让你走的。那就没有问题了。尤瑞黛，你知道自从那天你到沙洲来看我以后，我对你的感情……"

"阿里，别说了。"

她的手臂紧紧拥着他，在青春热情的拥抱里，他们的唇热烈拥吻着。

他们就这样在沙地上躺了一个钟头，想着自己的心事，尤瑞黛考虑她的未来，阿里也思索他的。

"你从来没上过艾达山，是吗？"

"没有。"

"如果你愿意，我们现在就可以去爬。"

"阿里，你疯啦。你需要的是睡眠，明天你还要去参观大船呢。"

"我睡不着。从山顶上看下来实在动人心魄，尤其在晚上，它实际上没有看起来那么高。我喜欢在星光下漫步。"

第四十四章

　　当他们由山顶下来的时候，已差不多是黎明时分了，天空已微微泛白。他们在山顶休息了一下，但是下山到海滩足足走了半个钟头。尤瑞黛又累又困，找到了小艇，他们坐进去，里格划向礁湖那一边，她就在小艇中睡着了。

　　小岛也在沉睡之中。也难怪，那天晚上好多恋人都在树林子里蒙眬睡去。当他们靠近城里的时候，意外地发现琪隆的酒店里还有灯光。在死寂的夜里，几个人的谈话声清晰可闻，而且还是愤怒的声音。尤瑞黛听见波文娜嘹亮的嗓门。在这样的深夜里，她还在外面干什么？

　　"让我们去看看。"尤瑞黛说。

　　原来是件骇人的凶杀案。波文娜满面泪痕，手臂上有几处刀伤，她还没有通知她自己的族人或艾玛－艾玛。一群年轻的白人和土著站在广场上，有的在喷泉附近，有的则在酒店里。提华哥，波文娜的情人，被谋杀了，喉咙上挨了一刀。女孩尖声大叫，惊醒了许多在树林里过夜的年轻人。这些人看见欧克瑟斯——琪隆的太太提欧多塔的弟弟，跑过树林。有的人看见他丢掉一把刀。一个法警接到报告，已经到现场检查提华哥的尸体。泰诺斯族的酋长知道这事就麻烦了，他们觉得非常难过地走开了。里格把尤瑞黛送回家，这时天正破晓。

村民一醒，谋杀的消息立刻传开。劳斯和王子也都听到消息了。欧克瑟斯被逮捕的时候，正在床上鼾声大作。法警把他带走了。艾玛－艾玛亲自到广场来打听详情，泰诺斯的首领们接到报告后也赶来了，全城的人议论纷纷。

水上运动照计划进行，格鲁丘和里格和其他的人帮忙把船上的补给品搬下来，大家心里都想着那件凶杀案。案情很明朗，欧克瑟斯还在床上呼呼大睡的时候被逮，他的衣服沾满血迹，丢在草丛里的凶刀已在凶杀现场附近找到了。他的妻子克吕墨涅把眼睛都哭肿了。如果他被判死刑，她和两个孩子该怎么办呢？有打斗的迹象，欧克瑟斯可以辩称是自卫，但是他实在醉得死死的，一点也不知道发生了什么事。

大家相信第二天一定会举行水上审判。雅典娜被他们奉为正义女神，所以他们一向在艾音尼基节日最后一天审判严重的罪犯。谋杀、弑父和其他恶行重大的罪都在庭上侦讯，然后罪犯被关在监牢里，等到艾音尼基节最后一天才在岸上举行大审。全城都很激动，已经好几年没有水上审判了。

被害人是泰诺斯土著的事实，使案情更为紧张。当土著们在那天早上去看水上运动时，个个面色阴沉。如果欧克瑟斯被判无罪，谁也不知道他们会干出什么事来。

尤瑞黛在房间里补睡一会儿觉。近午时分，劳斯和船长一起来到"官邸"。船员把各种物品搬上岸，包括火腿和罐头。单是酒类就值好几百块钱，但是最有趣的是报纸和杂志。屋子里到处是皮靴出入的声音。

听说有报纸和杂志，尤瑞黛走出她的房间。她看看报纸，对她没有用处，都是一个月前的旧报。报上没有关于棒球赛的消息。

她遇到了劳斯。

"你睡得好吗？"劳斯问。

"好极了。现在什么时候了？"

"你自己看吧。"

早晨的太阳满满地洒了一凉台，她打了个哈欠。

"我不相信。"

"相信什么？"

"相信我在这里。我做了个怪梦，其实有点荒谬。"

"告诉我，也许并不是完全没意义哟，你昨天好兴奋，我们都一样。"

"我梦见我又回到明尼阿波利斯去看我的姊姊。在那儿我遇到了一位大学同学，艾莉丝。好像我刚出远门回去。是的，我告诉他们有关这个小岛和你们的事迹。他们不相信，还说我是骗子。我发誓说这是真的。然后我们就上街买东西，街上的人看见我赤脚走路，以为我疯了。我吸引了那么多的注意，警察就来把我带到法庭，说我扰乱公共秩序。

"使我深感懊恼的是，我姊姊和艾莉丝告诉庭上说我胡言乱语。我向法庭再说一遍。我说曾到泰诺斯，有个远离战争威胁的小岛，岛上居民确实把房子建在地面上，而不是隐藏在地底下，法庭上一阵哄笑。法官说我很有讽刺性，并且说如果我再坚持我的故事，他

要判我藐视法庭罪。我说：'大人，我只是爱好和平，不是讽刺谁。'
他说我讲的是希腊语，我说我不是。我讲的是标准英文，身受大学
教育的人，他应该知道。我问他知不知艾音尼基是什么意思，他说
不知道，我就告诉他去查《韦氏字典》。警察抬头看了看法官，庭上
有一阵沉默。我好心解释给他听，我说我是艾音尼基人，爱好和平。
我说他一定听过名叫'艾音'的女孩，那是希腊文'和平'的意思。

　　"我一面仰望着天花板，一面无聊地玩着大拇指。法官也在扭
动他的手指。几秒钟以后，法官恢复心神。他说如果我是艾音尼基
人，就等于讽刺，他要派一位精神科医生来决定我是否该住进疯人
院。我说，如果你们不相信我的故事，不信上帝的地球上的某一个
角落里，人民过着不受战争威胁的日子，那就是你们疯了，不是我。
法官纠正说，不是'敝人'。不是'我'，我说。我心情很坏。我说，
大人，你的英文好像从文法书上学来的。你听到好的英文你也不知
道。他说，那不是皇家英文。我说，你的国王在哪里？我说，我讲
的是大众英文。法庭上一阵骚动。

　　"这个转变造成对我有利的气氛，席上许多观众都同情我。有个
留着鼠灰色胡子的人走上去和法官耳语一番。法官说，案情已经确
定了，被告由于奇装异服，引起公众的骚动，已经破坏了美国的法
律。一个年轻的成年女人赤脚走在大街上是极不庄重和扰乱秩序的
行为。他可以依法判我暴露罪。不过，很可能，我遭受某种精神困
扰，才会梦想出一个和平的殖民地。

　　"他叫人拿一份兰德·麦克纳利的地图来，查证一下在中太平
洋地区是否有个岛叫这个名字。我抗议说，它不在地图上，因为没
有人知道这个岛。甚至兰德先生，或麦克纳利先生都不知道，这只
有使他们更加困惑。我确信他们不会在地图上找到它的，这对我将

十分不利。所以我说，假如你们要拿兰德·麦克纳利的地图，就把《韦氏字典》也拿来吧。法官对法警说，你去拿地图。我跟着说，好，把《韦氏字典》拿来。观众都觉得一头雾水。

"这时候，你出现了，就像现在一样。你对我闪过一抹微笑，我对你投以祈求的目光。我说，告诉他们，告诉他们那是真的。你镇静地穿过走道，直接走向法官说，我们都在小题大做，庸人自扰。这些全都是个梦。这位警员梦见他逮捕了尤瑞黛。然后转身向警员严厉地说，你是在做梦。警察目瞪口呆。嘴巴还没闭上就消失了，像幽灵般化为乌有。然后你再对付茫然的法官。你说，大人，你也在做梦，梦见自己正审讯一位梦中警察和梦中被告。他的脸慢慢融解，变成透明，然后他就不见。就是这样。"

劳斯觉得这个故事很有趣，他抿起嘴微笑说："也许你和我也是梦中的人物。你，尤瑞黛，也是一场梦，梦见自己对一个名叫劳斯的人叙述梦中法官、梦中警察、梦中法庭的故事，他们都自以为很真实，对自己很认真。"

"也许吧。"

"你听到昨晚的凶杀案了？"

"是的，我听说了。"

"你昨夜在哪里？有没有听到波文娜的叫声？"

尤瑞黛脸红起来。

"没有，我在艾达山上。"

"艾达山？"

"是的，阿席白地要躲开一切嘈杂，我们划船到对岸去了。"

劳斯眼睛突然一亮。

"结果怎么样？"她问。

"欧克瑟斯恐怕注定完蛋了，我个人也相信他有罪。情节也许较轻，他喝醉了。但是情势很危险，一触即发。土人要见血。我已经邀请酋长陪我们审判。如果他有罪，他们会以自己的方式处置他。"

"你这话什么意思？吃掉他吗？"

"不，他们不是食人族，只是有人被杀的时候，确实有人提出食肉的议论。"

"你真吓人。"

"才不呢。我们不用刀杀人，我们用海水淹死他。但是若由土人插手，淹死就变得更精致、更高尚。他们改成运动方式——像斗牛或肉搏。人类心理奇异的一点——艾音尼基人也喜欢。"

劳斯停了一会儿说："你要离开我们？"

尤瑞黛眼睛睁得很大："你建议我该离开？"

"格鲁丘昨天问我，今天早上又问了一遍。他说他来这里出于无奈。当然我有点伤心，我不希望勉强留人。我想过了，你的情况和他相同。如果我放他走，也必须放你走。由你自己决定，不过我只好信任你们的荣誉。格鲁丘和你必须保证，不管在什么情况下，绝不透露我们的下落。正如你梦中的情形，你若说出来，大家也许会以为你不正常，要叫你接受精神检查。当然啦，你可以加一点通俗的情节，说你从鱼肚里被吐出来之类的话。他们一定要把你关到精神病院去。"

"阿席白地呢？"

"他怎么啦？"

"你让不让他走？"

劳斯脆弱地笑了几声："怎么行呢？我对你和格鲁丘已经破例了，他的情况不同，我想泰勒马丘斯也不会载他走的。你看好了，就是我同意他走，船长也不肯，他对我们很忠心。然后也许会有很多年轻人都好奇地想看看'旧世界'，我不能容许这种事发生，让他走不公平。我很抱歉。"

尤瑞黛一心想解开疑惑，也许劳斯计划留她，又不愿显出强迫的迹象。

"泰勒马丘斯什么时候走？"她问道。

"我们希望他尽量留久一点，他似乎决定明天下午走。"他亲切地看着她说，"如果你坚持要走，我们会很难过。别忙，考虑考虑。记得我要你担任岛上的图书管理员，我的话仍然算数。"

走到屋外，她碰见格鲁丘走上来。他完全变了一个人，生气勃勃的。

"尤瑞黛，"他说，"劳斯让你和我随泰勒马丘斯回去，好极了，哇，好极了！"

"你想阿席白地能不能一起走呢？"

"我不知道。他为什么要走？"

"因为他很想见见世界，你能不能安排一下，让他偷渡？"

"恐怕很难。"

"一定办得到，你有快艇，他可以晚上溜出去。直到快艇上路，别人不会发现他。然后我负全责，我相信我能对付船长。"

"我相信你可以。"

"你看到阿里没有？"

"他刚刚随船长出去，去看大船。"

尤瑞黛一个人走向海边。水上运动结束了，大家已回去吃午餐。下午有体育竞赛。她独自停立，望着礁湖外侧的大船。她和"旧世界"的通路就在那里。几周前，她一心祈祷船只来临，来解救她脱离孤岛的围困。现在她过得太快乐、太惊喜，舍不得离开了。她不知道该怎么办。

她想，阿里此刻就在船上，非常激动，渴望有机会和她一块儿走向彼岸的世界。虽然他自己培养出一套礼仪，他仍然很稚嫩，很不成熟，他准备进入广大的世界，难保不使自己身陷高贵、愚蠢的冒险。玛格莉塔的事件就是例证。他保守的外表下藏着善感、冲动的心灵，一向生活在自我世界里，他现在醉心于一个幻想中的迷人世界，以后会不会很容易失望呢？一旦他踏入"旧世界"他会不会改变？

她很想找人谈谈。双脚不自觉走回城里，经过广场，进入艾玛－艾玛的小屋，一个多月以前，她曾在这里首次接受美国的老妇人招待。

波文娜回村子去了。艾玛－艾玛孤单单的，脸色很难看。波文娜的遭遇使她激动。她也很担心，她知道，欧克瑟斯若判无罪，一定会引起部落的暴动。异族关系是很棘手的问题，会挑动人性深处的本能，兽群的本能。

艾玛－艾玛很高兴见到她，她看出她一脸沉重的表情。

"劳斯告诉我，如果我愿意的话，我可以回去。格鲁丘要走，我不想离开这个小岛和你们大家。你的想法如何？"

"劳斯的决定我很意外，他从来不准任何人离岛的。我们也很幸福，不希望小岛的安全受到危害。"

"我该怎么办？"

"那要看你了。可是尤瑞黛，我想你喜欢我们这里。我告诉你吧！我知道如果你选择离开的话，劳斯会觉得受到伤害。他告诉过我，他认为你是个很聪慧的女孩，他给你的选择的机会，对你和对他自己都是一大考验，他考验他的社会实验是否成功。你来到这里以外人的身份来看我们的生活方式，我想他很愿意知道，岛上生活对外来访客的震撼力如何……我想里格不会被允许和你一块儿走。"

"不。"尤瑞黛伤心地说。

"别傻了。"人类学家说。

"什么意思呢？"

"我说别做傻瓜。我相信你成熟了，知道自己要的是什么，而不是走遍世界去拯救人类。"

"你认为我不该走？"

"那完全由你自己决定。"

尤瑞黛想起即将在第二天早上举行的欧克瑟斯的审判。

"那将是全岛轰动的审判，"艾玛－艾玛说，"他们最好判欧克瑟斯有罪，否则有麻烦。欧克瑟斯是有罪的，他当然有罪。现在事情已经到了这种地步，我劝波文娜把强暴的事说出来。不用我说，波文娜也会这么做的。可怜的孩子，她那么爱提华哥。他是个很好的青年，他们很快就要结婚的。她多恨那个凶手啊！"

"我听说他们要慢慢折磨他致死。那是怎么样一回事？"

"是一种水上格斗。这可怜的家伙一点机会都没有。我见过一次，泰诺斯人是如何处罚他们的族人。他们把犯人放在水里，由小艇和游泳好手到处追逐他。那个人奋力挣扎求生，可是一点机会都没有。如果他们用长矛刺进他的身体，把他丢到海里，他几秒钟之内就会死掉了。但是他们把这改成一种运动，那个人当然会潜到水里逃命，他会断断续续冒出水面呼吸，很快他就筋疲力尽，他们终于抓到他——像个疲惫的公牛。他抵抗，再度奔逃。他们又抓到他，在他头上放个黑色的袋子，把双手绑在背后，然后再把他丢到海里，他们全都是游泳好手。基于求生的本能，他不能让自己淹死，他有一种动物的反射作用阻止自己被毁灭。他就这样浮在水里，能够乱踢，但是看不见，就这样暴露在太阳和海水当中，眼睛完全被蒙起来，有时候要过一天一夜才断气。"

"你们怎能容忍这种事呢？"

"我们也曾讨论过。要阻止部落的古老风俗是很困难的，尤其被杀的是他们自己的族人。我想欧克瑟斯这次是逃不掉了，报复欲是种最野蛮的本能，问题是快一点淹死他能不能使他们感到满足。"

"真可怕，想起来都恐怖。"尤瑞黛说，脸色泛白。

"我也不喜欢这种酷刑，虽然其中也有番道理，我曾经和劳斯讨论过杀人问题。"

"劳斯怎么想？"

"杀人绝不是高贵的行为。撇开泰诺斯土人不必要的酷刑不说，我相信死刑是免不了的。人类为了更小的理由也曾杀人。比如说在战争中，杀死素昧平生的人，用刺刀戳他的肚子，或者甚至从背后开枪，都被视为光荣的英雄行动。人类会做许多傻事。"

"当然，战争是战争。你的敌人埋伏着袭击你，所以你有权从背后杀他。"

艾玛－艾玛说："重要的是，不管我们自以为多文明，只要战争不消除，我们就永远摆脱不了野蛮作风。我是指身体方面，在泥地里爬来爬去，逃避敌方狙击手的侦察。我认为那是最卑屈的姿势。或者像通缉犯似的在丛林里爬行，以免被另外的通缉犯发现。我们耻笑罗马竞技场的搏杀，难道我们就比较好吗？把基督徒丢到竞技场喂狮子，和把刚从大学毕业的青年送到战场上被刺杀或被大炮轰成碎片，两者有什么差别呢？职业斗士还有较好的机会抵抗一头狮子，杂货商的儿子对机关枪的扫射可是一点机会都没有哇！我们自以为比罗马人文明、优秀，只是因为我们不是那个杂货商的儿子。一旦你自己就是那位杂货商的儿子，你就不会这么想了。我告诉你吧，我们全都是野蛮人。只有不出门的人缺乏想象力，才能维持人类文明的幻觉。劳斯说，血腥就是血腥，不管人是被饥饿的狮子或炮弹所撕裂，气味完全相同。"

"你是指一般的杀戮。"

"当然，人类为祭祀、食物或运动而杀人，很少像死刑一样具有社会目的而杀人。一个犯人要送上电椅，全国的舆论会为之沸腾。可是，在前线几百士兵的被杀还是被报告成前线无战事。泰诺斯人被认为残忍、迟钝；我们因对人类痛苦，甚至动物的痛苦较敏感而自豪。虐待一匹马是恐怖行为，但是轰炸、射击或打死年轻人都是单纯的高尚、高贵、爱国和文明的行为。这是种族标准问题。最荒谬的杀戮当然是意外的车祸死亡。从一九五四到一九六四年间，单在美国地区就有接近五十万的人死在公路上，平均每年超过三万八千人，或每天超过一百人。美国一地为此而死亡的人数比整个朝鲜战争还要多，那大概是最愚蠢的死亡形式了，还有为食物和运动的杀戮。不过，人和动物有一个主要差别，通常动物不杀同类，它们比较有智慧。两头狮子也许为爱搏斗到死为止，但是这种情形很少；通常输的狮子都垂头丧气地悄悄走开。狼群也不残杀颜色相异的另一群狼。但是人类会——通常以上帝和公理的名义。"

尤瑞黛怀着心事离开艾玛－艾玛家，她想去看看伯爵夫人，但又拿不定主意。伯爵夫人是那么热情，那么善解人意。

"怎么回事？"她进屋子的时候，卡士提利欧尼伯爵夫人说，"听说你要离开我们。"

"谁告诉你的？"

"阿里刚刚来过。"

"我没有说过我确实要走哇。"

"哦，亲爱的，千万别离开，除非你疯了。我们都爱你，你不喜欢我们？"

"喜欢。谁说我要走？"

"阿里。他听格鲁丘说的。"

"他上哪儿去了？"

"我不知道。"

一种没有来由的恐惧突然袭上尤瑞黛心头。她向伯爵夫人解释说，她若要走，希望能安排阿里陪她走。"但是我真的还没决定。"

"你不知道他绝不会同意吗？"

"这话怎么说？"

"他来我这儿，把一切都告诉我了。格鲁丘说，只要他愿意，他可以偷偷把他弄上船，做个偷渡客。"

"他告诉你了？"

"是的。亲爱的，你该知道，他是好孩子。他说：'他们怎么能叫我做这种事，像贼似的溜掉？'这件事他连一秒钟都不肯考虑。"

尤瑞黛哑口无言，不知道该说什么。

"亲爱的，听我说，"伯爵夫人说，"我不知道你在想什么。如果你想回国，重拾你的工作，我也不怪你，那工作叫什么来着？——'地学测量'。但是我觉得你走真是太傻了，这是'地学测量'和阿里之间的选择。我知道你爱他，就算你和劳斯谈好了，说服他让阿里和你一起走，我也觉得不是明智之举——从女人的观点来看。在岛上，他是你的，一旦到了广大的世界，就不知道会有什么变化了。

也许又会做些傻事，像解救困境中的可怜少女之类的。他会遇到其他的女孩，在他眼里，她们都会是新鲜、刺激又有异国情调的。如果我是你，我要仔细考虑。"

最后，尤瑞黛说："那他以为我一定会走啰？"

"好像是这样吧。"

尤瑞黛很恼火地走出了屋子。凭一种女性的直觉，她几乎可以断定他又躲起来了。他就是那种人，一有烦恼就退缩到自己的天地中。体育场正在举行比赛，绝对找不到他。她走到海边，向沙洲望去，小艇还好好地靠在岸上。他上哪儿去了？她走向文协馆，发现假日没开门，绕到湖泊也不见他的踪影。

她决定回家等。如果他认为这是她在岛上的最后一夜，他一定会来道别的。她整夜在床上翻来覆去，想伯爵夫人的话，阿里和"地学测量"之间的抉择。她回去要干什么呢？民主世界联邦的报告、统计资料、美丽的图表、委员会、备忘录，一种不太肯定却还不坏的感觉，知道自己有安身之处，为一个浩大而无思想的机器工作，尽一己之力想给世界带来和平。她希望自己能确定他们实际的作为，确信人类的思考确能紧紧把握世界和平的基础，确定那不是各怀鬼胎的代表们聚会的巨大组织。各自代表他们的国家，不代表人类的共同利益，各自为本国的问题而奋斗。至于她自己呢？会议、报告、会议、报告，她有点厌倦了。

如果她留下来呢？她想。突然一切都变得清晰、单纯起来，在文协馆当图书管理员，还有阿里。没有困惑，没有模棱两可，没有疑问。她决定干脆不走了。

第四十五章

第二天早上起来的时候她觉得不大舒服。她第一个念头是找到阿里告诉他，她主意已定。可是由于一夜无眠她有点紧张。

奥兰莎起来得很早，她仍旧维持她神秘的俄罗斯哲学，认为对罪恶的处罚对灵魂有益。不单是托尔斯泰，或是陀思妥耶夫斯基的影响，她身体内流着的俄罗斯血液中就有那种因子，去感觉或亲身经历罪恶的补赎有一种天生高贵和充满感情的感受。她不像伯爵夫人，无法眼睁睁地看水中追杀犯人的场面，她要去看。她说过，这对她的灵魂有净化作用。

早餐的时候，尤瑞黛对奥兰莎毅然宣布说："我不离开泰诺斯了。"

奥兰莎好开心："劳斯告诉我你不会走。"

"他怎么知道的？"

"我不知道，他也许只是猜想吧！我真快乐，你要留下来和我们在一起，劳斯一定觉得很骄傲。"

克洛伊也进来了，尤瑞黛紧张地站起来说："我要去找阿席白地。"

"你要去看水上审判？"奥兰莎问道。

"是的，当然。"

尤瑞黛离开了。她不知道自己紧张些什么，但她确实很紧张。她要去告诉劳斯、格鲁丘、泰勒马丘斯和每一个人，她已经下定决心留在泰诺斯了。但是最重要的是，非得见到阿席白地并且和他说了话，她的心才定得下来。

阿席白地不在附近，没有人见到他。

欧克瑟斯是个孔武有力的人，并不是特别纤秀文雅的上帝子民。上帝在创造欧克瑟斯的时候也许正在打瞌睡吧，菲利蒙描写他的特征说，他是驴相和鸟相的混合，一点也不错。他眼中有非人的、恶魔般的光芒。菲利蒙想为他画像，想得要命。

欧克瑟斯现在正站在齐腰的水里。他们选了伯爵夫人别墅所在的海岬附近的滩头，以免犯人撞到北边的沙洲。

岸边挤满了黑压压的人群，泰诺斯人和艾音尼基人都有。尤其是泰诺斯人几乎倾巢而出，他们的酋长和法官坐在一块儿，法官包括劳斯、亚里士多提玛和安德列耶夫王子。

细节略开不谈较妥，在审判中，波文娜和艾玛－艾玛是重要的证人。可怜的欧克瑟斯，没人爱他。艾玛－艾玛去找过劳斯，取得他不会被凌迟折磨的保证，因为他不是泰诺斯人。在这个条件下，她愿意指证欧克瑟斯的强暴罪。欧克瑟斯是死定了，他无法为自己辩护，又没有人替他求情。他吓坏了，像一个受伤的野兽为生命而惊恐。等波文娜指证了强暴一节，就连他的太太克吕墨涅也擦干了眼泪。她静静地坐下来，像一座雕像般默默地聆听审讯的过程。

他被判有罪。事实上，大家都渴望见到水中追逐的场面，如果判决不是这样的话，他们会很失望呢。

追逐开始了。他身边全是泰诺斯的游泳好手，在小舟里等他，手上拿着长棍子。有人跳下水去抓他，然后又故意放他走，欧克瑟斯做困兽之斗。他潜入水中，游泳逃命。真正的刺激开始了。为了让娱乐延长，犯人并未被绑住或用镣铐铐住，大家期望他好好靠自己表现一番。但是，即使是最好的游泳健将，也没有机会对抗几十个等在船里，一见他冒出水面就把他压回去的人。即使他能逃到大海里，他也会像外籍兵团的逃亡者逃到了撒哈拉沙漠一样，现在他的头冒上来了。游者去追他，他又消失在水面上，他又在别处浮起来。这是一段漫长又惑人的追逐，游泳的人也必须是把好手，当他一出现在伸手可及的地方，他们就殴打他。这是科学化的熟练技巧，先把公牛追得精疲力竭，然后再刺杀它。

尤瑞黛深深感到恶心。她听艾玛－艾玛说，泰诺斯人已答应劳斯的提议，水中追逐以运动方式举行，那是大家的要求，不过一等他被捉到，就要把他痛痛快快地淹死。微妙安排的情境使双方很满意。

阿席白地·里格在哪儿呢？没人见到他。在这种日子，他不会在沙洲上。

她离开海岸，追逐仍在进行。她问菲利蒙和所有她碰到的人，可是就没人知道阿里到哪儿去。当她走出树林，她看见利斯帕思医生一拐一拐地向海边走去。

"你看到阿席白地·里格没有？"

"他不在岸边吗？"

"不在。"

"昨晚我见到他了，傍晚的时候。他往德里安高地那边走，他去那边了。"

"他一个人吗？"

尤瑞黛开始奔跑起来，全城实际上是空无一人。她具有女性的灵感。当然，她知道。艾达山，当然。她知道他会去的那一个地点，两天前的晚上，他们曾在那儿共度过一个小时的时光。到达山顶有足足三英里路好走，她必须爬上山脊，再走下深谷。

到达山脊后，她凝望着艾达山。蓝灰色的危岩耸立在朝阳里，在万里无云的长空映出黑色的剪影。高至天际的每一个细微的地方都可看得清清楚楚，她看到有个东西在动，她确信那就是他。

她开始跑。可是那是一段绵长的路途，爬坡的时候只好慢慢走。远远地，她看到他就在悬崖下。他显然看到她走近了，她挥挥手，他也朝她挥手。她大叫，可是他听不见，然后他开始往下向她跑来。

"阿里，我不走了。因为你不走，我要留下来——和你在一起。"碰面时她这么说。

阿席白地年轻的脸上焕发着光彩说："但是你为我牺牲太大了。"

"根本不算是牺牲，阿里。一点也不是牺牲……"

"让我们上去吧？在那上面可看到更精彩的水中追逐画面，我从来不在近处看。"

他们调转脚步，走向峰顶。下方远远的海上，追逐仍在进行着。

"我们就像奥林帕斯山上的神祇。"尤瑞黛说，双手快乐地搭在里格的肩膀上。

"是的，我们有一种透视的眼光，你不觉得吗？"

他们留在山顶上，全然忘了山下的人群。阿席白地带了三明治和一些水果。午后，他们看见格鲁丘的快艇向停在岸边的大船迫近。

二十分钟以后，轮船向南方滑行，白色的烟囱在太阳下闪闪发光，船尾掀起了一圈圈泡沫般的白浪，庄严安详地开向彼岸的世界。

节日一过，全岛弥漫着懒散的气氛。商店老板、工匠和他们的太太的例行活动完全搅乱了。男性心灵抚慰学院也关闭了，男性心灵的医生也像病人一样需要休息呀。值得注意的是，在这段时间内，丈夫也不那么常打太太了。医院里没有了俏护士，也就没人装病，这是人的通性。除了有几对情侣在大宴那晚恋情升温而宣布订婚外，没有任何事发生。太太们不肯烧饭也不洗衣服，男人只好吃冷肉和糕点，直到肠胃吃出病来。

乔凡尼餐厅的生意特别好，裘安娜非常非常忙。一连好几天，懒洋洋的岛民坐在店里大谈特谈欧克瑟斯的案子。欧克瑟斯在水中经过三个钟头的追逐后，很快就被淹死了。年长的移民回忆说，以前有个人到第三天早晨还活着在水里漂浮，到目前为止是最高纪录。如今欧克瑟斯已经死了，酒店里的人开始重新审判，像历史学家所做的无益的死后忆旧。观众却有成见，有人说，法官轻易地出卖了欧克瑟斯的生命，以便和泰诺斯人维持和平。提琴手兼酒店哲人皮耶特罗，着手研究一个法学上的问题，由于喝醉酒在节日间不犯法，酒醉惹事的人也该被赦免才对。这个讨论进行了好多天，没有谁提出更智慧的看法。

可是，欧克瑟斯的遗孀和两个孩子已有一番安排。由于欧克瑟斯对岛上和平的贡献，劳斯在议会中提议他的遗孀应受到共和国所给予的荣耀。他建议，应该把一枚雕刻精美、发亮的铜制勋章颁给欧克瑟斯的妻子，以纪念第一位为共和国殉身的老兵，他子女的教育费也将由公家提供，这将特拉西马丘斯吓坏了。安德列耶夫王子却为这个建议感到欣慰。他们花了好几分钟来讨论新创造的勋位名称，应该叫"荣誉军团"级勋章呢？还是"老鹰"级勋章呢？还是"圣尼古拉骑士"勋章？

特拉西马丘斯抗议了："欧克瑟斯并不是自愿为了和平而以身相殉的。"

劳斯回答说："战场上的英雄也不是自愿的。"

劳斯下结论说，由于个人的牺牲，而使居民幸运地避开一场内战，更由于水上审判的景象，神秘地使大家心里侵略、毁灭的倾向得到发泄，欧克瑟斯对国家很有贡献。为了表扬这位罪犯淹死所带来的贡献，在他的死亡被警方验明之后，身为共和国总统的安德列耶夫王子就在号角、喇叭齐鸣的典礼中，将勋章别在遗孀克吕墨涅身上。为了进一步表达国家对死者的感激，他的两位孤儿获准享有公费教育。整个典礼给社会带来令人满意的法律感和秩序感，国家已荣耀了它的英雄，男男女女慢慢地回去工作，泰诺斯岛又恢复了往昔的平静。